한국
현대
문학
전집

18

도정

최정희 · 지하련 단편선

도정

최정희 · 지하련 지음 · 박진숙 엮음

현대문학

학교 교육에서 문학 교육이 차지하는 비중은 대단히 크다. 초등학교, 중학교, 고등학교 국어 과목 안에 '문학'이 한 영역을 차지하고 있으며, 고등학교에서는 심화 학습으로 문학 과목을 배운다. 문학 교육의 비중은 갈수록 커져 가고 있어 '2009년 개정 교육과정'에서는 문학 1과 문학 2로 과목이 확대되었다.

게다가 인문학 교육의 중요성이 강조됨에 따라 대학 교육에서 문학 교육의 위상이 갈수록 높아지고 있음은 모두가 아는 사실이다. 인간과 세계의 진실을 정신과 감각의 차원에서 통합적으로 파악하고자 하는 문학에 대한 넓고 깊은 이해가 중요함은 새삼 말할 필요도 없다. 모든 학문의 바탕이며 동시에 종합인 문학에 대한 올바른 인식이 확산되면서 그동안 실용 학문에 밀려 주변부를 맴돌았던 문학 교육이 다시금 제자리를 찾아 교육의 중심으로 돌아오고 있다. 따라서 지금이야말로 문학 교육에 더 많은 관심을 기울여야 할 때다.

새로운 현실은 새로운 문학 전집을 요청한다. 문학 교육의 중요성이 갈수록 더 강조되고 문학 교육의 위상이 갈수록 높아지는 새로운 현실의 요청에 응하여 여기 〈한국현대문학전집〉을 펴내고자 한다.

우리는 몇 가지 원칙에 따라 이 전집을 엮고자 하였다. 〈한국현대문학전집〉의 편집 원칙은 다음과 같다.

첫째, 국문학계에서의 연구 성과에 근거하여 한국현대소설사를 일구어온 대표 작가의 대표작들을 엄선하여 수록함으로써, 이들 대표 작가 개개인의 문학 세계와 한국현대소설사의 구체적 전체상을 담아낸다.

둘째, 문학 교육의 비중이 갈수록 높아지는 현실에 따라 문학 교육 과정에서 중시되고 있는 작품들을 수록한다. 문학 교육 과정에서 중시되는 작품들은 곧 한국현대소설사에 솟아 있는 우수한 작품들이니 이는 첫 번째 원칙과 통한다.

셋째, 작가의 최종 수정판을 수록하는 것을 원칙으로 하되, 명백히 잘못된 부분은 다른 판본과의 대조를 통해 수정함으로써 비평적 정본을 제시한다.

넷째, 전문 연구자의 해설을 붙여 독자가 해당 작가의 문학 세계를 깊이 이해할 수 있도록 한다. 해설은 작가의 삶과 문학 세계에 대한 비평적 개괄과 수록 작품들에 대한 정밀한 분석 두 부분으로 구성한다.

다섯째, 작품들 뒤에 작가의 문학 세계를 이해하는 데 도움이 될, 그 작가와 관련된 수필 또는 비평문을 '인상기印象記'로 두세 편 수록한다.

〈한국현대문학전집〉이 학교의 문학 교육 현장을 비롯한 문학 생활의 공간 곳곳에서, 학생들에게 그리고 문학을 사랑하는 모든 사람들에게 널리 읽히기를 바란다.

2011년 겨울
〈한국현대문학전집〉 편집위원 김윤식, 정호웅, 서경석, 김경수

해설 | 책 읽는 여자는 위험하다! • 박진숙   9

〈최정희 편〉

지맥   31
인맥   84
천맥   136

인상기 | 내 소설의 주인공들 • 최정희   223
    문학적 자서 • 최정희   225
    옛벗 지하련 보오 • 최정희   230

작가 연보   234

〈지하련 편〉

체향초   239
종매   279
도정   326

인상기 | 편지 • 지하련   355
    소감 • 지하련   358
    지하련과 소시민 • 정태용   361

작가 연보   365

일러두기

1. 이 책은 최정희의 『천맥』(수선사, 1948.)과 지하련의 『도정』(백양당, 1948.)을 정본으로 삼았다.
2. 이 책은 현행 한글맞춤법에 따르는 것을 원칙으로 하였다. 다만 방언이나 구어체 표현, 의성어, 의태어 등은 작품을 이해하는 데 어려움이 없는 한 그대로 두었으며 특히 대화문에서는 원래 표기를 최대한 살렸다.
3. 외래어는 현행 외래어 표기법을 따르되 작품 분위기에 영향을 미치는 어휘는 가능한 한 그대로 두었다.
4. 대화나 인용은 " ", 생각이나 강조는 ' '로 표시하였다. 또한 책 제목은 『   』, 단편 소설이나 시 등은 「   」, 잡지나 신문 등은 《   》, 영화나 연극, 노래 등은 〈   〉로 통일하였다.
5. 뜻을 파악하기 어려운 어휘에 대해서는 뜻풀이를 달아 독자들의 이해를 도왔다.

책 읽는 여자는 위험하다![*]
−최정희와 지하련의 문학

박진숙

한국 문학사에 기술되어 있는 여성문학 2세대 작가는 최정희, 노천명, 이선희, 장덕조, 모윤숙 등이다. 물론 1세대 작가는 나혜석, 김명순, 김일엽이다. 여성 작가를 편의상 세대 구분하여 설명하는 이와 같은 방식에 대해서는 논의의 여지가 있지만, 2세대 작가에 지하련이 누락되어 있다는 것은 의외다. 지하련은 임화의 아내로 유명하여 그 작품에 대해서는 제대로 평가받지 못했다. 작품이 많지는 않지만 지하련만이 가지는 소설적 장점을 고려할 때 소설 분야 2세대 여성작가로 최정희, 지하련 두 사람을 거론할 수 있다는 것 자체가 행복한 일이다.

2세대 여성작가 최정희, 지하련을 공통적으로 호명할 수 있는 것은 그들이 '책 읽는 여자'의 삶과 내적 고민을 직접적으로 체현해내고 있기 때문이다. 나혜석의 소설 「경희」의 주인공 경희는 공부한 여자의 진로와 그 앞에 펼쳐질 삶의 고단함을 두려워하며 절대자에게 힘을 구하고 있고, 김명순의 「돌아다볼 때」의 주인공 소련은 게르하르트 하우프트만[**]의 「외로

---

[*] 슈테판 볼만의 『책 읽는 여자는 위험하다』(조이한 · 김정근 역, 웅진, 2006.)에서 제목을 빌려옴.
[**] 독일의 희곡 작가. 1912년 노벨문학상을 수상하였다.

운 사람들」을 읽고 요하네스와 마알의 사랑으로부터 건강한 의미의 사랑을 힘겹게 견지하려고 한다. 경희나 소련에게서 보듯이, 이미 책 읽을 줄 아는 여자의 고통스러운 분투는 근대가 시작되면서 예견되어 있었다.

최정희와 지하련(본명 이현욱). 이들의 소설에는 책 읽은 여성 지식인의 삶과 시대와의 조우 방식이 드러나 있다. 개인적으로 서로 '희야', '현욱'이라 부를 정도로 친밀한 관계를 유지하며 편지를 주고받았고, 임화를 따라 월북한 지하련을 못내 아쉬워했던 최정희. 또 지하련이 자신과 임화, 친구 사이에 있었던 일을 얘기했다가 최정희가 먼저 소설로 썼는데 그게 조금 다른 측면이 있다고 다시 세 편이나 소설을 직접 썼던 일까지 있는 두 사람. 이 두 소설가는 서로 다른 소설로 재주와 세계관을 겨뤘다고 해야 할까.

최정희는 1906년 생, 지하련은 1912년 생. 그런데도 두 사람은 친구로 지냈다. 문단 생활 역시 최정희가 앞섰으며, 지하련은 최정희의 독려에 의해 소설을 썼던 듯하다. 지하련이 최정희에게 보낸 육필 서한에서 그녀는 "정말 나는 당신을 위해—아니 당신이 글을 썼으면 좋겠다고 해서 쓰기로 한 셈이니까요—"라고 쓰고 있다. 또한 두 사람은 모두 한국 문학사의 주요 인물을 남편으로 두었다. 최정희는 영화감독인 김유영과의 동거를 거쳐, 두 번째 남편이 시인이자 삼천리 사 편집인이었던 김동환이고, 지하련의 남편은 카프의 맹원이었으며 시인이자 비평가였던 임화이다.

책 읽는 여자는 위험하다! 책은 자신을 끊임없이 성찰하게 하고, 바람직한 삶으로 유도하며 감수성과 지성을 연마하기 때문이다. 여기 주어진 운명을 여성의 자기결정권으로 선택하여 내면화시키는 괴로움을 감당하는 여성들을 그려낸 소설가 최정희와, 단련된 예술적 감수성으로 심리를 생리의 차원으로 깊이 파헤쳐 내려가 시대의 암울함을 설명하고자 한 소설가 지하련이 있다.

최정희, 여성의 자기결정권과 운명

최정희는 이미 1930년대에 문단에서 활동하기 시작했다. 1934년 전주 사건으로 감옥에 가 있을 때, 사상범으로 분류되어 갑갑한 생활을 하고 있던 무렵 '너는 문학을 해야 할 여자다. 너를 구원할 길은 문학밖에 없다'는 누구의 소린지 알 수 없는 내면의 소리를 들으며, 해열제처럼 가슴 답답하던 증세가 없어지기 시작했다고 쓰고 있다. 문학이 즐겁고 괴로운 것을 알게 해준 작품이 「흉가」이므로, 최정희는 굳이 처녀작으로 「흉가」를 꼽는다.

최정희는 「지맥」(《문장》, 1939. 9.), 「인맥」(《문장》, 1940. 4.), 「천맥」(《삼천리》, 1941. 1~4.) 세 작품을 발표하면서 문단의 주목을 받게 되는데, 임화는 "여류작가가 진정으로 문학을 생각하기 시작한 흔적이 역력한" 작품으로, 백철은 일기체인 또는 고백적인 문장을 통하여 여성 작가의 특유한 작품을 이루었다고 평가하고 있다. 김우종은 '삼맥'의 공통적인 테마가 애정의 모럴인데 "작가는 이 모럴을 어떤 교훈적인 냄새를 풍기며 설교적으로 써나간 것이 아니라 한 인간을 슬픔과 괴로움의 극한지대까지 밀고 나가고, 그 오열하는 인간의 진지한 목소리를 통해서 모럴의 엄숙성을 말하게 하고 있다"고 긍정적으로 평가한 바 있다. 또한 방민호는 최정희의 내성적인 스타일에 주목하여 "여성의 내면적 드라마를 문학적으로 풍부하게 묘사함으로써 여성의 자립적 가치를 드러냈다"고 한 바 있다.

최정희의 「지맥」, 「인맥」, 「천맥」 3부작은 모두 결혼한 여성의 삶을 다루고 있으며, 특히 「지맥」과 「천맥」은 사생아를 둔 여성의 문제를 다루고 있어 당시 사생아법이 여성의 삶을 얼마나 피폐하게 만들었던가를 확인해볼 수 있다. 또한 세 작품에 공통적으로 드러나는 바는 책 읽은 여자 앞에 던져진 운명과 여성의 문제이다. '지상의 궤도'를 지키는 것, 인간관계를 지키는 것, 천륜을 지키는 것을 자신의 운명으로 결론짓는 세 여성의 고통이 그들의 삶으로 선택되고 있는 것이다.

「지맥」은 동경 M 대학에 학적을 두면서 문학을 하겠다고 마음먹었던 은영의 삶에 관한 것이다. 은영은 '하늘을 좋아하고 지평선을 넘어서 그 너머에 있는 아름답고 꿈같은 세상에 언제고 한 번 가보고 싶어하던 처녀'였다. 예과 2학년 재학 중 여름방학 때 귀성하여 동무의 소개로 독서회에서 홍민규와 알게 되면서 문학보다는 정치를 알고 사회를 아는 것이 긴급한 문제 같아서 셰익스피어, 톨스토이, 체홉, 모파상을 제쳐놓고, 홍민규가 읽었던 『사회주의 이론』, 『노동조합 조직론』 등 그 시대의 진보적인 서적은 웬만큼 읽고 알아들을 수 있을 정도로 되었다. 남편이 감옥에 가고, 남편의 아내가 찾아와 괴롭히고, 친정어머니의 타계, 생활 곤란 등이 이어져도 굽히지 않던 은영이 남편마저 사망하자, 자신이 불행한 운명의 소유자라는 것을 알게 된다. "세상의 도덕과 인습과 법규가 나를 버렸다"는 것을 인식하게 된 것이다. '남의 등록 없는 아내'로서는 취직도 불가능하고, 두 아이를 학교에 보낼 수도 없다. 할 수 없이 아들 형주와 설주를 동생과 순이 어머니에게 각각 맡겨놓고 낙원정 기생 김연화의 집으로 돈벌이를 간다. 김연화는 침모를 구해달랬는데, 웬 하이칼라가 왔다고 대놓고 빈정댄다. 김연화는 계속 은영이 책을 드는 것을 못마땅해한다. 은영이 책을 읽은 이유는 피곤과 자신에 대한 환멸을 잊어보자는 마음에서였다. 이런 은영을 동정하던 영애 어멈의 소개로 본남편을 떠나 전남 부호와 사는 부용의 집으로 직장을 옮긴 그녀는, 부용 역시 중등교육을 받았으며 전남편과의 사이에 난 딸을 데려오지 못해 아이를 떠나 있는 괴로움을 안고 있고 책을 많이 읽는데도 현실의 비극을 수습하기 힘든 상황이라는 것을 안다. 두 여자의 비극은 생활문제와 아이의 입학문제였다.

이러한 현실적인 문제 때문에 하는 수 없이 은영은 예전에 자신을 좋아하던 상훈을 찾아간다. 상훈은 은영에게 "내 맘 속에 영원히 안주할 페닉스(불사조)"라 하며 어떤 일이든 전부 자신에게 맡겨달라고 말한다. 그러고 나서 집에 돌아오니 동생 선영에게서 아이들과 하순의 소식을 담은 편지가 와 있다. 하순은 어머니가 재혼하여 하와이로 가면서 은영의 집에 맡겨졌으나, 은영 어머니가 돌아가시자 하순의 고모 집으로 가게 되었던 아이다. 하순의 성장에 대한 이야기를 듣고 학교에서 하순을 데리고 나오며 은영은 부용이 자신의 핏줄이 아닌 아이를 키우며 느끼던 어려움을 실감하게 된다. 은영은 하순과 형주, 설주를 데리고 다시 새 삶을 시작하려하며, 상훈에게 거절의 뜻을 전한다. 그런데 은영이 잠시 상훈을 만나러간 사이 하순은 사랑하는 사람과 떠난다는 편지 한 장을 남겨놓고 가출해버린다. 은영은 자신이 상훈을 만나러 가지 않았다면 하는 죄책감과 상훈을 원하는 자신의 마음 사이에서 괴로워한다.

결국 해주 요양원으로 취직 자리를 구해 떠날 마음을 먹는 은영, 아이들은 해주 성모학교에 전학시키고 폐병 환자를 도와주는 일로 직업을 삼고 요양원 원장이 마음이나 육신이 병든 자를 치료하기에 노력한다는 말에 기대해보는 것이다. 은영이 굳이 서울을 떠나 해주로 가는 이유는 상훈과 떨어져 있기 위해서이기도 하다. 그러나 겉으로는 거절했지만, 다시 만난 상훈은 사랑 없는 여자와 결혼하여 은영의 두 아이를 맡겠다고 한다. 은영은 아이들을 홍가가 아니라 이가로 만들 수는 없다고 말하며 화를 내고 괴로워한다.

다음은 「지맥」의 마지막 부분이다.

별이 하늘의 궤도를 벗어나지 않듯이 나는 지상의 궤도를 벗어나지 않을 인내와 극기와 성실과 용기를 준비해야 되겠다는 생각을 가졌다. ……그것들이 자는 옆에서 그들을 잘 성장시키는 것이 내게 던져진 운명이요, 내가 벗어나지 못할 지상의 궤도라고 마음속에 부르짖었다.(본문 82~83쪽)

은영은 부용과 하순을 통해, 자신의 아이가 아닌 아이를 양육하는 것이 얼마나 힘든가를 보고 상훈과의 이성애를 원하면서도 거부하며, '내가 벗어나지 못할 지상의 궤도'로 형주와 설주 두 아이의 양육을 운명으로 선택하는 것이다.

「인맥」은 결혼한 지 3년 된 선영이 친한 친구 혜봉의 남편 허윤을 보고는 첫눈에 반하면서 생긴 일에 대한 소설이다. 이 소설은 최정희도 밝힌 바 있듯이 임화를 사랑했던 한 여인에 대한 실화를 토대로 쓴 것이다. 지하련 역시 이 이야기를 소설로 쓴 바 있다.

혜봉은 동경여자경제전문학교, 선영은 서울 E 전문학교 영문과를 나왔다. 선영은 원래 혜봉 남편의 시를 좋아했다. 선영은 혜봉의 집에 놀러왔다가 그가 빌려준 『운명론』을 읽으며 그가 붉은 줄을 쳐놓은 "운명이거니 하고 단념하려는 자는 자멸한다"는 문구를 보고 마치 그가 자기에게 무슨 암시를 주려고 했거니 하고 생각한다.

혜봉이네가 서울로 간 후 선영은 병으로 앓아눕고 남편이 서울 친정에 가서 쉬고 오라며 채비를 차려준다. 선영은 혜봉의 집으로 허윤을 만나러 가지만, 거기서 지난 번 봤던 김동호를 만나고 그가 자신에게 마음이 있음을 알게 된다. 선영의 친정으로 김동호의 편지가 도착하면서 선영의 아버지는 노하여 선영을 부산으로 돌려보내려 한다. 선영은 무작정 이혼하게 해달라고 하다가 아버지에게 꾸중을 듣는다. 선영은 내친김에 남편에게 이제까지 우리는 행복한 부부가 아니었으므로 헤어져야겠다는 간단한 편지를 써서 부친다. 이러한 행동을 부추기는 것은 허윤이 빌려주었던 책의 '운명은 자기 손으로 좌우한다'는 문구였다.

선영은 편지를 받은 남편이 서울로 오고, 집안이 어지러워져 어째야 좋을지 모르는 상황에서 일단 허윤에게 알려야겠다고 생각하며 약속을 정한다. 이혼하겠다는 선영의 말에 허윤은 아무나 건드릴 수 있는 당구장의 공 같은 여자가 되는 것이 소원이냐고 하며 이혼하면 안 된다고 말한다. 선영은 허윤의 태도와 음성에서 냉혹함을 느끼며 어서 남편한테 이혼해 달라고 하리라, 완전히 당구장의 공과 같은 여자가 되리라, 그렇게 하는 것이 그에게 복수하는 방법이리라 생각하고는 가출해서 김동호에게로 간다. 김동호와 함께 지내는 여관에 허윤이 찾아온다. 허윤은 혜봉의 부탁으로 왔다고 김동호를 물린 후, 선영에게 "아시겠습니까? 사랑하는 사람의 정숙과 행복을 자기 자신의 것 이상으로 바라고 비는 것을……", "아름답다는 건 오오래 지키는 데 있다고 저는 봐요"라고 말한다. 이 말에 선영은 그로 인해 세상의 우도 배웠지만, 지혜도 배웠다고 생각한다. 바로 선영은 부산으로 내려가고 남편과의 결혼 생활을 유지한다.

혜봉은 선영에게 동정과 애정을 담아 편지를 보낸다. 편지에서 허윤이 "모두 자기 위치만 충실히 지켜 나가자고 하더라"고 한 말, "우리의 할머니 어머니와 그 외의 모든 여성들이 지켜온 길을 지키는 데서 즐거울 수 있고 행복할 수 있지 않겠느냐"는 혜봉의 생각을 읽으며, 선영은 '아름답다는 건 영원한 것을 지키는 데 있다'고 했던 그의 말을 좇아 성실하게 산다. 그 사이 선영은 아이를 출산하고, 아이가 다섯 살 되던 어느 날 허윤의 간단한 편지 한 장을 받는다.

이처럼 「인맥」은 선영이 혜봉과의 친구 관계, 남편과의 관계를 지킬 수밖에 없음을 깨달아가는 과정을 그리고 있다. 유부녀이면서 친구의 남편을 사랑하게 된 선영이 허윤이 건네준 『운명론』의 한 문구에 의존해 자기 운명에 반역해보려다가, "아시겠습니까? 사랑하는 사람의 정숙과 행복을 자기 자신의 것 이상으로 바라고 비는 것을……", "아름답다는 건 오오래 지키는 데 있다고 저는 봐요"라고 하는 허윤의 말을 들으며 깨달음을 얻게 되는 것이다. 그것은 '사랑해서는 안 될 그이를 사랑하는 까닭에 세상에 대한 내 배덕에 스스로 하는 복수'로 정리된다. 선영은 자신의 남편의 아내로 현재 주어진 삶을 성실하게 살아가기로 결정한다.

「천맥」에서 간호부 연이는 남편 상수가 사망한 후 아들 진호의 교육을 위해 의사 허진영과 재혼한다. 진호는 허진영과 연이의 관계를 '더럽다'고 하고, 허진영도 진호를 싫어한다. 진호의 일탈이 심해지고 새 남편 허진영과 진호의 관계도 개선되지 않을 뿐 아니라 연이 역시 새 남편과의 관계에서 진정성을 찾지 못하자 진영과의 관계를 청산한다. 연이는 신문에서 우연히 옥수정 보육원에 관한 기사를 보고 찾아간다. 보육원을 운영하는 사람은 연이의 옛날 보통학교 선생이었던 김성우였다. 진호는 보육원 생활에 만족하며 아무 문제 없이 생활한다. 문제는 연이 자신에게서 생긴다. 연이는 '눈물 없는 세상'을 만들어보자는 성우의 말에 동감하며 보육원 아이들 모두의 어머니가 되어 보람을 느끼지만 다른 한편으로는 극심한 공허감에 사로잡힌다. 연이는 성우에게 사랑을 고백하려 하나, 성우는 연이의 고민이 다른 아이를 대하는 태도가 아들 진호를 대할 때와 달라서 오는 것이라고만 생각한다. 연이는 성우에 대한 사랑은 고백조차 불가능한 것이며, 아들 진호의 미래를 위해서도 자신이 보육원 아이들의 어머니로서만 존재해야 한다는 걸 느끼며 괴로워한다. 결국 연이는 모두를 위해 자신이 한 여성이 아니라 어머니로서만 존재할 수 있도록 해달라고 기도하며 신에 가까운 마음을 가지려 노력한다.

최정희 소설의 삼맥 연작은 여성으로서의 삶보다는 자식을 위해 지상의 궤도를 지키고 천륜을 지키고자 노력하는 어머니의 모습과, 인간관계를 지킴으로써만 자신의 사랑을 이룰 수 있는 운명을 자기의 삶으로 결정한 여성의 고군분투의 내용이라 할 수 있다.

지하련, 내성의 극한과 윤리의식

지하련의 소설에 등장하는 인물은 매우 관념적이다. 이들의 언어는 책을 읽는 것이 습관화되어 있지 않다면 불가능할, 지식인의 그것이다. 이념과 관련되어 있는 자의 내면을 지루할 정도로 집요하게 파헤쳐 내려가 그 끝에서 결국은 어떤 윤리의식을 대면하게 한다. 여성의 삶을 보육원과 같은 사회사업의 문제와 연관시키며 남녀 사이의 감정을 구체적으로 전개해가는 과정 속에서 내면의 흐름에 천착하는 최정희와는 달리, 지하련의 소설은 운동가 혹은 주의자의 내면을 남김없이 솟구어내는 능력을 지니고 있다.

정태용은 이러한 지하련의 문체를 두고 '저음계의 감동의 착란'이라 한 바 있다. 예술가적 섬세한 감수성, 심리에 대한 지루할 정도의 포착이 지하련 문체의 특징이다. 백철은 1940년 12월 지하련의 소설 「결별」을 《문장》에 추천하며 인간적으론 친숙하게 아는 분이지만, 이처럼 훌륭한 작가적 천품을 지닌 분인 줄은 몰랐다는 말로 추천사를 시작한다. 작가의 인생에 대한 체험의 깊이와 작가의 교양의 높이를 고평하며, 신인이라 할 수 없을 정도로 작품에 임하는 태도가 노련하고 여유가 있음에 찬사를 보낸다. 누구도 따라올 수 없는 치밀한 관찰의 도道는 지하련만이 지니고 있는 능력이라 할 것이다.

「결별」은 최정희 소설 「인맥」의 지하련 판이다. 지하련은 「결별」, 「가을」, 「산길」 세 작품에서 삼각관계에 있는 인물 각각의 관점에서 이 애정관계를 바라보고 있다. 같은 내용을 세 작품으로 변주할 수 있는 지하련의 소설 쓰는 태도는 집요하기까지 하다.

그 집요함은 「도정」의 석재에서 빛을 발한다. 석재의 심리는 마치 여성의 시선이 투영된 듯 섬세하게 관찰된다. 석재는 공산당 당원으로 감옥에 갔다가 보석으로 나와 지금은 처갓집이 있는 곳으로 소개疏開를 와 있는 중이다. 석재는 양동서 도기공장을 한다는 청년 김을 찾아 기차를 타기 위해 역으로 가다가, 광산 하고 있다는 기철을 만났을 때 '적적했던가보이'라는 말에 자극되어 술 취해서 속엣말을 했던 장면, 강이 일을 다시 시작하자고 왔을 때 아프다는 핑계를 대며 피했던 일 등을 생각한다. 김은 석재가 감옥에서 알게 된 몹시 순결한 인상의 소유자로 학생사건으로 감옥에 들어왔던 이다.

석재는 한 달 동안 라디오는커녕 신문 한 장 읽어보지 못하던 참이라, 소문에 대한 유혹을 느끼던 차에 역으로 들어서며 모여 있는 사람들을 목도하게 된다. 그리고 한 소년에게서 "덴노우 헤이까가 고—상을 했어요"

하는 말을 듣는다. 일본 천황이 항복선언을 했다는 것이다. 석재는 그렇게 간절하게 기다려온 일본의 패망인데도 신기할 정도로 평정한 마음을 갖는 자신을 발견한다. 조선도 독립이 된다고 이제 막 아베 총독이 말했다고 하는 소년을 다시 보며 그 소년의 슬픈 듯한 심정에 마음이 쓰인다. 소년이 기쁘긴 하나 천황이 '우리 신민과 함께……' 하는데 그만 눈물이 나서 울었으며 천황이 불쌍하기까지 하다고 말하는 것을 보며, 석재는 천황이 우리나라를 40년 동안이나 빼앗아 괴롭혔는데 뭐가 불쌍하냐고 물어본다. 그러면서 석재는 소년에게 '넌 천황보다 더 훌륭하다'고 또 독립을 대놓고 좋아하는 사람들은 더 훌륭하다고 말한다. 석재는 사람들이 '모두가 우리 것이고 자유이니 기뻐하라'는 말에도 이상하게 잠잠한 분위기를 느낀다.

석재는 허탈증을 느끼고 '나는 타락한 것이 아닌가' 자문하기도 한다. 감동이 오지 않는 자신에 대해 이해할 수 없는 감정이다. 언젠가 한번 감동이 오긴 와야 할 텐데 어떤 형태로 올 것인지 불안해 잠을 이루지 못하던 석재는 이튿날 김을 따라 군중들 속에 섞여 만세를 불러보기도 한다. 돌아오는 길에 공산당이 생겼다는 소문과 함께 그 최고 간부가 기철이라는 소식을 들은 석재는 내부의 문제와 외부적인 문제가 일시에 엉켜 매우 혼란스럽기만 하다. 여전히 자신을 동지로만 대하는 청년 김에게서 서울에 가보지 않겠느냐는 말을 들으며 석재는 '혼란한 시기라고 해서 수수방관하는 기회주의는 금물이니까' 하고 그래야겠다고 말하면서도 하루 집에서 쉬겠다고 한다.

공산당이라는 괴물에 스스로 괴로워하며, 자신에게 윤리적 가책을 가하던 것은 "다름 아닌 단 하나의 옳은 것을 지니고 있는, 옳다는 이 어디까지 정확한 보편적 진리" 때문이었음을 생각해낸다. 그러면서 석재는 지하에 있거나 해외투사로 갔던 인물들을 떠올린다. 기철이 최고 간부라면 다들 모였는지, 그들이 공산당을 만든 것인지 이런저런 생각을 하며 기철류의 인물과 자신과 같은 인물에 대해, 항상 패기만만하며 정열적인 그러나 속은 없이 겉만 충실한 유형과, 양심 때문에 고민하는 유형으로 나눠본다. 그러다 문득 기철이 최고 간부라는 데 대해 '나라도 될 수 있다'는 자기감정이 은폐되어 있었던 것은 아닌가 스스로 놀란다.

이튿날 석재는 김이 관계하고 있는 조일직물과 123철공장의 상황을 들으며 '노동자 출신의 부르주아 나겠다'는 말을 주고받으며 개량주의화를 걱정한다. 청년의 부탁이 아니어도 석재는 다음날 혼자 123철공장을 향한다. 그러면서 여전히 스스로에게 고소를 금치 못하며 '네가 이젠 공장엘 다 가는구나? 노동자를 운운하구…… 그렇지! 이젠 잡힐 염려가 없으니까' 이런 생각을 한다. 동시에 과도한 자책은 용기를 저상케 하는 것이고, 용기를 잃게 되면 제이 제삼의 잘못을 또다시 범하게 되는 것이라며 위안하지만 내면이 시끄럽다.

공장 정문으로 들어서다 옛동지 민택을 만난다. 민택은 그렇잖아도 석재에게 전보를 쳐 연락을 취하고 있다는 말을 하며 반가이 그를 맞아 공산당 얘기를 한다. 석재는 민택과 함께 공산당으로 가는 길에 젊은 시절 '청춘과 더불어 당의 이름을 배울 때 엄숙하고 두려운 느낌'을 떠올리며, 독립이 된 지금 "백주 장안 네거리에서 당을 들고, 외우 뛰고 모로 뛰어도 아무도 잡아가지 않고, 아무도 죽이지 않는, 이런 세상도 있는가" 하고 외쳐보고 싶은 충동을 느낀다.

석재는 기철과 선배, 친구 몇 사람을 만난 것이 반갑기만 하다. '지하에나 해외에 있는 동무들을 제쳐놓고 어떻게 함부로 당을 만드느냐고 할지 모르나' 하는 기철의 이야기를 들으며 기철에 대한 불신과 염증을 느끼기도 하지만, 현재의 기철에 대한 비난은 당에 대한 비난이라는 데 이르자, 제 자신에 대한 미운 생각을 하게 된다. 젊은 시절 이 당의 이름 아래 충성을 맹세하였던 석재이다. 그래서 석재는 우선 입당 수속만 밟기로 했다. 입당 서류의 계급을 쓰는 난을 두고, 투사도 아니고 혁명가는 더욱 아니며, 공산주의자·사회주의자 운동가 모두 맞지 않아, 그는 '소부르주아'라 써놓고 나온다. 그러곤 6년 징역을 받은 적이 있는 과거의 당원 자신에 대한 보복이나 한 것처럼 고소를 금치 못한다. 동시에 가슴으로부터 무엇인가 소생하는 것을 느낀다. 다음은 석재가 정신없이 중얼거린 내용이다.

'나는 나의 방식으로 나의 '소시민'과 싸호자! 싸홈이 끝나는 날 나는 죽고, 나는 다시 탄생할 것이다. …… 나는 지금 영등포로 간다, 그렇다! 나의 묘지가 이곳이라면 나의 고향도 이곳이 될 것이다……'(본문 351쪽)

석재는 위와 같은 과정을 거쳐야 조선 독립이라는 새로운 시대에 다시 공산당원으로서 활동할 수 있는 인물인 것이다. 석재는 '누구보다도 나를 잘 보는 눈이 내 마음 어느 구석에 하나 들어 있거든. 특히 '악덕'한 나를 보는 눈이……'라고 친구인 기철에게 말하는 인물이다. 이 '악덕'한 나를 보는 눈은 지하련만의 장점으로 지식인 남성의 내면 혹은 심리를 이렇게 적나라하게 들여다본 작품은 한국 근대문학에서 유례가 없을 정도로 드물다. 이에 대한 기철의 반응은 '자네 이야긴 들으면 들을수록 무슨 삼림 속을 헤매는 것처럼 아득허이—'다. 이는 석재를 대하는 독자의 태도이기도 할 터이다. 석재의 다음 대사는 석재의 고민이 무엇인지를 보여준다.

"……난 너무 오랜 동안을 나만을 위해 살아왔어. 숨어 다니고 감옥엘 가고 그것 다 꼭 바로 말하면 날 위해서였거든. ……이십대엔 스스로 절 어떤 비범한 특수인간으로 설정하고 싶어서였고, 삼십대에 와서는 모든 신망을 한 몸에 모은 가장 양심적인 인간으로 자처하고 싶어서였고…… 그러다가 그만 이젠 제 구멍에 빠져 헤어나질 못허는 시늉이거든―."

"나는 말일세, 난 누구에게라도 좋아, 또 무엇에라도 좋고. 아무튼 '나'를 떠난 정성과 정열을 한 번 바쳐보고 죽고 싶으이……."(본문 330쪽)

석재의 고민은 항상 종국에는 '인간성'에 가닿고, 자신 스스로 '나쁜 사람'이라는 자책으로 윤리적 성격을 띠는 것이어서 더욱 자신을 용납하지 못하게 한다. '근자에 와서 마음이 더 여위어, 어디라 닿기만 하면 생채기가 나려 하는 상태'라 표현되는 등 신경쇠약, 결벽증, 자신에 대한 고소는 지하련 소설의 주인공이 공통으로 앓고 있는 심리적 현상이다.

「도정」의 석재와 기철을 우리는 이미 지하련의 다른 소설에서도 만난 적이 있다. 「체향초」의 오빠와 태일, 「종매」의 철재와 석희, 태식이 그들이다. 단지 「도정」은 작가 지하련이 석재의 내면으로 들어가 서술하는 태도를 취하고 있는 데 반해, 「체향초」와 「종매」는 삼희와 원이라는 여성을 등장시켜 이들과의 관계 속에서 세 인물, 네 인물의 관계와 그들의 내면을 헤집어내고 있다는 점이 차이라 할 수 있다.

「체향초」는 삼희와 오빠, 그리고 태일에 관한 분석으로 이루어져 있다. 삼희는 병 요양차 산호리에 오게 되는데, 어렸을 때부터 유난히 따랐던 오빠가 그곳에서 살기 때문이다. 오빠가 삼희를 하이칼라라고 놀리자, 삼희는 오빠에게 "오라버니든 누구든, 아무리 훌륭한 분이래도 그 생활에서

태態를 부리기 시작하면, 보는 사람이 얼굴을 찡기는 법"이라며 공격을 한다. 오빠는 "태일 군 같은 사람은 너허군 다르지만, 아무튼 나를 거짓으로 산다고 한다. 하지만 내가 큰집 사랑에서 단지 나 혼자 누워만 있던 때와는 달러서 이리로 와서부터는 첫째 나와 상관되는, 내가 간섭하지 않으면 안 될 내 소유물, 즉 내게 따른 것들이 있으니, 내게도 생활이라는 게 있을 것 아닌가? 그래서 이 나의 '살림'의 모습이 이제 네게 '태'라는 것으로 느껴진 모양인데, 이러한 '태' 즉 '자세'라는 것이 보는 사람에게 불쾌를 줄 정도라면, 아무튼 나로서는 네가 말하는 그대로를 듣고 있을 수밖에 어디 다른 도리가 있니?" 하며 쓸쓸해한다.

　삼희 오빠와 삼희는 마치 거울과도 같다. 오빠가 삼희에게 "너 그런 태도가 하이칼라라는 거다. 모든 데 어떻게 그렇게 조소적이고, 방관적일 수가 있니?"라고 하자 삼희는 '자기의 약점을 남에게서 발견하고, 노한다는 것은, 너무 부도덕하지 않은가?' 하며 노여움을 느낀다. 오빠는 또 "너 이렇게 노하기를 잘하는 것도 하이칼라라는 거다"라고 한다. 오빠는 다시 "난 내게 있는 약점을 남에게서 발견하면 아주 우울허다"라고 대꾸한다. 이렇게 방황하는 오라버니의 모습을 그리면서도 답답하리만치 이 오라버니가 무엇 때문에 그러는지 삼희는 또 왜 그러는지 소설 내에서 선명히 확인할 길이 없다. 다만 태일을 부러워하는 오빠의 태도로부터 짐작할 뿐이다. 삼희는 태일에 비해 오빠가 훨씬 편협하고, 훨씬 선량하다고 느낀다. 오빠는 태일 군을 '살아 있는 사람'이라 하며, 이는 생명과 육체와 훌륭한 사나이란 자랑을 가졌기 때문이라 한다. 오빠가 말하는 태일 군의 면모는 다음과 같다.

　"그는 저와 상관되는 일체의 것을 자기 의지 아래 두고 싶은 야심을 가졌으면서도, 그것을 위해 조금도 비열하지도 않고, 아무것과도 배타하지 않는, 이를테면 풍족한 성격일 뿐 아니라, 이러한 성격이란 본시 '남성'의 세계이니까—."

"그러기에 이러한 사나이의 세계란, 가령 어떠한 사정이나 환경에서 패하는 경우라도 결코 '비참'한 형태는 아닐 거다—."(본문 264쪽)

삼희는 오빠 방에서 그림 두 점을 보게 된다. 하나는 태일의 자화상, 다른 하나는 오빠가 그린 자화상이다. 강물을 비껴 비옥한 평야를 배경으로 아무렇게나 앉아 있는 거창한 청년, 머리칼이 거칠고 수염이 짙어 눈이 더욱 빛나 보이며 조화를 잃을 정도로 힘없는 큰 손이 강조되어 있는 자화상은 태일이요, 아무 배경도 없이 그냥 백판에다가 지독히 안정을 잃은 초라한 남자, 머릿박이 유난히 크고 수족이 말라빠진 우스운 사나이는 오라버니의 자화상이었다.

태일에게 이상한 감정을 느끼면서 외인부대 같다고 표현하는 삼희는 소설 마지막 부분에서 기차 안 맞은편 노인과 딸로 보이는 두 사람의 대화를 들으며, '그렇기 말이다'를 반복하는 노인에 비해 조약돌처럼 닳아서 똑똑해 보이는 딸을 보며 '저렇게 똑똑하게 되자면, 그 '마음'이 얼마나 해침을 입었을까?' 하고 생각한다.

오빠는 차 너머로 낙동강을 보며 강물을 좋아하느냐고 묻는다. 그리고 미처 삼희가 답을 하기도 전에 '나는 참 좋다'고 한다. 이는 태일이 '저는 산을 좋아합니다'라고 했던 장면과 겹치며, "강물은 징하고 끔직했다. 그러나 질펀한 평야를 뚫고 잠잠히 흐르는 강물은 또한 얼마나 장한 풍족한 모습인가? 두 남매는 차가 삼포령을 지날 때까지 아득히 멀어지는 강물을 보고 있었다"는 서술은 일순간에 삼희와 오빠의 삶의 태도에 필연성을 부여해준다. 현재 무력한 모습으로 자신의 생활에 자랑을 느낄 수도 없고 자신의 생활을 완전히 무시할 수도 없으나 이러한 흐름이 결국은 강한 힘을 발휘하리라는 위안이 느껴진다.

삼희와 오빠는 현실에 무력한 채 지내는 자신에 대해 염증을 느끼고 있는 중이지만, 태일과 대비시켜 보이면서 끝내는 두 사람의 태도가 오히려 면면한 물길을 풍요롭게 하는 데 쓰일 것이라는 확신으로 나아간다. 현실에서 생동감 있게 움직이는 태일의 삶은 결국 일제 말기 군국주의의 방향에 가닿을 것이기 때문이다. 삼희와 오빠의 윤리의식이란 그러한 현실에 대한 무력함이므로 역설적으로 의미를 발한다.

「종매」의 원이, 석희, 철재, 태식의 관계는 이보다 더 복잡하다.「종매」는 '지리한 날의 이야기'라는 부제를 갖고 있는데, 별다른 서사의 진행 없이 관계의 변화와 응시로 소설이 이루어져 있는 데 대한 제목이라 생각된다. 원이의 청으로 운각사에 온 원의 사촌오빠 석희는 원이 간호하고 있던 철재를 돌보며 자신을 돌아보고 있는데, 친구 태식의 운각사 방문으로 원의 마음이 철재에게서 태식으로 옮겨가는 것을 지켜보며 여러 가지 생각을 하게 된다.

석희가 보기에 철재와 원의 감정은 그 시초부터 결코 아무것도 아닌 것은 아니었다. 단지 죽는다는, 혹은 죽을 사람이라는, 커다란 사태 앞에, 두 사람은 조금도 옆을 돌아볼 여유가 없었던 것뿐이고, 결국 '아무것도 아닌 것'으로밖에 표현되지 못한 것뿐이었다.

"이것은 앓는 사람의 병이 점점 차도가 있어감을 따라, 반대로 차차 멀어지는 두 사람의 관계를 보아 잘 알 수가 있었다. 요컨대 이것은 '산다'는 데서, 비로소 '죽는다'는 사실 앞에 양보한 '자기'들을 각기 찾으려는, 어떤 잠재한 의식의 표현 같기도 했다."(본문 301쪽)

원과 태식의 감정, 지하련의 여성 인물들이 느끼는 이상함이란 무엇인가? 철재는 석희에게 '육친이란 어떤 거요' 하는 질문을 던진다. 철재는 건강이 회복되면서 원에게서 사랑을 느끼는데, 원은 태식에게 이상한 감정을 가지며 마음의 변화를 일으킨다. '자유를 위한 용기가 아니거든 치우치지 말 것'을 역설하는 석희를 두고, 태식은 석희의 이야기를 '허영이요 도피요, 자기 못난 것에 대한 합리화'라고까지 한다. 태식은 정열과 희망을, 석희는 절망하는 마음을 갖고 있다. 또 석희는 자기 앞에서 정직하지 못한 누이를 보며, 원이는 '현대에 살고 있는 거다'라고 중얼거려본다. 이 현대에 산다는 것은 무엇인가? 석희는 태식의 정열과 희망이 일제 말기 파시즘에로의 동요로 느껴지는데, 그런 태식에게 원의 마음이 기울자 더 착잡한 것이다.

석희는 괜히 암자에 누워 있는 철재에게 마음이 쓰인다. 원이와 태식의 모습을 지켜보던 중 흔들리는 원이 모습과 원이에게 '횡포'한 태도를 취하려는 태식, 태식을 물리치긴 하지만 이상하게 구는 원이를 보며 석희는 언짢은 기분을 느낀다. 며칠 후 원이는 이제 집에 가겠다고 한다. 석희는 며칠 사이에 원의 파리해진 얼굴, 상글하니 까풀진 눈, 까시시 마른 입술을 보며 갑자기 귀찮아져서 말할 흥미를 잃는다. 그때 무엇인지 쫓고 쫓기는 기세가 느껴졌는데 장끼였다. 한 놈은 오색 빛깔로 찬란히 깃을 치며 쫓기던 놈을 박차고 호기 있게 날고, 한 놈은 아무리 기다려도 수풀에서 나오지 않는다. 이것은 마치 태식/석희, 철재의 구도를 보여주는 듯하다. 석희는 우물 앞에서 종소리를 들으며 어둡고 초조한 느낌을 갖는다.

마음속으로 당황하여 철재, 태식, 그 외 누구를 황망히 찾아보지만, "점점 눈앞엔 어둠이 몰리고, 산이 첩첩하여 오로지 절벽이 천지를 닫은 것만 같았다", 바로 「종매」의 마지막 문장이다.

  지하련이 소설을 쓰기 시작한 무렵은 1940년으로 일제 암흑기였다. 1941년 2월 조선사상범 예방구금령 제정으로 사상범을 강제 수용하기 시작했으며, 1941년 12월 태평양전쟁을 앞두고 일제는 조선을 전시체제로 준비시키고 있던 중이었다. 지하련이 그릴 수 있는 인물은 지나칠 정도의 결벽증을 지니고 있다. 절대 절망 속에서도 윤리감각을 놓치지 않는 인물은 무력하게, 현실을 적극 수용하는 태도를 지닌 인물은 건강하게 그려지지만 작가가 진정 방점을 둔 것은 무력한 인물이 지닌 윤리의식에 있다고 할 수 있다.

  난삽한 느낌의 문장과 관념적인 인물과 주제로 주인공의 내면심리를 드러내는 소설은 지하련이 아니면 누구도 감히 접근하지 못할 것이다. 정태용은 「체향초」를 두고 "사말적些末的 기교일지라도 소설을 구성하는 한 개의 요소가 될 수 있다는 점"을 배울 수 있는 작품이라 평가한 바 있는데, 「도정」에서는 해방이라는 시대적 변화가 석재를 앞으로 나아가는 인간으로 그리고 있지만, 과거의 석재는 「체향초」의 오빠, 「종매」의 석희로 연결된다. 그들은 일제 말 암흑기에 현실로 나아갈 수 없다고 판단한, 무력함에 젖어 있는 자로서 정열과 희망이 있어도 뭔가 할 수 없었던 '주의자'들이다. 그들의 무력감이 오히려 빛나는 것은 시대에 대한 작가 지하련의 숨겨진 발언이기 때문일 것이다.

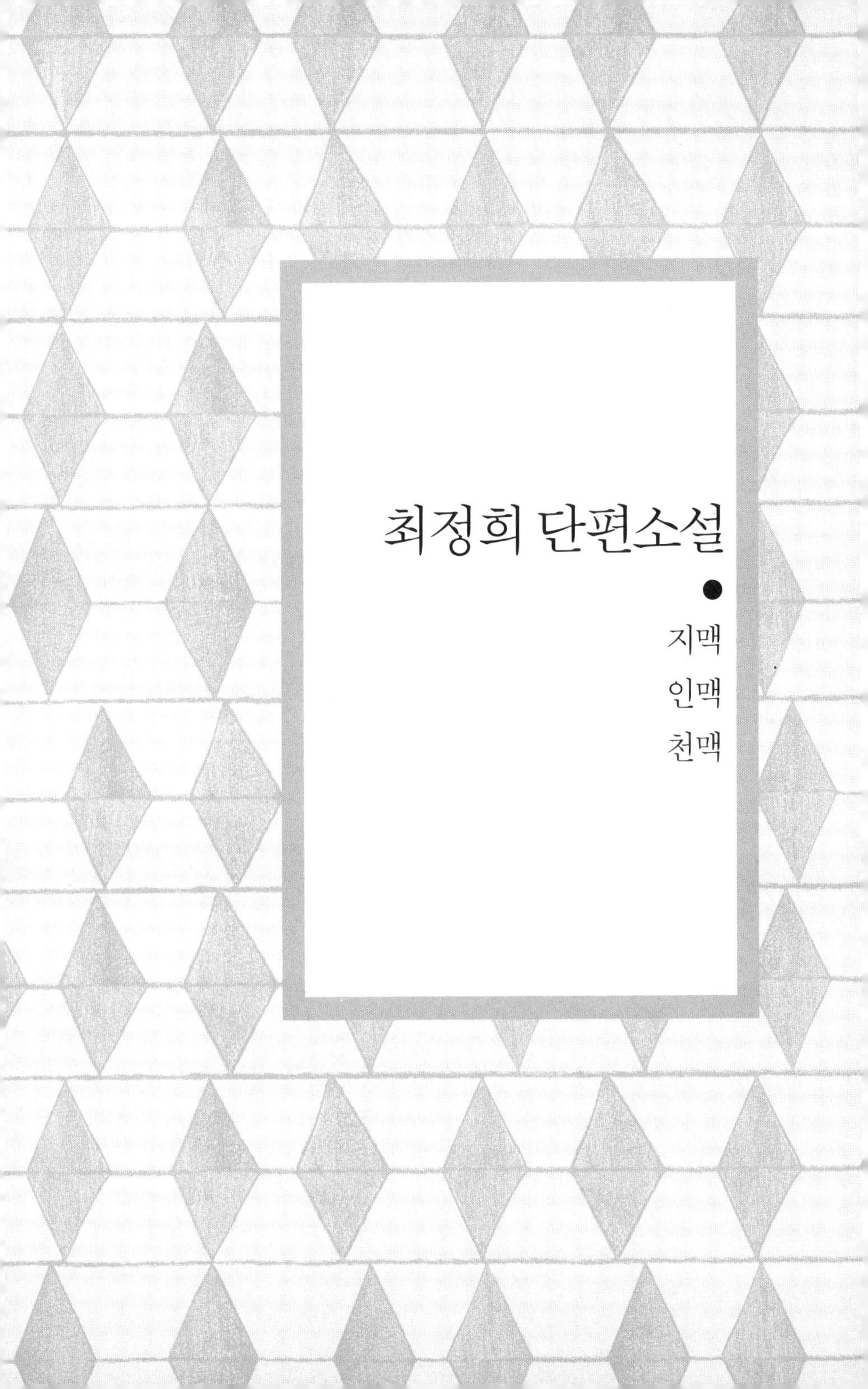

최정희 단편소설

지맥
인맥
천맥

지맥地脈

아무래도 나는 아이들 보는 데서 짐을 정리할 수가 없었다. 설주는 그래도 내가 타이르고 달래고 하면 혹 그런가보다고, 곧이듣는 일도 있겠지만, 형주만은 그 약삭빠르고 눈치 빠른 것이 세간 전부를 뒤처 내놓고 서두르는 것을 보더라도 벌써 저희들한테 내가 서울 가서 애기인형과 소꿉놀이 장난감을 사가지고 곧 돌아온다 한 말이 거짓이라 알 것이고, 그렇게 아노라면 그는 내게 어떤 슬픈 질문을 들이댈지, 또 나는 그 질문에 얼마를 가슴 아파야 할지 모르므로 나는 미리 그런 비극을 피하기 위해서 형주를 먼저 동생네 집에 데려다두고 설주를 방 아랫목에 재워놓고 세간 정리를 시작했다. 세간 정리라기보다 과거 팔 년간의 내 생활의 기록을 거두기 시작했다.

다 거둔대야 얼마 못되는 세간이었다. 고리짝 두어 개와 책상, 책들을 넣은 궤짝, 남편이 입던 옷, 아이들 옷, 내 옷가지가 들어 있던 작은 농짝 한 개, 보꾸러미* 몇 개, 김칫독, 장독 몇 개와 부엌에서 쓰던 약간의 그릇—이런 것들 외엔 다른 것이 없었다. 말하자면 대단히 너저부레한 것

---

* 보자기로 물건을 싼 꾸러미.

들이었다. 하나 내게 있어선 그 너저부레한 것들이 보물보다 귀한 것들이
었다. 칠팔 년 동안을 나와 낯이 익고 내 손때 묻은 것들이었다. 그것들을
목갑*의 등물**같이 버리고 떠날 것을 생각하면 또한 가슴이 죄어들고 손
끝까지 매시시하도록 전신에 힘이 탁 풀리지만, 나는 그보다 더 소중하고
한 시각을 떼어놓을 수 없는 아이들까지 버리고 가는 몸인 것을 생각하고
애수한*** 대로 내가 가지고 떠날 것 이외의 것은 전부 주섬주섬 싸고 동
이고 한 후 동생한테 팔아버리도록 부탁한 김칫독, 장독, 항아리들, 부엌
에서 쓰던 그릇과 솥—이런 것들과 함께 마루에 들어 내다놓았다. 내가
떠난 후, 팔든지 누구를 주든지 버리든지, 나는 다시 거기에 관해서 생각
지 않기로 결심하고—.

　세간을 다 들어낸 방은 몹시 허성했다. 내 여장旅裝인 고리짝 한 개가
밝지 않은 전등 아래 유난히 댕그랗고, 아랫목에 자는 설주의 모양이 한
결, 호도도해 보였다. 허리를 구부리고 벽을 향해 돌아누웠던 모양이 매
우 추운 듯해서 나는 헌 잡지, 신문, 휴지쪽들—짐을 꾸리고 난 뒤에 남
은 모든 것들—을 한아름 안고 부엌에 나가 한 단 넘어 남은 장작을 죄다
대어놓고 불을 지폈다. 쉽게 안 댕기던 장작이건만 불쏘시개가 많은 탓
인지 수월히 훨훨 붙으며 시뻘건 불길이 무서운 짐승의 혀끝같이 널름거
리는데 그것이 내 전신을 아궁이 속에 삼키려는 것 같아서 어떻게 무서
웠던지 모른다. 솥의 물도 이내 끓어 번져서 소리와 불길이 한데 나를 위
협했다. 나는 부지깽이를 집어 던지고 허둥지둥 방으로 달려 들어왔다.
마는 눈에 널름거리는 불길이 보이고 끓어 번지는 물소리가 여전히 귀에

* 나무로 된 갑.
** 같은 종류의 물건.
*** 놓치기 아깝고 서운하다.

들렸다.

"내가 웨 간다구 했을까."

나는 또 이렇게 중얼거렸다. 이것은 결코 내가 처음 하는 말이 아니었다. 동무의 동생의 친구의 형인 서울 기생 김연화 집에 침모 겸 그 집 살림 전부를 맡아보기로 하고 한 달에 월급 십오 원씩에 결정하던 날부터 보름 넘어를 날마다 떠난다고 하면서 못 떠나고 하루에 몇 번씩 마음속에 혼자 부르짖던 말이었다. 아이들의 자는 양에도, 노는 모양에도, 대수롭지 않은 대화에도—어쨌든 나는 이런 작은 변화에까지 가슴이 금방 터지려는 화산같이 뒤틀리고 마음의 균형을 잃고 어릿광대질을 해온 것이었다. 동무는 내게 남의집살이를 가거니 생각 말고 내 생활의 재출발을 도모하는 좋은 기회로만 알면 그만 아니냐고 용기를 돋워주는 것이나, 나는 도무지 용기가 생기지 않았다.

내가 언제부터 이렇게 세상이 두렵고 용기가 없었던지 모르겠다.

동경 M대학에 학적을 두었을 때는 나는 물론 문학을 해보려고 마음먹었다. 하늘을 좋아하고 지평선을 넘어서 그 너머에 있는 아름답고 꿈같은 세상에 언제고 한번 가보고 싶어하던—스물도 못되는 낭만의 처녀였을지 모른다. 그러나 예과 이학년 여름방학에 귀성했을 때 동무의 소개로 어느 독서회에서 죽은 남편 홍민규와 알게 되면서부터 문학보다 정치를 알고 사회를 아는 것이 긴급한 문제 같아서 나는 여름방학에 귀성한 채 다시 동경 건너가지 않고 홍민규라는 씩씩하고 건장하고 믿음직한 청년에게 정치를 배우고 사회과학을 읽는 것이 즐거웠다. 그래서 셰익스피어, 톨스토이, 체홉, 모파—상을 제쳐놓고 홍민규가 읽었다는 책이면 무엇이나 아무리 어려운 것이라도 읽으려 했고 또 읽었다. 의미를 통할 수 있어서 읽었던지 모르나 그 어려운 『사회주의 이론』, 『노동조합 조직론』 등의—

어쨌든 그 시대의 가장 진보적 서적을 다는 몰라도 읽을 만큼 읽어서 누가 노동조합 문제를 말하고 사회주의 이론에 관해서 운운하면 나는 얼른 알아들었고 또 몇 마디씩 참견하기도 했다. 이러한 사실이 민규에게 큰 놀람이자 기쁨이었던 모양으로 그는 내가 동경 들어가는 것을 극력 말리곤, 곧 나와 돈의정 자기 하숙방에 작은 살림을 시작하자고 했다. 나는 물론 그의 말대로 학교에 안 갈 것과 그와 살림을 시작할 것을 승낙했다. 어머님의 반대나 남의 웃음이 문제가 아니었다. 세상이야 어떡하든 간에 그가 있으므로 기쁘고, 그를 도와주는 것이 내 유일의 즐거움이었다. 뒤를 이어 꼬리를 물고 일어나는 재난—남편이 옥에 가고, 남편의 아내가 찾아와서 해괴스레 굴고, 친정어머니가 돌아가고 생활 곤란이 심하고—했으나 나는 낙망하지 않았다. 세상이 모두 내 마음대로 될 것 같았다. 그렇기에 남편이 그의 아내와 정면 해결을 하고자 서울의 우리 작은 살림을 대구로 옮기자고 할 때에 나는 내가 가장 무서워하고 꺼리고 하는 그의 아내가 있는 대구로 간다고 했고 대구에 가서의 파란곡절은 말이 아니었으나 나는 그가 죽지 않고 있는 날까진 그의 아내로 아이들의 행복된 어머니로서 당당히 살아왔다. 마는 남편이 금방 숨이 지면서부터 나는 세상에 가장 불행한 운명의 소유자인 것을 알았다. 남편이 죽던 날부터 나는 헌신짝같이 비지발없는 여자가 되었다. 세상의 도덕이 나를 버리고 인습이 나를 버리고 법규가 나를 버렸다. 남편이 살아서 그처럼 무섭고 싫어하던 큰마누라는 당당히 남편 시체 앞에서 머리를 풀어헤치고 옥실득실 모여든 일가친척들에게 아주 자긍스런 자세로 남편의 죽음을 혼자 설워하는 체 남편이 살아서 자기를 싫어한 것은 전연 내 탓이라 나를 조소하고 힐난을 했으나 나는 거기에 대꾸할 자격도 용기도 없었다. 또 남편이 세상을 떠나서 스무날 만에 남편의 부친이—즉 시아버지가 뇌빈혈로 돌아갔을 때도 그는 내가 혹시 탐내는가 싶었음인지 재산 전부를 자기 앞으로 넘겨놓으며 호기를 피웠으나 나는 또한 아무런 말도 할 자격이 없었음을 알았다. 그것도 그러려니와 조수와 같이 밀려드는 생활 위협을 면해보려고, 남편이 돌아간 후 두 해를 두고 직업을 구하려고 했으나 그것 역시 남의 등록 없는 아내요 어머니라는 탓으로—다시 말하면 나를 증명해주는 관청의 공증이 없는 까닭에 나는 보통학교 촉탁에서 학원 선생에서 회사, 은행 사무원에서 다 거부를 당했다. 그런 고로 내게는 팔 년 전 시꺼면 남학생들과 한 교실에 글을 배우며 하늘을 좋아하며 지평선 너머의 신비한 세상을 생각하던 꿈도, 『자본론』이니 『노동조합 조직론』이니 하는 어려운 책을 읽어가며, 내가 생각하는 좋은 세상이 오고 내가 생각하는 즐거움이, 행복감이, 쉬이 올 것 같은 희망도, 모―든 고난을 대항하던 용기도 다― 없어졌다. 내가 옛날과 같은 무엇이나 할 수 있을 것 같은 용기와, 능력이 조금이라도 남아 있다면 나는 그다지 아이들을 두고 떠난다는 사실이나 기생의 침모로 간다는 사실이 병적으로 싫고 무섭지 않았을 것이다. —아무래도 나는 서울 가서 아이들을 쉬이 데려갈 것 같지 못하고 취직이 쉬이 될 것 같지 않은 예감이 들기만 하고 기생집에서 기생의 뒤추배질하는* 초라한 내 꼴만이 눈앞에 선―할 뿐이었다.

밖에서 들어온 탓인지 방은 더한층 휑―하니 넓고 높은 것 같고 방이 넓은 까닭에 설주의 누운 양이 한결 더 오뚝했다. 나는 그 오뚝한 양을 도저히 그저 볼 수 없었다. 무슨 일이 있더라도 그들 앞에, 눈물을 안 보이려던 내 신조가 그만 깨어지고 말았다. 아이의 이마며 뺨이며 엉덩이며를 전부 눈물 속에 더듬어 어루만져가며 나는 어린아이같이 엉엉 크게

---

* 뒤치다꺼리하는.

울었다.

"엄마 와 그러노?"

설주는 벌컥 일어나 앉으며 눈이 둥그래졌다. 나는 당황하지 않을 수 없었다. 마는 아무것도 아닌 듯이

"아냐, 지금 엄마가 불을 때서 그래."

하고 대답했다. 그래도 설주는 믿을 수 없다는 듯 황소 눈같이 버려뜨고 입을 쩍쩍 벌리며 눈물을 삼키는 내 얼굴을 말끔히 쳐다만 보는 것이었다.

"설주야, 자자 응."

나는 또 한마디 목 메인 소리를 했다. 설주는 내 말에 대꾸하려고 안 하고 여전히 내 표정을 살피다가

"엄마 울었지?" 하는 것이었다.

"울긴 왜, 불을 때서 그래."

"……."

설주는 말이 없으나 어쩐지 눈에 눈물이 글썽해진 것 같았다.

"설주 엄마가 네 밤 자구 안 와두 잠자쿠 있어요 응."

나는 그들에게 네 밤 자고 온다고 거짓말한 것이 가슴 아파서 이렇게 말했더니 설주는 어떻게 알아들었던지,

"정거장에 가 기다릴 테라." 하고 대답했다. 이것은 더 딱한 일이 아닐 수 없었다.

나는 금방 정거장에 오돌오돌 떨고 섰는 그의 작은 형상이 보여서 그의 머리맡에 놓인 장난감 상자를 만지작거리며 한참이나 울음을 잔즐군 후,

"엄마가 과자랑 장난감이랑 많이 사올 테니 정거장에두 나오지 말어요 응. 정거장에 나갔다가 누가 붙잡어감 어떡해." 하고 타이르듯 말한즉

"엄마 참말 네 밤 자구 올래?" 하는 것이었다.

"엄마가 인제 서울 가서 형아랑 너랑 데려갈 테야."

"은제? 네 밤 자구?"

"글쎄! 엄마가 편지할 때까지 기다려 응."

"하마 엄마가 네 밤 자구 온다 칸 거 거젓말이구나."

"그래."

나는 바른 대로 대답하는 수밖에 없었다.

"엄마!"

"왜?"

"나 순이네 집에 안 있을난다."

"왜?"

"순이 가스내가 그 아주 못됐다이까. 난 참말 안 갈라네."

나는 목에 생선가시 걸린 것처럼 목을 길쭉이 빼든 채 말이 없었다.

"엄마 난 형아캉 있을난다."

설주는 다시 이렇게 말했다. 큰 문제가 아닐 수 없었다. 어지간하면 제가 있기 원하는데, 형주와 함께 있게 했으면 내 맘도 덜 죄이고 좋으련만, 동생한테 형주 하나를 맡기는 것도 여러 번 오히려 설주를 맡기려는 순이네 집보다 더 고려를 하고 다시 한 것이었다. 그러지 않을 수 없는 것이 동생의 남편이 봄부터 보통학교 훈도를 아주 그만두고 몸져누운 것이 아무 날도 차도가 없으므로 집안에 경황이 없을 뿐 아니라 가세도 넉넉지 못하고 또 그 위에 시어머니가 있어서 형주까지도 순이네 집에 맡기려고 했는데 순이네 집 역시 회사에 다니던 남편이 실직된 후로 그 아내인 보통학교 훈도의 월급 오십팔 원으로 생계를 이어가는 형편이니 둘씩 맡길 수가 도저히 없었다.

"설주 너 왜 간다구 그르드니 그래?"

“엄마가 네 밤 자구 온다카이 그랬지라.”

나는 할 말이 없었다. 묵묵히 앉아 있다가 다시 몹시 낮은 목소리로 그러나 좀 위엄 있게

“너 서울 가는 거 안 좋아, 서울 가서 학교에 댕김 얼마나 좋을 텐데 그래.”

“서울 가면 보통핵교 가나…… 엄마 참말이가?”

“그럼.”

“그란데 순이 고 가스내가 나캉 형아캉은 보통핵교 몬 댕긴닥 하네.”

“왜?”

“아버지 없어서 안 된닥카더라.”

어른들이 하는 이야기를 순이는 듣고 아마 무슨 척이 날 때면 설주를 곯려주느라고 한 모양인데 나는 이 비참한 그의 말을 어떻게 받아들여야 할지 또 몰랐다. 나는 그의 앞에 얼른 돌아앉아 그를 내 잔등에 업히라고 손짓만 했다. 그에게 내 얼굴을 보이지 않으려 함에서였다. 그는 아무 영문을 모르고 잔등에 덥석 업혔다. 내가 왜 저를 업는지 그는 매우 궁금한 양이었으나 아무 말이 없었다. 나는 방 안에서 몇 번 왔다 갔다 하다가 자꾸만 얼굴이 달아오르고 전신이 화끈거려서 아이에게 씌우고 싸고 한 후 마당에 나갔다. 불을 땔 적에 안 보이던 흰 달이 마당 복판에 차게 떨고, 싸르륵 싸르륵 울타리 수숫대를 거쳐서 바람이 지나갔다.

나는 아이 업은 내 우스꽝스런 그림자를 밟으며 마치 미친 사람과도 같이 말없이 장시간을 왔다 갔다 거닐었다. 설주는 이러한 내 태도와 또 내가 저를 업어주는 이유를 알고 싶다는 듯, 자못 의심스런 어조로

“엄마 와 나 업는기요?” 하고 물었다. 나는 이유를 바른 대로 가르치지 못했다. 설주가 한 여러 말—순이네 집에 가 있고 싶잖다는 말, 아버지가

없어도 보통학교에 다니느냐는 말이 괴로워서 업었다고 안 하고 '네가 업고 싶어서 업었다'고 대답했다. 그랬더니 설주는 궁금하던 것, 의심스럽던 것이 죄다 풀린 양으로 거기 대한 말은 다시 없고ㅡ.

"그람 춥은디 들어가자 그마." 하곤 내 잔등에 머리를 파묻으며 엎드려 버렸다. 방에 들어가더래도 그가 곧 누워서 잤으면야 문제없지만 그는 또 무슨 말을 할지 몰랐으므로 나는 여전히 걷고 있었다. 마당 복판에 하얀 달도 어느새 옆집 오동나무 엉성한 가지 너머에 희미해지고 난데없던 검은 구름이 갑자기 쭉 퍼졌다. 내 우스꽝스럽던 그림자도 없어지고 바람이 싸르륵싸르륵 더 매서웠다. 설주는 춥고, 또 어두운 밤이 싫었던지 더욱 잔등에 거머리같이 찰싹 들러붙으며 방에 들어가자고 했다.

설주는 방에 들어가 내려놓자 이내 잠이 사르르 들었다. 나도 한잠 자려고 그 옆에 그의 손을 꼭 잡고 누웠으나 잠이 오지 않아서 천장과 방 안에 놓인 처량한 물건들ㅡ설주 머리맡에 장난감 등과 가지런히 놓인ㅡ나 없는 사이에 입을 한 벌 옷과 윗목에 댕그러니 놓인 내 짐짝을 살피고 있으려니까 시계가 네 시를 쳤다.

"땡 땡!"

나는 가슴이 덜컥 내려앉았다. 한 시간만 하면 떠나가야 할 시각! 비참한 최후를 가진 사람과도 같은 마음을 잔즐구며 사르시 일어나서 머리를 빗고 그 밖의 다른 준비를 한 후 설주를 깨웠다. 늦게 든 잠이 곤할 것인데 그는 겁결에 곤두박질해 일어나며

"엄마 가나? 난두 정그장에 갈나네." 하는 것이었으나 정거장에 그를 떨어뜨리고 나 혼자 훌쩍 떠난다면 가는 나나 남아 있는 그나 피차에 못할 일이겠으므로 "순이네 집에 가 있으면 엄마가 정거장에 짐을 부치고 곧 들어오겠노라"고 나는 이렇게 달래인 다음, 머리맡에 놓았던 한 벌 옷

과 장난감 상자를 그에게 들려주었다. 그는 양쪽 옆구리에 한 개씩 끼고 일어서서 허청허청 문 앞쪽으로 걸었다. 여느 때 같으면 아무 불평 없이 어른의 말을 듣는 양이 그저 귀엽기만 할 텐데 엄마가 정거장에 짐을 부치고 돌아오려니 하고 고스란히 나가는 양을 나는 차마 볼 수가 없었다.

달이 숨자 곧 눈이 내리기 시작했던 모양으로 밖은 어느새 마당이 하얗게 눈이 한 벌 덮이어 있었다. 설주는 마루 아래 내려서서 흰 눈이 덮인 마당에 고양이 발 같은 작은 발자국을 조롱지으며 삽짝문 밖에 사라졌다. 나도 말이 없고 저도 말이 없었다. 저는 어째 한 번 돌아다보지도 않고 그냥 가버렸는지 모르나 나는 몇 천 번을 부르고 몇 만 번을 부르고 싶은 것을, 아니 그보다도, 눈 위를 아장아장 걷는— 옷 보퉁이와 장난감 상자를 끼고 나오는 설주의 회색 맵시를 부둥켜안고 뒹굴고 싶었다.

정거장엔 동생과 순이 어머니가 벌써 나와 있었다. 동생은 나를 보자 이내 입을 비죽비죽 눈물이 글썽해지며 외면을 했다. 나는 그들—동생한테는 어제저녁에 데려다준 형주의 이야기가 듣고 싶고 순이 어머니한테는 금방 떠나간 설주의 이야기가 천년같이 궁금스러웠다. 나는 그저 서 있는 것도 자칫하면 울음이 폭발될 것 같아서 큰 숨을 여러 번 쉬며 아득한 산, 아득한 저쪽을 바라보았다.

"그렇게 하라구 호적등본을 사용해보란 말이야."

이것은 전에도 동무가 내게 한번 권해보던 말이었다. 즉 서울에 있는 내 호적—아직 결혼 안 한 처녀대로—돌아가신 아버지 어머님의 딸로 그냥 있는 호적등본을 사용해서, 다시 또 한 번 처녀 행세를 해서 직업을 구해보라는 것인데 나는 두 해를 두고 생활난을 받으면서도 그렇게 하지 않았다.

"고집을 세울 것 없어요. 그깐 놈의 세상을 좀 속이구 살면 어때."

"속이구래두 잘살 수 있다면 모르지만."

"위선 보통학교 촉탁이나 학원 선생을 하드래두 생활은 그대루 해 나갈 수 있잖어."

"언제까지."

"하는 때까지 해보지 뭐."

"안 될 말이야. 그건 비극을 또 한 개 지어내는 것밖에 안 돼. 법률이 인증하지 않는다 치드래도 나는 이미 남의 아내였고 또 현재 당당한 어머닌데 어떻게⋯⋯."

"그게 고집이라는 거야. 제발 좀 그 고집을 집어치워요. 글쎄 그렇게 한다구 어머니가 못될 거 어디 있수."

"고집이라면 고집일지 모르지만 아무리 살기 위해서의 한 개의 수단이라 치드래두 그건 결국 내 자신을 속이는 것이 되구 마니까. 혹 당신 말대루 그런 방법을 써서 생활난을 면한다구 하드래두 내 마음이 밥을 굶는 이상으로 괴롭다면 안 하는 게 오히려 낫지 않겠어."

동무는 다시 말이 없고ㅡ. 경성행 열차가 꺼먼 연기를 뿝으며 들여닿았다. 어느 때 어디서나 그렇지만 차가 닿자 여러 사람들은 매우 분주하게들, 차에 올랐다. 나도 그 사람들 속에 그 사람들과 같이 분주히 차에 올랐다. 오르자 얼마 안 되어 차는 움직였다. 나는 곧 창에 덧창을 내려버렸다. 눈이 푹푹 내리는 날이 더욱 서글프기도 했지만 차창 밖에 전개되는 그 아득히 넓은 눈 세상에 고양이같이 작은 발자국을 지으며 가기 싫은 순이네 집에서 짐을 부치고 돌아올 엄마를 기다리는 설주의 모양, 네 밤만 자면 엄마가 애기인형과 좋은 장난감을 사다주려니 하는 형주의 모양, 차가 움직이자, 어린애처럼, 엉엉 울던 동생, 이러한 괴로운 그림자들이 어리었던 까닭이다.

서울엔 정오가 훨씬 넘어서 내렸다. 서울 하늘도 흐리고 서울에도 서글프게 눈이 퍼부었다. 나는 역 앞에서 인력거 한 대를 잡아타고 낙원정 ×

×번지 김연화의 집을 찾기로 했다.

"어딜 가시랍쇼?"

나는 동무가 적어주던 종이쪽을 인력거꾼에 주어버리려다가—전에 어릴 때 종종 거리에서 주소 적은 종이쪽을 들고 남의집살이를 가는 허줄한* 여자들이 그 행방을 묻던 일을 본 일이 있어서—나는 꼭 그 허줄해 보이던 그 여자들과도 같은 감이 있어서 쪽지는 안 내어 주고 말로 일러주었다. 인력거꾼은 내 말이 떨어지자 속짐작이 있는 듯, 하얀 길을 껑충껑충 뛰기 시작하고—나는 흔들리는 인력거 안에 작게 뚫린 괜한 구멍으로 나를 열아홉까지 곱게 길러준 고향의 거리를 살피며 팔 년이란 세월이 짧지 않음을 느꼈다. 그동안에 내게 일어난 변화보다도 고향의 거리는 훨씬 달라져 있었다. 내가 서울을 떠나던 때 없던 교통 신호대가 거리거리의 주지처럼 서 있고 불쑥불쑥 높이 웅장한 건물들이 휘황했다—. 고향이 찬란하게 단장하는 사이에 나는 이렇게 처참한 꼴을 하고 고향에 돌아오는구나 혼자 속으로 이렇게 중얼거리는데 인력거는 어느 곳에 머물렀다.

"다 왔는뎁쇼."

인력거에서 내린 나는 꼭 도적질하려는 사람처럼 가슴이 두근거렸다. 그런대로 김연화란 문패 붙은 대문 안에 머리를 약간 들여밀고 주인을 찾았다. 그러나 주인 찾는 소리가 너무 작고 떨려서 내 자신도 그 소리가 내 소리 같지 않게 들렸다. 나는 다시 몇 번 역시 떨리는 소리로 또 불러보았다. 그제서야 안에서 작은 계집아이가 중문을 빼끔히 열고 누구를 찾느냐

---

* 차림새가 보잘것 없고 초라하다.

고 묻는 것이 심부름하는 아이인 듯 보였다.

"너 이 댁에 있는 애냐?"

"네 그렇습니더."

아이는 영남 사투리로 매우 겸손하게 대답해주었다. 나는 그 겸손한 태도보다 그 아이의 말씨가 반가웠다. 형주나 설주의 말소리를 듣는 듯했다.

"아가 이게 김연화 씨 집이냐?"

"네 그른대 어디서 오셋능기요."

"쥔댁 안 계시냐?"

"네, 엊저녁에 나가셨는디 안 들어오싯구마! 그런데 어디서 오싯능기요?"

"나 대구서 왔어."

"아이고 대구서요? 정말 대구서 오싯능기요. 난두 대구서 왔지라오."

아이는 몹시 반가운 모양이었다.

"대구서 어찌 오셋능기요?"

"쥔댁이 뭐라구 말이 없든?"

"뭐 말입기요……? 대구서 침모가 온다카디 안죽 안 왔구마."

"나야."

"?"

계집애는 의아한 시선으로 내 전신을 훑어보고 난 뒤 우선, 안으로 안내하더니 다시 돌아서서,

"참말잉기요…… 아인 상싶구마." 했다. 나는 대답 대신에 그에게 웃어 보이는 수밖에 없었다.

그 아이가 안내하는 건넌방에 나는 작고 초라한 그 아이의 이불인 듯한 것과 또 그 아이의 허줄한 것들이 어즐부레하게 널린 것을 두루 살피며

다못 얼마라도 다른 데 직업을 구하기까지는 그 을씨년스런 방에 있어야 할 것을 생각하고 마음이 쇳덩어리같이 가라앉았다. 어릴 적 아버지를 따라 시골 일갓집에 가서 집이 그리워 잠을 못 이루고 일갓집 낯설은 방과 벽과 천장들이 그저 서글프게만 뵈던 때보다 더한 심정이었다. 그러면서도 나는 김연화가 돌아오기를 기다려서 귀를 대문 밖에 기울이기를 잊지 않았다. 바람에 대문이 삐―꺽할 때마다 몇 번을 우뚤우뚤 놀랐는지 몰랐다. 하나 그는 밤 열두 시가 지나서야 돌아왔다.

"문 열어라."

바람 소리와 함께 들리는 갈가리 찢긴 음성, 나는 그것이 확실히 김연화의 소리라 알았을 때 얼마나 낙망을 했던지, 소리를 들어서 그의 성품을 알고 교양을 알았음에서였다. 그가 제 방에 들어가기까지 나는 그 여자에게 관한 일절을 귀로 알려고 노력을 했다. 그러고 있는데

"왔으면 건너올 거지…… 일루 건너오라구 해."

라는 역시 찬물을 끼얹는 듯한 싫은 소리가 들려오는 것이었다. 아마 계집애가 내가 온 것을 이야기한 모양이었다. 나는 아이가 건너오기 전에 건너갔다. 미닫이를 열자 고쟁이 바람으로 경대 앞에서 화장을 지우던 김연화는 나를 한 번 흘끗 보자 다짜고짜로

"저 빌어먹을 년이 미쳤던가. 얌전한 사람 하나 얻어 보내랬드니 저런 하이칼랄 보냈구먼. 아이 참 속상해 죽겠서."

나는 이 모욕에 어떻게 대꾸를 해야 할지 몰라서 어리둥절해 있을 수밖에 없었다. 그는 이러한 내 태도를 또 어떻게 해석을 했던지

"아니 그래 남의집살이를 온 사람이 히사시개밀* 하구 야단이니……

---

* 히사시가미庇髪. 앞머리를 모자 차양처럼 내밀게 한 머리. 여학생 사이에 유행해 여학생의 별칭으로 쓰임.

여보 당신 어디 부레먹겠소." 하는 것이 아닌가. 동무가 내게 처음 해준 이야기를 들어보면 김연화는 기생은 기생이라도 요새 햇내기 까불고 모양내고 그저 아무런 비판 없이 웃음을 팔아 남자들의 돈만 뺏아내려는 기생들과는 달라서 교양 있고, 춤 잘 추고 소리 잘하는 서울에도 몇 째 안가는 고급 기생으로 본래 심성이 좋을 뿐 아니라, 나이가 삼십 고개를 넘자니까 인생의 쓴맛 단맛을 짐작할 수 있는 좋은 기생이라 했으나 교양이란 말을 차마 붙일 수 없는 그의 말과 행동을 본다면 무엇이 고급하며 교양이 있으며 성품이 좋으며 세상을 아는 것인지 알 수 없었다. 원래 기생의 교양이란 그런 것이고 고급하다는 기생이 그렇고 성품 좋다는 기생이 그런 것인지는 모르나 참 언어도단이 아니랄 수가 없었다.

나는 개곶감 먹은 입같이 입맛만 다시어질 뿐, 말이 안 나와서 그야 뭐라든 말든 건넌방에 건너와버리고 말았다. 날이 밝으면 떠날 예산에서였다. 하나 밝는 아침을 기다려 정작 떠나려고 한즉 김연화는 제가 밤새껏 사내들한테 시달려서 오고 나면 자연 신경질이 되는 것이라 하며 제가 전날 저녁에 한 일을 뉘우치고 하므로 나는 그만 주저앉았는데, 그는 정말 제 말과 같이 사내들한테 밤늦게까지 시달려서 그러는진 모르나 어쨌든 내가 자기 집에 있는 동안 종종 예의 그 갈가리 찢긴 음성에, 무교양한 언사를 써가며 그것도 나한테 직접 하는 일은 없고, 행랑어멈이나 심부름하는 아이를 빙자해가며 욕설을 퍼붓는데 그냥 웃어버릴 수도 없었다.

—팔자가 기구한 년이라 부리는 년한테까지 눌리어 산다는 둥.

—남의 집을 사는 꼴에 아니꼽게 책은 웬 책이며 책을 들구 앉음 누가 크게 무서워할 줄 아느냐는 둥.

—옷이 됐으면 웨 제 손으루 못 건네다주구 계집애년만 시키는 거냐, 안방에 송장이 썩는다드냐, 똥이 들어찼다드냐는 둥.

이 밖에도 그는 내가 심부름하는 아이를 아침마다 머리를 빗겨주고, 내 버선을 줄여서 신기고 나와 한자리에 재우고 하는 일 등—모두 목에 생선가시같이 아픈 모양이었다. 내가 심부름하는 아이에게 가는 마음이란 기생 김연화 앞에 밤낮 콩 볶이듯 달달 볶이는 어린 모양이 가엾고 또 그가 하는 말—아버지가 돈 십 원을 받고 보내 온 후 도망가고 싶은 마음이 몇 백 번 있었는지 모르나 기차 탈 돈이 없고 어떤 기차를 타는지 몰라서 매일같이 대구 하늘이 어디쯤 되나 하고 하늘만 쳐다보며 지내왔다는—것이 가엾었던 까닭이고, 그리고 다린 옷이거나 새로 지은 옷이거나 내 손수 안방에 들고 가서 김연화에게 바쳐드리지 못한 것은 사흘이 멀게 갈아들이는 사내가 자던 방이라 생각하면 그 방에 건너가기는 고사로 그런 방과 한 지붕 밑에 붙은 방에 사는 것이, 근지럽고 또 그의 옷을 매만지는 것조차, 께름칙하고 치욕 같아서 하루바삐 자리를 바꾸려는 마음에서였던 것이다. 그렇다고 남의 일을 맡아하는 이상 나는 정말 그가 매일같이 입는 갑정 삼팔 모본단 하부다이 이런 보드라운 등속의 고쟁이 안까지 삼팔이나 명주를 받쳐 입는 호사스런 옷치장을 그야말로 눈코 뜰 새 없이 해 들여댔다. 본래 기생옷이란 그런 것인지 모르나 어쨌든 아이들 옷과 마찬가지로 잘 더러워졌다. 매일 사내들과 붙안고, 부벼대고 해서 회색이나 오동색 등의 것은 매일 빨아 짓지 않는다 하더래도 꼬깃꼬깃 구겨져서 하루를 안 빼고 다려야 했고, 흰옷은 매일 빨아도 술 먹은 사내들의 손때는 좀체 안 벗어져서 언제 빨든 삶아서 빨아야 했다. 이렇게 하느라고 나는 실상 책 한 권 바로 읽지를 못했다. 내가 바쁜 틈틈에 혹 책을 들었다면 그것은 책을 읽기 위해서라기보다 피곤과 내 자신에 대한 환멸을 잊어보자는 마음에서였을 것이다. 결코 김연화를 골리기 위해서가 아니었다. 차라리 내게 그러한 마음의 여유가 있었으면 오죽 좋으랴. 너무나 나약한 나, 너무나 주접사니 없는 나, 그날그날 닥치는 생활에 얽매여 자신을 썩은 개고기처럼 비지발 없이 굴리는 것을 생각하면 나는 내 몸을 칼로 푹푹 찔러도 시원치 않을 것 같았다. —더구나 아이들의 꿈을 꾸고 난 이튿날이면 나는 완전히 전신의 맥을 잃고 시력까지 어지러워서 문창이 누렇게 씰룩거리기만 했다. 그러면서도 나는 한 달 넘어를 똑같은 생활을 하고 있었다.

"글쎄 괜히 속을 태우실 거 뭐란 말씀애요."
하늘이 몹시 푸르던 날—해 저물녘이었다. 이것은 내게 전부터 좋은 델 조처 못하고 왜 사서 고생이냐고, 화신상회 같은 데 여점원으로도 좋을 것이고 또 그렇지 않으면 전남 부호, 큰 자동차 회사를 한다는 사람 첩의 집에 가정교사를 가도 좋지 않겠느냐고 두어 번 권해본 일이 있는 행랑어멈이 내가 김연화와 맞장구를 기어이 치고야 말던 때 다시 권해보느라고 한 말이었다. 전남 부호 자동차 회사 주인집에 삼 년을 행랑을 살다가 딸 계집애 하나를 기생에 넣은 후 김연화가 소리와 춤이 이름났다는 말을 듣자 정말 그런 집 행랑을 산다면 딸 동기가 기생 김연화로부터 소리거나 춤이거나 배우는 바가 적지 않을 것이라 짐작하고 자기가 삼 년이나 기분 좋게 살던 집을 나와서 김연화 집으로 옮아왔다는 이 행랑어멈은 사람이 도무지 무지하지 않고 또 마음씨도 좋고 알뜰하고 돈만 있다면 남부럽지 않게 사내나 자식이나 제 몸을 좋이 거둬갈 여자로 그는 내가 김연화의 뒤치다꺼리 하는 일을 안타까우리만치 걱정을 해서 며칠 전에도 김연화의 인력거가 문 밖에 사라지는 것을 기다렸다가, 내게 전 주인 여자의 인품 좋은 것과 또 자기가 내 사정을 종종 가는 때마다 그 주인 여자에게 이야길 하는 까닭에 그 전남 부호의 첩이라는 여자가 내게 대단한

호의와 동정을 가지고 가정교사라기보다 자기와 동무삼아 같이 와 있자고 한다는 말까지 했으나, 나는 하루바삐 아이들 데려올 조처를 하는 것이 문제지, 내 편리를 돌봐서 자리를 옮길 마음은 없노라고 말을 막아버렸던 것이다. 하나 김연화에게 당장 나갈 것을 선언한 이상, 제가 데려들이던 사나이들과 내가 눈조화질 친다는 데는 견딜 수 없는 일이어서, 그렇지 않아도 김연화와 맞장구질하는 때부터 나는 행랑어멈이 하던 말을 생각해보지 않은 것은 아니었다.

"그 여자 말이에요, 그 영애 어머니 이야기하든 집 말이에요." 내 쪽에서 먼저 말을 끄집어냈다.

"네, 참 좋아요. 마음씨가 꼭 침모 아씨 비슷하다니까요. 제발 좀 가세요. 지금이래두 가신다면 제가 가서 알아보구 오죠……. 가신다면 여북 좋아하실까, 참 가엾어요. 먼저 남편한테 난 애가 못 잊혀서, 늘 우시군 하는데 참 볼 수가 없어요." 마음 어진 행랑어멈은 진실로 자기 일같이 내 사정과 그 전주인 여자의 사정을 살펴서 이야기하는 것이었다.

"몇 살이나 됐는데…… 본남편은 어떻게 됐기에?"

"글쎄 자세한 건 모르구요 본남편이 있긴 한가 부드군요. 쥔 영감 육춘 아우가 거게 와서 있는데 그 사람 말을 들으면 본남편이 지금 영감이, 참 색씨가 맘에 들어하는 눈치를 알아채군 슬그머니 어디 피해 가드라나요. 그리구 돈을 수백 원 받아 먹었다구 그러는데, 당자의 말은 남편이 어딜 갔다구만 해요. 어쨌든 변변찮은 사낸 모양이드군요. 그 맘 존 솜씨에 뿌리치구 떠났을 적엔. 접때두 침모 아씨 얘길 했드니 참 안됐다구 하면서 애들이 얼마나 보구 싶으랴구, 그러더군요. 웬만하시면 애기들까지 데려다 같이 있으랄지두 몰라요. 영감만 말을 들으면야 당장 그러자구 할 거예요. 그 아씨두 글 재주가 있나부든데요, 늘 책을 보구 그러세요."

"영감이란 이는 늘 집에 있는가요."

"아뇨. 분주해서 집에 있는 때가 적어요. 늘 어디루 댕겨오시드군요. 식구라군 얼마 안 되죠. 영감 육춘 아우 양반하구 큰마누라 아들하구 쥔 아씨뿐이죠. 영감 육춘 아우란 양반이 집안일을 전부 맡아본대요. 아이를 가르칠 사람을 여러 사람이 청을 해왔는데 영감이 사내들은 마단대나요."

나는 행랑어멈의 말을 들어서도 그 전라도 부호의 첩이란 여자의 생활 윤곽을 대강 짐작할 수가 있었으므로 더 다른 것을 캐어묻지 않고 또 저녁이 자꾸 늦어지는 까닭에 물을 여가도 없었지만 행랑어멈을 시켜서 청진정에 있는 그 집에 보내기로 했다.

어멈은 갔다 얼마 안 되어 한 장의 봉투 편지를 들고 왔다.

—영애 어멈*한테 말씀을 듣고 벌써부터 한번 찾아뵙고 싶었습니다마는 이럭저럭 오늘까지 미루었습니다. 지금부터라도 누추한 제 집이오나 와 계신다면 다행하겠나이다.

매우 간단하나 요령 있게 잘 쓴 편지였다. 나는 이 고마운 편지에 뭉쳤던 불안이 그만 사라지고, 미지의 동무를 한시 급히 만나고 싶은 마음이 불현듯 일어났다. 그래서 나는 곧 영애 어멈의 뒤를 따라 저물은 저녁 길을 걸어 청진정 그 집에를 갔다. 가면서 수없이 그 여자에게 관한 것을 생각하고 상상했다. 가서 본즉 그 여자는 내가 상상한 것 이상으로 편지보다도, 더 요령 있고 영애 어멈의 이야기보다도, 고왔다. 이름은 부용이라 하는데 용모와 자태에 맞는 이름이었다. 하나 그 고운 몸과 마음에 영애

---

* 원문에는 '영이 어멈'으로 되어 있었으나 '영애 어멈'의 오기로 보여 고쳤다.

어멈이 이야기한 이상의 쓸개보다 더 쓰거운 슬픔이 깃들인 것을 나는 그 집에 가서 한 닷새 되던 날, 비가 줄줄 내리는 오후에 알아내었다.

부용은 아무 말 없이 내게 그림 한 장을 쥐어주곤 눈물이 글썽해지는 것이었다. 다빈치의 〈모나리자〉도 밀-레-의 〈만종〉도 또 어느 화가가 잘 그린 솜씨의 그림도 아닌 도화용지에 아무렇게나 그린 서투른 그림이었다. 나는 흰 도화용지의 크레용으로 쭉쭉 가로 세로 갈긴 검정 비행기와 또 그보다 더 시커먼 비행기 아래의 대포를 자꾸만 들여다보며, 이모저모 뜯어보며 부용이가 내게 그것을 보여준 의미를 알아내려고 무한히 애를 썼으나 아무리 봐야 무슨 영문인지 알 수 없었다. 이게 뭐냐고 얼른 물어보아도 좋을 것이었으나 그렇게 슬픈 표정을 지으며 쥐어준 그림이길래, 나도 거기서 그와 똑같지는 못하더라도 그가 왜 슬퍼하는 까닭쯤은 알아내야 할 것 같아서 도화지를 몇 십 번 들여다봤는지 모른다. 자꾸만 그렇게 들여다보고 있으려니까, 부용은 또 한 가지 내 마음을 더 의아스럽게 할 것을 쥐어주었다. 나는 이 여자가 무슨 요술을 부리는 것이 아닌가고 의심하면서 그가 주는 둘째 번의 봉투를 받아 읽었다. 그림과 같이 서툴고 또 말을 붙여 읽을 수 없는 글이었는데 떠듬떠듬 겨우 붙여서 끝까지 읽어본즉 그것은 내가 상상하고 예상했던 것과는 아주 다른 내용을 가진 글이고 또 그림이었다. 그러나 가장 슬픈 글이고 슬픈 그림이었다. 벨텔*의 슬픔도 아니었다. 그것과는 비극을 지닌 글과 그림이었다. 나는 부용에게 무엇이라 할 말이 없어서 묵묵히 앉아 있을밖에 없을 때 부용은 내 무릎 위에 마구 엎드려

"형 난 어쩌면 좋아요." 하고 울어버렸다. 정말 어쨌으면 좋을지 알 바

---

* 베르테르.

를 모를 일이었다. 어쨌으면 좋겠느냐고 흑흑 느껴가며 우는 부용이도 한없이 슬프고, 또 비행기와 대포를 그려놓고—그것과 함께 어머니한테 보내는 슬픈 편지, 아버지의 첩을 대포로 쏘아 죽이고 비행기를 타고 어머니한테로 빨리 가고 싶다는 보통학교 육 년생인 열세 살 먹은 부용의 남편의 아들아이의 글과 그림도 나는 똑같이 슬펐던 까닭이다.

"인제 하는 수 없잖아. 운명이거니 하구 살밖에 없지." 부용은 내가 이렇게 말하자 내 무릎에서 벌컥 일어나 아주 얼굴을 바싹 치켜들고 그 검실검실한 눈에 눈물을 흠뻑 담은 채, 다음과 같이 부르짖었다.

"—모두 내 죄예요. 내가 잘못했어요. 정말 대포루 쏴죽일 년이에요. 아침에 개 방을 좀 치워주구 책상 정리를 해주려니까 글쎄 그 편지가 뺄함 속에서 나오는군요. 다른 데 하는 거라면 떼볼 리 있어요. 제 에미한테 하는 거라 떼어봤드니 글쎄 그렇군요. 난 어떡하면 좋아요. 그것두 지난밤에 영선이 꿈만 안 꾸었더면 개 방에 들어두 안 갈 텐데 밤새두룩 영선일 안구 뺨을 맞추고 부비구, 껴안구 하구 나니 이건 도무지 죽겠군요. 추운데 뒤꼍으루 앞마당으루 미친 것처럼 서성거리다가 개한테래두 잘해줘야 할 것 같은 마음이 생기겠죠. 그래서 뛰어 들어가 방을 쓸구 책상을 치운다구 한 노릇이 그렇게 됐어요. 난 죽어야 해, 죽는 수밖에 없어요."

"영선이란 건 누구얘요?"

"영선이요? 영선이요? 영선이가 시굴 있어요."

부용은 목이 메어 몇 번을 꺽꺽거리며 이렇게 부르짖었다. 나는 그가 누구라는 말은 하지 않아도 그의 태도와 표정으로써 넉넉히 영선이란 아이가 부용이가 시골에 두고 온 자기가 낳은 아이라는 것을 알 수 있었다. 그것은 미리 영애 어멈 말도 들었으려니와 내가 아이를 낳아봤고 또 아이를 길러봤고, 그 아이들을 떼어놓아봤기 때문이었다.

"데려다 같이 있을 순 없어? 몇 살인데?"

"다섯 살이라우. 어떻게 데려와요, 못 데려와요. 보구 싶어서 잠깐 뵈달래두 안 뵈주는 걸요…… 지난가을에두 하두 미칠 것 같애서 시굴 내려 갔댔지요. 열흘이나 사람을 사이에 넣어서 앨 좀 보게 해달래두 안 듣는 군요. 나중엔 염체를 버리구 내가 그 집엘 갔군요. 그랬더니 마침 아이 아부진 없구 아이 할머니와 새 예펜네가 있는데 저 할머니가 문 안에 들어 서게나 하겠어요. 그러는대두 막 뛰어 들어가 저 할머니 앞에서 뭐라뭐라구 지껄이는 아이를 달려들어 안었지요. 그런데 이놈의 아이가 글쎄 일년이 겨우 넘었는데 나를 몰라 보구 내가 암만 눈물을 닦고 정색을 하며 내가 엄마야, 내가 엄마야 해두 울면서 저 할머니한테루만 가는군요. 저할머닌 아이가 그러니까 더 야단스레 무슨 염치로 왔느냐, 아이를 아주 죽이러 왔느냐구 소리소리 지르며 벌벌 떠는군요, 글쎄 웨 그래요. 그놈의 아이가 웨 제 에미를 몰라본단 말애요. 아이구……."

부용은 다시 방바닥에 쓰러졌다.

"다시 갈 순 없어?"

나는 파도치는 그의 어깨 위에 물었다. 그는 머리를 흔들어 대답을 대신했다.

"아이 아버지가 잘못했다메……."

"누가 그래요?"

부용은 벌떡 일어나며 이렇게 외쳤다. 그러고 다시 계속해서

"내가 죽일 년이에요, 내가 죽일 년이에요. 곤란을 참을 줄 몰라서 그랬어요. 돈만 있으면 사는 줄 알구 그랬어요. 돈이 무슨 필요가 있는 거예요. 내겐 영선이밖에 없어요. 아무것두 없어요. 다 없어요. 이 지옥 같은 생활이 내게 웨 있는 거예요. 사랑하지두 않는 사람을 웨 따라왔을까, 난

참말 이 생활이 지긋지긋해요. 모두가 거짓뿐예요. 하루하루를 살아간다는 것이 거짓을 쌓아가는 것밖에 없어요. 그러게 나는 대포루 쏘아 죽여두 싸요. 걔가 잘 봤어요. 걜 내가 진정 사랑해본 일이 없구려. 밥을 안 먹구 학교에 가두 가슴 아퍼본 일이 없구, 걔가 병들어 누울 때두 아이 앓는 것은 둘째구 걔가 죽으면 내가 잘못 서둘러서 죽었다구 하면 어쩌나, 그러면서두 오히려 걔가 죽기나 했으면 하는 생각까지 하게 되니 죽일 년이 아니구 뭐겠어요. 걜 사랑하구 걔 장래를 위한다구 하는 건 다 거짓말이에요, 한구석엔 언제나 걜 미워하는 마음이 늘 꿈틀거리구 있어요. 그 맘을 없애려구 끔찍이 노력해두 그게 안 돼요. 다른 아이라면 사랑할 수 있을 것두 같은데 개만은 그리 안 되는군요. 내가 낳지 않았더래두 사랑하는 사람의 자식이면 그렇지두 않을 것 같애요. 영선일 대신해 걜 사랑해보려구 그렇게 앨 쓰건만 안 되는군요. 저 아버진 그래두 날보구 걜 시험 공불 시켜주라는군요. 시켜보려구 생각두 했지만 결국 거짓을 더하게 되는 게 되구 말겠게 사람을 구하기루 한 거랍니다. 형, 난 어쩌면 좋수? 이 공허한 마음을 뭣으루 채울 수 있을지…… 우리 영선이두 그 지금 있는 여자가 내가 걜 미워하는 것처럼 미워할까……."

부용은 말을 이을 수 없이 입에 경련이 생겼다. 루소의 『참회록』을 다 읽던 날보다 더한 긴장과 흥분에서 나는 그의 아픈 가슴과 경련이 더 심해가는 슬픈 얼굴을 쳐다보며 여기에도 한 개의 비극이 있었구나 하고 부르짖었다. 너무나 큰 비극임에 틀림없었다. 오래지 않아서 그는 아이를 낳아야 할 어머니로 배가 뫳봉오리같이 볼록해 있었다. 사랑하지도 않는 사람의 아이를 얼마 안 있어 낳을 참이었다.

"형, 저하구 삽시다. 전 이 집을 뛰쳐나가겠어요. 형을 그여히 오시게 한 것두 그래서였어요."

한참 뒤에 그는 아주 다정한 자세와 얼굴을 지으면서 내게 이렇게 말했다.

나는 이 급작스런 문제의 제출에 어떤 답안을 내려야 할지 어리벙했다. 얼른 생각하면 하루라도 견디어 있을 수 없을 듯하고 또 한편으로는 하는 수 없이 그 생활을 계속해야 할 것 같고.

어쨌든 나는 부용을 위해서 내 최선을 다해야 할 것같이 생각되었다. 아름다운 그 마음속에 뿌리박은 아픔을 파내주고 싶었다. 하나 아무리 해야 내 힘과 내 능력으로선 어떻게 하는 재주가 없을 것 같았다.

"결국 아이 낳기를 기다려서 아이를 길르고 아이가 자라는 걸 보면서 사는 수밖에 없을 거야."

이것은 어느 날 그의 죽은 듯이 조용하고 커다란 방에서 내가 그에게 한 말이었으나, 그와 나는 둘이서 몇 시간을 모든 소설에 나타난 슬픈 운명을 가진 여주인공을 이야기하고 또 그 밖에 내가 아는 수없이 많은 불우한 여자들의 이야기를 하고 나서 한 말이었다.

"그러다가 죽으란 말이군요."

중등교육을 받았고 또 자기의 과거를 뉘우칠 줄 알고 세상에서 가장 아픈—아이를 떠나는 괴롬을 받고 그러고도 남보다 더한 쓰린 생활을 하고 책을 많이 읽는 그는 나 이상으로 자기 앞에 벌어진 비극을 수습 못할 것을 잘 알면서도 이렇게 한마디 해보는 것이었다. 나는 그것을 그가 너무 세상을 잘 알기 때문에 하는 말이거니 들어버리고 더 대꾸하지 않았다. 대꾸가 없더라도 그는 또 내 마음을 알고 있었다. 둘이는 십년지기와 같은 마음을 가질 수 있었다. 하나 사이가 가까워가면 갈수록 괴로울 뿐이었다.

나는 그의 마음의 아픔이 커가는 것을 보는 때문이고 그는 또 내 해결

지을 수 없는 생활 문제, 아이들의 입학入學 문제를 잘 알고 있는 때문이었다.

"이렇게 하면 어떨까, 이 사람하구 갈라지면서 애는 길러줄 테니 애 양육빌 달라면!……"

부용은 하루 어느 날은 또 이런 새 문제를 끄집어냈다. 아주 큰 발견이나 한 듯 일어나 앉으며 외쳤다. 그럴 법도 한 일이었다. 그는 나를 보아서도 그러려니와 자기의 능력을 알고 또 여자가 세상을 혼자 살아간다는 사실, 더구나 아이까지 있고서는 어렵다는 것을 무척 잘 알고 있는 까닭에 현재 남편과 갈라질 때 돈만 얼마 타낼 수 있다면 그에서 다행한 일은 또 없을지 모를 것이다. 하나 그는 일 분도 안 돼서 다시 시무룩해지며

"안 될 거야, 자기가 싫다면 몰라두…… 전에 큰마누란 위자료를 줘서 보낼려구 했지만…… 안 되지 안 돼. 밖에 못 나가게 지키느라구 육촌 아울 갖다났는데…… 가정교사두 남잔 안 된다구 했는데……." 하는 것이었다. 결국 우리는 아무 날도 아무런 해결을 못 지은 채 세월만 흘러서 나는 아이들 입학시켜야 할 시기가 닥쳐오고 부용은 뱃속의 아이가 커가고 했다.

그래서 몹시 초조하던 날―음력설을 지난 지도 훨씬 오랜 뒤였다. 나는 기어히 이상훈을 찾기로 했다. 이 사람 저 사람 남편의 옛날 동지들을 생각해봤으나 그 사람들의 거처를 알 바 없었고 또 그들은 현재 나를 도와줄 만한 열과 힘이 없을지도 모른다고 생각했다. 정말, 그들의 전부가 그 많던 열과 힘의 전부를 가버린 시대와 함께 흘려버리고 오직 물거품인 몸뚱이 한 개를 주체 못해서 주린 개처럼 허둥허둥할지 모른다. 그러므로 찾아서는 안 될 상훈을 찾기로 한 것이었다. 사실 나는 그가 어디서 어떻

게 사는지를 잘 몰랐다. 전년 가을에 꼭 한 번 남편이 돌아간 것을 위문해서 편지해 온 일이 있고서는 전혀 소식 없이 지나갔다. 생각하면, 내가 상훈을 찾는다는 것은 크게 거북한 일이 아닐 수 없었다. 문학소녀이던 동경시대—셰익스피어, 체홉을 읽을 때 내 구름같이 피어나는 공상을 곱게 받아주던 그를 나는 여름방학에 귀향한 후 이래로 살림을 하고 아이를 낳고 남편을 죽이고 그러고 온갖 풍상을 겪느라고 편지 한 장 없이 소식 한 번 전한 일 없이 팔 년이란 긴 세월을 지내왔던 것이다. 작년 가을에 한 편지에도 회답을 못하고 있었다. 그렇다고 그를 그동안 아주 까맣게 잊어버린 것은 아니었다. 때때로 나는 그이 까닭에 외로워하고 그이 까닭에 멍청해서 시야의 초점을 잃고 하염없이 앉아 있는 일도 있긴 했다마는, 남편이 살아 있을 때는 남편이 살아 있는 까닭에 그를 생각지 말자고 했고 남편이 죽은 뒤에는 남편이 죽은 까닭에 더욱 그를 생각지 말자던 사람이다.

내가 해 저물녘 길을 미끄러지며 찾아낸 명치정 구십팔 번지는 '고마도리'라는 찻집이었다. 인접한 편지에 다방을 한다는 이야긴 없었지만, 명치정 거리란 데가 다방 거리고, 또 그가 함직한 일인 것 같기도 하기에 나는 '고마도리'라는 다방 앞에서 얼마 망설이지 않고 홀에 들어갔다. 들어서자 심부름하는 사환 아이가 곧 가까이 오므로 나는 빈 테이블 한 자리를 잡아 앉은 후 상훈을 찾았다. 내 예상이 맞았다. 상훈은 곧 나왔다. 듬성듬성 전과 조금도 다름없는 체격과 얼굴로 가까이 내 앞에 와서

"웬일이십니까." 역시 전과 다르지 않은 깊숙하게 검은 눈을 내 얼굴과 그리고 내 전신에 던지며 놀라는 기색도 없이 이렇게 말하는 것이었다.

"앉으십시오. 변하지 않으셨군요."

그는 내게서 눈을 떼지 않은 채로 있었다.

나는 그 시선에 수없이 쏠리고 있는 것을 아이가 차를 갖다 놓아줄 때에야 비로소 깨달았다.

"언제 오셨습니까."

"벌써요, 한 두어 달 되나봐요."

"그런데 인제야 찾아줍니까."

"어디 계신질 알아야지요."

"오늘은 어떻게 아시구?"

"전에 언젠가 편지하셨지요. 주소가 혹 갈렸으면 어쩌나 하면서 찾아 왔어요."

"편질 받긴 받으셨군요. 주소를 전혀 모르다가 어떤 동무가 알아다 줘서 알았습니다…… 그런데 지금 어디 계서요?"

"동무 집에요."

"혼자요?"

"네."

"아이들은?"

나는 그가 아이들 있는 것을 어떻게 알까, 그는 내 생활을 죄다 알고 있을까, 알고 있다면 나를 생각하구 있음에설까 그렇지 않으면, 내게 복술하기 위해설까, 나는 맘속으로 혼자 이렇게 오만 가지 생각을 해보다가,

"어떻게 애들 있는 걸 아셨어요?" 하고 물어봤다. 그랬더니 그는 한 번 그의 독특하게 웃는 묵직한 웃음을 빙그레 웃은 다음,

"웨 몰라요. 뭐든지 다 알구 있어요." 하는 것이었다. 나는 가슴이 덜컥 내려앉았다. 쓰레기통같이 지저분한 내 생활을 그가 미리 알고 있다는 것이 싫었다. 하나 한편으론 기쁘기도 했다. 어떻게 됐든 간에 그가 무슨 심사에서였든지 내게 관심을 가지고 있었다는 것이 무한히 기뻤다.

"그럼 웨 가만히 계셨어요."

하지 않으려던 말이 불쑥 나와버렸다. 그를 찾기로 결정했을 때 나는 그에게 대해서 아무렇지도 않으려 하고 또 그렇게 할 수 있을 것은 자신을 가졌던 것인데 옛날과 똑같이 호수의 저— 밑바닥까지 흔들어놓는 그 음성과 산림같이 깊숙한 눈이 나도 모르는 사이에 비조산 꽃구경으로, 갈대밭이 우수수하는 데를 숱한 가을 벌레들의 울음을 들으며 다니던 때에로 내 마음은 이끌리고 말았다.

"가만 안 있구 어떻게 합니까, 떠나간 사람을…… 헌신짝같이 버리구 간 사람을."

그는 무슨 연극의 세리후 외이듯 이렇게 중얼거리군, 허공에 시선을 굴리고 있었고, 나는 할 말이 없어서, 고개를 숙인 채 내 구두코를 내려다보고 있었다.

"편지두 여러 번 했지요. 회답이 없길래 편치 않으신가 해서 처음엔 퍽 궁금했지요. 그러다가 소식을 알군, 그저 가만있기루 작정해서 팔 년을 꼽박 그렇게 살아왔습니다. 불행히 됐던 말을 들었을 때 곧 뛰어가 보구 싶었지만, 경솔한 태도 같기에 그만뒀지요. 지나간 이야긴 할 것 없구…… 그런데 앞으로 어떻게 할 작정입니까?"

나는 고개를 들어 그를 쳐다볼 뿐으로 말은 못했다. 가장 옳다고 자신했던 과거의 내 생활 전체가 너무 무비판적이었던 것 같고 경박했던 것 같음을 그의 말을 듣는 사이에 알았다.

"서울서 사시겠습니까?"

그는 다시 물었다.

"글쎄요."

나는 내가 찾아온 뜻을 이야기하려다가 그만두고 간단히 이렇게 대답

해두었다. 나는 그이 앞에서 처참한 내 생활 여부를 이야기하기가 점점
두렵게 여겨졌다.

"무슨 풀랜이 있으면 이야기하시오. 도와디린다구까진 못하지만 힘 자
라는 대루……"

"……"

"말 못할 사정이 있습니까?"

"아뇨."

"그럼."

"……"

"지금 계신 데가 동무 집이라지요?"

"네."

그는 내가 말 안 하는 뜻을 다른 데 두는 모양이었다. 혹시 개가라도 하
지 않았는가 하는 의심을 가진 듯했다.

"실례지만 정말 동무 집입니까."

"정말입니다."

"그럼 웨 혼자 그렇게 오래 와 계서요?"

"……"

"은영 씨! 어떤 말씀이든 해주시면 어떻습니까. 지금 계신 데가 영구히
사실 집이 아닙니까?"

그는 내가 추측하던 마음을 드러내놓았다.

"영구히 살 집이요…… 아녜요, 다 아녜요."

"그럼 뭡니까. 웨 그리 달러지셨어요. 전엔 퍽 명랑했는데……"

그렇게 일러놓고 보니 그런 것도 같았다. 전엔, 내가 종달새처럼 명랑
하기도 했다. 어느 때 그는 내 조잘거리는 것을 물끄러미 보다간, 이름을

아주 종달새라구 짓구 말지 한 일도 있었다. 그러면 나는 그의 황소같이 느리고 또 말이 적은 그를 복수하잔 마음에서 굼벵이라 별명을 지어주군 했다. 그러던 일이 어제 같고 또 그리웠다.

"굼벵일 아세요?"

나는 참말, 어린애가 되어 바로 내가 그를 굼벵이라고 불러보던 때와 같이 오히려 더 수줍은 소리로 그러나 매우 어리광스럽게 말을 했다. 내가 듣기에도 내게 이렇게 어린애 같은 데가 남아 있었던가 싶은 소리였다. 아마 일찍이 남편 앞에서도 이러한 소리와 또 마음을 가져본 일이 없던 것 같다.

"글쎄, 그래 종달새지…… 가끔 잘 그렇게 조잘거리던 양반이 웨 그런가 싶어요."

"어떡해요, 달러지는걸. 세월이 가구 나이를 먹구 하면……."

"다른 덴 조금두 안 달러졌어요. 그냥 그대루 있는데…… 맘두 그냥 있을 것 같애요."

"그냥 있을 리 있어요. 변하는 것이 원칙인데……."

"원칙을 무시하는 경우가 얼마든지 있잖아요?"

"어떻게요."

"변했는데 변하지 않은 거루 보여지는 거……."

"그건 뭐예요?"

나는 이렇게 반문했으나 그의 말의 의미를 해득치 못해서가 아니었다. 내가 그를 전에나 똑같이 보는 그 마음도 말하자면 일종 원칙을 무시하는 마음의 소위가 아닌가 하는 것까지도 나는 생각해봤다.

"은영 씨가 옛날이나 지금이나 똑같이 아름다운 거, 앞으로 영원히 그렇게 있을 거 말입니다."

“페닉스*던가요?”

“네, 페닉스지요. 내 맘속에 영원히 안주할 페닉스입니다. 나는 이 페닉스 까닭에 외롭고 또 즐거울 수 있습니다.”

“전 그런 신비한 존재가 못돼요.”

나는 또 내 신변에 눈을 돌렸던 까닭이다. 구중중한** 현실이 내 앞에 큰짐승처럼 가로누워 굼틀거리는 것을 보았던 까닭이다.

“그건 상관없겠지요. 은영 씨가 남편과 아이들과 유쾌히 살 적에두 난 혼자서 생각하고 외로워하고 그리고 어느 때든지 내 앞에 나타날 때가 있으려니 하는 기적을 기다리구 있었으니까.”

나는 겁이 덜컥 났다. 그의 말이 거짓이 아니라고 믿었기 때문이다. 진실을 보는 때처럼 무서운 것이 없느니라고 사람들의 하던 말을 들어본 적은 있지만 나는 일찍이 이처럼, 엄숙히 내 맘과 몸을 한데 떨게 하는 진실은 당해본 일이 없었다.

“안애요, 저를 옛날에 알던 동무로 알아주십시오. 저는 도무지 그런 말을 들을 자격두 없어요. 제가 얼마나 괴로운 형편에 있는가를 들어주십시오.”

나는 부르짖듯 애원하듯 그의 앞에 진정 정당한—내가 조금도 거리낌 없다고 생각하는 자세—즉 설주와 형주의 어머니의 태도를 지은 후 나는 그를 찾을 때에 하려던 생활 문제, 아이들 입적에 대한 문제 등의 이야기를 전부 다했다.

상훈은 이야기를, 참말 조용히 반문이나 질문 한 번 없이 말하자면 나

---

* 불사조, 독보적 존재.
** 사람이나 물건의 모양새가 깔끔하지 않고 지저분하다.

와 다른 이야기하던 때와 똑같이 태연히 하고 나서,

"내게 전부 맡겨주십시오." 역시 태연한 어조로 말하는 것이었다. 나는 감사하다고 인사하기도 쑥스럽고 해서 다만 엄숙한 자세 그대로, '굼벵일 아세요' 하던 때와는 아주 다르게 앉아만 있었다.

"주솔 적어주시든지 틈이 계시면 나와주셔두 좋구요. 이층에 언제든지 있습니다."

나는 청진정 주소를 적어놓고 그리고 틈 있는 대로 나와서 만날 것을 약속한 후 숙소에 돌아왔다. 숙소엔 동생한테서 편지가 와 있었다.

―언니, 이월이라는데 이렇게 날씨가 쌀쌀합니다. 몸이나 건강하십니까. 그런데 언니, 어쩌면 좋습니까. 송宋의 병이 점점 더쳐서 이삼 일 내로 입원 치료를 하라는 의사의 명령이 내렸는데 형주 때문에 야단입니다. 언니가 데려갈 형편이 못되는 것은 잘 알지만 여기 형편도 그렇고 또 아이들도 벌써 석 달이나 엄마 보고 싶은 맘에 그만 풀이 죽었습니다. 형주는 날마다 그 추운데 몇 번씩 정거장에 엄마 마중을 나가는데 아무리 나가지 말래두 언제 나가는지 모르게 빠져갑니다. 종종 설주가 와서 같이 가는 때도 있습니다. 설주는 엄마가 인제 형아캉 나캉 서울 데려간다고 하면서두 정거장엔 나가는군요. 형주는 정거장에만 나갈 뿐이지 밥을 안 먹거나 잠을 안 자거나 하진 않는데 설주는 순이 어머니 이야길 들으면 초저녁엔 눈을 꼭 감고 자는 체하다가도 밤이 들어서 집안 식구가 다 잠든 눈치가 뵈면 이불 속에서 혼자 울 뿐 아니라, 엄마가 몹시 그리운 날이면 밥을 통 안 먹는다는군요. 저두 어제사 그런 이야길 들었습니다. 순이 어머니도 이때까지 이런 말은 언니가 슬퍼할까봐 하지 않았다구 하나, 아이들 일이 너무 가엾어서 그만 죄다 써버렸습니다. 어제저녁 서울서 학교 다니던 사촌 시누가 몸이 아퍼서 왔는데 무슨 이야기 끝

에 자기 동무 이야기가 나서 자세 물어봤더니 하순이가 그 하순인지 아닌지 모르나 어쨌든 지금 성화여학교에 정하순이란 그런 아이가 있다는군요. 하와이 어머니한테서 학비가 온다는 거며 나이가 열아홉이라는 거며, 아버지가 없다는 거며, 성질이 이상하다는 거며 하순이와 흡사한 점이 있사오니 좀 가보십시오. 저는 그애가 꼭 하순이라면 한달에 백 원 턱이나 되는 학비가 온다니 언니가 데리구 계시면 피차에 좋지 않을까 생각했습니다. 그럼 언니 얼른 꼭 가보십시오. 몸 안녕하십시오.

동생 선영 올림

이튿날 아침 나는 성화여학교엘 하순을 찾아 떠났다. 하순은 전에 내가 여학교 다니던 때니까 벌써 십 년도 훨씬 넘는— 옛날 일이다. 그의 어머니가 아메리카 영사관 서기로 있던 사람과 하와이로 떠날 적에 아홉 살 먹은 하순을 이웃에 사는 아주 타남인 우리 어머니한테 맡겨서 어머니는 그의 어머니가 부탁한 대로 석 달만 맡아 기르자고 하던 것을 오 년 동안, 어머니가 돌아가시던 때까지 기른 것이다. 그때 어머니가 돌아가신 후 동생과 함께 대구에 살림을 옮기게 되어서 하순을 충청도 저의 고모 집에 보낸 이후로 전혀 소식이 없었다. 나는 그가 기운 없이 아이들 축에도 안 끼고, 우리 어머니가 그처럼 잘해주건만, 도무지 따르지 않고, 내 동생 선영이와 싸우기만 하면 이내 주먹 같은 눈물이 그 맑고 크고 까만 눈에서 뚝뚝 떨어지고 사람의 눈을 그시고* 도적질을 가끔 해내고, 거짓말도 잘하고—그러면서도 마음씨가 모질지 못하던 것을 생각하며 성화여학교 사무실 안에 들어섰다. 마침 교장이 여자분이어서 나는 교장과 하순에게 관

---

* 속이다.

한 이야기를 물었다. 정하순은 과연 그 하순이었다. 교장은 하순이가 우리 집에 있은 것도 알고 있었다. 우리 집에서 고모 집에 가서부터 하순은 어머니한테서 오는 돈을 그 고모부가 죄다 받아쓰곤 보통학교 육학년에서 그만둔 아이를 마저 맞춰줄 생각도 없이 집에 죽 박아두고 심부름이나 시켰으며, 하순이가 그 고모 집을 도망해서 서울 와서 이리저리 전전하다가 성화여학교에 온 뒤에도 그 고모부라는 시골 사람은 가끔 술이 취한 채로 하순을 찾아와서 시골 내려가자고 한다는 것이었다. 마는 하순이가 성화여학교에 입학한 후 하와이에 있는 그 어머니는 교장한테 긴 편지를 보내어 하순의 장래를 의탁한다고 하기 때문에 교장은 어미 없는 하순이도 가엾지만 먼 곳에서 딸의 전정*을 염려하는 어머니의 마음을 알아서 학교에서나 기숙사에서 선생과 동료들 사이에 평이 좋지 못한 것을 날마다 타이르고 책망을 하고, 때로는 때리기까지 한다고 했다. 중에도 딱 질색인 것은 동무 새에 감정을 일으키고, 거리의 유행을 잘 거둬들이고, 군것질을 잘하고 한 달에 백 원씩 오는 돈을 아무리 안 쓰게 하는데도 요리조리 어떻게든 공교스레** 구실을 꾸며서 백 원 돈을 거진 쓰게 된다는 것을 이야기한 후 교장은 내게 하순이 같은 아이는 기숙사에 두기보다 차라리 잘 관리하는 사람만 있으면 혼자 있는 편이 낫겠다고 말했다. 이것은 내가 그에게 내 뜻을 미리 말했던 까닭에 한 말인지 모르지만, 내 생각에도 하순에겐 좀 더 따뜻한 환경과 부드러운 손길이 필요할 것을 알았다. 더구나 그가 우리와 떠난 후 여러 가지로 고생했다는 이야길 듣고 나니 퍽 안되었었다. 하순은 교장의 안내로 곧 내게로 나왔다. 어떻게 자랐는

---

* 前程, 앞길.
** 솜씨나 죄 따위가 교묘하다.

지 옛날 면목이라곤 별로 없고, 까무잡잡하던 얼굴이 환─히 윤이 나고 희고 맑던 눈은 더욱 빛났다.

"언니 웬일이겠수?"

그는 나를 곧 알아본 모양으로 지져 올려서 굽실굽실한 머리를 내 가슴에 파묻고 어깨를 들먹거렸다. 나는 옛날 어머니 밑에 같이 자라던 그를, 눈앞에 그리며,

"너 날 알겠니." 하고 물었다. 그랬더니 "웨 몰라요, 은영 언니 아니우." 하며 이내 젖은 얼굴에 웃음을 띄우고 반가워했다. 나는 교장에게 말한 대로 그에게 나와 같이 있으면 어떻겠느냐는 의견을 물었다. 그랬더니 그는 내 말을 채 듣기도 전에, 아주 기뻐서 펄쩍펄쩍 뛰며 "언니, 정말이우. 난 기숙사에서 나가는 날이면 춤을 추겠어." 하는 것이었다. 교장의 이야기를 들어서 그가 기숙사를 싫어할 것은 미리 짐작하고 있은 바이었으니 놀랄 것까진 없지만, 어쨌든, 교장이 앞에 앉았는데 그런 말을 함부로 막 내받아 하는 데는 놀라지 않을 수 없었다.

집은 성화여학교와 부용이 집 가까운 데 하느라고 수송정에 얻었다. 나는 살림을 장만하고 아이들과 하순을 데려오고 하느라고 한 보름 동안 그야말로 눈코 뜰 새 없이 바빴다. 상훈이도 만나지 못하고, 부용이와 조용히 이야기할 사이도 통 없었다. 그러한 어느 날 저녁, 부용이가 편지 한 장을 들고 왔다. 낮에 메신저가 가져온 것이라 했다.

사연은 간단한데 한 번 다녀간 후 도무지 소식이 없길래 어디 편치 않은지 그렇지 않으면 신변에 무슨 일이 생겼는지 궁금해서 벌써 좀 찾아보고 싶었으나 어떤 형식으로 찾아보는 것이 좋을지 몰라서 이때까지 있었다는 그것뿐이었다.

"형! 이이가 누구예요?"

내가 글발에서 눈을 들었을 때 부용은 물었다. 그러지 않아도 그에게 상훈을 만나고 오던 저녁부터 알리자던 문제였다. 그랬는데 어쩐지, 마음이 떨려서, 무슨 큰 죄를 짓는 사람 같기도 하고 또는 귀한 보물을 간직한 것처럼 즐겁기도 하고, 어쨌든 나는 이러한 마음인 까닭에 부용에게 이야기를 못했던 것이다. 그러고 또 상훈을 다시 만나려고 하지 않은 데도 있었다.

"아는 사람인데……."

아무래도 어색했다. 바른 대로 하지 않은 까닭이었다.

"부용이! 이 사람이 동경 있을 때 알던 사람이야."

나는 그의 앞에 숨기는 것이 괴로웠기 때문에 어색스럽게 부용의 이름까지 부르며 다시 이렇게 말했다.

"형은 좋겠어요."

부용은 쓸쓸한 표정을 지었다.

"무엇이?"

"그런 이가 있으니까."

"내 맘을 모르구 하는 소리지."

"돌아가신 이를 생각하는 것두 좋지만, 그렇지만……."

"그것두 그렇지만 그보다 더 딱한 일이 있어. 부용이가 직접 당해보기 전엔 설명을 해두 몰라."

"그이가 지금 어디 있우?"

"서울에."

"저이 집이 서울인가요?"

"아니지, 부산 사람이야."

"그이 집은 부산 있겠군."

"그런가봐. 지금 찻집을 하는데 그 이층에 혼자 있나봐."

"몇 살인데 장가갔나요."

"안 갔을걸, 동경 있을 때 안 갔었으니까. 내가 여름방학에 나왔다가 다시 안 들어가구 그렇게 된 뒤로 쭉 나만 생각했대. 앞으로두 그렇게 한다는군. 그리구 뭣이나 죄다 자기한테 말하라는군."

"아이, 형은 참 좋겠어요. 그럼 그이와 결혼을 하시지 뭘 그러세요."

"안 돼요. 어떻게 결혼을 할 수 있어, 못해."

"웨 못해요. 그이가 부인이 없겠다 형은 남편이 없겠다. 피차에 사랑하겠다, 형의 지금 처지로 봐선 참 좋을 것 같구만. 애들두 그이 앞으루 입적시킬 수 있잖어요. 그런 다행한 일이 어디 있길래 그러세요."

"그 다행한 일에 큰 불행이 있을 것은 어떡하구."

"뭔데?"

"난 그이를 만나려는 생각을 가질 때부터 그땐 더구나 아무렇지도 않게 맘먹었는데 그때부터 내가 만약 그를 좋아하게 되면 어쩔까 하는 생각을 했을까."

"하게 되면 어때요. 좋지 뭐. 그거 보세요, 형이 그일 사랑하기 때문에 그런 생각이 나는 거 아니겠수."

"그럴는지 모르지…… 하지만 내가 사랑하고 내가 좋아한다구 결혼할 수 없는 일이구 애들을 입적시키려구—그런 외부적 조건을 살리자구 큰 비극을 지어낼 순 없어, 안 돼지, ……안 돼. 못해요."

"암만 그래두 결혼하구 말걸."

부용은 내 얼굴에 나타난 감정을 어떻게 보았든지 이렇게 말하곤, 그 애수가 담뿍 잠긴 눈을 내게 쓸쓸히 던졌다.

“부용이 이것 봐.”

나는 그를 또 이렇게 조용히 불렀다. 그러고 다시 아주 낮은 소리로,

“부용은 내가 뭘 무서워하고 뭘 불행하다구 하는지 모르지? 모를 거야. 그것만 아니면 내가 그의 이야길, 그를 만나구 오던 길로 부용한테 말을 할 거야. 그리구 그이를 자꾸 만날 수 있을 거야. 지금두 이야기한 대루 그일 만나러 갈 때부터 떨면 가지 않았을 거야. 또 그이가 온갖 것을 다 맽기라구 했음에두 불고하구 나는 다시 아무런 일언반구의 말 없이 하순을 데려다가 살림을 채리구 아이들을 데려오구 그리구두 아무 말 없이 보름 넘어를 있은 거야.”

“그게 대체 뭘까?”

“가만있으라구, 내가 말할게. 내가 만약 이상훈이란 사람을 몰랐드면, 그를 생각하지 않았드면 이런 걸 못 알았을 거야. 부용이, 부용이가 큰마누라 아인 못 사랑하잖어. 암만 사랑하재도 안 되잖아. 그것과 마찬가지루 제 자식이 아닌 아들이니 제 자식이 아니드래두 아무런 관련이 없는 남의 자식은 귀해할 수 있지 사랑해줄 수 있는 경우가 있지만, 사람의 심리란 것이 참으로 기기묘묘한 것이어서 제가 낳지 않은 남의 자식이든지 제 자식이 아닌 아내의 자식, 즉 여편네가 데리고 들어온 자식이고 보면 미워하게 되는 것이 보통인 것 같애. 가만 보라구, 의붓자식을 미워 않는 사람이 별루 있는가. ‘의붓애비 묘에 벌초’란 말두 이런 데서 생긴 것일 거야. 의붓애비가 미워했으니까, 그 묘 벌초에 정성될 수가 있겠어……”

“그런 경우도 있지만, 진정 사랑하는 사람의 자식이라면 안 그럴 것 같아요.”

“사랑하는 사람의 자식인 때문에 더 하다니까. 실례를 들라면 들 수 있어! 하순이 어머니 말이야. 하와이 가기 전에 바로 우리 이웃에서 살었는

데 그 아내는 그러니까 하순 어머니지…… 그렇게 사랑하면서도 하순인 어떻게 미워하는지, 참 하순 어머니가 울기두 많이 했다우. 난 그땐 그걸 통 몰랐지. 그랬는데 차츰차츰 접때, 상훈을 만나고 나서부터 하순 어머니 남편인 그 사내가 하순이 때메 늘 싸우고 하순 어머니가 울고 하던 일이 더구나 어제 같구먼. 어쨌든 교양이 있는 사람이나 없는 사람이나 간에 그 표현 방법이 다를 뿐이지 심리상태는 다 일반일 것 같애.”

“그래서 하순일 두구 떠났나요.”

“그럼. 데리구 갈 수 있어야지. 사내가 찡찡대서…… 그 어린 걸, 떼두 구 가는 어머니 마음이 어쨌겠수. 석 달 만에 곧 데려갈 도릴 하겠느라드 니 아직 못 데려가구 그 멀리서 개 때문에 갖은 앨 쓰는구려. 참 어머니 돌아가시기 전에 집에 어머니한테 온 편지를 보면 눈물 안 흘릴 사람이 없을 거야. 아무것두 모르는 나두…….”

나는 여기까지 이야기를 하다가 부용이가 얼굴에 수건 가리우는 것을 보고, 그만 끊어버렸다. 그는 필경 시골 있는 영선일 또 생각하는 모양이었다. 다시 내게 상훈의 이야길 권하려고도, 물으려고도 하지 않고 가린 수건이 질퍽하니 젖어만 갔다.

이러한 일들이, 다시 말하면 나도 슬픈 사람인데 부용을 보고, 하순을 보고 또 거기에 대한 책을 더 읽게 되고 그래서 아이들한테 가는 마음이 더하는 까닭에 나는 상훈의 편지 답장으로 답장이라기보다, 그를 다시 만 나지 말자는 마음에서, 아이들도 데려다가 학원에 넣고, 생활 문제도, 아 는 동무의 알선으로 안정되게 되었다는 것과 일전 돌연히 찾아가서 쓸데 없이 오래 있다가 온 것을 뉘우치고, 앞으로 아이들 입학 때문에 바쁘겠 고, 먼저 있던 집에서 이사를 했다는 것 등을 적어 보낸 후, 나는 정말 한

결 더, 상훈에게 대한 내 마음을 조종해가며 오직 아이들을 입학시킬 준비에만 분망했다 마는 서울 안에 있는 사립학교란 학교는 죄다 돌아다니며, 사정을 이야기하고 입학을 애원했으나, 아무 데서도 내 원을 용납해주지 않았다.

—사생아를 애호하자, 사생아를 구출하자, 부모들의 비합법적 결합의 죄(?)가 그 자식에게 미치게 되어 있는 것은 그릇된 법이라는 논의가 분분하나 그것은 한 개의 공론으로 흘러가고 수없이 많은 사생아는 어느 날이나 이 거리 저 거리에 물에 기름처럼 제대로 떠돌아야 하니 이 책임은 과연 누가 져야 할 것인가. 전국적으로 적지 않은 숫자에 달하고 있는 그들 사생아, 그들은 언제까지 사회의 냉혹한 처벌을 받아야 할 것인가. 사회는 그들의 불량을 꾸짖고 법률은 그들의 범행을 응징하기보다 그들에게 안정한 처소와 따뜻한 애무를 주어야 할 것이 아닐까.

나는 내 잘못을 뉘우치는 한편 이러한 사회에 대한 불평불만이 목구멍까지 치밀어올랐다. 나는 세상의* 온갖 규율, 풍속, 인습, 도덕에의 반발이 생기고 증오가 생겼다. 이것은 내가 한때 분별없이 남이 하니까 나도 하고 남이 좋다니까 나도 좋거니 하고 남이 싫다니까 나도 그렇거니 하던, 즉 다시 말하면 분위기에 휩싸여서 기분적 행동을 하던 그런 때에 가졌던 반발이나 증오가 아니었다. 이것이야말로 한때에 그러한 경솔과 무분별한 행동으로 해서 받은 보수, 그 쓰라린 체험에서 단련된 내 의지의 눈으로 정확히 보아서 하는 반발이었고 증오였다. 그런 까닭에선지 반발과 증오는 행동적이 못되고 심하면 심할수록 점점 풀이 죽고 용기가 줄어들고 아무래도 그 세상과 타협해 살아나갈 가망이 없을 것 같은 생각만

* 원문에는 '상상의'로 되어 있었으나, 문맥을 고려해볼 때 '세상의'가 맞다고 판단되어 고쳤다.

들어서 나는 때때로 아이들과 함께, 죽음을 생각해보는 미련한 여자가 되는 일도 있었다. 마는 그러한 것은 생각뿐이고 날마다 하루이틀 그대로 살아가긴 했으나 이렇게 사는 생활이란 불안과 공허밖에 가져올 것이 없었다. 죽음보다 무섭고 싫은 일이었다. 가만히 앉아 있노라면, 세상의 온갖 설움이 죄다 내 죄로만 쏠려 들어오는 것 같고 그러다가도 귀를 더 기울여 그 소란한 소리의 전부를 경청하려고 들면 그것들은 모두 꿈속같이 멀리 사라져가고 내 소리까지도 그 사라져 멀어진 소리와 함께, 아득해지는 것이었다. 이럴 때면 천장에 뚫린 작은 구멍이 무슨 아귀의 눈같이 벌룸거려서 별스레 무서워지는 것이었다. 아이들이 곁에 있어도 쓸데없고, 그럴수록 나는 혼자 가만히 언제까지 움직이지 않고 있는 것이 좋았다. 아니 그것은 거짓말일지 모른다. 그것보다도 나는, 무엇을 붙잡을 것이 있었으면 싶었다. 아무것이나 휘어잡았으면 싶었다. 그렇다고 부용을 불러올 생각도 상훈을 찾아갈 생각도 없었다.

이렇게 된 나는 신神을 생각해보는 때가 있었다. 마음의 빈 자리를 신앙으로 채울 수 없을까 하는 것을 생각해보았다. 그래서 나는 개나리꽃도 거진 져가고, 세상은 녹음으로, 푸른 단장을 하게 되던 어느 날, 학원에 집어넣었던, 형주 설주를 데리고, 다짜고짜로 남산정 있는 성모학교에 간 것이었다. 이것은 내가 아이들을 단지 그 학교에 넣자는 마음에서만이 아니었다. 나와 아이들과 함께 신의 품에 고달프지 않고저 함에서였다. 그런 까닭에, 검은 복장 입은 십자가와 묵주*를 늘인 신부神父 앞에 내 맘 전부를 이야기하고, 신부가 아흔아홉 마리의 양보다, 한 마리의 잃어졌던 양을 사랑한다는 성경 구절을 읽고 십자가를 그어 기도할 때 정말 신 앞

---

* 원문에는 '염주'로 되어 있었으나 상황에 맞춰 '묵주'로 고쳤다.

에 나는 내 맘 전부를 바치기로 맹세했던 것이다. 진실로 나는 세상에서 완전히 버림받은 자의 슬픔과 괴롬을 신만이 알 것 같고 초조한 마음과 불안한 생각도 신만이 없애줄 것 같아서 오직 신 앞에 즐겁자고 노력을 했다. 다른 책을 읽지 않고 성서를 읽고, 안식일이 아니더라도 회당에 가서 신 앞에 꿇어 엎드렸던 것이다. 하나, 그래도 마음은 조금도 가볍지 못했다. 아이들이 학원에 다니던 때보다 날마다 즐거워하고 그들이 성서를 외우고 찬송가를 부르고, 마리아를 알고 예수를 알고, 신을 두려워하는 맘과 함께 착한 일을 해야 한다는 마음을 가지는 것을 보는 때면 다시 한 번 내 마음 준비의 부족함을 스스로 꾸짖고 다시 자세를 고치곤 했으나, 그러면 그럴수록, 불안이 커지고, 전보다, 한층 더 자신에 대한 환멸을 느낄 뿐이었다. 그것뿐 아니라, 정 심한 때는 아침저녁 미사 올릴 때에 울리는 종소리조차 거룩하지 못하고, 무슨 서글픔을 못 이겨 흐느끼는 아픈 소리 같았고 신 앞에 무릎을 꿇은 신부와 수녀의 검은 복장 속엔 신을 저주하는 마음이 독사같이 꿈틀거리는 것같이 보였다. 종종 까닭 없이 눈물이 핑그르 돌고, 손가락 하나 까딱하기 싫게, 사흘이나 나흘이래도 한 모양으로 앉아 있을 것만 같기도 했다. 전에 한 번도 없던 일이었다. 나는 어째서 이런 마음이 생기는지 나도 몰랐다. 백양나무 잎이 하늘 높이 푸르게 흔들리는 것이 싫어서 쩔쩔 끓는 한낮에도 문을 닫고 앉았는 일이 있고 그러다가도 벽에 걸린 마리아 초상에 시선이 가기만 하면, 나는 무엇에 놀란 듯 똥그랗게 눈을 그리로 모으고 한숨을 후유 길게 내쉬곤 했다. 이렇게 내가 마음의 갈등과 오뇌를 안고 허덕이던 어느 날, 나는 한 장의 편지를 받게 되었다.

　—당신이 다시 안 오시는 마음을 잘 압니다. 당신의 보고서報告書 비슷한

편지를 받던 날부터 더욱 당신을 생각지 말고 가만히 곱게 당신을 그대로 나 혼자 몰래 옛날이나 마찬가지로 생각하자고, 노력했습니다. 당신을 괴롭게 하는 것이 내 본의가 아닌 까닭입니다. 마는, 저는 아마 당신을 생각해야 할 운명을 가진 듯합니다. 전 생애를 당신을 위해 바치려나봅니다. 아무런 주저 없이 자신 있게 대답할 말이라면 당신을 사랑한다는 말 이외엔 없을 것입니다. 저열한 사나이라고 나무램하시겠지만, 제 이 마음은 신에 가까운 마음일 것입니다. 믿을 수 없는 일이겠지요. 더구나 현대인에게 있어서 믿는다는 사실은 극히 곤란한 것이니까요. 만나 뵈었을 적에도 말씀한 것과 같이 당신은 제 마음속에 언제나 깃들일 페닉스입니다. 당신이 팔 년 전 여름방학에 저를 떠나가서 다시 소식이 없던 때보다, 저는 지금 더 외롭습니다. 당신으로 해서 얻는 외로움이니 즐겁게 감당하는 수밖엔 없습니다. 마는 사람을 사랑함으로써 받는 외롬이란 세상에 가장 괴로운 일이 아닐까 합니다. 이렇게 괴로운 일을 왜 하는지 저도 모릅니다. 신밖에 알 리 없습니다. 제가 당신을 사랑하는 것은 확실히, 전세前世의 숙연宿緣인가 합니다. 다시 말씀드린다면 마음의 고향故鄕을 찾자는 것인지도 모릅니다. 저를 언제까지 방황하게 하시겠습니까.

다방에서 이상훈 올림

편지를 쭉 내려 읽고 나니 가슴이 꽉 죄어드는 것이 질식이라도 할 것 같았다. 다리가 후둘거리고, 전혀 마음이 허공에 뜬 것처럼, 허둥지둥 방 안을 서성거려보다가 책상 앞에 멍하니 앉아보다가 입가에 웃음을 띠워보다가―갈피를 찾지 못했다. 어쨌든 나는 누가 보면 미친 사람이라 할 만치 그만큼 당황했다. 당황했다기보다 즐거워했다. 한밤을 꿈속에서 그 이에게 내가 그를 사랑한다는 내 마음 전부를 고백하던 이튿날 성모 마리아 앞에 꿇어 앉아 내 마음을 뉘우쳐보던 일도, 성당 신부에게 신보다 사람을 더 사랑하는 경우에도 구원받을 수 있느냐고 물었을 때 신부가 사람은—더구나 젊은이는 애욕에서 발을 빼는 날이라야 완전히 신의 음성을 듣고 신의 얼굴을 볼 수 있다고 하던 말을 끔찍이 신봉하려고 하던 일도, 다 내 자신을 속이는 어리석은 일로밖에 생각되지 않았다. 북악산 근처의 푸른 경치도 나를 위해 있는 것 같고 태양이, 푸른 숲이, 아니 온 우주가 모두 나를 위해서 있는 것 같았다. 그래서 끝내 나는 상훈을 찾아가고야 말게 되었다.

그날 저녁 나는 아이들께 복습을 시켜놓고 아홉 시나 되어 하순에게 아이들을 재워달라고 이르고 거리에 나섰다. 거리는, 더구나 다방 거리인 명치정 길은 낮과 같이 밝고 사람들이 오고 가고 와글와글 끓었다. 나는 그 길을 슬픈 이야기의 주인공인 듯한—하나 세상에서 가장 행복한 상봉을 하게 되는 일을 생각하면서 고마도리 이층, 상훈의 방문을, 노크했다. 문이 곧 열리며 공기와 함께 방 안의 흐뭇한 냄새가 전신에 풍겨왔을 때 돌기둥이 되어 있는 그와 나는 똑같은 자세와 표정을 지었다.

"서울에 계시긴 했군요."

한참 만에야 그는 말할 수 있었던 모양이었다.

"서울에 계시긴 했군요."

방에 들어가 앉아서도 그는 다시 이런 말을 했다. 나는 그 물음에 어떤 해석을 내려야 할지? 내가 서울에 있었다는 사실만이라도 신기해서 그러는 건지 그렇지 않으면 서울에 있으면서 소식 없이 있었다는 것이 괘씸해서 그러는 건지 원체 시무룩하기만 한 그의 표정이라 알아낼 수가 없었다. 그래서 나는 대답 대신에 잠깐 웃어 보이고, 그러고 나는 방 안을 휘위 돌아 살폈다. 동경 시대나 다름없이 단조한 방 차림새였다. 삼면에 쭉 돌아가며 책이 쌓여 있고 책상이 있고, 철필, 잉크병, 재떨이, 이런 것들이 있는 외에 책상 위에 놓인 화병에 하이얀 작은 꽃이 꽂혔을 뿐이었다. 아무것도 없는 방이었으나, 아늑하고 마음에 드는 방이었다. 방 안의 물건들, 그와 가까이 있을 수 있는 것들이, 심지어 벽장 속에 들어 있는 이부자리, 그가 기대어 있는 벽까지도 나는 무척 행복할 것 같다고 생각했다. 더구나 하이얀 작은 꽃은 바람이 들어올 적마다 전등불 아래 하늘거리며 하얀 웃음을 내뿜었다.

"저 꽃이 좋군요."

"그거요…… 그걸 다방 애들이 사온 걸 이름이 좋아서 갖다 꽂았지요. 원체 게을러서, 꽃을 좋아는 하면서두, 물 주구 어쩌는 게 싫어서……."

"이름이 뭔데요!"

"내일[明日]이라나요. 하이넨가 괴텐가 잘 생각이 안 나지만…… 어쨌든 사람은 내일을 기다리다가 그 내일에 묘지로 간다는 말이 있지요. 저 꽃 이름이 내일이라구 들었을 때 이내 그 시가 생각나서 갖다 꽂아놓긴 했는데…… 어쩐지 내 운명을 더 또렷이 설명해주는 것 같아서 그만 빼버려야겠어요."

"운명을 설명한다구요?"

"너두 내일내일 하다가 그 내일에 죽느니라구 일러주는 것 같단 말씀입니다."

"죽지 말지요."

나는 그가 담배를 피워 들고 연기를 길게 내뿜는 것을 바라보다가 이렇게 말했다. 이것은 아무렇게나 한 말이 아니었다. 그는 죽음을 초월할 것 같고, 그가 죽는다는 사실은 영원히 있을 수 없는 것처럼 생각되었음에서였다. 하나 다시 그도 죽고 나도 죽는 것이라고 생각하니, 가슴이 꽉 막히는 듯한 감정에 사로잡히지 않을 수 없었다.

"은영 씨!"

죽는다는 사실을 생각하고 잔뜩 흥분하고 있는 때였음으로 그의 부름에 그를 쳐다보는 내 시선이 범상치 못했음인지 상훈은 말이 더 없고 나를 그 검고 신비한 눈으로 바라만 보고 있어서 내 전신이 죄다 그 눈으로 휩쓸려 들어가는 듯함을 느꼈다. 그래서 나는 고개를 숙이고 눈을 감아버리고야 말았다. 그의 눈을 주체할 수 없었다기보다 내 얼굴에 일어나는 경련을 막기 위해서였다. 눈을 감았으나 상훈의 심원深遠한 표정, 목조木彫와 같이 이지적인 얼굴 그 얼굴이 움직일 때면 쏟아져 넘치는 정열을 주체 못해 하는 양과, 부드러운, 뜨먹뜨먹 떼어놓는 말소리며 풍부한 체구, 이 모든 것들이 더한층 또렷해지고, 방 안 공기와 색과, 기온과, 그 방에만 있는 고유한 냄새까지 전부 내 폐부 속에 스며드는 것만 같았다.

"제가 한 편지를 어떻게 생각하십니까?"

참 오랜 뒤였다. 주위의 소음도 안 들리고, 영겁에서 영겁으로 흐르는 시간까지도 정지되어 그와 내가 그 영겁에 영원히 살 수 있을 것 같은 엄숙과 긴장 속에 그는 무겁게 입을 열었다. 나는 일종 현기증을 일으킬 것 같은 위태스런 기분에서, 아무 말도 못하고 고개만 들었다.

"저를 나무램 하시자구 오시진 않으셨지요?"

나는 이 물음에 대답할 수가 없어서 잠시 가만히 앉아 있었다. 그랬더니 상훈은 조금도 어색치 않은 자신 있는 어조로

"미망인의 재혼을 어떻게 생각하십니까." 하고 이번엔 아주 생퉁같이 딴 문제를 끄집어내는 것이었다. 나는 꿈에서 놀라 깬 듯 정신없이

"네?" 하고 반문했다.

"미망인의 재혼을 승인하십니까."

"아뇨."

몹시 당황한 대답이었다. 상훈의 태도와는 엄청나게 차이가 나는 자신의 당황함이 나는 스스로 부끄러웠다.

"왜요? 승인 안 하는 이유가 어디 있습니까."

사실인즉 승인 못할 이유가 없었다. 더구나 법률이 용인한다는 것까지 나는 알고 있으므로, 이렇다 하고 내세울 이론이 없었다.

"그럼 부인하신단 말씀이군요."

그는 내 대답 없는 것이 갑갑하단 듯이 또다시 이렇게 물었다.

"경우에 따라선."

"어떤 경우에."

"특수한 경우 말씀이애요."

"어떤 경우가 특수할까요?"

"예를 들면 저 같은……."

"뭐가 특수합니까. 특수할 거 도모지 없어요. 특수하다고 생각하는 건 은영 씨의 고집입니다. 다녀가신 뒤루 저두 은영 씨 마음을 짐작하구 참 은영 씨의 현숙한 마음을 침범치 않으려구 무척 노력두 했습니다. 마는 그것이 은영 씨를 생각하는 참된 삶이 아닌 것을 알았습니다. 다시 말하면 참된 삶을 살아 나가는 사람들의 할 일이 아니란 걸 다시 알았습니다. 편지에두 말씀했지만, 당신을 생각하는 건 내게 숙명적 의무같이만 생각돼서 당신이 혼자 애들을 데리구 고생하는 걸 도모지 볼 수 없어요. 비 오는 거리에 우산 없이 나선 사람을 보는 것같이 초조해요."

"그렇지만 안 돼요."

"그럼 혼자 사신단 말씀입니까."

"네."

"영원히."

"녜."

"혼자 살아야 할 이유가 어디 있습니까."

"그것이 편하니까요."

"편하세요, 제가 당신을 행복하게 할 수 없단 말씀이군요."

"아뇨."

"그럼, 뭡니까."

"전 괴로우면서두 그대루 제 앞에 던져진 운명과 싸워가며 사는 것이 즐거운 때문입니다. 거기서 벗어난다는 건 제 양심에 다시없을 고통일 것 같애요."

"양심의 기준이란 게 어디 있습니까…… 자기를 파멸시키라는 양심, 그건 자기를 속이는 양심입니다."

모르는 것은 아니었다. 하나 나는 그의 이 말과 함께 내 귀에, 쇳덩어리와 쇳덩어리가 서로 부딪치는 때 생기는 그런, 아주 내 신경 전부를 일으켜 세우는 소리가 또 하나 들려 왔으니 그것은

—애욕에서 발을 빼는 날이라야 완전한 구원을 받을 수 있다—던 검은 복장을 입은 엄숙한 신부의 음성이었다.

나는 그만 자리에서 일어났다. 아무 영문을 모르는 상훈은 아마 내게 여러 번 까닭을 물었을 것이나 나는 그의 그 여러 마디의 말을 다 못 듣고, 그냥 뛰어서 도망하듯 집으로 돌아왔다.

집에는 아이들만 자고 하순은 없었다. 다른 때보다 하순의 밤 외출이 내게 더한층 염려가 되었다. 내가 밤에 나갔던 까닭에 하순이가 나간 것 같게만 생각되었다. 나는 상훈을 찾아갔던 것을 무한히 뉘우치지 않을 수 없었다. 더구나 형주 설주가, 덥다고 몸에 뭘 하나 가리지도 않고 차버리

고 자는 양이 견딜 수 없었다. 그것들에게 이불을 가리워주며 베개를 베어주며 하노라니까, 이건 또 베개 밑에서 편지 한 장이 나오는 것이 아닌가. 나는 곧 하순의 글발인 줄 알고 어쩐지 심상치 않은 예감에서 가슴이 섬뜩해졌다. 아니나 다를까 편지엔 다른 말이 없고, 사랑하는 사람과 서울서 살 수 없으므로 북행 차를 타고 만주로 떠난다는 것과, 내게 벌써 이야기 못한 것은 내가 그 사람을 나무램할까봐서 나 몰래 떠나는데, 그 사랑하는 사람이란 사람은 동흥 백화점 점원으로 얼굴이 로버-트·테일러와 같이 멋쟁이로 생긴 미남잔데 그이가 없으면 세상에 살맛이 없기 때문에 함께 떠난다는 것만 적혀 있었다. 편지를 읽고 그제야 살펴보니 그는 방 윗목에 놓았던 트렁크와 고리짝과 그 외에 못에 걸었던 제 옷들을 하나 빼지 않고 다 가져갔었다. 오직 책상 위에 학교에 가지고 다니던 책과 책가방과 필통 이런 것들만 남아 있을 뿐이었다.

기가 막히는 일이었다. 나는 이에 대한 사건을 어떻게 수습을 해야 옳을지 몰랐다. 수사원을 제출할까 하는 생각도 있었으나 그렇게 된다면 더구나 일이 우습게 벌어지지 않을까 하는 염려가 생기고, 그렇다고 그냥 버려둘 수도 없는 일이었다. 편지에 쓴 것으로만은 그 상대되는 남자가 어떤 성격자며 또 생활환경이 어떻게 되어 있는지, 하순을 얼마나 사랑하는지, 하순을 사랑해서 데리고 떠났는지, 도무지 윤곽을 알 수 없을 뿐 아니라, 북행이라고만 했으니 북선인지, 그렇지 않으면 만주 지방인지, 돈이 없어서 떠났는지 사랑의 도피행을 했는지, 어쨌든 밤새도록 꼬박 생각을 하며, 행여 그래도 돌아올까 하고 문 밖에 귀를 수없이 기울였다. 그러면서 문득 나는 내가 팔 년 전 어머니 몰래 집을 떠나던 밤 일을 생각해냈다. 나도 하순이와 꼭같이 밤에 나왔고, 내가 동경에 가지고 다니던 트렁크와, 고리짝을 어머니 몰래 마루에 미리 내어놓았다가 어머니가 잠든 눈치를 살펴서 인력거에 걸어 싣고, 홍민규의 작은 하숙방을 찾아갔던 것이다. 그날 밤, 어쨌든 어머니는 내가 떠난 것을 알았을 때 내가 하순이 나간 것을 걱정하는 수백 걱정을 하시고 염려를 하셨을 것이다. 어떻게 보면 하순의 출분은 팔 년 전의 내 자신을 비춰주는 것 같기도 했다. 그것과 조금도 다른 것이 없었다. 다르다면 팔 년 전의 나는, 홍민규의 씩씩한 모양이 좋았다기보다 그가 하는 일, 그가 전 인류를 위해서, 말하자면 남을 위해서 일한다는 것이 좋아서, 따라 나섰으나, 팔 년 후의 하순은 로버―트·테일러와 비슷한 멋쟁인 미남자가 좋아서 그가 없는 세상엔 살맛이 없어서 따라 떠난―그것만이 다를 것이다.

하순이 돌아오기를 기다리다 못해 나는 하순이가 떠나서 사흘째 되던 날, 하순의 학교 교장을 찾아가서 만났다. 교장은 오히려 내게 미안하다고 하며 하순에겐 언제든지 그런 일이 있으리라 예상하고 있었다는 것과 같이 잘 다니던 학생한테서 벌써 하순의 일을 다 알고 있노라는 것을 이야기하므로 나도 그 하순의 친구라는 학생을 만나 하순의 이야기를 듣기로 했는데…… 그의 말인즉 하순은 로버―트·테일러와 같다는 남자와 알게 된 지 한 스무 날밖에 안 된다는 거며 처음에 알기는 동흥 백화점에 향수 사러 갔다가 비로소 피차에 좋아지게 되어 어떤 날은 학교를 조퇴까지 해가며 그 백화점에 가서 바로 그 로버―트·테일러와 같은 사람이 팔고 있는 화장품부의 물건―크림, 분, 그 외에 그곳에 진열되어 있는 거 개를 샀다는 거며, 이번 그 남자와 같이 떠난 데 대해선 자기도 전혀 모르나 며칠 전에 하순은 자기에게 그 남자가 어디로 같이 떠나자고 한다는 이야길 하고 내가 걱정하면 어떻게 하느냐는 염려를 하더란 것이었다. 그러고 그는 그 위에 더 첨부해서 그 녀석이 로버―트·테일러니 뭐니 해가지고 그 백화점에 화장품 사러 오는 젊은 여자들을 바람 낸다는 것과 그 백화점에선 그것을 알면서도 그 녀석을 쫓아내긴커녕 오히려 더 우대를 해서 꼭 화장품 진열부에만 두는데 이 녀석이 인제 아주 꾀가 늘어서 어렵지 않게 여자들을 후린다는 것을 말했다. 그의 말을 듣고 보니 하순의 일이 더 염려스러워서 마치 하순은 내가 불행하게 만든 것같이도 생각되었다. 내가 상훈을 찾지 않았다면 아니 떠났을지도 모르는 일이고 떠나더라도 나는 그에게 여러 가지 주의를 시켜줄 것을 그랬다고 마음에 뉘우쳤다.

하순의 출분은 마음의 괴롬을 줄 뿐 아니라 생활에까지 큰 변동을 주었다. 내가 해주로 떠나게 된 것은 전혀 그 까닭이었다. 하긴 해주에 꼭 가야만 하게 된 것은 아니었다. 내가 신부에게 내 사정―하순의 출분이며 또 그 외의 여러 가지 사정―(하나 나는 상훈의 이야기만은 못했다. 실상 내가 다른 곳으로 떠나야 한다는 생각을 하게 된 가장 큰 원인은 상훈이와 멀리 떨어져 있어보자는 것이었다)―을 전부 이야기했을 때 신부는 서울에도 몇 군데의 취직 자리를 말해줬으나, 나는 신부의 친구가 경영하고 있다는 해주 요양원을 부디 택하게 된 것이었다. 해주에 가서도 아이들은 곧 해주 성모 학교에 전학할 수 있었고, 또 다른 직업보다 가장 내 마음에 드는 폐병 환자의 동무가 되어주는 재미 있는 직업이 좋았고 또 신부의 친구인 요양원 원장은 무척 사람이 좋아서 마음이나 육신이나 병들어 괴로운 사람이면 누구나, 고쳐주기에 노력을 한다는 신부의 말을 믿었기 때문이었다.

하나, 해주로 가려고 아주 작정하던, 바로 상훈이가 찾아와서 사랑하지도 않는 여자와 결혼을 하고, 형주와 설주를 자기 앞으로 입적시키겠다고 말하고 가던 날 밤, 또 나는 종종 꾸던 꿈을 꾸었다. 나는 그의 말이 고맙고 슬프고 질식할 만치 목이 메었으나, 아이들을 그의 앞으로 다시 하면

홍가를 이가로 하라는 말이 기가 막혀서 그만 성을 펄쩍 내었다. 그래서 상훈은 더 말을 못하고 무안해하며 돌아갔다. 나는 그것이 미안하고 못 잊어서 그랬던지 상훈의 가슴에 내 얼굴을 파묻고 흑흑 느껴가며 울고 그이는 나를 머리와 어깨를 어루만져주고 쓰다듬어주는데 나는 무엇이 슬퍼서 울었는지 자꾸만 울다가 깨고 보니 초승달이 진 검은 밤, 천장도 벽도 보이지 않고 오직 어둠이 공허한 방 안을 배회하고 있을 뿐이었다. 나는 허공을 눈으로 더듬으며 그가 쓰다듬던 내 머리와 어깨를 얼마를 만져보았던지 모른다. 그를 잊으려고 멀리로 떠나는 노력을 하는데도, 그이는 왜 내 꿈속에서까지 나를 괴롭게 하는지, 나는 그를 원망하고 싶었다. 그러면서도 해주로 떠나는 바로 직전까지도 나는 플랫폼에서 전송하는 신부의 눈을 피해가며 행여 그가 나왔을까 하고 수없이 찾았던 것이나, 신이 아닌 그가 어떻게 내가 그를 만났을 때 가르쳐주지 않은 사실을 알고 나와주랴.

차에 올라서도 마음은 여전했다. 마는 달리는 창턱에 턱을 괴고 검은 세상을—아니 깊은 밤하늘에 반짝이는 별을 오래 쳐다보는 사이에 나는 내가 가진 슬픔, 내가 가진 번뇌, 이것은 나만이 가진 것이 아니고 또 그것이 이 지상에만 있는 것도 아니고, 온 우주에—태양과 별과 달과 그 모든 것에까지 있을 것 같은 생각이 들었다. 그러고 보니 별은 정말 하늘에서 모진 슬픔 속에 오열嗚咽하는 것 같기도 했다. 잃어버린 무엇을 찾고자 헤매는 것 같기도 했다. 그러나 별들은 그 무수한 별 중에 어느 하나도 땅에 떨어지거나 몸부림을 치거나 하지 않고 오직 제 몸을 불사르며 아픔을 견뎌가며, 눈물을 삼켜가며, 캄캄한 밤하늘의 궤도를 지키고 있는 것 같이도 보였다. 나는 그러한 별들을 보는 사이에 문득 엄숙해져야 할 것 같은 충동을 받았다. 별이 하늘의 궤도를 벗어나지 않듯이 나는 지상의 궤도를 벗어나지 않을 인내와 극기와 성실과 용기를 준비해야 되겠다는 생각을 가졌다. 생각을 가질 뿐만 아니라 나는 결심을 굳게 하고 형주, 설주가 엄마와 처음 타보는 기차가 즐거워서 바깥이 잘 보이지도 않는데 손가락질을 하며 재깔거리고 웃어대며 내게 여러 가지 질문을 하던 때 나는 만족하게 그들 질문에 대답을 못해준 일을 뉘우치며, 그것들이 자는 옆에서 그들을 잘 성장시키는 것이 내게 던져진 운명이요, 내가 벗어나지 못할 지상의 궤도라고 마음속에 부르짖었다.

—『천맥』, 수선사, 1948.

인맥人脈

　정숙貞淑치 못한 여자라고 꾸짖어도 좋습니다. 윤리와 도덕에 벗어난 일인 줄 나 자신이 더 잘 알면서도 기인 세월을 한 사람의 정숙한 여성이 되고자, 다시 말하면 그이의 영원한 여성이 되고자 갈등과 모순 속에 자신을 학대하며 괴롭게 고독하게 슬프게 사느라고 정숙하지 못했습니다. 앞으로도 그럴 것입니다. 오오래 오오래 묘지墓地에 가는 날까지―.

　이 죄과罪科의 대가代價를 무엇으로 받아야 할지 모르겠습니다. 오직 한 가지의 위안이라면, 내가 그이를 생각하기 때문에 그이를 모르던 때보다 온갖 좋지 못한 내 마음, 그리고 내가 지니었던 덜 좋은 풍속과 버릇을 모조리 버리고 사람에게나 신神에게나 순수하고 진실할 수 있고 또 그러므로 해서 내 마음이 신에게까지 미치게 될 수 있다는 신념信念을 가지게 된 그것입니다. 알기에 매우 힘든 말일지 모르오나, 이제 내 이 기록을 읽으시면 이 말의 어의語義를 쉽게 해득하시리다.

　내가 그이를 처음 만나던 때는 우리 집 마당에 포도 그늘이 한창 좋아지던 칠 년 전 여름이었습니다. 집 안이 왼통 비이고, 풍겨오는 나뭇잎 냄새까지 전신에 느낄 수 있도록 고요한 때 나는 손에 들었던 책을 그대로,

포도 넝쿨 그늘에 놓인 등의자에 걸쳐앉아 무수한 흰 구름떼들을 바라보며 금방 읽은 희랍신화—비이너쓰와 아도니쓰가 만나는 장면을 눈앞에 그리고 있으려니까, 문득 내 눈을 가리어주는 손이 있었습니다.

나는 자발적으로 가리운 장애물을 떼려고 할밖에—. 힘을 다해서 가린 손을 떼지 않았습니까. 그와 꼭 같은 시각이었습니다. 내 눈을 가리어준 혜봉*이 뒤에 한 사오 보步가량 떨어져 서 있는 남성이 흐린 시야에 들어왔습니다. 나는 이내 그가 사흘 전에 서울서 결혼 예식을 지내고 혜봉의 친정으로 신혼여행 겸 다니러온 온 혜봉의 신랑인 것을 알았습니다. 이쪽을 향해 혜봉의 장난을 보고 있은 모양으로, 언덕길을 오르기에 약간 상기된 얼굴에 미소를 띠우고 있는데 동굴같이 검고 깊숙한 눈이 어느 이야기 속에 나오는 귀공자였습니다. 아니 내가 금방 읽은 비이너쓰의 애인인 아도니쓰였습니다.

그이가 가진 교양, 그이가 가진 정열까지도 희랍적일 것같이 생각되었습니다. 그이의 글[詩]을 읽으며 내가 상상하던 그이와 똑같았습니다.

"인사하세요."

혜봉은 이렇게 그이 앞에 손질해서 나와 그이를 인사시켰습니다.

예상했던 이상의 궁글고** 우렁찬 음성이 호수 속 저어 밑바닥까지 흔들어놓을 듯했습니다. 나는 아주 황홀경에 이르렀습니다. 벌써 어디서 만났던 이와도 같고 또 오오래 기다리던 이와도 같았습니다. 정말 여러 말 할 것 없이 내가 오래전부터 기다리던 그이였습니다. 삼림森林 같은 사색思索과 얼음 같은 고독을 무한히 동경함직한 그이의 눈이 내게 그렇다고

---

* 원문에는 '헤봉'으로 되어 있었으나 '혜봉'으로 고쳤다.
** 소리가 웅숭깊다.

일러주었습니다. 그래서 나는 나도 모르는 사이에

'당신은 인제사 제게 오셨습니까.' 입 속에 이런 불량不良한 언사까지 중얼거리게 되었습니다. 그러다가 한옆에 희색이 만면해 서 있는 혜봉을 깜짝 깨닫고,

"축하한다." 이렇게 말하며 당황히 손을 내어 밀었습니다. 나는 혜봉의 손을 굳게 힘있게 잡았던 것을 기억합니다. 혜봉이뿐이었으면 그다지 꼭 잡지 않았을 것입니다.

세 사람은 포도 넝쿨 그늘 등의자에 나란히 앉았습니다.

"영아 너 참 멋이드라……."

혜봉이가 먼저 말했습니다.

"뭐가?"

"턱 걸쳐 앉았던 품이, 아주 그럴듯해. 내가 화가라면 그림 그리구 싶드라…… 아 참 당신 시 하나 짓구려."

혜봉은 나와 그이를 번갈아 바라보며 이렇게 (좀 수다스러울 정도로) 말했습니다. 나는 그이 앞에 이런 말 듣는 것이 즐겁기도 하고 또 무척 부끄럽기도 해서 아직껏 한 번 가져본 일이 없는 이상하다 할까 어색스럽다 할까 어쨌든 그러한 표정을 지었던 모양인데 얼굴에뿐 아니라 전신이 약간 떨리면서 귀밑이 말할 수 없이 달아올랐습니다.

"그런데 웨 이렇게 혼자야."

나는 구원이나 받은 것 같아서

"식모랑 심부름하는 아이랑 다 아랫집(시댁)으루 가라구 해서…… 구름이 하두 좋길래."

얼른 이렇게 말했더니 혜봉은

"더 멋있구나. 이건 우리가 안 올 걸 그랬나부다." 하며 더욱 크게 떠

들어대는구만요. 나는 아주 고개를 숙여버리고 아무 말 없이 있을 수밖에 없었습니다. 본래부터 말재주가 없는데다가 혜봉의 달변에 가까운 말과, 또 그가 전보다 더욱 명랑하고, 유쾌해하는 이전 바람에 압박되어 그 이상 달리 어쩌는 수가 없었습니다. 그렇지만 그이가 옆에 있지 않았으면야, 그럴 리 없지요. 별스레 말이 안 나오고 표정이 굳어지는 것이었습니다.

그래서 그랬던지 또는 혜봉이가 너무 말이 많아서 그랬던지 어쨌든 아무 말 없이 한옆에 앉았던 그이는 의자에서 일어나며

"나 저어리 둘러올 테니 애기들 많이 하십시오." 하고 바다가 더 잘 보이는 언덕 쪽을 손질해 보였습니다.

나는 포박에서 풀리는 듯 숨을 화알―내쉬었습니다. 하나 이내 서글퍼지면서 저이는 내게 아무런 관심도 없는가봐, 이렇게 속으로 염치없고 불측한 생각을 하게 되었습니다.

"어때?"

"응?"

나는 저어쪽 포플러 나무 아래로 후청후청 걸어가는 그이의 뒷모양을 바라보느라고 머엉해 있었던 것입니다. 그래서 혜봉이가 묻는 말을 알아 못 듣고 되처 물었습니다.

"어떻냐 말이야 인상이?"

혜봉인 내 마음은 전연 모르고 그이의 가는 방향을 눈으로 가리키며 이렇게 묻는 것이었습니다.

"참 좋다."

이것은 나도 모르는 사이에 훌쩍 나와버린 대답입니다. 대답이라기보다, 그냥 내 마음에 부르짖던 말이라는 말이 나을 것입니다.

"그래? 그렇잖어도 네가 좋아할 줄 알구, 어제저녁 내려오던 길루 오구 싶드라. 그랬는데 저녁엔 너희 서방님두 계시구 곤하기두 해서 그만두구 지금사 왔어. 낮잠 주무신단 걸 산책 가자구 꾀어가지구 왔지."

"혜봉이 너 행복하지?"

혜봉 입에서 나올 말을 번연히 알면서도 그리고 그것이 내가 가장 싫어하고 무서워할 말일 것도 알면서 나는 묻지 않고는 견딜 수 없었습니다.

"그럼, 세상에 내가 제일 행복한 것 같어. 흉보지 말어 응. 편지에두 썼지만, 난 참 옵바한테 감사한다. 옵바가 편지로 불러서 올라갈 때까지두 그렇게 좋으리라군 생각지 않었어. 옵바가 편지루 극구 칭찬했어두 그래두 만나보면 흠잡을 데 있으리라구 생각했지. 옵바 말이 저인 완전에 가까운 사람이라나. 아주 그만이래. 진실하구 사상이 건전하구 뭣이 어떻구 참, 말이 많었지. 어쨌든 안심하구 날 맽길 수 있다는 거야. 그런데 너무 말이 없구 사람을 꺼려해서 딱 질색이구나. 엊저녁에 집에 내려오니 좀 다사하냐. 큰집 작은집 일가네들이 왼통 모여 와서 서울 신랑 왔다구 야단들인데 그게 도모지 구찮어 죽겠다는군. 그래, 너희 서방님 같으면야 오즉 잘 받아넹길라구, 허허 웃어가며…… 그때 왜 너 서방님 다리까지 삐었지. 하두 붙임성 있게 구니까 모두들 더 했어. 저인 하두 얼리지 못하니까 처음엔 신랑 달어 먹는다구 잔뜩들 별른 모양인데 모두들 흥이 없어 고만 갔지. 본래 천성이 그런 줄은 모르구. 먼 길에 오느라구 곤해서 그렇다느마…… 참 영이 너 비슷한 데가 끔직이 많단다. 사람하구 얼리지 않는 거라든지 말을 잘 하지 않는 거라든지……. 저이한테 네 이애길 죄다 했단다. 네가 동경하던 시인 중에 한 사람이란 말두 하구. 그랬드니 나하군 정반대의 성격인데 어떻게 친할 수 있었느냐구 하겠지. 참 이상하긴 해. 너하구두 그렇지만, 저이두 성격이 다른 데 거저 좋단 말이다."

혜봉은 여기까지 이야길 하는 사이에 너무 즐거워서 입을 바보처럼 벌름거린 것은 고만두고래도, 몇 번을 소리 높여 웃었는지 모릅니다. 참으로 별스러운 조화調和라 아니 할 수 없는 것이 혜봉은 본래 희로애락의 표현이 아주 희박하고 어느 편인가 하면 남성에 가까워서 동무들은 혜봉을 남자라 하고 나를 여자라 하여 놀려주곤 했는데, 혜봉의 얼굴은 한낮의 태양처럼 이글거리고 나는 참나무 장작보다 더하게 표정이 굳어졌습니다.

"인젠 더 좋아. 결혼하구 나니까, 아주 너하구 통할 수 있을 것 같드라."

혜봉은 여전히 희색이 만면한 얼굴로 다시 말을 계속했습니다.

"왜 그럴까."

혜봉의 말하는 의미를 해득치 못한 것은 아니었습니다. 실상은 내 편에서 혜봉이가 약혼했다는 편지를 한 달 전에 받은 때부터 그가 나와 똑같이 남의 아내가 되는 것에 무한한 쾌락과 만족을 느끼고 앞으로 더욱 친해질 것 같은 마음이었으니까요. 그래서 그가 결혼식을 거행하던 날만해도 토요일이라 일찍 돌아온 남편에게 들어오는 바람으로 다른 말보다 제일 먼저 혜봉인 인제 신랑의 팔을 끼고 식장에서 나왔겠다고 했던 것입니다.

"넌 어쩐지 몰라두 난 네가 결혼하면서부턴 아무래두 성겨지면서 마음이 언짢어지드라."

혜봉은 내가 자기가 한 말을 깨닫지 못한 줄 알고 이런 말까지 했습니다. 그와 나는 부산고녀를 똑같이 나와서 둘이는 역시 똑같이 유학을―그러나 혜봉은 동경여자경제전문학교, 나는 서울 전문학교 영문과에―.

그러다가 아버님 엄령에 못 이겨 나는 이학년 수업을 하던 봄, 그 봄으로 결혼하게 되었을 때 혜봉은 자기와 아무런 상의도 없이 했다는 것을 구실로 내게 절교장 비슷한 편지를 보내면서 자기는 한평생 결혼을 안 하고 살겠노라고까지 한 일이 있었는데 그 뒤로 절교는 하지 않았으나 둘이는 도무지 전처럼 친밀할 수 없고 어간에 무엇이 콱 가로막혀 있어서 혜봉은 졸업하고 나와서 서울 오빠가 약혼시킬 의사로 불려 올려갈 때에도 나와 별반 이야기가 없었던 것입니다.

"봉이 너 결혼 안 한다구 했지?"

"부애가 나서 그랬지 머……."

"뭣이 부애 나?"

"시집 안 간다구 그렇게 약속을 하구선."

"그게 약속인가. 너 안 간다구 하는 바람에 난 거저 따라갔지. 난 가구 안 가는 걸 그다지 생각해본 일두 없었단다. 정말은 시집 안 간다구 밤낮 떠들던 네가 더 우습구나."

"뭣이 우스워. 요거사 나보다 이태나 먼저 결혼해서 볼 재미 다 보구서…… 난 옵바만 아니드면 정말 결혼 안 하구 살았을 거야…… 그런 얘긴 그만두자."

혜봉은 좀 얼굴을 붉히고 등의자에서 일어섰습니다. 자기가 한 생각, 자기가 한 말이 쑥스럽게 느껴졌던 모양입니다. 그는 고등여학교 시절에, 한창 사회주의 사상이 농후해서 반우회거나 무슨 모임이 있을 때면, 동무들 많이 모인 데서 종종 자기는 독신으로 혁명가가 된다고, 말한 일이 있었습니다. 그러면 동무들은 그 말을 정말로 믿고, 그의 됨됨이 그리 되기에 적당하므로 그때의 동무들은 일종 그에게 대단한 선망을 가지게 되었던 것입니다. 내가 그와 친밀해진 것도 말하자면, 그러한, 나와 전연 다른, 내게서 찾아볼 수 없는, 남에게 지지 않으려 하고, 쾌활하고 대담하고 씩씩한 데가 좋았던 때문입니다. 그래서 그와 나는 항상 떨어지는 일이 없었습니다. 선생들과 동무들도 덜 좋은 눈치를 보이는 때가 있었지만 성질이 괄괄하신 혜봉 어머니한테는 종종 가시내들이 밤낮 맞붙어 있고 바느질, 살림살인 언제들 배우느냐고 꾸지람을 들었습니다.

"인제 가야지. 집에 손님들이 왔을 텐데……."

혜봉은 한참 서서 서성대다가 남편이 가던 쪽을 향해 크게 소리쳤습니다. 그런 즉 그이는 기다리고나 있은 듯이 이내 혜봉의 말대로 따랐습니다.

나는 그이와 혜봉이 돌아가던 때 언덕길을 나란히 걸어 내려가는 것을 보아낼 수가 없었습니다. 푸른 숲이 우거진 길을 그들은 그 숲과 같이 무성한 행복을 이야기하며 내려가는 것 같았습니다. 그들이 그 길을 다아 걸어서 지평선地平線 저쪽 구름 속에라도 사라진 것처럼 없어졌을 때, 나는 이름할 수 없는 슬픔과 고독이 한데 뭉쳐 올랐습니다. 그래서 바다 소리가 들리고 바다에서 오는 미역 냄새가 좋고 매암이 소리가 들려서 낙원樂園 같았던 우리 집은 고성古城같이 적막했습니다. 한 번도 느껴보지 못하던 감정입니다. 결혼해서 이태 되는 사이에 혹 굴레 쓴 말〔馬〕과 같은 부자유함을 느끼는 때가 없지는 않았으나 그것은 한갓 내 낭만에서 오는 생각이거니 돌리고, 항상 아버님이 억지로 시킨 결혼이라 하지만 내 결혼은 행복하거니 이렇게 인식하려 할 뿐 아니라 종종 나는 남편은 법학사요, 인물이나 재간이나 남에게 떨어지는 바가 없고 또 그 위에 내게 대한 애정과 이해도 깊다고 생각되었습니다. 남편이 나를 위해서 바다가 보이는 언덕 높은 지대에 집을 짓고 우리 둘만이 따로 세간 나던 뒤로는 온 세상에 나 혼자 행복한 것 같아서 때때로 어머니 앞에서처럼 남편에게 어리광을 부려보는 일도 있었습니다.

하나 혜봉과 그이가 다녀가던 날부터 나는 이러한 일을 전혀 잊어버렸던 것입니다. 그리군 밤낮으로 늘 혜봉의 새신랑인 그이가 나를 생각하고 있을 것 같은 생각을 하고 그이가 나를 만나러 혜봉과 나란히 서서 내려가던 그 언덕길을 올라오는 것만 같아서 책 읽는 것도 그만두고 그 길을 바라보며 그이의 생각을 했습니다. 그러고 있노라면 정말 그이는 혜봉이같이 남한테 지지 않으려고 악을 빡빡 쓰고 쾌활하나 그 대신 분주한 그런 여자는 싫어할 것같이도 생각되면서 내가 한 번만 더 만나면 나는 그이를 완전히 설복하리라, 혜봉이 제가 남에게 안 지려고 악을 써왔으나 항상 져〔負〕오지 않았더냐, 나는 무엇으로나 혜봉을 능가할 수 있다. 적어도 그이가 좋아함직한 희랍적 정열과 교양이 내게 있지 않은가.

나는 이렇게 황당무계하고 주제넘은 생각을 하게까지 되었습니다. 친구나 내 신분을 조금도 생각함이 없이, 어떤 희생이 생기든 온갖 행복을 버리고라도 오직 그이만을 위해서 살면 그만이라 생각했습니다.

안개가 껴서 앞뒤 숲이 통 보이지 않던 날 아침이었습니다. 혜봉이가 놀러오라고 심부름하는 아이를 보내 왔습니다. 바로 그게 그들이 다녀간 나흘째 되던 날이었습니다. 나는 머리를 빗고, 화장을 잘하고 옷장에서 가장 좋은—그이가 좋아함직한 옷을 꺼내어 입었습니다. 그이가 좋아함직한 옷이란 것은 내가 그이의 넥타이 색깔로써 그이의 색채에 대한 취미를 알았기 때문입니다.

우리 집과 혜봉의 친정은 한 십오 분 걸리는 노정이었습니다. 다른 때 같으면 나는 으레 풍경 좋은 해안통 길을 택할 것이나, 되도록 급하게 가고자 골목 지름길을 걸었습니다.

대문 앞에 이르러 한참 동안 망설이다가 두근거리는 것을, 무한한 용기를 내어 혜봉을 불렀습니다. 혜봉이보다 먼저 마루에 누우셨던 혜봉 어머니가 내다보고,

"아이구 웬일꼬, 어서 온니라." 하시며 몹시 반가워하셨습니다. 이 소리에 혜봉이도 곧 뛰어나왔습니다. 방에 들어가니 그이는 누워서 책을 읽

다가 마지못해 일어나는 듯했습니다. 인사말도 별반 없이 목례만 하는 것입니다. 거동이 느리다는 것, 말이 없다는 것, 사람과 잘 어울릴 수 없다는 것을 혜봉에게 들어서 알았고 또 그것이 내가 가장 잘 이해할 수 있는 점이라 하더라도 나는 서글프지 않을 수 없었습니다. 가슴이 써늘히 내려앉았습니다.

하나 혜봉이가 이내

"저이가 너희 집이 참 좋다는구나. 오늘 가려구 하다가 날세가 이래서 못 가구 널 오랬어."

하고 말하길래 나는 혜봉이가 권하는 자리에 앉았습니다. 혹 혜봉인 남편이 너무 내게 무관심한 것을 눈치채고 어색한 분위기를 살펴서 한 말인지 모르지만, 그이가 나 없는 데서 설혹 내게 관한 이야기가 아니고 우리 집을 가지고 한 말이라 하더라도 가슴 뛰노는 일이 아닐 수 없었습니다. 나는 전신이 오싹해짐을 느꼈습니다. 혈관이 잠깐 압축되는 듯했습니다. 약간 현기증까지 깨달으며 그이가 내게 대해서 등한히 하는 것은 일부러 자기의 마음을 숨기려 하는 태도거니 이렇게 해석했습니다.

이러는데 혜봉 어머니가 과일에, 꿀물에, 얼음 탄 것에, 들고 들어오셨습니다.

"밤낮 붙어 댕긴다고 어지간히 성가시게 했디마느…… 어서 더운데 이것들 들어라."

혜봉 어머니는 딸과 사위를 몇 번 보시고 또 보시고 그러고 내게 한 번 더 먹으라 권하시군, 함께 잡수시자고 해도 젊은 아이들 틈에 뭣하려구 끼이겠느냐 하시며 마루로 나가시었습니다.

"오라잖아 떠날 테니 영이 오늘 실컷 놀구 가그라. 서방님 회사서 나올 때까지……"

우리가 얼음물과 과일을 거진 먹어가는 때 혜봉 어머니는 다시 마루에서 내게 이렇게 말씀하셨습니다. 나는 마음속까지 파랗게 질림을 깨달았습니다. 그이와 떠난다는 일, 내가 집으로 돌아간다는 일, 얼마 안 되어 모두 내게 닥쳐올 엄연한 사실임에도 불구하고 나는 거기 대해서 생각하기가 무서웠던 것입니다.

"서울엔 못 오나, 못 만나게……."

혜봉의 쉽게 말할 수 있는 그 마음이 나는 무척 부러웠습니다.

"언제 서울 가니?"

"구월 달까진 여기 있어야 하겠어, 서울은 너무 더워서."

"아주 여기서 살렴."

나는 진정 그들이 부산서 살았으면 싶었습니다. 그이와 한고장에서만이라도 살았으면 행복할 것 같고 화평할 것 같았습니다.

"그러잖어두 저이두 여기가 좋대. 바다가 있어서…… 거리가 추하구 사람들이 거츨긴 하지만……."

혜봉은 남편이 하던 말을 그대로 옮기며 눈을 껌적, 입을 삐이쭉해서 남편 앞에 보였습니다.

"그야 사실이지. 뭐 내가 잘못한 말인가."

그이는 웃으며 혜봉의 대꾸를 하는 것입니다.

"그렇거든 그만 어서 가소 야."

혜봉은 일부러 액센트를 넣어서 사투릴 썼습니다.

"정말 가보지."

"가시구려, 누가 안타까워할 사람 있나."

그이는 대꾸가 없고 혜봉이가 다시 말을 이었습니다.

"에에참, 내 영아한테 흉봐뻐릴라네. 글쎄 일가친척들이 자꾸 와서 시끄럽게 군다구 서울 간다구 하누마. 내 속이 똑 상해 죽겠다니까. 오늘은 좀 애기랑 많이 하시오. 전에두 애기했지만 선영이가 어떻게 당신 시詩를 좋아했는데……."

"이애긴 잘 하는 당신이 하시오, 듣는 건 내가 들을 테니."

혜봉은 참으로 어린애 같은 눈으로 그이를 흘겨보았습니다. 그이도 혜봉의 하는 태도를 귀엽게 받아주는 눈치였습니다. 그들이 그러는 바람에 나는 머언 이방異邦에 간 것처럼 쓸쓸하고 외롭고 어색했습니다. 자꾸만 어색해지는 얼굴을 어떻게 처리할 수가 없어서 바깥마당에 선 느티나무 저편 하늘가를 바라보고 있으려니까, 혜봉이가 뭘 그리 생각하느냐고 물었습니다. 나는 한참 머뭇거리다가

"구름을 보구 있었어." 하고 당황한 대답을 했습니다. 마는 대답을 하고 본즉 날이 흐린 까닭에 구름은커녕 안개 때문에 하늘조차 보이지 않았습니다.

"구름이 어디 있습니까? 안갠 게지요?"

그렇지 않아도 함부로 말한 것이 불안한데 그이가 빙긋이 웃으며 이렇게 말하는군요. 내게 아무 관심도 없는 체하던 그이가 어쩌면 그렇게 다정스런 눈으로 보아주는 겁니까. 귀밑이 확 달아올라서 아무 말도 못하고 고개를 숙이고 있을 수밖에 없었습니다.

혜봉은 내 이러는 것이 보기에 민망했던지

"시인이라 다른데, 구름 한 점 없이 흐린 날에두 구름을 보게." 하며 놀려주는 것입니다. 나는 부끄럽다기보다 이 말엔 한껏 자랑스러움을 느꼈습니다. 물론 혜봉은 나를 시인으로 인정하고 한 말이 아닐 것이고, 또 듣는 그이도 그러했을 것입니다마는 그이 앞에 시인이라 불리운 것이 끝없이 기뻤습니다.

집에 돌아와서도 혼자서 수없이 웃으며 좋아했습니다.

어쨌든 그 후 사흘 만에 다시 그들을 찾아가던 날은 처음 가던 날보다 일기가 매우 청쾌한 탓도 있었겠지만 나는 어깨가 가뜩 높아진 것 같음을 느끼지 않을 수 없었습니다. 더구나 내 손에는 그이가 저번 날 빌려준『운명론運命論』이란 책이 쥐여 있고, 그 책 속엔 그이가 붉은 줄을 쳐놓은― 운명이거니 하고 단념하려는 자는 자멸한다―는 문구가 있었습니다. 이 문구가 나를 얼마나 흥분시켰던지 나는 저자著者의 이름을 기억하는 것조차 잊었던 것입니다. 그러니까 운명은 제 손으로 좌우할 수 있단 말이지. 그렇다면 내가 지금 짊어진 운명도 내 손으로 처리하면 그만 아닌가. 옳다, 그이는 분명히 내게 무슨 암시를 주느라고 책을 빌려준 게다. 나는 내 운명에 반역反逆할 것이다. 운명이거니 하고 단념하려는 자는 자멸한다지 않았나―나는 몇 백 번 책 읽을 때부터, 무수히 되풀이하던 생각을 다시 입 속에 중얼거리며 해안통 길을 걸었습니다. 여름날 한낮의 바람이 미역 냄새를 풍기며 건들건들 지나가고 그럴 때마다 바다색과 똑같이 푸른 치맛자락이 획획 날렸습니다.

"오늘은 그이에게 운명론을 듣는다."

그이의 부드러운 음성을 들을 수 있고 그이가 이야기하는 운명론은 내게 유리할 것 같고 또 혜봉이보다 내가 더 잘 그이의 이야기를 해득할 수 있으리라는 이러한 자신을 나는 분명히 가지고 있었던 것입니다.

하나 혜봉이 집에 이르니 혜봉은 아주머니 집에 가고 없고 그이는 서울서 아침 차로 내려왔다는 혜봉 오빠와 또 웬 낯선 사나이하고 이야길 하고 있었습니다. 책만 돌리고 곧 돌아서 나오려는데 혜봉 오빠가 굳이 들어오라 하며 혜봉이도 곧 돌아온다고 하므로 그이들이 앉았는 방에 들어갔습니다.

그런데 서울서 혜봉 오빠와 함께 왔다는 낯선 사나이가 어떻게 눈을 꺼벅거리며 옆눈질을 하는지 불쾌해서 혜봉이가 돌아오자, 둘이서 뒷방 툇마루에 앉아 잠깐 이야기하다가 집에 오고 말았습니다.

혜봉의 말을 들으면, 그 사나이는 감옥에서 전향한 자로 며칠 전에 가출옥했다는 아주 성격이 씩씩하고 정열적인 좋은 사나인데 똑 한 가지 흠이, 여자면 누구나 좋아하는 것이라 했습니다. 어쩐지 첫인상이 징그러운 것이 그러리라고 보여졌습니다. 이름은 김동호라 했습니다. 내가 그 이름까지 쉬이 기억한 것은 그가 너무 심하게 시커멓고 툭 불거진 눈알을 굴리며 옆눈질하던 것이 몸서리치도록 싫었기 때문입니다. 그런데 그 사나이는 내가 무척 좋아서 떠나기 전에 다시 한 번 만날 수 없느냐고 하며 그 이를 조르더란 이야기를 그 후 혜봉이로부터 놀림을 받았으나 나는 그저 웃어버리고 지냈습니다. 그를 다시 만나리라군 꿈에도 생각지 않았기 때문에. 구월 달을 부산서 나고 상경한다던 혜봉과 그이는 예정보다 열흘가량이나 먼저 떠났습니다. 무슨 출판사에 그이의 일자리가 생겼다는 것입니다. 그들이 떠나던 밤은 달이 몹시 밝았습니다. 차가 움직일 때 심장의 격렬한 파동을 숨기고자, 그리고 흘러 내리는 눈물을 안 보이고자 나는 허리를 오오래 굽혀서 인사를 했습니다. 참으로 염치없는 짓이었지요. 그들은 행복해서, 더구나 혜봉은 입가에 해당화 같은 웃음이 벙글거리고 좀체 명랑치 못하던 그이도 신혼 최초에 마음에 드는 일터가 생긴 탓인지 전과 달리 웃음과 말이 많으며, 부산을 떠나는 데는 한 가락 실오리만한 애수도 느끼지 않는 듯했습니다. 나는 좀 더 일찍이 그이에게 『운명론』에 대해서 물어나 볼 것을 하고 생각했습니다. 실상 이야기할 기회가 없은 것은 아니었으나 어쩐지 말을 끄집어내기에 주저되어 끝내 못 물었던 것입니다. 그러면서도 한편 또 나는 그들이 떠난 것을 다행하게도 여겼습니다. 몸이 멀어지면 마음도 멀어지려니 알았기 때문입니다.

기차가 달빛 속에 파아란 불을 반짝이며 배암이처럼 꼬리를 흔들고 산 모롱이로 돌아간 후, 나는 그제사 아무도 없는 플랫폼에 혼자 서 있는 것을 알고 내 꼴이 처참한 것을 느꼈습니다. 그 밤은 스무날을 넘은 달이라 새벽녘까지 창이 훤하고 귀뚜리가 몹시 울어서 나는 진정 한잠도 못 이루고 횃등잔같이 뜬 눈으로 새웠습니다. 아니 그 밤뿐 아니라, 그 이튿날 밤도 또 사흘날 밤도, 자꾸자꾸 그렇게 새웠습니다. 낮에도 마찬가지로, 그이를 생각하는 일 외엔 아무것도 하기 싫었습니다.

그래서 나는 끝내 병으로 눕게 되었습니다. 그것이 바로 그이와 혜봉이가 서울 올라간 지 한 달 되던 때입니다. 시월 달을 접어들면서 비가 연달아 오게 되고 날씨는 날마다 싸늘해가는데 나는 어느 날이나 문을 처닫고 어득시그레한 방에서 앓기만 했습니다. 바람이 때때로 문창에 싸늘히 부딪치고 앞뒤 숲에선 나뭇잎 떨어지는 소리가 사각사각 들리고.

바람 없는 날에도 그 소리는 여전했습니다. 꼭 발자국 소리입니다. 틀림없는 발자국 소리입니다. 열이 오르면 오를수록 그 소리는 분명히 그러합니다. 다른 발자국도 아니고 꼭 그이의 발소리입니다. 사각, 사각, 나는 몇 번 문을 열어보았습니다. 하나 거기는 아무도 없고 덩그렇게 드높은 하늘과 엉성한 나무들만이 을씨년스럽게 있을 뿐이었습니다. 이래서 병은 날마다 더해가고 거울에 비치는 내 얼굴은 유령과 같이 무서웠습니다. 남편은 내 꼴이 점점 안되어감을 걱정하더니 서울 친정에 얼마간 가 있으라고 어느 날은 말했습니다. 나는 싫다고 거절했습니다. 그이가 살고 있는 곳으로 간다는 것이 지상地上에서 가장 즐거운 일이요 행복된 일이겠으나 어쩐지 두려웠던 것입니다. 지상에서 가장 큰 죄악을 저지를 것 같고, 떠나면 다시 돌아올 것 같지 않았기 때문입니다.

남편은 내 마음은 전연 모르고 내가 서울 안 가겠다는 것은 집을 비우고 자기 혼자 두고 가는 것이 안돼서 그러는 줄로만 해석하곤 병이 나아서 얼른 돌아오면 그만 아니냐, 아버지와 상의하구 한 일인즉 모든 걱정 다 버리고 마음을 푹 놓고 병 고칠 생각부터 하라는 것이었습니다. 나는 마음이 찌르르 저려듦을 깨달았습니다.

내가 서울로 떠나가는 날에도 남편은 내 행장을 준비하면서, 새로 사다 준 핸드백에 낡은 핸드백 속의 물건을 죄다 정리해 넣어주고 또 아버님 어머님 동생한테까지 선물을 각기 따로 싸고 있는 것입니다. 나는 그러는 남편을 건너다보기가 무척 괴로웠습니다. 그래서 마당으로 나와버리고 말았습니다.

그사이에 겨울도 가고 목련木蓮이 벌써 하얀 웃음을 해죽이 내뿜고 있었습니다. 시절을 헤아리지 않고 보아주던 내 가장 좋아하는 꽃이었건만 피는 것도 모르고 있었습니다. 나는 또 한 번 내가 가진 생각을 뉘우쳤습니다. 정말 남편의 말과 같이, 나는 서울 가서 병 고치기에 노력하리라 결심하고 밤에 침대차로 편안히 가라는 남편의 말을 안 듣고 낮차로 떠났습니다. 그것은 밤보다 낮이 항상 내 마음을 건전케 하리라 생각했기 때문입니다.

서울 와서도 나는 한 보름 동안은 마음의 건전을 무한히 노력했습니다마는 끝내 혜봉의 집을 찾아 떠나고야 말았습니다. 혜봉의 집은 신당정이었습니다. 자그마한 새 집 한 채를 장만했노라고 혜봉이가 몇 달 전에 내게 기뻐서 편지하던 바로 그 집이었습니다. 꼭 닫힌 문을 열고 들어선즉 혜봉은 하얀 무명과 융을 그득히 앞에 놓고 무엇을 만들고 있다가 반가워 일어서는데 오래지 않아서 산월인 듯 배가 뚱뚱한 것을 발견하고 하얀 것들이 인제 장차 낳을 애기의 옷이라 알았습니다. 가슴이 선뜻했습니다.

슬픈지 기쁜지 알 수 없는 감정이 치밀어오르며 머리에 피가 죄다 싸늘히 하체下體로 내려가는 것이 느껴졌습니다. 흥분하면 피가 상체上體로 올라가는 것이 보통인데 그때만은 정신이 아찔하도록 머리엔 피가 하나 없는 것 같았습니다.

"축하한다."

나는 혜봉의 손을 꼭 잡았습니다. 이것이 내가 그에게 두 번째 하는 말과 행동이었습니다. 그 한 번은 그이와 함께 우리 집에 찾아왔을 때 결혼을 축하한다 하면서 손을 잡았던 것이고, 두 번 다아 무의식적으로 한 일이나 혜봉이가 그이의 아내가 되기 전에 한 번도 그렇게 힘 있게 잡아본 일이 없었던 것입니다.

"언제 왔니?"

"한 보름 돼."

혜봉은 내가 늦게 찾은 것이 노엽다고 꼭 잡은 손을 빼려고 하면서 나를 눈 흘기는 것입니다. 나는 얼굴을 똑바로 못 들고 빼려는 그의 손 위에 내 한 손을 더 얹으며 고개를 그 위에 숙였습니다. 혜봉의 흘기는 눈이 똑 내 마음을 흘기는 것 같아서.

"영이 너두 애기 아냐?"

한참 만에 쳐들은 내 얼굴을 뚫어지게 보다가 혜봉은 이렇게 묻는 것입니다.

"아냐 폐가 약하다나, 그래서 왔서."

"아니 웨 그렇대?"

혜봉은 이내 눈물이 글썽해지며 놀랐습니다. 그의 전이나 조금도 다름없는 정다움에 나는 다시 한 번 가슴이 뭉클해졌습니다.

"그다지 심하진 않나봐. 차라리 죽었으면……."

“너 웨 그런 약한 소리 하니?”

혜봉은 내 수그린 얼굴을 양손으로 받아 쳐들며 똑 어른이 아이에게 하듯, 들여다보는데 나는 어떻게 당황한지 “아냐 괜한 소리야.” 하고 내가 한 말을 말살시키려 억지로 웃어 보이며 그도 알고 나도 아는 고향故鄕 이야기를 시작했습니다.

이러는 사이에 다섯 점이 지났습니다. 그이는 네 시면 퇴근한다는데 돌아오지 않았습니다. 혜봉은 혹 남편이 저녁을 어디서 지내고 올지도 모른다고 하면서 저녁 준비를, 그 무거운 몸으로 심부름하는 아이도 없이 손수 반찬가게에 갔다 오고 아궁에 석탄을 피우고 했습니다마는 조금도 고단해 보이지 않고 썩 쉽게 잘했습니다. 본래 성질이 차근치 못한데다 밥 짓고 바느질하고 이러는 일은 딱 질색이어서 그 어머니가 늘 걱정하시던 것입니다. 나와 항상 맞붙어 다닌다고 야단을 더 치신 것도 집에다 잡아 두고 바느질과 살림살이에 대한 일을 가르쳐보려고 함에서였으나 혜봉은 시집도 안 갈 텐데 그런 건 배우면 뭘 하느냐고 하면서 한 번도 어머니 말씀을 들어본 적이 없었는데, 그는 완전히 살림꾼이 다 되었을 뿐 아니라, 바가지 다루는 것이라든지 심지어 부지깽이 드놓는 것까지도 어쩌면 그렇게 손에 잦아든 듯 잘하는 것입니까. 어지간만 해도 ‘하기 싫다던 일을 이렇게 잘하니 웬일이야?’고 놀려주었을 것이지만 그가 그렇게 온갖 일에 익숙해서 잘하는 것이 내게 어떤 교시敎示를 주는 것 같아서 나는 그와 함께 부엌에서 숯불을 피우고 찌개에 넣을 파를 다듬으며 “심부름하는 애라두 하나 두지 않구.” 겨우 이 말 한마디를 했습니다.

“그이가 내가 일하는 건 싫어하면서두 식모나 심부름하는 앨 두면 지저분하구 조용치 못하다구 싫어하누나. 그리구 내가 한 음식이 아니면 통 입에 대지두 않으니 할 수 있나. 그 대신 자기가 많이 도와주지. 일즉 들어오시면, 불두 때주구 숯불 같은 것두 피워주구, 지금 너 하는 일쯤은 해준단다."

혜봉은 연상 웃었습니다. 나는 웃을 수도 없고 울 수도 없는 감정이 가슴 한복판에 와서 꽉 걸치우고 있었습니다.

"그이가 널 좋아하나?"

여러 말 중에서 불쑥 나와버린 말이 또 이런 염치없는 물음이었습니다.

"좋대. 이렇게 배가 안남산 같은데두 자꾸만 어딜 댕기재. 영화 구경두 가구…… 그리구 내가 좀 키 크다구 인제 애기만 나면 단발하구 양장을 하라는구나. 너무 일일이 간섭해서 어떤 때는 구찮다가두 듣구 보면 모두 옳으니까 말 한마디에까지 주일 하게 된단다."

듣고 본즉 혜봉은 정말 무척 달라졌습니다. 결혼해서 겨우 일 년 되는 사이에 몸과 마음이 죄다 달라졌습니다. 어디가 어떻게 달라졌는지 꼭 잡아낼 수는 없으나, 전의 혜봉이와는 천양의 차가 있어 보였습니다. 결혼한 지 삼 년이나 되면서도 조금도 달라지지 못한 나 자신이 부끄럽기도 했습니다.

우리가 저녁을 먹은 뒤에도 그이는 돌아오지 않았습니다. 혜봉은 저녁을 지내고 들어오는가보다고 하면서도, 곧내, 화로에 찌개를 들여놓았다, 너무 쫄면 내놓고, 내놓았다간 식어서 들여놓고 했습니다. 꼭 전에 우리 어머님이 아버지가 늦게 돌아오시는 저녁이면 하시던 것처럼.

"참 너 서방님두 오셨니?"

무얼 생각하고 혜봉은 한참 만에 이런 것을 물었습니다. 나는 아니라고 머리만 흔들어 대답했습니다. 그랬더니 혜봉은 내 얼굴에서 무엇을 찾아냈던지,

"너 행복하나?" 하고 묻는 것입니다.

“응.”

아무래도 어색한 듯했습니다. 그래서 나는 다시

“이번에두 안 올려고 했는데 그이가 자꾸만 가서 병을 곤치구 오래서 왔단다.” 하고 힘을 넣어 말했습니다. 마는 어쩐지 내가 한 말 같지 않게 귓가에 멀었습니다.

이러고 있을 때 대문이 삐이걱 하면서 구두 소리가 털컥털컥 들렸습니다. 혜봉은 문 열기가 바삐 마주 나가고 나는 가슴을 뛰우고 앉아 있었습니다. 그랬는데 그것은 그이가 아니고 아주 딴 사람으로, 전년 여름 혜봉이 친정에 갔을 때 혜봉 오빠와 함께 내려왔다던 김동호라는 사나이였습니다. 본래 좋지 못한 인상을 주던 터인데 더구나 그이거니 하고 있던 차에 털레털레 아무 주저 없이 들어오는 퍼러딩딩한 그 얼굴이란 진정 싫었습니다. 그동안 까맣게 잊어버렸던 내가 좋다면서 한 번 만날 수 없느냐고 조르더란 혜봉의 말이 문득 머리에 떠오르며 소름이 오싹 끼쳤습니다.

그래도 그는 이쪽의 감정은 살필 줄 모르고, 벙글벙글 웃으며

‘웬일이냐?’ ‘언제 왔느냐?’ 등의 말을 시뻘겋게 불쑥 나온 눈을 뒤굴리며 물었습니다. 내 대답이 시원치 못함을 보고,

“애 좀 얘기두 하구 그래라. 김 선생이 널 참 좋다 하시는데.” 혜봉은 이렇게 나를 바라보며 말했습니다. 하나 도무지 그와 이야기할 흥미를 얻지 못하고, 그가 그 깨사치 못한 입술을 헤 벌리며 헤헤 조급한 웃음질하는 데 딱 골치가 아팠습니다.

“난 갈 테야.”

내 고집을 알므로 혜봉은 별반 막 잡지 않았습니다.

내가 일어서자 아주 무던히 오래 앉았을 자세를 취하던 그 사나이도 따라 일어서며

"나두 가야지. 허許 군두 없는데." 먼저 문을 열고 황급히 나갑니다. 나는 도루 앉아버릴까도 하다가 그 사람 때문에 내 의사를 좌절시키고 싶지 않음으로 그냥 나왔습니다. 밖에 나서니 늦은 봄 저녁이라 일곱 시 가깝건만 외등外燈의 윤곽들이 또렷하지 못하고 바람은 어느 쪽에서 오는 것인지 훈훈한데 나는 그 바람이 피부에 닿는 때마다, 더욱 사지가 매시시해지며 도무지 걷고 싶은 마음이 아니었습니다. 내 바른편에 함께 걷는 김동호의 존재조차 잠깐 잊어버렸습니다.

골목길을 나오자 야시는 한창 흥정이 벌어진 듯 뒤법석 야단이었습니다. 전차에 오르면 떨어지리라 했던, 김동호는 내 타는 차에 먼저 부득부득 올라탑니다. 꼭 어디서 호되게 놀란 토끼처럼 납드며

"서울 길을 잘 모르실 텐데 제가 댁까지 바려다디리지요." 하는 것이 아니겠습니까.

사실 나는 서울 길을 아는 것은 아니었습니다. 혜봉의 집을 찾아 떠날 적에도 무척 속으로 걱정했던 것입니다. 그러면서도 그 집은 내 머리 속에 늘 그리고 또 종종 그대로 꿈에 보아오고 했던 것만큼 아주 쉽게 찾을 것 같은 자신이 있었고 그래서 그랬던지 정말 혜봉의 집은 한 번도 누구에게 묻지 않고 찾을 수 있었습니다.

"허 군이 웨 오늘 무슨 일 있나, 늦었게……."

김동호는 내 뽀르퉁해 있는 기색이 불안했음인지 혹은 그렇게 따라오는 것이 멋쩍었음인지 이렇게 혼잣소리 비슷이 하는 것입니다.

"그분이 늘 그렇게 늦으신가요?"

싫은 그였으나 그이의 말이었던 까닭에 더구나 그가 혼잣소리 비슷이 한 말에 나는 이렇게 대꾸를 하고야 말았습니다.

"웨요. 그 사람 결혼한 담부턴 아주 생활이 긴장했지요. 별일 없는 한

엔 시간만 파하면 집에 달려오거든요. 누구나 마음에 드는 여자면 그렇게 되나봐요."

"전엔 안 그랬든가요?"

"전에야 언제…… 그럴래두 그럴 수두 없었죠. 백판 혼자 하숙생활했으니까…… 고생두 많이 했죠. 평양 우리 집에두 얼마간 와 있었죠."

"매우 친하십니까?"

나는 그이가 어떻게 그런 사람하고 친할 수 있을까 하는 마음에서 또 말을 건네었습니다.

"암요 죽마고우죠. 그야말루 아랫도리 벗구 다니든 어릴 때부터 친굽니다. 학교두 중학은 같이하구 동경 들어갈 때두 같이 갔는데 허 군은 와세다, 난 중앙대학에 다녔죠. 그러다가 중도에 학끌 그만두구 붙잽혀 나올 적에두 같이 나왔는데, 허 군은 감옥에서 나오면서 이내 문학으루 발을 돌렸죠. 본래부터두 문학을 했지만…… 다른 동문 다 떨어져 나가두 허 군만은 늘 그대루 있죠. 워낙 좋은 사람이니까, 다아 땔 잘못 만나서 그렇지."

그는 제 소리 남의 소리 섞어가며 신이 나서 떠들었습니다. 나는 전차가 종로에 와 닿은 줄도 모르고 정신없이 그의 입만 쳐다보고 있는데

"여게서 바꿔 타야잖어요? 댁이 가회동이라시니……."

"……." 그가 나 있는 곳을 아는 것이 이상했으나 그의 그런 이야기엔 입 떼기가 싫었습니다.

"친정댁이 가회정 사신단 걸 허 군 부인한테 듣구 언제 한 번 서울 오시리라 기다리구 있었죠."

갑자기 내 태도가 달라진 것이 이상한 듯 그는 힐끔힐끔 보아가며 또 이렇게 말했습니다.

"저 여긴 혼자래두 알겠어요."

그는 내 쏘는 듯한 이 소리에 잠깐 어리벙벙하다가 다시,

"저두 그쪽으루 마침 갈 일두 있구 해서……."

하며 내 눈치를 살피는 것입니다. 그러더니만 그는 우리 집 문 앞까지 바래다주고 번지를 기억해갔던 모양으로 이튿달 곧 편지를 보내었습니다.

부산서 잠깐 만난 후로 늘 생각했다는 것과, 다시 만나게 된 것은 우연한 일이 아니고 무슨 인연이란 말도 했습니다. 나는 편지를 보고 나서 사람이란 늘 자기를 중심삼아 사물을 해석하는 것이 아닌가 하는 생각을 하게 되었습니다.

내가 그이(혜봉의 남편인 허윤)를 이때까지 생각한 것도 내 중심으로 그이는 아무렇지도 않은데 김동호가 내게 하듯이 나 혼자 날뛰는 것이 아니었는가. 그렇기에 나는 그이를 생각하고 그들이 떠난 후에 병이 들어 앓기만 했는데 그이는 그동안 새 집을 장만하고 살림을 아기자기 재미있게 살고 또 혜봉에게 어린애까지 가지게 하지 않았는가. 정말 그렇다. 혜봉의 말을 들어도 그렇고 김동호의 말을 듣더라도 그는 혜봉을 무척 사랑하는 것이다. 다 잊어버리자, 무슨 어리석은 짓이냐. 염치없는 짓이냐. 더구나 나는 남의 아내가 아니냐. 또 그이는 혜봉의 남편이 아니냐. 남편 있는 여자가 좋아 지내던 친구의 남편을 좋아하다니. 사랑하다니. 인제 다시는 혜봉의 집을 찾지 말리라. 빨리 병을 고치고 남편한테로 돌아가리라. 그렇게 하면 부모님인들 얼마나 기뻐하실까.

머언 어느 산에서 뻐꾸기가 성히 울던 날이라 나는 뻐꾸기의 소리를 귓가에 몽롱히 의식하면서 이렇게 마음을 먹었습니다. 마는 그것은 그날 그 시각뿐이고, 여전히 내 마음은 그이에게만 향해서 점점 더 밥이 맛없고, 잠이 오지 않았습니다. 밤에 어쩌다가 겨우 잠이 들었다가도, 누가 부르

는 것 같아서 눈이 번쩍 뜨이면 그것이 밤중—한 시거나 두 시거나 다시 잠들어내는 수가 없었습니다.

그래서 나는 다시는 안 간다던 혜봉의 집을 또 찾아가고 말았습니다. 마치 막다른 골목에 쫓기던 개가 하는 수 없으니까 돌아서서 사람에게 달려드는 격으로 한 열흘을 꼬박 참고 참다 못해서 또 갔습니다. 물론 저녁을 지난 뒤, 그이가 집에 와 있을 만한 시간을 살펴서 갔으므로 그이는 있었습니다. 피가 또 싸늘히 하체로 내려감을 느꼈습니다. 내가 일찍이 한 번도 체험해본 일이 없던 것을 그이를 알면서부터 벌써 두 번째나 생기는 증세였습니다. 한 번은 말할 것도 없이 혜봉이가 애기 밴 것을 발견했을 때였고.

그이는 부산 있을 때, 내가 처음 찾아갔을 때처럼 반가워하는 기색도 별로 없이 혜봉이로부터 아파서 서울 왔다는 이야길 들은 양으로 봄철이면 그 병이 더 재미없으니 더욱 주의해야 한다는 말과 무슨 주사와 무슨 약을 먹느냐는 것을 물어보고, 약보다 마음먹기로 가니 조심하라는 등의 이런 평범한 말을, 그것도 혜봉의 친구로 딱 금을 그어놓고 대해주는 것이었습니다. 그렇게 봐서 그런지 전에보다, 말솜씨도 늘고 명랑해진 듯했습니다. 그이에게서 혜봉을 느끼고 혜봉에게서 그이를 발견할 수 있는 것 같이 생각되었습니다. 사랑하는 부부, 행복된 부부란 서로 그렇게 닮아가는 것인가보다고 이런 생각을 하면서 한 삼십 분도 못 앉았다가 혜봉이가 막 잡는 것도 듣지 않고 나는 그 집을 나와버렸습니다. 앞에 길게 출렁대는 내 그림자를 마구 밟으며, 신당정서 가회정까지 걸었습니다. 하늘의 달도 파아랗게 질려서 허위허위 나를 따르는 것이었습니다. 이튿날 아침 일찍 아버님이 노기가 등등하셔서 부르셨습니다. 내가 밤새껏 운 것을 아시는 줄만 알고 가슴이 선뜩했습니다. 마는 아버지는 내가 앞에 가 앉자,

"너 글쎄, 남의 사내와 편지질이 다 뭐냐? 김동호란 대체 누구냐?" 하시므로 선뜩했던 가슴이 화알 내려앉았습니다. 김동호와의 문제라면 겁 날 것이 하나도 없다고 생각되었기 때문입니다.

"너 그래 그 사내하구 수작을 꾸미면 어쩔 셈이냐. 그눔이 어떤 눔인지 어디서 안 눔이냐?"

아버님은 전신을 벌벌 떠시면서 말씀도 분명치 못하게 가끔 꺽꺽 막히시도록 흥분하셨습니다. 그래도 나는 아버님 앞에 도무지 무섭거나 두려운 마음 없이 태연히 앉아 있었습니다.

스스로 별일이라 느꼈습니다. 어디서 그런 대담성이 생겼던지 모르겠습니다. 아버님의 꾸지람은 고사하고 무슨 말씀하시는 소리만 들어도 그것이 내게 아무런 관계없는 경우에 있어서까지, 나뿐 아니라 온 집안이 고양이 앞에 쥐 모양으로 죽어지내는 우리 집이었습니다. 학교를 중도에서 그만두고 결혼이 뭔지도 모르는 열아홉밖에 안 된 내게 강제로 결혼해라 하실 적에도 나는 귀여워해주는 선생님을 못 볼 생각, 좋은 경치와 좋은 하늘 아래서 좋은 동무들과 놀지 못할 생각을 하면 세상이 아찔해졌지만, 아버님의 명령이 무서워서 말 한마디 못하고 고스란히 시집을 갔던 것입니다.

"참 세월이 망하더니 별일이 다 있구나. 네가 그래 집안 망신시키구, 부모 망신시키려구 서울 왔니? 인제 서울서두 못 살게 만들려느냐. 자식이 아니라 다들 원수구나 원수……."

오빠까지 한데 쓸어넣어 하시는 말씀임을 알았습니다. 열아홉 살에 집을 떠난 후 통 소식이 없던 오빠가 삼 년 전 어느 날 밤 홀연히 돌아와서 아버님께 강제로 돈 팔천 원을 강탈해가지고 떠났는데 아버님은 그것이 오빠인 줄 전연 모르시고 경찰에 고발해서 오빠는 해외로 가던 길에 안동

현서 붙잡히게 되고 아버님은 세상이 부끄럽다고 부산 살림을 서울에 옮긴 것이었습니다. 우리 집은 옛날부터 선조가 높은 벼슬을 해왔을 뿐 아니라, 할아버지 때만 하더라도 나라에 상당한 요직을 가지고 계셨다 합니다. 아버님 대에 이르러선 벼슬도 아무것도 없었지만 아버님은 옛날부터 대대로 전해오는 가풍을 그대로 지키고자 노력하시느라고, 아버님 자신뿐 아니라 온 집안이 늘 무리無理로 일을 처리해 나가게 되었습니다. 말하자면 체면을 차리기 위해서 가풍을 보존하기 위해서 따뜻하게 재미있게 못 살고 허위를 꾸며가며 살았습니다. 그러므로 집 안 구석엔 언제나 잿빛 공기가 떠돌았습니다.

"오늘 저녁으루 썩 내려가거라. 집안 망하게 할 자식 같으니……."

"어딜 갑니까?"

"어딜 가다니 부산 가지 어딜 가?"

"전 안 가겠어요. 가기가 싫어요."

"안 가구 어떡할 테야?"

"여기서 살겠어요."

"남 사내게 미쳐난 년을 여기 둬. 누굴 망신시키자는 판이냐. 응. 이 하는 소리 듣겠나, 응. 애비 앞에 도도히 말대꿀 하다니……."

아버님은 때릴 자세를 취하시며 옆에 뭐 몽치나 이런 것들을 찾으시는 모양이나, 나는 그래도 무섭지 않고 맞아도 좋다고 생각되었습니다.

"못 가겠으니 이혼해주세요."

이렇게 말하고 나니 내가 어떻게 이런 말을 하게 되었을까, 하고 스스로 놀랐습니다. 아버님 앞에 이렇게 말하리라군 꿈에도 생각지 않았습니다. 아니 아버님뿐 아니라 누구에게나 죽는 날까지 못할 말인 줄 알았습니다. 그러면서도 다 곪은 종기가 어드메 부딪쳐 터지기를 바라는 마음과 같은 그런 마음에서 나는 은근히 어드메 꽝—부딪칠 어떤 기회를 기다리고 있었는지 모릅니다. 내가 아버님 앞에 나와 김동호와의 사이를 변명은 고사하고 오히려 무슨 일이 있는 체해 뵈인 것도 그 때문일 것입니다. 꼭 그렇습니다.

"이 집구석 망하게 할 자식아……."

아버님은 두루 무엇을 찾으시다가 끝내 못 견디시어 옆의 목침을 내게 던지시는 것이었습니다. 나는 얼른 아버님 방을 뛰어나오고 말았습니다.

"집안은 인제 다 망했다. 계집년이 애비 앞에 쩍쩍 아가릴 벌리구 대꾸질하다니."

아버님은 어이없으신 듯 담뱃대로 재떨일 자꾸만 뚜드려 갈기시는 것입니다. 그러다가 한참 만에 어머님을 부르시어, 자넨 아들딸 어쩌면 그렇게 잘 났느냐. 사내 계집년 할 것 없이 모두 애비 망신시킬 자식들이니 이걸 어디 살 수 있느냐 하시는데 어머님은 아무 대꾸도 못하시고, (참말 검불이 바싹 하는 소리에도 옷돌옷돌 놀라시었을 것입니다.) 아버님 앞에 앉아 계신 것을 나는 내 방과 아버님 방에 벽 하나를 사이에 둔 까닭에 잘 알고 있었습니다.

나는 그때처럼 어머님이 가엾다고 생각된 적은 없습니다. 생각하면, 어머님은 아버님이 항상 두려워 말씀 한마디 크게 못해보고, 육십이 다 되어가기까지 그 앞에 언제나 치맛자락을 훔이시는 버릇을 버리지 못하시는 것은 그대로 둔다 치더래도 오빠의 사건이 있은 후로, 오빠가 고생하시는 것을 생각하시는 것만으로도, 살이 내리고 피가 마르실 것인데 아버님은 사흘이 멀다고 오빠의 말을 끄집어내어 어머님의 살치를 내시었습니다.

아버님 방에서 쫓겨 나오신 어머님은 곁에 오셔서 눈물을 흘리시며,

"돈 있겠다 인물 잘 났겠다, 예펜네 위해주겠다 지식 있겠다 좀 좋아서 못 살겠다구 하느냐. 쩩 소리 없이 잘 살드니 웨 그러느냐. 그 편지 했단 사내 녀석은 누구냐. 예펜네란 일부종살 해야지 행세가 그 지경되면 개값 에두 못 간다. 네 오래빌래 속썩는 것두 말할 수 없는데 너까정 그러면 내 가 죽어버리는 게 낫지. 살면 언제 낙 보겠느냐. 난 너 어룬이 그렇게 별 스런 성질이시냐, 말대꾸 한 번 못해왔는데 네 그게 어룬 앞에 할 짓이냐. 계집이 못 살겠다구 말 내는 법이 천하 쌍눔 집안이 아니구서야 어디 그 럴 수 있느냐. 암말 말고, 병이나 낫거들랑, 내려가거라. 너 서방 여름옷 이나 해가지구, 가면 내가 가을에 틈 봐서 내려가마."

어머님이 조용조용 여기까지 말씀하실 때 나는 남편에게 편지 쓰려고 펴놓았던 편지지에 수없이 낙서한 것을 어머님이 방에서 나가신 다음에 야 알았습니다. 허윤許允이란 그이의 이름이 마흔 개는 넘었으리다.

그리고 행복한 부부는 남편이 아내를 닮아가고 아내가 남편을 닮아가 고—이런 말도 씌어 있고, 지구가 부서져서 파편이 되는 한이 있더라도— 이런 말도 씌어 있고, 또 내가 보아도 모를 글자, 모를 글과 그림들이 어 즐부레하게 있었습니다. 어머님의 말씀을 그렇게 뼈아프게 들으면서도 내 손은 이런 장난을 하고 있었다는 것이 신기하다고 생각되었습니다. 내 가 밤새도록 그이의 태도를 얼마나 섭섭스레 생각했으며 또 내가 하는 짓 의 어리석음을 그렇게 뉘우치고서도.

그래도 하는 수 없었던가 보아요. 나는 다시 그이가 내게 빌려주던 책 에서 읽은 운명이란 자기 손으로 좌우한다는 문구를 또 생각해내었습니 다. 정말 이 기회에 내 운명을 내 손으로 개척해보리라는 마음에서 남편 한테 다음과 같은 편지를 썼던 것입니다.

예를 제하고,

우리는 결코 행복한 부부가 아니었습니다. 결혼한 지 삼 년이나 되건만 서로 닮을 줄을 모르는 불행한 부부였습니다. 불행하다고 느끼면서 그래도 그 불행을 지속시키는 것은 죄악입니다. 이제 나는 이 죄악의 길을 기피하기 위해서 당신과 갈라져야 하겠습니다.

나는 편지를 써서 곧 부쳐버렸습니다. 가장 정당한 말로 잘 썼다고 생각되었던 까닭도 있지만 쇠뿔도 단김에 뺀다는 격으로 이왕 일이 벌어졌으니 다아 곪은 종기와 같은 내 마음을 아주 탁 터치워*버리자는 마음에서였습니다. 그렇다고 어떤 구체적 플랜이 있은 것은 아닙니다. 그저 내 마음이 자유롭게 그이를 생각할 수 있고, 또 그렇게 되느라면 그이는 반드시 내게 애정을 느끼리라는 이런 생각을 가졌을 뿐입니다. 이런 생각을 가지고도 조금도 무섭지 않고 두렵지 않은 것은 아마 내가 전날 저녁, 혜봉의 집을 찾아갔을 때 그이가 혜봉을 닮고 혜봉이가 그이를 닮아가는 행복을 분명히 보아 안 것이 원인되었을 것입니다.

내 편지를 받은 남편은 곧 올라왔습니다. 집안은 온통 말 아닌 것이 어머님은 우시고 아버님은 풀풀 뛰시고, 남편은 아버님이 너무 뛰시는 바람에 도무지 이렇다 저렇다 말 한마디 못하고 내 눈치만 힐끔힐끔 살펴가며 한숨을 늘어지게 쉬고, 동생은 이러는 어른들의 얼굴, 얼굴을 눈이 둥그래서 보고 있고.

나는 어떻게 했으면 좋을지 막상 당해놓고 보니 겁이 덜컥 나면서 문득 떠오르는 생각이 그이한테 알려야 할 것 같았습니다. 그이가 섭섭하게 여

---

* 떠뜨리다.

겨지고 내 하는 짓이 어리석다던 마음은 씻은 듯 사라지고 나는 그이에게 한낮을 내 방문을 걸어 닫고 내가 그이를 생각는 길고 기인 이야기를 몇 번을 찢고 찢고 하다가 다 그만두고, 한 번 만나 뵙고 싶으니, 어느 날 어느 장소에서 만나주겠다 말씀하시면 그대로 쫓겠노라는 이 말만 써서 속달우편으로 그이가 근무하는 문화 출판사에 띄웠습니다.

그이로부터 이튿날 아침 곧 답장이 왔는데, 오후 다섯 시에 청목당에서 만나자는 내 편지보다 더 짧은 원고용지 반 장 한가운데 꼭 한 줄만 쓴 편지였습니다. 어떻게 됐든 간에 나는 처음 보는 그이의 필적만이라도 반갑고 또, 그 짤막한 말 속에 행여 무슨 의미가 포개어 있지 않을까 하는 마음에서 수십 번을 읽고 또 읽었습니다. 이 수십 번이란 말을 정말 수십 번 써왔지만, 다른 때에 비해서 가장 정확한, 과장 없는 수십 번은 이때뿐이리라 믿습니다. 그러고 나는 꼭 사람 죽은 집 같은 그 경황없는 집을 빠져나와, 그이가 오후 다섯 시에 만나자는 청목당을, 미리 찾아놓았습니다. 그것은 내가 청목당이 어디가 붙었는지도 모르고 또 그이가 어떤 데서 나를 만나주려는가, 부디 그 청목당이라는 데가 조용한 곳이었으면 하는 마음에서였습니다.

일일一日이 여삼추라는 말의 뜻을 체득하던 것도 이때였습니다. 아침에 청목당을 찾아놓고 돌아와서부터 기다리는 오후 다섯 시가 천년보다 길고 만년보다 길었습니다. 그이와 둘이서만 만난다는 것이 지상에 다시없을 행복같이 생각되었기 때문입니다.

하나 청목당 삼층에서 정작 둘이만 만나고 보니 그 어색하기란 말할 수 없어서 나는 말 한마디 못하고 도무지 똑바른 자세를 취할 수 없었습니다. 차라리 혜봉이가 옆에 있었더면 좋았겠다고 생각했습니다. 보이가 청한 저녁을 날라 오기 시작하자 나는 빵과 수프를 먹는 형용만 하며 연상,

유리창과 벽과 천장과 샹들리에를 쳐다보고 하는데 그이는 내 이 자연스럽지 못한 자태가 딱해 보였던지, 입에 가져가던 스푼을 중지하고,

"많이 잡수십시오. 구미는 없잖으시지요?"라는 말에서 내가 마치 병에 대한 이야기라도 듣자고 간 것처럼, 폐병환자의 투병기 강좌식으로 그것도 내가 자기 집에 찾아갔을 때 한 말까지 섞어가며 하다가, 그 좋은 산장 山莊에서 정양하지 않고 서울까지 올 것이 뭐냐고, 인제 날도 더워지고 할 텐데 속히 내려가는 것이 좋잖겠느냐고 이런 말까지 첨부하는 것이었습니다.

"저더러 부산 가라는 말씀입니까?"

내 이 소리는 비명에 가까웠을 것입니다.

"네. 가시는 것이 몸을 위해서 좋습니다."

그이는 내 슬픈 시선을 피하면서 이렇게 대답했습니다. 나는 한참이나 울 듯한 마음으로, 유리창 저어편 황혼 속의 아물거리는 북악을 바라보고 있다가 아무래도 견딜 수가 없어서

"전 이혼합니다."

불쑥 이렇게 말했습니다. 같은 말이라도 둘러서 좀 여유 있게 했으면 좋았을 것을 도무지 얼굴이 굳어지고 혀가 뻣뻣해지는 것이 내 스스로도 알 수 없는 일이었습니다.

"네? 뭐요?"

그이는 약간 불쾌한 내색입니다. 예정보다 이르게 포크를 놓으며, 곧은 시선으로 나를 바라보았습니다. 그런데 이 바라보는 눈이 혜봉이랑 함께 있을 때와는 다르게 보였습니다. 나는 이내 그이가 불쾌스레 반문하는 음성이 정답게 들려지며 온갖 설움이 한데 북받쳐 코끝이 짜릿해짐을 느꼈습니다.

"좌우간 다른 데 가십시다."

그이의 얼굴은 물론, 방 안 물체들의 윤곽이 한데 법석이 되어 어물거릴 때, 묵묵히 앉았던 그이가 일어나면서 말했습니다. 청목당을 나와 그이는 앞을 서서 삼중정三中井 백화점 옆 골목길을 걸었습니다. 나도 말없이 그의 뒤를 따르기만 했습니다.

날씨가 따뜻하여 산보하기 좋은 때라 하지만, 그 길을 한참 걸어 남산 밑 산길이 되면서는 두서너 패의 산보객이 있을 뿐 무척 한적했습니다. 우리는 남산 어느 소나무 서 있는 좀 으슥진 데 자리를 잡고 그이는 잔디 위에 펄썩 주저앉으며 흘러내린 머리를 치켜올리곤,

"웨 이혼하십니까?" 하고 묻는 것이었습니다.

나는 전등이 밝은 데서보다, 여유 있는 표정을 지을 수 있었고 따라서 말도 어색스럽잖게 할 수 있어서 김동호의 편지가 단서가 되어 아버님께 꾸지람 들은 이야기며 남편한테 이혼한다는 최후의 선언장을 보내어 남편이 서울 올라왔다는 이야기를, 쭈욱 한 대목에 했습니다. 아마 내가 세상에서 처음이자 마지막으로 조리 있게 잘한 말솜씨일 것입니다. 그것은 그이의 시선을 황혼이 가로막아준 탓도 있겠지만, 그것보다도 그이와 나란히 으슬막* 서울의 거리를 내려다보는 사이에 나는 세상의 온갖 것을 혼자 정복한 듯한 우월감을 느끼게 될 뿐 아니라 사람의 호소와 신의 비밀까지 혼자 해득할 수 있을 것 같은 자신이 생겼기 때문입니다.

"빌리어드**를 해보신 일이 있습니까?"

이것은 내 이야기를 듣고만 있던 그이가 한참 만에 물어본 말입니다.

---

* 어스름.
** 당구.

나는 으레 그이에게서 이혼을 왜 하느냐는 질문이 나올 줄 알고, 마음에 전부를 준비해놓고 있었는데 불연중 이런 말을 물으므로, 이상하다 생각은 하면서도 묻는 데 대답하지 않을 수 없어서 없다 말하고 그이의 시선을 더듬었습니다. 그랬더니 이번엔

"하는 걸 구경한 일은 있습니까?" 하고 물었습니다. 나는 한참 만에 E전문에 다닐 때, 명치정 거리를 지나다가 문을 잠깐 여는 사이에 얼른 드러나는 당구장撞球場 광경을 본 적이 있은 것을 기억하고, 있노라고 대답했습니다. 그이는 담배 연기를 뽑으며 오오래 무엇을 생각하는 듯하더니

"이혼하시면 안 됩니다." 하고 무겁게 말하는 것이었습니다.

"웨요?"

"아무나 건드릴 수 있는 당구장의 공과 같은 여자가 되는 것이 원입니까?"

나는 당구장의 공이란 어떻게 된 것인지는 모르지만 그의 말의 어서취를 들어서 짐작할 수 있었습니다.

"그래두 좋습니다. 자유롭기만 하면 그만이겠습니다."

"그건 자유가 아닙니다. 탈선입니다."

"탈선이래두 좋아요. 전 제 운명을 제 손으루 개혁하겠어요." 나는 또 그이가 빌려준 책에서 읽은 문구를 생각해냈던 것입니다. 그이는 아무런 대꾸도 없이 담배만 빨고 있었습니다. 힘껏 빨아 댕기는 때마다 조각과 같은 그이의 코가 날카롭게 빛났습니다. 나는 모든 것을 잊고 말하자면 밤인 탓으로 그리고 그이가 내게 그러한 말을 해주는 탓으로 더할 수 없어서 그이의 목을 껴안았습니다. 그러곤 짊어진 짐을 벗어던지고 당신을 마음대로 사랑하겠노라고 이렇게 말했습니다. 생각하면 쥐구멍에라도 들어가야 하도록 부끄러운 일입니다. 그이는 피우던 담배를 빨리 문질러 팽

개치고 목에 걸린 내 팔을 풀어버리며 뻘컥 일어서는 것입니다. 그러고 금방 산길을 내려 달리려는 자세로 서서 "당신은 만살 너무 쉽게 생각하십니다. 좀 더 자중하십시오." 무엇을 뱉어버리듯 말하는데 어둠이 가로 걸려서 알 수 없었으나 그렇지 주위의 공기가 피부에 싸늘해지도록 그이의 태도와 음성은 함께 냉혹했습니다. 나는 갑자기 오한을 전신에 느끼며 그저 어두운 경사진 산길을 허둥, 지둥, 내려 달리었습니다. 어서 남편한테 가서 이혼을 해달라고 하리라, 그래서 나는 완전히 당구장의 공과 같은 여자가 되리라. 그렇게 하는 것이 그에게 복수하는 방법이리라 생각하고 가회정 집에 이르렀으나 남편은 낮에 전보가 왔는데 부청에 무슨 급한 일이 생겼다고 내려가면서 아버님 어머님한테 내가 마음을 돌리도록 해달라고 부탁하더라는 것이었습니다.

나는 어머님이 하시는 이런 말을 듣자 곧 쏜살같이 발을 돌려 밖으로 나왔습니다. 내 걸음은 남산에서 내려오던 때보다 더 허둥거리고 청각聽覺과 시각視覺이 완전히 정확성을 잃어서 모든 음향音響이 내 귀로만 쏠리는 것 같고 거리의 집들과 전차와 전선주 그 모든 것들이 제자리를 보전하지 못했습니다.

나는 그 길로 김동호를 찾았습니다. 그렇게 싫던 그와 함께 살기를 약속했습니다. 될 대로 되라는 심사에서였습니다. 누구에게라, 어드메라, 이런 지명 없이 나는 반항反抗이 생기고 반발이 생겼습니다. 남편만이라도 도로 내려가지 않았던들 이런 일이 생기지 않았을지 몰라요. 당구장의 공과 같이 되어 그에게 복수하리라는 마음보다 나 이상으로 일이 더 중대해서 부랴부랴 내려간 남편이 말할 수 없이 괘씸했습니다. 하나 나는 그 모든 것을 이내 뉘우쳤습니다. 김동호가 좋아하는 사람이었더라면 그렇지도 않았을지 모르지만 그의 그 시뻘건 눈이 나와 함께 지내는 것이 기뻐서 디굴디굴 구르는데 그것이 금방 방바닥에 툭 떨어질 것 같고 그의 헤식은* 웃음질에 이맛살을 펴낼 재주가 없구만요. 내 고통스런 일이 저 사람에겐 저처럼 기쁨이 될까 하고 그가 옆에 다가앉아서 나만 들여다볼 때마다 이런 생각을 했습니다. 그러고 있노라면 그도 내 마음을 눈치챈 셈인지, 전에 할 일이 많을 땐 여자가 곁에 와도 아무렇잖았는데, 지금은 할 일이 없으니까 여자 없이는 하루도 못 살아내겠다 하며 더구나 나 없 이는 한 시각을 살 수 없겠다고 했습니다. 하나 나는 그를 위해서 웃음은 커녕 말 한마디 정다울 수가 없었습니다.

그럴 수밖에 없는 것이 그이가 하던─ '부산 내려가십시오.', '남편 없 는 여자란 당구장의 공 같습니다.' 궁그른 음성이 혹은 바람과 같이 혹은 천둥과 같이 시시로 내 정신을 혼도**시켜서 나는 귀를 막아보고, 눈을 딱 감아보는 것이었습니다. 그러고 있으려면, 으레 그이의 검은 눈이 내 바 로 눈 위에 머무르는 것입니다. 그러다가도 눈을 번쩍 뜨면 그 눈은 창을 넘어 어디로 머얼리 머얼리 달아나버립니다. 나는 몇 번이나 내 눈 위에 머무른 그이의 눈을 손으로 어루만져 보았겠어요. 어루만지는 그 손엔 언 제나 뜨거운 눈물이 부딪는 것이었습니다.

그 밤은 안개가 끼었습니다. 바로 김동호와 여관살림을 시작해서 나흘 째 되던 날이었습니다. 어디 잠깐 다니러 나가던 김동호는 돌아오는 바람 에 다짜고짜로 내 누운 얼굴에 제 얼굴을 덮어버리며 입술을 빨아 댕기는 것입니다. 그렇지 않아도, 그가 나간 후 그와 함께 지내는 사이에 처음으 로 혼자 조용한 시간이길래 내 죄과罪科를 죽음으로 대상하려고 하다가

---

* 맺고 끊는 데가 없이 싱겁다.
** 정신이 어지러워 쓰러짐.

아무래도 그이가 세상에 살아 있는 한, 죽을 수 없어서 김동호가 돌아오기 전에 어디로든 가버리리라. 가면 어딜 갈까. 멀리는 가기 싫고 어떻게 하든지 그이가 살고 있는 서울 하늘 아래 있어야 할 텐데, 이런 생각을 하며 천장을 응시하고 있는 때이므로, 나는 다른 때보다 더한층 무서운 것, 징그러운 것, 더러운 것,—어쨌든 이 세 가지를 합친 것을 당하는 때에 있을 수 있는 자발적 행동으로 그를 떼밀어 물리치며, 서쪽 커튼이 내리지 않은 창 옆으로 달려갔습니다. 안개 낀 밤이 돼서 그런지 땅의 불까지 죄다 하늘의 별같이 눈물어린 눈을 껌벅일 적마다, 그것들은 나와 같이 우는 듯 혹은 내 설움을 동정하며 위로하는 듯 꼬리를 지어 눈앞에까지 닿는 것이었습니다.

나는 문득—한 옛날 별의 신神이 무수한 암컷 수컷의 별을 밤하늘에 뿌렸을 때, 그 무수한 암수 별 중에 세 쌍만이 똑바로 제 짝을 찾고 그 외의 무수한 것들은 모두 생퉁같이, 어울리지 않는 딴 것들과 짝이 되었던 까닭에 세 쌍의 별을 제외하고는 그 수많은 별들이 죄다, 괴롭고 외롭고 슬프게 지낸다던—희랍 신화에서 본 별의 전설을 생각해내고 내 앞에 머리를 길게 늘이는 별들은 꼭 그 제 짝을 찾지 못한 운명을 가진 별이거니 싶으면서 더욱 눈물이 철철 흘러 내렸습니다.

그러는 때였습니다. 바로 그때였습니다. 그이가 찾아왔습니다. 마치 내 눈물 속에 길게 짧게 늘여지는 별의 꼬리라도 타고 온 듯이 그이는 조용히 벌써 방 안에 들어왔었습니다. 참으로 꿈이었습니다. 흘러내리던 눈물도 딱 멈추고 나는 돌기둥같이 그를 향해 그를 쳐다보고 서 있었습니다.

그이는 김동호가 매우 당황해하며 어느 여관이란 말은 하지도 않았는데 어떻게 알고 찾아왔느냐는 말에 대꾸가 없고 김동호가 방석을 권하기까지 내 쪽엔 눈을 한 번 꼭 보낼 뿐이었습니다. 그이는 자리에 앉자 하녀를 불러 술을 청하려는 김동호에게 내게 조용히 할 이야기가 있어서 왔으니 어디 좀 나가달라고 말했습니다. 김동호는 더욱 당황해했습니다. 나도 무슨 일일까 하고 궁금했습니다. 마는 그이가 나를 죽이러 왔다 치더라도 나는 김동호가 어서 빨리 나가주기를 바랐습니다.

“웨 그래 이 사람, 내가 있으면 어떤가?”

“있는 데 할 말 있구 없는 데 할 말 있잖은가. 갈 데 없으면 우리 집에라두 가 있게, 내 곧 갈 테니⋯⋯.” 김동호의 태도를 보면, 그이가 온 것이 자기에게 불리할 것을 짐작하는 모양이었습니다.

“또 자네 집엘 가. 금방 갔다 왔는데⋯⋯.”

“글쎄 가 있게. 별 얘기가 아니라, 혜봉이 부탁으루 왔어. 혜봉이가 올 수 없어서⋯⋯.”

울상을 하던 김동호는 이 말에 약간 안심하는 빛이었으나 나는 혜봉이가 올 수 없어서 혜봉의 부탁으로 왔다는 그이의 말에 그만 눈앞이 아찔해지도록 실망을 느꼈습니다. 그렇더라도 아무도 없는 데서 그이와 다시 만날 수 있는 것만이 다행스러웠습니다. 그이가 내게 남산에서보다, 더한 냉혹한 태도와 모욕적 언사를 쓴다 치더라도 나는 좋다고 생각했습니다.

“앉으십시오.”

예상과 딴판으로 상냥하고 다정한 음성이었습니다. 나는 기인 한숨과 함께 멈췄던 눈물이 좌르르 흘렀습니다.

“앉으시라니까⋯⋯.”

그이는 내 얼굴을 쳐다보았습니다. 그 깊고 검은 눈을 조용히 들어서⋯⋯ 나는 그 시선과 같이 조용히 그이 앞에 앉았습니다. 머리를 숙이고.

"이런 짓을 하실 줄은 몰랐습니다. 김 군이 아까사 집에 와서 얘기해서 알았는데 혜봉이두 깜짝 놀랍디다. 혜봉인 선영 씨가 김 군 수단에 넘어간 줄만 알구 있지만, 전 대개 짐작하지요. 김 군과 이러루 오시던 저녁이 바루 남산에서 내려오시던 길이 아니던가 생각합니다. 제가 한 말에 대단히 흥분하실 줄 알았어요. 그렇지만 제 마음을 아신다면……."

그이는 말끝을 흐리우고 담배에 성냥을 그어 붙였습니다. 그러곤

"울지 마십시오." 하고 또 역시 다정한 소리로 말했습니다. 나는 이 울지 말라는 그이의 말이 떨어지자 더 흑흑 느껴지며 울음이 터져서 책상 위에 엎드러졌습니다.

"울지 마시래두…… 어린애처럼 울긴."

또 그이는 이렇게 말하며 내 곁에 가까이 앉는 것을 나는 등허리로 느꼈습니다. 여자란 잘 우는 물건이라고 이렇게 항용 말하지만 내 울음은 보통 여자들이 우는 그런 울음과도 다르고 또, 그이의 말과 같이 어린애의 울음처럼 단순한 것도 아니었습니다. 내 눈물은 아무나 체험할 수 없는 저 깊이 폐부 속에서 솟아오르는 것이라 생각되었습니다.

"선영 씨! 머릴 드십시오."

그이는 내 머리를 두 손으로 치껴 들었습니다. 그러곤,

"아시겠습니까. 사랑하는 사람의 정숙貞淑과 행복幸福을 자기 자신의 것 이상으로 바라고 비는 것을……." 하는 것이었습니다. 나는 무슨 쇠기둥에 부딪친 듯한 머리를 가다듬으며 그이를 쳐다보았습니다. 그랬더니 그이는 두 손을 내 어깨 위에 내리우며 "아시겠지요." 하고 다시 물었습니다. 나는 나도 모르는 사이에 그이 가슴에 얼굴을 파묻었습니다. 무엇이나 다 잊어버리고, 다만 "정말이냐?"고 묻는 외엔 다른 할 말이 더 없었습니다. 그이는 대답 대신에 두 팔 안에 힘껏 힘껏 내 몸을 안아주었습니다.

"선영 씨! 가시겠습니까?"

나는 고개를 흔들어 간다고 했습니다.

"어딜 가시라는 말인데요?"

"다 알구 있어요. 부산 가라는 말씀이 아네요?" 진정 나는 무엇이나 다 해득할 수 있을 것 같았습니다. 세상의 우愚도 그이로 해서 배웠지만 지혜智慧도 그이로 해서 배운 것 같았습니다.

"네 그렇습니다. 그런데 저번엔 안 가신다더니 어떻게 그리 쉽게 가신다구 하십니까?"

"그땐 내 마음을 너무 몰라주시니까……." 그이는 더 한 번 그이에게 있는 온 정열을 다해서 다시 두 팔에 힘을 넣은 후

"몰르긴 웨 몰라요. 너무 잘 알기 때문에 그랬단 걸 되려 선영 씨가 몰르시지…… 인재두 말씀했지만, 선영 씨의 정숙과 행복을 바라는 마음에섭니다. 제가 선영 씰 생각하기 때문에 혜봉일 더 생각하는 거나 마찬가지루 선영 씨두 그렇게 해주길 바랐던 겁니다…… 다시 말하면 선영 씨가 제 마음에 영원히 새겨질 여성이 되길 바랐던 겁니다. 아름답다는 건 오오래 지키는 데 있다구 저는 봐요." 띄엄띄엄 또 조용조용히 그러나 힘 있는 어조로 말했습니다.

나는 그이 가슴에 머리를 파묻은 채 그이의 말을 죄다 들을 수 있었습니다.

"알겠어요?"

그이는 다시 내 머리를 두 손으로 치껴 들며, 이렇게 물었습니다. 나는 코가 막히고 목이 메어서 대답 대신에 또 고개를 꺼덕꺼덕해 보였습니다. 그랬더니 그이는 날더러 "이런 어린애 보게나." 하는 것이 아닙니까. 이 어린애란 말은 그이가 두 번째 내게 한 말이었습니다. 처음 할 적엔 그렇

게 느끼지 않았으나 두 번째 하는 이 말엔 내가 정말 어린애가 된 듯싶기도 했습니다. 어쨌든 무엇이나 다, 잊어버리고, 오직 순수純粹할 수 있었으니까요. 나는 사람이 금방 악을 할 수 있다가도 또 금방 선을 할 수 있다는 것을 알았습니다. 그이를 몰랐더라면 죽는 날까지 이런 것을 몰랐을지도 몰라요. 그러니까 나는 그이로 해서 분명히 선과 악을 판단하는 지혜까지도 배운 것입니다.

"전 오늘밤으루 떠나겠어요."

그이는 내 이런 말이 나오자, 처참하도록 슬픈 얼굴로 나를 내려다보는 것입니다. 그 눈은 둘의 앞에 가로누운 운명運命─현실現實을 저주咀呪하는 듯했습니다. 나는 또『운명론』에 씌인 문구를 생각해냈습니다.

"제게 책 빌려주신 기억이 나세요?"

"네…… 좋은 산장에서 행복하게 사시라구 빌려디렸지요."

"행복되게 못 살 것같이 보입디까?"

"네." 그이는 꿈꾸는 듯, 아니 금방 눈물이 쏟아질 듯한 눈을 내 눈 위에서 떼지 않았습니다.

"어떻게 아셨서요?"

"선영 씨의 눈이 그렇게 가르쳐주셨습니다……."

우리의 말소리는 결코 높지 못했습니다. 높긴 고사하고 알아들을 수 없도록 낮았습니다. 하지만 그와 나는 충분히 알아듣고도 남았습니다. 둘이는 한참 말이 없었습니다.

똑같은 얼굴과 똑같은 시선을 가지고 있었습니다. 호흡이 같고 가슴의 고동이 동일하게 뜀을 알았습니다. 둘이는 완전히 한 몸이 된 듯했습니다. 영원히 그러할 것 같았습니다.

하나 오래지 않아서 그이와 떠나야 할 운명이라 생각하니 전등이 왔다

갔다 하고 다다미가 움씰거렸습니다. 하지만 나는 마음을 단단히 먹고, 내가 지금까지 개혁하려던 운명을 거꾸로 다시 말하면 그이의 말씀대로 실험하리라는 마음에서 그이를 물리치며 열한 시 차로 떠날 것을 대수롭지 않게 말할 수 있었던 것입니다. 그이의 말이 김동호도 다시 만나서 잘 이야기하고, 부모님도 걱정하실 테니 가뵙구 천천히 내일 아침 차로 가라고 권했으나 아버님한테는 기차에서 편지를 쓰기로 하고 우선 김동호에게만 사과謝過 편지를 했습니다. 사과 편지를 쓰면서도 웬일인지 잘못한 사람은 나 이외에 다른 사람인 것같이 생각되면서 쓸 말이 없었습니다. 이것은 아무렇게 해석해도 좋습니다. 내가 김동호를 싫어한 탓이라 해도 좋고, 그렇지 않으면 그이의 마음을 알고 또 그이가 바로 내 옆에서 안개 낀 밤하늘을 쳐다보며 부는 휘파람 소리가 구슬픈 탓이라 해도 좋고, 또 그렇지 않으면, 내가 부산 내려간다는 사실이 암만해도 내가 할 일 같지 않게 생각되어서 그랬다 해도 상관없습니다.

"정말 오늘 저녁으로 가십니까?"

"네, 가서 말씀하신 대루 쫓겠습니다. 그것이 멸망하는 길이라 치드래두……."

"고맙습니다." 그이는 내 손목을 잡았습니다. 그이의 손이 불덩어리같이 뜨겁고 정신이 후들후들 평정을 잃은 것을 알았습니다. 나도 그러했습니다마는 우리는 피차에 냉정한 자세를 취하기에 노력했습니다.

"안녕히."

"편지두 안 하겠어요." 손을 놓고 층층대를 내려 걸었으나 두 사람의 걸음은 똑같이 어지러웠습니다.

역驛 앞에 이른즉 시계가 열한 시에서 십 분이 모자랐습니다. 경부선 승객은 다 들어간 양으로 역원만이 개찰구를 지키고 서 있는데 나는 분주히 그이가 사준 표를 들고 플랫폼에 들어갔습니다. 그이와 혜봉이가 부산 떠나던 때 내가 지독히 허리를 굽히던 거나 마찬가지로 그다음엔 손을 높이 번쩍 들었습니다. 그러는 것이 내 눈엔 끌려가는 사람의 최후의 발악같이 보였습니다. 억제했던 눈물이 그만 쏟아지기 시작했습니다. 눈에서 흘러내리는 것 같지 않고, 머리 위에서 물을 퍼부어 내리는 것 같았습니다. 그이의 회색 맵시가 자꾸 작아지다가 아주 콩알만큼 하던 것조차 없어졌을 때 나는 완전히 의식을 잃었던 모양입니다. 부산집에 이르러 거울에 비추인 내 얼굴에 스스로 놀랐으니까요.

그 뒤 그러니까 내가 서울서 내려온 지 넉 달째 되던—여름철도 다 가고 유리창의 햇빛이 종잇장처럼 얇아지던 가을 어느 날이었습니다. 혜봉에게서 편지가 왔습니다. 나는 무한히 기뻤습니다. 혜봉의 편지에서도 그이를 느낄 수 있을 듯싶었기 때문입니다. 내가 아침저녁으로 매만지고 시시로 보아오는 우리 집보다 더 또렷해지는 책과 원고지와 신문과 이런 것들이 수두룩한 그이의 방, 그 한구석에 놓인 책상 위에 역시 책과 원고지들이 놓인 데서 그이의 만년필이 아니면 그 뭉툭하고 색깔 좋은 철필대에 꽂은 철필로 썼을 혜봉의 편지인 때문입니다. 그 속에 나를 비난하고 나를 원망하고 나를 죽인다는 문구로 꽉 찬 글발만이라 해도 나는 겁이 나지 않았습니다. 손이 약간 떨리는 것을 의식하면서 봉투를 분주히 떼었습니다. 봉투에선 한 장의 짤막한 편지와 대중판에 박은 아기 사진이 나왔습니다. 나는 그것이 꼭 그이의 어릴 때 사진인 줄 알고 '웨 이것을 내게 보냈을까.' 하는 마음까지 생기면서 약간 당황해졌으나, 함께 접어 넣은 종이의 짤막한 사연을 읽고서야 사진이 혜봉이가 낳은 그이의 아들 백일 기념인 것을 알았습니다. 문득 내 눈 앞엔 서울 신당정에 그이 집을 첫번 찾았을 때 아기의 하아얀 무명옷을 준비하고 있던 넉 달 된* 혜봉의 뭿봉오리 같던 배가 보이면서 나는, 이렇게 외롭고 슬프고 괴롭게 오직 그이 가슴에 새겨질 정숙한 여성이 되고자 노력하는 사이에 그이와 똑같이 생긴 그이의 아기는 나서 백일을 자랐구나 하는 서글픈 생각이 났습니다.

아기의 사진을 꼭 댄 뺨으론 또 눈물이 철철 흘렀습니다. 그이와 서울서 떠나던 밤같이, 오히려 그 이상이었습니다. 나는 혜봉에게 편지를 쓰고야 견딜 수 있었습니다. 서울서 내려온 후 혜봉에게라도 편지 쓰고 싶은 마음이 때때로 불현듯 일어났으나 그럴 때마다 그이가 '아름답다는 건 영원히 지키는 데 있다'고 하던 말씀이 귀에 들리므로 늘 펜을 멈추곤 했던 것입니다. 그리고 혜봉의 마음을 모르기 때문에 더 주저했던 것입니다.

형!(이렇게 부르겠습니다) 언젠가 우리는 늙기까지 서로 이름 부를 약속을 한 일이 있었습니다. 마는 지금에 있어서 그 약속을 지키는 것보다 안 지키는 편이 자연스러운 걸 어찌합니까. 이것을 형은 제 우정이 변함이라 오해하시렵니까. 그래도 하는 수 없는 일입니다. 하지만 형에게 가는 제 마음은 몇 배 더해서 하늘에 닿고도 남음이 있을 것입니다. 이것은 형이 동화 속의 귀공자같이 귀여운 아기를 낳으신 까닭인지도 모르겠습니다. 저는 지금 형의 아기 사진을 정신없이 들여다보며, 당신의 눈은 내 마음의 요람, 성좌星座의 왕국王國입니다. 이렇게 언제 어디서 기억했는지 모르는 노래를 혼자 중얼거려봅니다.

아기의 눈이 왜 이다지 빛납니까. 왜 이렇게 검고 깊고 신비합니까. 사람

* '넉 달 젼'의 오기로 보인다.

의 마음과 신의 비밀까지 알아낼 것 같습니다. 형! 인제 제가 이 아기의 눈과 더불어 이야기하며 살아가도 좋습니까. 아기는 마치 내 마음을 잘 알겠노라고 금방 입을 열어 말이라도 할 것처럼, 나를 바라보고 있습니다. 내가 그 시선 속에 죄다 빨려 들어가도록 힘차게—. 아니 이것은 제 착각일 것입니다. 시선이 눈물 속에 흐린 탓일 것입니다. 그만하겠습니다. 형! 제가 이런 글발을 드리게 된 것은 귀뚜라미가 댓돌 밑에서 자꾸만 울고, 우리 집 앞뒤 뜰에서 나뭇잎이 무한히 잘 떨어지는 날이라 짐작하시고 용서해주십시오.

끝으로 형의 아기와 형의 그이와 형이 다 함께 복되게 사실 것을 신께 빕니다.

시월 초이튿날 선영 올림

내 편지를 보낸 사흘 후에 혜봉에게서 편지가 왔는데, 편지의 내용은 내 편지를 받고 내가 왜 괴로워하는 것을 이내 알 수가 있어서 그이가 사에서 돌아오던 길로 혜봉은 그이에게 말했더라는 것, 그랬더니 그이는 내가 괴로워할 것을 벌써 알고 있었다고 대답한 후, 그렇게 된 이야긴 들춰내놓는 것보다 덮어두는 것이 여러 사람을 위해서 좋다고 생각했기 때문에 혜봉에게 알리지 않은 것이고 조금도 섭섭하다거나 유감스럽게 생각지 말라고 하면서, 앞으로, 모두 함께 좋은 사람 되기에 힘을 쓰며 살아가자고 하더라는 그이의 말을 전한 다음, 또 혜봉은 내게 무한한 동정과 애정을 전보다 몇 배 이상 느끼고 있다 하며 그렇기 때문에 내가 자기를 형이라 부름에도 불구하고 자기는 전처럼 다정히 '영아'라 불러준다는 말까지 했습니다. 나는 다시 붓을 들었습니다. 하늘에라도 오를 듯한 마음에서 아래와 같은 기인 글발을 쓰기 시작했습니다. 지금까지 봉해두었던 내 마음의 전부를 그에게 고백하려 했습니다.

형! 저는 또 형이라 부르겠습니다. 이외에 다른—다정하고 살뜰하고 경건한 마음에서 부를 대명사가 없습니다. '봉아'라 감히 부를 수 없습니다. 이것은 제가 그이를(형 저도 그이라 부르게 해주십시오. 참으로 염치없습니다마는) 끝없이 끝없이 경건하게, 존엄하게 생각는 때문일 것입니다. 용서하십시오. 이렇게 제가 무슨 말이나 다 하는 것도 형이 제게 고맙게 살뜰하게 정다웁게 편지를 써주시고 또 전과 같이 '영아'라 불러주신 탓입니다. 지금의 제게는 형이 어머님보다도 좋습니다. 저는 지금 이 시간이 너무 즐겁고 너무 다행하고 너무 고마워서 견딜 수 없습니다. 형은 제가 무슨 이야길 하든지 용납해주실 것 같습니다. 저의 길고 기인 이야길 어디서부터 시작하면 좋습니까. 부산 와서 형께 몇 번 글발을 드리고 싶어서 쓰다간 찢고 했습니다. 지금 쓰는 이 글도 과거에 수없이 쓰다가 찢긴 것들과 같이 내 손에 찢길지도 모르지요. 정말은 편지도 쓰지 말고 그저 참고 견뎌야 하겠으나 아직 제 수양이 부족한 탓으로 보살이라도 이 지경 되면 하는 수 없으리라는 자위를 받으며 씁니다.

이런 자위를 받게 되는 것도 형이 고마운 편지를 주신 탓인지 모르겠습니다. 그이가 모두 다 함께 좋은 사람 되기에 힘쓰자 하신 말씀이 형과 그이와 그리고 저도 한데 포함시킨 말씀 같아서 저는 지금 밖에 뛰어나가 춤이라도 추었으면 싶습니다. 그런데 비가 저렇게 좌악좌악 퍼붓고 또 밤이 어두우므로 이렇게 앉아서 형에게 드리는 글을 쓰고 있습니다. 비가 오지 말았으면 얼마나 좋을까 하고 생각도 해봅니다. 마는 비가 개이고 달이 뜬다면 내 마음을 또 어떻게 주체합니까.

밤이 밝자면 아직도 한참 되겠습니다. 비가 퍼붓듯 내리더니 인젠 바람이 불고 소나기 울고 번개가 칩니다. 전엔 폭풍우가 이는 밤을 제일 무서워했는데, 아무렇지 않고 오히려 소나기가 더 울고 번개가 더 치고 바람이 더 불었

으면, 싶으면서, 내가 소나기를 무서워하는 줄 아는 남편이 건넌방에서 이리
로 올까 걱정되는군요. 내가 이렇게 태연해질 수 있는 것은 형과 더불어 이야
기하는 때문이고 또 바로 이 글을 쓰고 있는 책상 위에 형의 아기—그이와
똑같은 아기 사진이 놓여 있는 때문이 아닌가 생각됩니다. 아기의 사진에 뺨
을 대고 울고 어쩌고 하는 것이 죄스러워서 깊은 서랍 속 밑에 숨겨보았으나,
제 마음이 너무 허전해서 다시 끄집어내어 놓았습니다. 이 무슨 인연일까요.
형과 저는 전세前世에서 맺어준 숙명적 사슬에 얽힌 몸인가봅니다. 그렇지 않
으면 형의 아기까지 저를 이처럼 울릴 수 있습니까. 형이 그이와 똑같은 아기
를 낳았다는 데 질투를 느끼고 형이 그이 가까이 즐거워 계신 것을 괴로워하
면서도, 또 한편으론 저는 그이와 똑같은 아기를 낳으신 형이 고맙고, 그이와
가까이 함께 살고 계신 형이 세상의 누구보다 보고 싶고 부러웁습니다. 저는
종종 형의 어머님이 우리가 전에 늘 함께 붙어 다닌다고 걱정하시던 말씀이
예사롭지 않게 여겨지면서, 형의 어머님이 좀 날카로우신 듯한 음성을 듣는
일이 있는데 그럴 때마다 형의 어머님이 지금 제 마음을 아신다면 전보다 더
날카로운 음성으로 저를 꾸지람하시리라 생각하곤 합니다.

　형! 바람이 더 불고 번개가 더 치고 우레가 더 울고 비가 무수히 쏟아집니
다. 참 유쾌합니다. 이런 날 죽었으면 얼마나 좋을까. 더구나 형과 기인 이야
기할 수 있는 이 시간에……. 그저 비 오는 날이나 달이 뜬 밤보다 저와 같은
여자는 이런 날 죽는 것이 좋을 상싶습니다. 이건 죽을 수 없기 때문에 하는
생각인지도 모릅니다. 일찍이 저는 책을 읽는 중에서 죽음이란 것을 무척 곱
고 아름답게 알고, 또 나는 그 아름다운 죽음을 누구보다도 아름답게, 곱게,
언제든지 죽을 수 있으리라 생각했던 것인데 근래에 와선 도무지 죽을 수 없
습니다. 죽음이 무서워집니다. 때때로 서울서 떠나 내려오던 그 밤에 죽지 못
한 것을 뉘우치는 일도 있지만, 그것이 어느 정도까지의 진실성을 띤 생각인

지 스스로 의문됩니다. 형이여! 쓸데없는 말을 길게 썼습니다. 소나기 오는 밤이라 알으시고 꾸지람 말아주셔요. 형이 꾸지람하신다면 저는 고아와 같이, 슬프고 외롭습니다. 그이와 형과 아기의 행복을 빌면서……

소나기 오는 밤 영아 올림

여기에 혜봉의 편지 답장은 내 마음을 잘 알고 그이의 마음도 잘 알기 때문에, 말하자면 자기가 가장 아끼고 존경하고 사랑하는 사람들의 괴롬이 골수에 스며드는 듯 아프나, 아무리 생각해야 해결할 방도가 없다는 것, 해결할 방도가 없다고 하는 것은 자기가 그이의 아내의 권리를 확보하자는 마음에서가 아니고 그이와 나를 생각하고 그다음 나머지에 자기 자신을 생각해서 하는 말이라는 것, 우리는 역시 지켜야 할 것을, 다시 말하면 우리의 할머니 어머니와 그 외의 모든 여성들이 지켜온 길을 지키는 데서 즐거울 수 있고 행복할 수 있지 않겠느냐는 것, 그것을 전연 몰랐던 것인데, 그이와 결혼해서 사는 동안에 평범한 속에 진리가 있는 것을 깨달았다는 것을 쓴 다음, 혜봉은 하잘것없이 자신이 비참하게 생각되며 오히려 내 위치가 부럽다고 했다가, 그러나 그이가 나를 생각하는 까닭에, 자기에게 더욱 좋고 온갖 일에 충실하다면 그것을 다행히 여기고 살겠다 했습니다. 나는 다시 붓을 들어, 우선 내가 애초부터 도무지 윤리상 도덕상 인정상 용서할 수 없는 마음을 가진 것이 잘못인데 또 그 위에 그 마음을 가만 덮어두지 못하고 이런 소리 저런 소리 늘어놓아 혜봉과 그이의 마음을 불안케 하고 슬프게 하고 괴롭게 한 것은 내 교양이 부족해서 그런 것이라 진실로 사과한 다음, 혜봉이가 그처럼 그이와 꼭 같은 좋은 마음을 가지게 됨을 부러워하고, 나는 그이와 혜봉의 좋은 마음을 본받아서, 전보다 더욱 남편에게 충실하여 한 집의 주부, 더 나아가 완전한 여성, 참된 사람이 되겠다 하고, 그이와 혜봉과 나와 다 함께, 그이의 말과 같이 좋은 사람 되기에 노력하자는 말을 쓰고 마지막으로 우리는 인제 서신왕래도 그만두자고 했습니다. 그랬는데 혜봉은 그 뒤로도 종종 글발을 주었습니다. 내 마음을 살펴서 그이의 이야기도 쓰고 아기의 이야기도 써서 내 마음은 물의 고기처럼 요동되었으나 나는 거기에 한 번도 답장을 하지 않았습니다. 밤낮으로 사는 집이 똑 남의 집같이 서먹해지고, 눈앞에 그이와 혜봉과 그이의 아기가 즐거워하는 방이 자꾸만 나타나서, 식모 심부름하는 아이까지 죄다 내보내고, 내 손으로 부엌과 그릇과 온갖 우리집 안에 있는 것을 다스려서 정을 붙이고 손때를 묻히려 했습니다. 그렇게 하노라면 육체가 피로하여 정신적 슬픔을 잊을 수 있으려니 알았기 때문이었습니다. 그이의 꿈꾸는 것이 두려워서 그이가 쓴 글이면 시나 수필이나 그이가 편집하는 잡지에 서명 없이 쓰는 글, 광고문에 추천글까지 읽던 것을 다 그만두기로 작정한 후 누구의 글이나, 좋은 것을 골라가며 읽었습니다. 어떠한 고초라도 그이를 사랑하는 까닭에, 아니 사랑해서는 안 될 그이를 사랑하는 까닭에 세상에게 대한 내 배덕背德에 스스로 하는 복수로서, 지난날의 온갖 경솔하고 구비하지 못한 마음을 채우고자, 나는 날마다 극기克己와 성실誠實과 인내忍耐를 목표로 삼고, 한 생애를 살아 나가기로 했습니다. 그것이 곧 '아름다웁다는 건 영원한 것을 지키는 데 있다' 하던 그이의 말씀을 좇는 것이 되기 때문에.

　이렇게 하는 사이에 세월은 흘러서 봄이 오고, 여름이 가고, 가을이 오고, 겨울이 가고, 이렇게 몇 번 계절이 바뀌었습니다. 나는, 어지간히 현실생활에 익숙해지고 몸도 점점 충실해갔습니다. 밥 짓고 빨래하고 바느질 때문에 고단해서 허리가 끊어지는 것 같고 사지가 쑤시던 버릇도 씻은 듯 없어졌습니다. 그래서 그랬던지 알 수 없으나 아무렇든, 나는 아이를 낳는 어머니가 될 수 있었습니다. 내 자신도 기적 같았으려니와, 이러쿵 저러쿵 말썽부리던 내가, 살림에 전력을 하고 아이를 낳았다는 사실이 남편은 물론, 온 집안이 들썩 떠나도록 야단이고, 서울 어머님 아버님은 전보를 받자, 곧 함께 내려오셨습니다. 나는 어머님이 아버님과 같이 다니시는 것도 이때에야 처음 보고 아버님과 어머님이 함께 웃으시는 것도 이때에야 보았습니다.

이런 것뿐 아니라, 어쨌든 아이를 낳던 날부터 나는, 이때까지 알지 못하던 온갖 것을 발견하고 느끼고 했습니다. 그래서 때때로, 신이 내게 한 가지의 시련試鍊을 더해준 것이 아닌가, 다시 말하면 내가 아직도 그이에게 도달到達할 자격이 못되므로 내게 충실한 아내에서 참된 어머니, 즉 완전한 여성(인간)에로 이르게 하려는 운명의 암시를 보여준 것이 아닌가, 생각했습니다—정말 그런 것도 같았습니다. 내가 읽은 책들이 가르치듯 모성애가 세상의 무엇보다 가장 강하고 고귀하고 또 그것처럼 참된 것이 없는 것을 알면서도, 그 강한 것, 그 고귀한 것, 그 참된 것 때문에 내가 가진 다른 감정을 버릴 수는 없었습니다. 내게는 모성애가 강하고 고귀하고 참된 거나 마찬가지로, 그이를 생각하는 내 감정도 세상의 무엇보다 가장 강하고 고귀하고 참되다 생각했습니다. 이 감정이 심한 때면 아이에게서 그이의 영상影像을 발견하는 일까지 있게 되었습니다.

이렇게 다섯 해를 살아가는 어느 여름입니다. 그러니까 아이가 나서 다섯 살 먹던 때입니다. 나는 아이와 나란히 그이를 처음 만나던 때 그 여름날과 똑같은 마당 포도 넝쿨 아래 등의자에서 아이에게 그림책을 읽어주며 이야기해주고 있는데 한 장의 편지가 왔습니다.

건강과 행복을 삼가 비오며, 아울러 부군의 영예로운 도평의원 당선을 축하합니다. 아기도 인제 컸으리라 믿습니다. 온 집안이 내내 건강하시고 복되시기를 비옵나니다.

팔월 이십일 허윤 상

진정, 나는 꿈과 생시를 구별할 수 없었습니다. 어느 날이나 내 머리에서 떠나지 않던 그이면서도 정작 편지를 받고 본즉 생전 모르던 사람과 같이 서툴기도 하고, 또는, 날마다 시시로 만나는 사람 같기도 하고 뭐가 뭔지 어리벙벙했습니다. 그러면서도 그이는 내가 알리지 않았어도 내 생활을 알고 있었다는 사실이 고맙고 행복해서 눈물이 주르르 흘러내렸습니다. 아이가 보는 데서 눈물 흘리기는 처음이었습니다.

"엄마 웨 그래?" 아이는, 겁이 나서 물었습니다. 나는 그제사 아이를 전연 잊었던 것을 알고, 아이를 옆에 가까이 껴안으며,

"아냐, 엄마 지금 편질 보는데 눈이 아퍼서 그랬어." 했습니다. 얼른 나온 말이나, 거짓말이 아닌 것을 나는 이내 깨닫고 안심했습니다. 사실 나는 글발을 두세 번 거듭 읽는 사이에 눈물이 어린 탓인지 글씨가 넓어지고 씨믈거리고 비틀어지고 하면서 나중엔 포도 넝쿨과 같이 이리저리 엉키어 눈앞이 몹시 어지럽고 아팠던 것입니다.

"그 핀지 누구야?"

아이는 편지가 어디서 왔느냐는 말을 이렇게 물었습니다.

"응 편지가, 편지가 말이야 저어어, 머언데 웅아 아저씨한테서 왔어."

"삼낭징(삼낭진) 아저씨가?"

"아냐 그보다두 더 멀어."

"아주 머여?"

"그래."

"이만큼 머여?" 아이는 팔을 벌려서 보였습니다.

"응 그래. 엄마 책상에 애기 사진 있잖어? 그 애기 아빠야."

"그럼 서울이구나."

"그래 서울 아저씨가 우리 웅아랑 엄마랑 아부지랑 다 잘 있느냐구 편지했어." 아이는 내 말에 흥미 없다는 듯이 다시 말이 없고, 그림책을 뒤적거리다가 내가 멍하니 멀리만 바라보고 있는 것을 알아채었음인지,

"서울이 하늘만큼 머여?" 하고 묻는 것이었습니다. 나는 아이가 훌쩍한 이 말이 너무, 적당해서 아이를 꼭 껴안고 아이 뺨에 내 뺨을 부비며

"그래, 그래 서울이 하늘만큼 멀어." 하고 아이가 한 말을 반복했습니다. 하루면 왔다 갔다 하는 서울이건만, 웬일인지 내게는 하늘만큼, 아니 하늘보다도 더 멀게 생각되어 천년이나 만년을 가도 다 못 갈 것 같고, 남편이 쉽게 서울에 다녀왔다는 때마다 신기하고 이상해서 정말 서울 갔다 왔느냐고 이런 우둔한 질문을 해서 누가 안 가구 갔다 왔다 하겠느냐는 남편의 퉁명스런 대답까지 듣곤 했던 것입니다.

"거기 가봤음." 아이는 또 이런 말을 하는데 나는 어쩐지 아이가 다른 날보다 무척 성숙하게 느껴지면서 아이가 내 마음을 혹 알고 있는 것이나 아닐까 하는 생각이, 떠올랐습니다.

"웅아야, 서울 가구 싶어?"

"응. 엄만 안 가구 싶나?"

"엄마두 가구 싶어. 우리 웅아랑 같이 가믄 고만 아냐, 그렇지?"

이것은 아이에게 한 말이라기보다, 내가, 내 자신에게 하는 독백이라는 편이 나을 것입니다.

"엄마 언제 가까?"

"이 댐에."

"이 댐에?"

"그래 이 대앰에 이 대앰에."

"꼭 가? 응 엄마?"

"꼭 가잖구." 어느 때고 한번은 꼭 그이를 만나러 갈 듯한 내 마음이기에 한 말이었으나 하고 난 즉 아이에게 죄송했습니다.

"웅이 노래 부를까, 얘기해줄까?"

나는 아이를 한 번 더 껴안으며 말했습니다.

"이약."

노래를 불렀으면 싶은 마음이었으나 아이는 이야기가 더 좋은 듯 이렇게 말하며 옆에 놓인 그림책을 내 손에 쥐어주므로 나는, 먼저 하던 '염소와 늑대' 이야기를 마저 마쳐준 다음 다른 날보다, 더 많은 여러 이야기를 해주고 그리고 처마 끝에 새끼를 깐, 제비가 먹을 것을 물어다가 새끼 제비에게 먹이는 것을 웃으며 짝짜꿍이를 쳐가며 재미있어 바라보는 아이와 같이 나도 재미있어 하고 웃으려고 했습니다.

그이가 찾아오던, 칠 년 전 그 여름날과 똑같이 구름이 뭉게뭉게 피어오르고 매암이 소리가 요란하고 바다 소리가 들리고, 바닷바람이 불어오는 때마다 미역 냄새를 풍기는 것을, 코에 느끼면서—.

—『천맥』, 수선사, 1948.

천맥天脈

1

연이蓮伊는 아침저녁으로 무릎을 꿇고 손을 마주잡고 머리를 숙이고 눈을 감고 한참씩 앉아 있는다. 그는 이렇게 앉아 있는 때가 가장 신神에 가까운 마음을 가지게 된다고 알았다. 자기의 신이 무엇인지 모르나 하느님인지 부처님인지…….

어떻게 되었든 연이 자기도 모르는 사이에 그에게는 비는 마음이 이처럼 생긴 것이다.

이렇게 비는 마음이란 누구에게나 있는 게 아니고 또 어떻게 본다면 아직 연이로선 부자연한 일일지도 모르나 그가 아이 하나만을 데리고 아무것도 생각지 않고 이 옥수정 보육원保育院에 온 유래를 안다면 그의 이 비는 자세 앞에 누구나 그와 똑같은 자세를 지을 것이리라―그가 그의 신이 무엇인지 모르듯이 그들도 그들의 신이 무엇인지 모르면서라도…….

2

연이는 별이 불꽃같은 밤에 두 번째 시집을 갔다. 그 상대되는 남자―

즉 연이의 두 번째 남편의 이름은 허진영이라 하고 직업은 의사醫師, 전처는 죽었다 하였다.

윗입술에 제비 같은 메추라기 수염이 그의 원 성격을 드러내 뵈게 하는 것은 그 이외에 다른 데는 전연, 털이라고 없고 얼굴 전체가 불구자에 가깝도록 매끌하게 생긴 것이 연이는 마음에 덜 들었다. 그래서 집주인 노파의 주선으로 그 노파 방에서 허진영을 만난 뒤로 주인 노파가 여러 번 그의 사람 됨됨이며 재산이며 이러한 데 대해서 이야기할 뿐 아니라, 젊은 한때를 아무 재미없이 보내고 늘그막에 괜스레 후회를 하지 말라는 말과 함께 어느 번이고 좋은 것은 영감밖에 없느니라는 말을 빼어놓지 않았으나 연이는 한 번도 움직이지 않았다.

노파는 스물일곱에 과부가 되었다 한다. 열일곱 살부터 자식 낳기를 시작해서 스물일곱까지 오 남매를 두었는데, 남편이 숨이 턱 지고 본즉 제일 위에 열 살배기로부터 젖먹이까지 올망졸망한 것들을 혼자 어찌 길러낼까 하는 생각에 기가 꽉 질리어 울 수조차 없었으나 그것들이 자라는 대로 보통학교, 중학교, 아들은 전문학교까지 보내고―이러는 사이에 세월이 가서 노파는 늙고 아들과 딸들은 장가를 가고 시집을 가서 인천, 수원, 만주, 경주, 혹은 대판,* 이러한 땅에서들 각각 사는데 아들딸 낳고 잘 사는 것, 자식을 못나서 속이 쥐똥같이 마르는 것, 돈두 있고 자식은 있으나 남편이 밤낮 딴 여편네질을 해서 실성하다시피 된 것, 남편이 살뜰이 생각해준다던 막내딸은 시집가서 일 년 반 만에 해산을 하다가 아이와 함께 죽고, 카페 여자와 좋아서 학생 때부터 당구장이니 빠―니 하고 벌여놓기만 하던 단 하나의 크게 믿던 아들은 약간 남아 있던 돈과 또 집까지

* 일본의 오사카.

저당을 잡혀가지고 어디로 종적을 감춘 지 사 년째 되는데 어느 때 함께 빠—를 하던 여자의 이야기를 들은즉 지나 땅 중에도 아주 먼 데를 갔다는 것이다. 노파는 오래간만에 듣는 아들 이야기가 끔찍이 반가웠으나 그 여자에게 자기 아들 소식을 모르고 지낸다는 것을 알리기 싫어 아들한테서 늘 소식이 있는 것처럼 말끝을 어물러버리고 말았다는 것을 노파는 어느 일요일 연이가 병원을 쉬는 날이어서 연이 방에 나와 이런 이야기 저런 이야기 하던 끝에 하고 나선 흐르는 눈물을 윗소매로, 주먹으로, 자꾸만 닦아냄으로 연이는 그날 이 노파가 꼭 십 년 전에 돌아가신 자기 어머니같이 여겨지며 측은스러웠다.

그렇지 않아도 남편이 세상 떠난 후 곧 아현정 집에서 명륜정 이 노파의 집 문간방을 동무의 알선으로 이사하게 된 후 노파는 이태 동안을 늘 한결같이 자기의 지난날을 생각함에선지 다른 뜰아래 방이나 건넌방에 있는 사람들보다 연이를 생각해주었다. 방이 비좁다고 연이의 남편이 그린 그림들이며 또 그 외의 별로 필요치는 않은 자리를 차지할 물건들을 노파는 자기 방과 다락에 갖다두기도 하고, 또 연이가 끝내 ×××병원에 간호부로 나가게 되면서는 연이의 여섯 살 난 아이를 꼭 자기의 손자처럼 보아주곤 하는 것이었다. 연이가 집에 없은 뒤의 아이가 밖에 나가면 하루종일 들어 안 오고 혹시 들어왔다간 서먹한 얼굴을 지으며 도로 나가버리고 하는 것을 노파는 어머니처럼 가엾어하고 걱정을 하며 딸자식보다 사내자식 키우기가 힘이 드느니라고 버릇같이 말하며 진실로 염려스러워했다.

어느 날 밤 노파는 이런 말을 연이에게 했다. 그것은 달이 유난스레 밝았던 것을 연이는 기억하고 있다.

"웬만침 마음에 없드래두 그런 자린 쉽사리 없을 게니 생각을 돌려보래두 그래."

"……."

"여자 돈벌이란 몇 해간뿐이지 늘 못하는 거 아니오. 아이 소학교 공분 에미 손으루 시킨다 치드래두 중학교부텀야 저거 하나래두 어렵대두 그래."

"……."

"늘 하는 말이지만 저놈이 다른 애들보다 영특스러워서 에미가 집에 없는 뒤루 아주 웃읍게 되드라니까 그래."

"……."

"내가 내 조카래서 그러거니 생각을랑 말우. 암, 그야 조카댁이 얌전했으면 하는 마음이 없겠소마는 진호 에미두 조카만 못하짢게 생각는대두 그래."

"……."

"여자 나이 스물여덟이면 한시절은 지났는데, 게다가 아이가 딸렸지 이제 어디 총각 혼인이야 좀체 해낼 수 있겠소. 지금 내 조카가 상처라군 하지만 사십이 멀겠다 자식 없겠다. 쉽사리 있을 자리가 아니래두 그래."

연이는 노파가 말할 때는 아무 대답 없이 있었으나 노파가 들어간 뒤에 오오래 생각해보았다. 그러다가 이불을 얼굴까지 마구 뒤집어쓰고 울었다. 그것은 불을 껐는데 달이 너무 밝아서 남편의 초상肖像이, 그의 독특한 쓴웃음 웃는 것이 그 저녁에는 무수히 자기를 비웃는 듯했기 때문이다. 연이는 이불 속에서 남편의 웃음이 그처럼 이상해 보이는 것은 자기의 마음이 전보다 많이 달라진 탓이라 해석하며 참 사람의 마음이란 알 수 없는 것이라고 스스로 자기를 의심해보기까지 했다. 그러다가 다시 자기가 재혼하잔 마음을 먹는 것은 남편에게 향하던 마음이 갑자기 없어져서 그런 것이 아니고, 순전히 아이의 장래를 위해서 하는 짓이라고 스스로 변명도 해보았다. 변명이 아니라 그 허진영이란 사람을 몇 번 만나야 여전히 제비 같은 윗입술 수염이 얄밉고 가증하고 윤깨가 반들거리는 얼굴 전체에 정이 못 붙는 것을 보더라도 그 까닭이 아니냐고 이렇게 자위를 받았다. 그러고 본즉 자기가 재혼한다는 것은 죽은 남편을 위하는 일인 것 같기도 했다.

연이와 연이의 아이에겐 이러한 과거가 있었다. 연이와 죽은 남편 상수와 결혼할 때 그들은 법률과 도덕이 허락하는 결혼이 아니었다. 상수가 ×××병원에 병으로 입원했을 때, 연이는 그 병원의 간호부로 상수의 간호를 맡아하는 중 정이 들어 결혼을 했는데 결혼을 하자 곧 상수는 강화도江華島에 있는 자기 집에 가서, 열다섯 살에 같은 섬에서 자기보다 네 살이나 더 먹은 말보다 더 큰 색시―말을 타고 가서 데려왔다는 그 색시―와 아들 둘까지 친정에 보내버리고 그리고 연이를 세상이 인증하는 아내를 만들고 또 일 년 만에 난 그들의 아들 진호도 떳떳이 상수의 아들로 되어 있었으나, 친정에 가 있는 줄 알았던 처음 색씨는 남편 몰래 시부모를 모시고 그 시부모집에서 얌전한 며느리 어진 아이들 어머니로서 지내다가 남편이 세상 떠나자 법률적으로야 어떻게 했든 시부모는 그 며느리와 그 손자만이 며느리요 손자일 뿐으로 연이와 연이가 낳은 아이는 쓰레기 버리듯 버리는데 그 버리는 방법이 참 묘했다. 장례식 날이며 그 안날* 연이는 머리를 못 풀게 하고 상복도 입히지 않았다. 혹시 친척 중에 연이에게 그럴 수 있느냐고, 말하는 이가 있었으나 퍼러딩딩한 시어머니가 떡 버티고 앉아서 딴소리 말라고 벼락같은 소리를 치면 쑤군쑤군하던 몇몇

---

* 전날.

사람들도 쥐구멍을 찾는 형편이었다. 그들 부모는 큰며느리를 위해서 아들 죽은 것을 되려 다행해하는 것도 같았다. 이래서 연이는 남편의 시체를 따라 내려갈 때보다 슬픈 여자, 보잘것없는 여자가 되어 남편의 향리鄕里인 섬을 장례식이 지난 이튿날 떠나오고 말았다. 떠나올 때도 시부모가 말이 없었지만 서울 와서 이태를 지내는 사이에도 아무런 소식이 없었다.

연이는 그들이 그렇게 하는 것이 분하고 괘씸해서 어떤 때는 법률적으로 무슨 방법을 취해볼까도 했으나 아무도 보아줄 사람이 없으므로 생각만 하면서 그럭저럭 지내오던 중이었다. 극력하려면 변호사에게 외탁해서라도 못할 것은 아니겠지만 연이는 자기의 일이면서도 그런 일은 자기가 할 일 같지 않게 늘 생각이 되곤 했다. 그보다 우선 취직을 해서 당면 생활문제를 해결하는 일이 더 쉬웠다. 그래서 죽은 남편과 알게 되던 ××× 병원, 원장을 찾아서 가 자기의 사정을 말하고 다시 다니게 된 것이나, 모든 것이 도무지 전과 같지 않았다. 전에 함께 있던 동무들과 의사들도 몇 사람 남지 않았고 동무들은 그동안 시집을 간 사람도 여럿이 있지만 ××× 병원이니만큼, 북지전선北支戰線에 나간 동무들도 있고—어쨌든 남아 있는 간호부로는 전에 딱짱떼란 별명을 듣던 조선인 간호부 하나와 다루마*라 부르던 뚱뚱보의 일인 간호부 외엔 다아들 연이와 낯설은 간호부들이었다. 간호부들뿐 아니라, 의사들도 그러했다. 전에 있던 의사가 몇 사람 되기는 하나, 연이가 맡은 외래外來에는 한 사람 빼놓곤 전부 새로 들어온 의사들이었다. 의사는 별반 모르겠으나 간호부들 사이에 있어서는 아무래도 새사람들과는 얼리지 않았다. 나이로 본다면 칠팔 세밖에 차이가 없으나 무엇 때문에 그런지 늘, 그 사람들과 자기 사이에는 무엇이 가로막

---

* 좌선하는 달마대사의 상을 본뜬 오뚝이.

힌 것 같은데 연이에게는 이런 것이 몹시 쓸쓸했다. 처음 몇 번은 딱짱떼나 다루마라 부르던 옛날 동료를 틈 있는 대로 찾아보기도 했으나 그 사람들 역시 옛날 같지 않고 또 딴 과에 각각 근무하고 있는 까닭에 자주 찾을 수도 없었다. 그 위에 아이가 집에서 혼자 뭘 하고 있는지 우는지 노는지 이런 생각에 정신이 없었다. 일이 귀찮고 힘이 들었다. 날마다 하는 일이 수월하지 못하고 힘든다는 것은 분명히 우울하고 성가시었다.

연이는 힘든 일을 하면서 자기가 그처럼 우울한 것은 새 간호부들이나 새 의사들이나 혹은 딱짱떼, 다루마에게나 자기에게 원인이 있는 것이 아니고 자기가 밟고 지나온 팔 년이란 세월이 그렇게 만들어놓은 것이라 생각하고 연이는 차라리 다른 병원에 취직을 구해볼까도 해보았으나 연이로서는 그것, 역시 수월치 않았다.

그렇지 않았다면 연이는 주인 노파가 아무리 서둔다치더라도 마음에 들지 않는 허진영이와 결혼할 의사가 없었을 것이다. 똑 따져서 말하면 연이는 허진영이가 마음에 들지는 않지마는 남편 상수가 늘 좋아하던 긴 치마에 행주치마를 둘러 입고 아늑하니 들앉아 살림을 할 것이 좋았고 그러노라면 아이도 잘 기를 수 있을 뿐 아니라 우선 경제적으로 아이의 장래 교육 문제가 염려 없을 것이고 그러노라면 아이는 남편의 본마누라가 낳은 아이들보다 훌륭할 것 같으니까 별이 불꽃같은 밤에 결혼했던 것이다.

3

허진영의 집은—집과 한데 통한 병원은 낙원정 큰길께 번듯이 나앉았다. 간판도 큼직하고 건물도 거대하고, 또 환자들이 많아서 잘못하면 의사가 파리만 날리고 앉았는 시대에도 이 병원만은 흥성했다.

　연이는 틀림없이 이 흥성한 병원 원장 부인이요 또 그 안채에 달린, 허진영의 집 주부였다. 허 씨의 친구들이나 친척들까지 그렇게 꽉 믿어버리는 것은 그들이 총각 색시 결혼은 아니지만 허진영이로 말하면 인제 의사로는 물론 사회의 한 사람으로 손가락을 꼽힐 만하게 된 터이라, 함부로 기생이나 카페 여자 나부랭이나 이러한 여자를 주워 올 리는 없을 것, 또 연이 쪽을 보더라도 허진영의 아내가 되기에 넉넉한 까닭이었다. 그래서 그들은 별이 불같은 밤에 면사포 쓴 일 없이 그저 연이가 아이를 데리고 허진영이와 주인 노파와 이렇게 넷이 자동차로 허진영의 집에 왔었으나, 누구나 당연하게 보았다. 친구들은 그들의 결혼을 축하하느라고 자기 집에 부부를 나란히 초대해주었고 병원에 간호부, 약제사, 심부름하는 사람은 주인댁으로 어려히 모셨고 밥 짓는 사람은 주인아씨라 불렀고 연이 자신도 이것을 자처하고 있는 것은 누가 주인아씨를 찾으면 내로다 하고 나섰고 또 허진영이는 친한 친구가 찾아오면 으레, 자기 아내를 소개했고, 명륜정 주인 노파는 조카집도 되려니와 살뜰이 생각하던 연이의 살림이라 가끔 와서 보아주고, 언제나 입버릇같이 하는 말이 "좀 좋아 글쎄, 남 살던 살림이지만 그만하면 빠질 게 없구…… 그렇게 채리구 있으니 안직 두 새 각신걸, 그 추운 데 밥두 잘 못 먹구 허둥지둥 달려 다니든 생각하믄 쩌쩌쩌."

　노파는 혀까지 차가며, 진정 연이가 행복해진 것을 다행해했다. 그러나 날이 가고 달이 가는 사이에 연이는 조금도 행복하지 못한 것을 알았다. 늘 남의 집에 온 것처럼 서먹서먹하고, 허진영의 윗입술 제비같이 붙인 메추라기 수염은 아무 날도 맹숭거리기만 했다. 노파의 말을 빌지 않더라도 노파의 집 문간방살이하던 때에 비하면 훨씬 편한 것은 사실이나 연이가 행복할 수 없어서 오히려 그 문간방에 그대로 지낼 것을 하고 이렇게 생각하는 것을 아무도 몰랐다. 연이 자신도 깜작 놀라는 때가 있었다. 그것은 문득 거울 속에 비치는 자기 긴 치마의 아담스런 맵시가 눈앞에 서는 때였다. 연이가 병원에 있을 때, 주사기에 주사약을 잘못 넣고 젊은 의사에게 몹시 욕된 말을 듣던 날 그는 집안에 들앉아 살림하는 여자가 부럽고 상수가 하던 말대로 부엌에 행주치마 입은 여자가 세상에 제일 예쁘고 아름다울 것 같고 어떤 미운 여자든지 그렇게만 입으면 그만이라 알았다. 그랬는데 거울 속에 비치는 자기가 제일 행복하고 제일 예쁘고 제일 아름다운 맵시를 한 자기, 그 아름다운 맵시 그 행복한 맵시 속의 자기는 그 집을 빼져나오기 전엔 어찌할 수 없는 슬픔이 빙산처럼 가로놓여 있음을 알았다.

그 슬픔의 원인은 매우 간단했다. 허가네(진영) 족보와는 하등의 관계가 없는 연이가 데리고 온 이가李哥 아이 하나 때문이었다. 연이는 이 다시없이 귀중한 아이가 자기에게 그처럼 커다란 비극을 갖다줄 줄은 조금도 몰랐다.

연이가 허진영에게 시집와서 일 년이 훨씬 넘은—연이의 아이가 소학교에 입학해 다닌 지도 반년이 넘어 아이 학교에 학예회가 있던 날이다.

그렇지 않아도 연이는 아이가 학교에 들어서부터 늘 가보고 싶었다.

허진영에게 미움을 받고 놀림을 당하고 또 연이 자기도 그 까닭에 때리고 꾸짖고 하긴 하면서도 그렇게 됨으로 오히려 측은하고 가엾은 정과 변태에 가깝도록 아이에게 가는 마음이 날마다 심해가서 학예회가 아닌 보통날에도 연이는 아이가 공부하는 학교에 언제나 가보고 싶었다. 마는 허진영은 영이가 그러면 그럴수록 더했다. 언젠가 아이가 학교에서 장질부사 예방주사를 맞은 것이 열이 올라 꼭 한 번 데리고 갔다 왔더니 그날 허진영은 몹시 성을 내며 그 가느스름한 눈을 하루종일 샐쭉이 내려뜨고 통 말을 하지 않으므로 연이는 그 뒤로 다시는 아이 학교에 가지 못했던 것이나 학예회는 특별한 것이요, 또 아이의 말이 아버지나 어머니나 할머니나 누구 한 사람은 꼭 오라는 것이므로 연이는 아침을 일찍이 서둘러 지내고 옷을 갈아입으려 한즉 허진영은 알아채고

"그 잘난 앨 부끄럽지두 않어서……." 하며 혀를 쩔꺽쩔꺽 찼다. 그런데 그 얼굴이 어떻게 독이 올랐는지 가뜩이나 하얗던 얼굴이 백지 이상으로 푸르러지고 예의 수염꽁지 쪽이 대깍 들리며 윗입술을 바르르 떠는 것이었다.

연이는 치마끈 매던 손이 딱 멈춰졌다. 그는 장승같이 서 있었다. 엄마와 함께 갈 것을 기다리고 섰던 아이는 허진영이와 엄마의 눈치를 알아채고 문을 슬며시 열고 나가버렸다.

장승같이 선 연이의 눈에선 주먹만큼씩한 눈물이 방바닥에까지 뚝뚝 떨어졌다. 허진영은 담배를 피워 물었다. 그러고 나서 우는 연이에게

"이리 와 앉어요." 하고 자기 곁을 가리켰다. 연이는 그대로 눈물이 났다.

"안 그래. 거 추운데 뭐 볼게 있다구 가냐 말야……."

언제나 아이가 없은 뒤면 허진영은 연이에게 친절하고 유순해지기 쉬웠다. 마는 연이는 그러는 것이 더욱 싫었다. 자기에게 웬만큼 하더라도 아이에게 좀 살뜰이 굴어줬으면 좋을 것 같았다. 그와 결혼한 것이 순전히 아이를 위해서 한 일이고 보면 연이가 그 이상 바랄 것이 무엇이랴.

"그 잘난 애라구 했다구 그래? 그럼, 잘났지 못난나, 못났다구 했드면 큰일 날 뻔했네 그래."

허진영은 깔깔깔 소리를 내어 웃기까지 했다. 연이의 우는 얼굴이 예뻐 보이기 때문에 기분이 아주 달라진 모양이라고 연이는 생각했다. 하지만 연이는 그런 것은 둘째로 아이를 비웃는 그 태도와 표정이 견딜 수

없었다.

"당신은 웨 밤낮 아일 비웃어요. 웨 자꾸만 그 잘난 애라구 몰아주세요?"

연이는 눈물을 웃고름으로 닦아내고 그리고 아주 빳빳이 선 채로 얼굴을 치켜 들고 이렇게 대들었다. 그러나 연이는 여전히 흑흑 느끼워서 숨결이 평온하지 못했다.

"글쎄 이리 와 앉아요. 이야기합시다."

연이가 파랗게 되어 달라지자 허진영이 또한 정색을 하며 자세를 고쳤다. 그가 그렇게 정색하는 때면 언제나 존칭어를 사용하는 것이 버릇이었다.

"전 서서 얘기하겠습니다."

연이도 가장 존경하는 언사를 써서 말했다.

"웨 이리 빡빡하십니까? 그래, 참 아이가 훌륭한 걸 그랬군요."

그는 다시 비웃는 웃음을 입가에 나타냈다. 연이는 온몸이 부르르 떨렸다.

"개가 본래 그런 줄 아세요. 전엔 너무 똑똑해서 모두들 신동이라구 했다구요. 돌 전〔生日 前〕부터 어떻게 맹랑한 짓을 한 줄 아세요. 레코―드를 틀어놓으면 일어서지두 못하는 것이 엉거주춤하구 곡조에 맞춰 춤을 췄다구요. 곡조가 느리면 느리게 빠르면 빨르게…… 저이 아버지 친구들이 어쩌는 줄 아세요……." 연이는 넘쳤던 눈물이 또 쭈르르 흘렀다.

"그럼 그놈 애가 못되게 번진 게 내 탓이던가, 아니, 내서 도적질하랬던가요. 내서 못난이가 되랬던가요."

허진영은 화가 바싹 났던 것이다. 대개 아이로 해서 싸우는 경우엔 다른 일일 적보다 몹시 신경질이긴 했지만, 그래도 그처럼 성이 난 것은 처음 보았다. 윗입술이 떨리다 못해서 빨딱빨딱 곤추섰다. 다른 때 하지 않던 아이 아버지 이야기가 비위에 거슬린 모양이었다. 그러나 연이는 그야 어떻게 됐든 알 바가 아니었다. 아이 아버지—즉 상수의 이야길 시작해놓고 보니 마음속에 쌓이고 쌓였던 것들이 홍수처럼 터져나오려 했다.

"저이 아부진 자기 모든 예술품 중에서 개가 제일 완성품이라 했어요, 남의 귀한 자식을 웨 밤낮 못난이라구 하세요. 당신이 한번이나 갤 귀여워해본 적이 있어요. 한번 안아본 적이 있어요. 아이가 조금만 어째두 더럽다 야단이구, 밥상에서 한번 갤 편안히 밥 먹게 한 때가 있어요. 아이가 조금만 떠들면 시끄럽다 야단이구…… 남 듣는 데 밤낮 몰아주구…… 웨 당신 눈엔 개 흉만 뵈세요. 웨 더러워만 뵈세요."

연이는 실신한 사람처럼 이런 말을 쭉 한숨에 내쏟았다. 그는 생전 처음으로 이렇게 말을 많이 하고 또 흥분했다. 본래 그는 말을 할 줄도 모르려니와 말이 필요한 시기時期가 그에겐 있은 적이 없었던 것이다.

허진영은 뭘 생각했던지 다시 담배를 붙여 한 모금 연기를 쭈욱 빨아 후우 내뿜었다. 기분이 좀 유쾌한 모양이었다. 그가 성나면 윗입술과 수염에 변화가 생기듯이 또한 성이 풀리면 담배를 피우는 것이었다. 그렇기에 그가 담배를 피어 물었을 땐, 누가 한 사람도 그의 눈이 샐쭉하거나, 입술의 변화를 본 일이 없었다.

"이것 봐, 내가 갤 안 사랑하는 줄 알어…… 인제부터 더 사랑할게 너무 흥분 말어요……."

허진영은 연이가 함부로—참 염치없을 만하게 털어놓은 말에 자기를 반성한 셈인지 이렇게 말했으나 연이에게는 참으로 어색하게 들렸다. 꼭 거짓말을 꾸며대는 것같이 들렸다. 아이를 미워하는 때의 태도와 표정보다 오히려 부자연하게 보였다. 연이는 허진영의 이런 어색스런 표정을 보고 있으려니까 전에 남편이 아무 말 없이, 그저 무조건으로 아이를 사랑하던 얼굴이 문득 눈앞에 떠올랐다. 조용한 것을 즐겨서 자기 방에 시계

조차 두게 못하면서도 아이가 떠들고 울고 장난질하는 것은 시끄럽다 말
해본 일이 없고 그럼 그럴 때나 평상시나 항상, 지저분하게 늘어놓는 성
질이긴 하나 그래도 위생에 게을리 하지 않는 그가 아이 손이 아무리 더
러워도 자기의 뺨이며 입가에 닿는 것을 싫어하지 않았다. 싫어하긴 고사
하고 때때로 아이의 그런 손을 자기 입에 넣는 일까지 있었다. 아이가 장
난해서 손발이 더러워지고, 얼굴이 쥐고기처럼 되면 깨끗할 때보다 못 견
디어 아이가 터지도록 더 꼭 껴안고 싶어 죽겠다고 했다.

그는 임종하기 바로 전까지도 아이만 보면 신음소리를 그치고 그것을
한참씩 바라보다가 결국 웃고 마는데, 그렇게 괴로우면서도 그는 얼굴 전
체가 미어지듯 터지듯했다. 그 예例의 독특한 쓴웃음 웃는 버릇까지도 아
이 앞에선 잊어버렸던 것이었다.

그러던 아이가―그이에게 있어서는 그렇게 귀중하던 아이가 그렇게
영리하던 아이가, 세상에 가장 완전하게 된 자랑할 예술품이라 하던 아이
가―왜, 그 잘난 아이란 비웃음을 받는 것일까. 연이는 생각해보았다. 아
니 생각하기 전에 벌써 알고 있었다. 그것은 허진영에게 아이를 데리고
오던 밤부터 당장 안 일이었다. 그 밤, 아이는 밥 짓는 사람하고 건넌방에
서 자게 했는데 아이는 엄마 곁에 자겠노라고 떼를 썼다. 허진영은 그러
는 아이가 몹시 미운 모양이었고 연이는 진정 난처해졌다. 그렇다고 연이
는 아이 우는 것을 떼놓을 수는 도저히 없었다.

이래서 별 불꽃같은 그 밤부터 허진영과 연이와 아이와의 이렇게 세 사
람 사이엔 묘한 공기가 떠돌게 되고야 말았던 것이다. 이것은 이 세 사람
중 아무의 죄도 책임도 아닌 것은 물론이었다. 그저 허진영은 자기 족보
와 아무런 관계가 없는 연이의 아이를 사랑할 수 없는 것, 그렇게 사랑할
수 없으므로 연이가 쓸쓸하고 슬프고 원통하고 부아가 나고, 그러는 중

아이는 날마다 못쓰게 되는—그것뿐이었다. 매우 간단한 일인 듯한데 그들에겐 가장 큰 비극임에 틀림없었다.

더구나 연이에게 있어선 죽음 이상으로 괴로웠다. 그래서 아이가 학교에서 돌아오는 것을 기다려 어느 날은,

"진호야 너 명륜정 할먼네 집 가 있겠어?" 하고 이렇게 물어보았다.

허진영이와 결혼하려는 의사를 가진 것이 아이 때문이요, 결혼에까지 이르게 된 것이 아이 때문이건만 아이가 말썽이 되어 허구한 날 자기가 속 썩는 것은 둘째로 허진영이까지 경황 없이 해주는 것이 미안스럽고, 또 그보다 더 중대한 것은 아이와 서로 떠나 있으면 첫째 아이가 좀 나아지지 않을까 함에서였다. 그러나 아이는 엄마를 힐끔 쳐다보며

"나 혼차?" 하고 물었다.

"혼잠 어떤가……."

연이는 아이의 눈치를 살폈다.

"할머닌 싫어."

"웨?"

"더러워."

"그럼 넌 누가 좋니?"

"몰라."

"간호부 아즈머니 좋아?"

"아냐."

"그럼?"

"몰라."

"약제사, 아저씨?"

"아냐."

"엄마?"

"……." 아이는 말없이 엄마를 꼭 껴안았다.

"그럼 선생님(허진영)인가?"

"아냐아냐, 그게 누가 좋대. 더러워, 더러워."

아이는 엄마 가슴에 두 손을 모아 넣었던 것을 쑥 잡아 빼면서 악을 썼다. 아이는 언제부터 그랬던지 모르나, 어쨌든 못쓰게 되어진 후로 바싹이 '더러워'라는 말을 종종 하는데 미워도 더럽다 하고 싫어도 더럽다고 했다.

"그래그래 알었어 알었어."

연이는 아이의 마음을 살펴서 아이를 잡아 끌어안으며 말했다. 아이는 엄마 품에 다시 안기어, 한—참 가만있다가 한숨을 활 내쉬었다. 밖은 눈이라도 올 듯 유리문에 찬 기운이 풍겼다.

"진혼 뭘 생각하구 있는가?"

오오랜 뒤에 이렇게 연이가 물었다.

"엄만, 뭘 생각해?"

"엄만, 엄만 참, 뭘 생각했던가!"

연이는 아이를 안은 채 아이 머리에 뺨을 대고 전후로 몸을 흔들었다.

"엄마 나 웨 명륜정 할먼네 집에 혼차 가라구 그래?"

엄마가 흔드는 대로 흔들리우던 아이는 또 한참 만에 이런 말을 물었다.

"인제 안 그럴게, 엄마가 잘못했어. 엄마가 잘못했어."

연이는 흔들던 몸을 멈추고 아이를 더 꼭 껴안았다. 그는 진정 아이에게 잘못한 것 같았다. 처음부터 끝까지 온통 잘못한 것 같았다. 연이는 견딜 수 없었다.

"진호! 엄마가 밉지?"

"……."

"미워?"

"아냐, 그래두 엄마가 젤 좋아 젤 예뻐." 연이는 가슴이 터지는 듯했다.

"엄만, 진호가 젤 좋구……."

"그럼 할먼네 집에 가서 나하구만 살어."

연이는 아이의 이 말에 입이 딱 닫혀졌다. 눈물도 날 수 없었다. 연이 자기도 차라리 옛날대로─살아볼까 하는 생각을 안 해본 것은 아니지만, 그 생활을 그대로 계속해왔더라면 하는 생각까지는 있었으나 중지했던 그 생활로 돌아가기는 힘이 들었다.

"진호가 얼른 컸으면 좋겠어……."

연이가 언제나 하는 생각이나 이 경우엔 도무지 필요치 않은 말이었다. 그러나 연이는 이런 말 외에 다른 할 말이 없었다.

"엄만 웨 선생님하구 웃구 그래? 더러워."

아이는 엄마가 한 말과는 또 딴 말을 했다. 늘 그가 아무데나 잘 쓰는 '더러워'라는 말이라곤 하지만 연이는 가슴이 뭉클해지며 어안이 벙벙해 졌다.

그래서 그는 다시 몸을 전후로 흔들기 시작했다. 아무 말도 없이─.

벼르던 날씨가 어느새, 눈이 내려서 유리창을 히뜩 히뜩, 지나갔다.

"참 좋지." 아이는 여전히 엄마 가슴에 엎드린 채 말했다.

"뭐가! 눈이!"

"아냐."

"그럼 뭐야!"

연이는 아이가 좋다는 게 무엇인지 몰랐다.

"눈이 날러가는 게 참 좋구나."

"그거 아냐. 엄마하구 둘이만 있는 게 말이야."

연이가 아이와 둘이만 있은 일이 없는 것은 아니다. 그렇지만 그는 속이 썩어서 대개는 아이를 꾸짖고 때리고(그러나 허진영이나 다른 사람들 몰래 가만가만 적은 소리로 했다. 그러느라고 연이는 더 힘이 들고 속이 푹푹 썩었다) 하는 적이 많았기 때문에 아이와 이처럼 다정하게, 오래오래 이야기해본 적이 없었다. 진호*는 엄마가 한마디 꾸짖지도 꼬집지도 때리지도 않는 것이 좋았던 모양이었다.

"진호가 자꾸만 밖에 안 나가면 엄마하구 늘 이렇게 있지, 학교에 갔다 두 얼른 얼른 오구 하믄……."

"엄마가 자꾸 때리구 선생님이 야단치니까 그러지 뭐."

"진호가 자꾸 나쁜 짓 할려니까 그렇지."

"나 인제 안 그럴 테야 엄마. 인제 좋은 사람 될 테야."

아이는 어른같이 엄마 앞에 맹세했다. 연이는 아이 말이 기뻤다. 그는 아이를 마구 더 바싹 껴안고 얼굴을 부비며 "정말이야 정말이야?" 물었다. 물었다기보다 부르짖으며 아이의 표정을 살폈다. 아이는 진정 기쁜 듯 마음 놓고 웃었다. 그러면서 엄마를 쳐다보는데, 그 얼굴은 아이의 본래의 얼굴이었다. 연이와 허진영에게 몰리던 때의 얼굴이 아니고 그 본래 가진 그대로였다. 전에 저희 아버지랑 살 적에 보아온 그 얼굴이었다. 순편치 못하던 이맛살, 힐끔거리던 눈초리, 모르는 사이에 변해가던 그 얼굴은 전혀 없었다.

연이는 동작과 표정이 또 굳어졌다. 아이를 안은 채 그저 자꾸만 아이 얼굴만 들여다보았다. 아이는 갑자기 엄마가 웃지도 말하지도 않고 이상

---

* 원문에는 '연이'로 되어 있으나 문맥에 맞게 수정했다.

한 눈으로 자기를 보기만 하는 것이 무서워져서 "엄마 웨 그래?" 하며 엄마 팔을 약간 아주 그것도 어려워하며 흔들어보았다. 엄마는 그래도 말없이 아이를 보기만 했다. 아이뿐 아니라 이런 연이의 표정은 누가 보든지 이상하다고 할 것이리라.

"엄마 나 정말 나쁜 짓 안 할 테야. 돈두 안 훔치구 산에두 안 가구 학교만 갈 테야."

엄마의 얼굴이 점점 더 자기가 나쁜 짓을 했을 때처럼 되어가기 때문이었다. 아이는 비슬비슬 엄마 무릎에서 일어났다. 웃음을 그치고 비슬비슬 일어나는 아이의 얼굴은 금방 달라졌다. 그 본래의 얼굴이 아니었다. 금방 보던 그 얼굴은 어디로 가버렸다. 다시 아이는 힐끔거리는 눈초리를 지었다.

연이는 또 가슴이 터지는 듯했다. 본래의 그 얼굴을 갖지 못한 아이, 그 표정을 지니지 못한 아이가 그처럼 처참히 보아진 적은 없었다. 인제부터는 어떤 일이 있더라도 아이 앞에 웃는 얼굴을 짓고 아이를 때리지도 꾸짖지도 않으리라 마음먹었다. 그것이 옳을 것 같았다. 언제나 옳다고 생각해서 한 일이나 나중엔 늘 잘못되는 일이 많은 연이는 이렇게 잘못된 일을 후회하는 가운데 자기가 여러 가지를 알고 깨닫고 지혜를 배우게 되는 것이 아닌가고도 생각했다. 확실히 연이는 남편이 죽고 허진영이와 결혼하고 아이가 있고 한 것 때문에 전에 알지 못했던 지식을 갖출 수 있었던 것만은 사실이었다.

"진호 이리 와."

멍청히 찌푸리고 서서 엄마만 보는 아이를 끌어다가 다시 안고 거짓말을 했다.

"엄마가 말이지 진호가 어쩌나 보느라구 그랬어."

"난 또 웨 그러나 했지."

아이는 그제사 안심한 듯 또 한숨을 활 내쉬었다.

"진혼 돈을 가지면 그걸루 뭘하지?"

"그런 말 하면 싫어. 기분이 나빠."

아이는 이렇게 어른 같은 말을 또 했다.

"괜찮어. 엄마가 좀 알구 싶어서 그래."

연이는 정말 아이가 돈을 훔쳐가지고 나갔을 때 야단만 쳤지 이런 것을 물어본 일은 없었다.

"뭘 사먹어. 호떡두 사먹구 뎀뿌라두 사먹구 우동두 사먹어."

"혼자 먹나?"

"쌈패애들두 줘."

"개들은 웨 주나?"

"안 주믄 때리는걸. 우동 사먹을 때만 혼자 먹어. 그담엔 산으루 가. 쌈패애들이 때리니까. 우동 혼자 먹었다구……."

"웨 집에 와서 밥 먹구 놀면 안 좋아?"

"싫어. 집은 더러워."

"진혼 그 더럽단 말 말었으면. 그것 참 나쁜 말이야. 하지 말어 응."

"더럽지 뭐야…… 응 그래 안 할게. 엄마 응."

아이는 엄마가 무서워질까봐 하려던 말을 채 못하고 더럽단 말을 안 하겠노라는 맹세를 했다.

"진혼 산에 가는 게 웨 좋아?"

아이*는 당황해하며 엄마를 쳐다보았다.

---

* 원문에는 '연이'로 되어 있으나 문맥에 맞게 수정했다.

"괜찮어. 인젠 엄마가 때리지두 않구 꾸지람두 안 할 테니 말해봐."

아이는 다시 안심하는 빛으로

"학교에 가기 싫으니까 그렇지 뭐." 이렇게 대답하고 씽긋 웃었다.

"학교에 웨 가기 싫어?"

"세이진시끼란 공부 잘하는 애가 있는데 개가 막 때려. 다른 애들두 때리구."

"웨 남한테 맞어. 바보같이."

"센세이*두 때리는걸."

"웨?"

아이는 찜을거리기만 하지 대답이 없었다. 연이는 다시 물었다.

"선생님은 웨 때리실까?"

"학교 잘 안 가구 공부 잘 못 한다구 그러나 봐."

"그러게 학교에 잘 다니라구 안 해?"

"모르겠는걸 뭘. 산쮜쯔**두 몰르구 요미가다***두……."

"자꾸 가면 알어요."

연이는 이렇게 말은 하지만 속은 공기를 잔뜩 불어넣은 고무풍선 같았다. 까딱하면 탁 터질 지경이었다. 아이가 별로 집에 붙어 있는 일이 없긴 하지만 그래도 틈틈이 저녁 같은 때라도 공부하는 것을 보아주려면 못 줄 것이 아닌데 아이와 맞앉아 있으면 허진영이 언제나 싫어하는 때문에 연이는 늘 마음엔 있으면서도 실행을 못했던 것이다. 그러고 보면 아이를 위해서 사느라고 하는 자기의 소행이 아무것도 아닌 것 같아서 또 견딜

---

* 선생님.
** 산술.
*** 한자를 일본어로 읽는 법.

수 없었다.

"엄마가 모르는 걸 죄다 가르쳐줄 테니 인제부터 잘 다녀요 응."

"그래 인제 난 산에 가두 재미없다누."

또 연이의 가슴이 터질 말이었다. 하나 아무렇지도 않은 채

"참 진혼 산에 가 뭘하지?" 하고 물었다.

"가만 앉어 있지 뭘……."

"앉어서 뭘 생각하지?"

"후렛도 얘길 생각해. 난두 그런 책을 샀음 좋겠어."

"뭔데?"

"내 동무한테 있는 건데 참 재미있다누."

"어떤 얘기야?"

"마차 타구 세계 일줄 하구, 바요링* 켜구 하는 거야. 난두 그랬음 좋겠어."

"세계 일주가 뭔지 진호가 알어?"

"아메리카랑 독일이랑 가는 거지 뭐야. 나두 가랬음 좋겠어."

아이는 침까지 삼켰다. 그리고 약간 신이 나 했다. 연이는 오래간만에 아이의 이런 태도를 보았다.

"우리 진호두 공부 잘해서 착한 사람 되믄 그렇게 하지."

"엄마 나 그 창가 할 테야. 바요링 가지구 세계 일줄 할 때."

"무슨 창가?"

"언제나 꾸는 꿈은……. 그거 웨 엄마 잘 하잖어?"

"그래."

---

* 바이올린.

연이는 아이에게 대꾸를 하긴 하나 금세 마음이 써늘해지며 그 노래를 배워 즐겁던 시절이 생각에 떠올랐다. 그래서 연이의 시야엔 아무것도 들오는 것이 없고 오직 그 노래를 가르쳐주던 상수의 노래 부르던 입과 꿈 속 같은 눈, 아니 그의 온 얼굴이 점점 크게 연이를 육박해올 뿐이었다.

연이는 그에게 그 노래를 배우던 날부터 행복했던 것 같았다. 노래는 누가 지은 가사며 곡인지 모르나 무척 적막했다. 연이나 상수는 적막한 것을 좋아했던 탓이었던지 그들은 도무지 쓸쓸치 않았건만 똑같이

　　언제나 꾸는 꿈은 쓸쓸한 꿈
　　달 밝은 한밤중에 산 위에 혼자.

이렇게 불렀던 것이다.

상수도 가고 세월도 가고 했건만 연이는 그 적막한 노래를 종종 불렀다. 그러나 상수와 둘이서 부르던 때와 같이 크게는 한 번도 못 불러보았다. 작게 부르는 노래라서 그런지 노래는 언제나 한층 적막해서 연이의 눈엔 눈물이 괴이곤 했다.

"엄마 웨 울어?"

지난날을 생각하는 연이의 눈엔 또 눈물이 돌았던 모양, 그러나 아이 말에 당황히 눈물을 닦고

"아냐 울긴. 우리 진호가 훌륭한 사람 돼서 세계 일줄 하면 얼마나 졸까 하는 생각을 했어."

라고 대답했다.

"그런데 웨 눈물이 났어? 이것 봐. 이거 아냐."

아이는 제 손으로 엄마의 눈물을 씻어내 보였다.

“진호가 그렇게 되든 엄마가 좀 좋겠어. 그러니까 눈물이 나는 거야.”

“나 정말 그럴 테야. 존 사람 될 테야.”

아이는 엄마 앞에 또 맹세를 했다. 연이는 옛날도 현재도 무엇도 다 잊고 오직 아이를 다시 껴안으며 기뻐했다.

그러나 아이는 엄마 앞에 맹세한 것을 전연 잊어버리고 여전히 학교에 가기 싫어하고 학교에 빠지는 날이 많고 산에 가고 돈을 훔쳐내고 집에 잘 들어오지 않고 쌈패라는 애들에게 맞아대고 했다. 이렇게 된 것은 아이의 죄만이 아니었다. 아이가 엄마 앞에 맹세하고 연이가 아이 앞에 약속하던 날부터 연이는 아이를 위해서 꾸짖지 않고 때리지 않고 공부를 가르치고 했다. 그래서 그 뒤로 며칠 사이는 연이가 아이 앞에 무척 상냥하고 아이와 둘이 있는 시간도 어지간히 많았고 또 아이는 엄마 앞에 지르뜨는 얼굴, 힐끔거리는 눈, 순편치 못한 이맛살을 다 그만두고 이야기책을 읽고 공부하고 습자를 쓰고 도화를 그리고 했다. 그런데 이렇게 되자니까 날카로워진 것은 허진영이었다. 그의 눈은 샐쭉해졌다. 메추라기 수염꽁지쪽 윗입전이 바르르 쉴 새 없이 떨렸다. 아이에게 잔소리가 더 심해졌다. 실상 아이는 엄마의 잔소리와 꾸중과 때리는 것보다 허진영의 잔소리가 더 싫었다. 무서웠다. 아이가 잘 쓰는 말을 빈다면 더 더러웠던 것이다.

허진영은 생각하던 끝에 연이에게 병원 일을 보라고 말했다. 말인즉 “경제적으로두 곤란하고 당신이 별루 한 일이 없으니까”라고 했으나 연이는 그의 눈치를 알아채었다.

이래서 연이는 흰 간호복을 입었는데 입던 날부터 한층 더 그와 멀어진 것을 느꼈다. 자기 마음이 그러해서 그런지 모르나 병원 식구들—약제사며 간호부, 심부름하는 사람들이 업수여기는 것 같고 밥 짓는 식모까지

곱신곱신치 못한 것 같았다. 하지만 연이는 간호복을 못 입겠다는 말을 하지 못했다. 연이는 허진영의 앞엔 무슨 말이나 하기 싫었다. 그가 경제적으로 점점 군색스러워지는 형편이니 오십 원 주던 원 간호부를 내보내고 연이를 대신하라고 할 때도 그러냐고 그저 그렇게만 말했고 정말 경제적 공황에 빠졌는지 그것도 묻지 않았다. 전에 상수와 살림할 때 남편이 무슨 말을 하기 전에 자기가 먼저 느낄 수 있고 깨달을 수 있고 또 서로 아무 말이 없더라도 자기들은 서로 잘 알아서 티끌만한 구멍조차 찾을 수 없이 꽉 차 있었는데 허진영이와는 그렇지 못했다. 그에게 대해서 아는 것이라곤 하나도 없었다. 알려고 하지 않을뿐더러 알고 싶지가 않았다. 그가 혹 다른 여자와 좋게 지내는 일이 있더라도 연이는 질투는 못 느끼고 증오를 느끼고 경멸만 할 것 같았다.

병원 일을 연이가 보게 된 뒤로 아이를 보아줄 틈은 조금도 없고 조용히 타이를 새도 없었다. 아이 학교 담임선생으로부터는 전화가 더 자주 오게 되는데 아이가 학교에 안 간다는 것과 공부가 너무 형편없어서 잘 보아달라는 것이 대부분이더니 어느 날은 아이가 학교에 가긴 갔으나 체조 시간엔가, 창가 시간엔가 반 애들이 죄다 없는 틈을 타가지고 그날 마침 애국일이라 애들이 일 전으로부터 이 전까지 가져오게 한 돈을 책상마다 뒤져내었다는 전화가 담임선생으로부터 연이에게 왔었다. 연이는 그런 전화를 받은 뒤로 정말 절망적이었다. 선생을 볼 낯이 없어서 가지는 못하고 날마다 송곳방석에 올라앉은 듯 마음이 초조하고 불안해서 항상 다리가 후들거렸다.

그렇게 해오던 겨울도 봄도 가고 여름 구름이 몹시 좋던 어느날.

연이는 외과 환자 치료를 하다가 간호복에 묻힌 피를 입은 채로 쥐어 빨고 있을 때 상수가…… 여자는 행주치마 입은 맵시가 제일 아름답다……고 하던 말이 문득 또 귓가에 들려왔다. 연이는 쥐어 잡았던 옷자락을 사릇이 놓고 그 자리에 멍하니 서서, 열린 창으로 하늘에 피어오르는 구름만 내다보고 있었다. 어느 높은 나무에는 매암이가 울었다. 그는 사지가 매시시해지며 몸이 그 자리에 찰싹 내려앉는 것 같았다. 그래도 연이는 정신이 몽롱한 속에 기억만은 새로워서 자기가 행주치마를 처음 입던 날 상수가 무척 기뻐하며 자기를 창가에 세워놓고 스케치하려다가 아무래도 잘되지 않으므로 스케치북을 뿍뿍 연필로 지우며

"본래 예뿐 사람은 잘 안 되는 거래. 그러게 어떤 화가구 자기 사랑하는 사람을 모델해서 대성해본 일이 없대." 하고 힘없이 앉았던 모양, 눈을 가늘게 뜨고(이건 어떤 것을 그리는 경우에든 늘 그랬지만)—바라보던 시선, 이런 것들이 총알같이 몰려와서 눈을 감고 앉았다가 이마의 땀을 씻어 올리며 그는 허청허청 체경 앞으로 갔다. 흰 간호복 입은 체구가 창으로 들어오는 광선 까닭인지 어쨌든 연이는 체경 속에 자기 영자가 나타나게 되자 머리칼이 오싹해지는 것을 깨달았다. 일찍이 본 일이 없던 맵시였다. 도무지 얼리지 못하는 엉성한 매무새였다. 그 체경 속에서 처음 보는 자기가 아니었고 또 자기는 과거에도 횟수로 두 번, 햇수로 사오 년 그런 오랜 동안을 입어본 복색이건만 참 이상하다고 생각했다. 연이는 다시 기억을 더듬어 자기가 그것과 똑같은 맵시했던 때를 생각해보았다. 상수와 알기 전부터 입었던 것, 그담엔 상수가 없은 후에 입었던—. 상수와 알기 전 처녀 때의 자기는 분명히 흰 간호복 맵시가 여러 동료들 중에 가장 잘 어울리고 예쁘다고 들었고 그리고 그 적*의 얼굴은 희망과 꿈이 가득차서 무척 명랑하고 늘 즐겁고 그래서 늘 아름다웠던 것 같았다. 그다음 둘째

---

* 때.

번 상수가 없은 뒤에 입었을 때는 자기 얼굴이나 체구 전체가 체경 앞에 나타나서 질색해본 일은 없는 것 같다. 그때의 직장이 즐겁지 못했지만 자기는 분명히 어떤 희망을—희망이라기보다 욕망을 가졌던 것이라 알았다. 꿈은 잃었어도 욕망을 가진 자기 얼굴은 자기에게 소름이 끼치도록 한 일은 하나도 없었다. 연이는 체경 속에 나타난 자기, 흰, 간호복이 숭 없도록 어울리지 못하는 자기, 그것은 희망도 꿈도 욕망도 아무것도, 갖지 않은 오직 절망을 가진 자기인 까닭이라 생각했다.

연이는 힘없이 눈을 들어 체경 속에 자기를 다시 살피며, '대체 넌 지금 그 복색을 누굴 위해 입구 있는 거야?' 이렇게 자문했다. 연이 자기 생각엔 처음 간호복 입었을 때는 상수를 만날 준비로 입은 것이라 자신했고 두 번째 입은 것은 아이와 자기, 다시 말하면 생활을 위해서 입은 것이라 자신했다. 그러면 이제 세 번째 입은 그 조금도 어울리지 못하는 복색은 대체 무엇을 위해서 입은 것일까. 참으로 아무도 위하지 않는 위하긴 고사하고 되려 아이와 자기, 이렇게 두 생명을 파멸시키느라고 입은 것이라 그는 깨달았다.

그렇다고 깨달은 연이는 동무와 함께 점심 먹으러 나간 허진영이가 돌아오기를 기다려 자기는 간호복을 벗고 그곳을 떠날 것을 말했다. 그리고 그것은 자기만을 위하는 것도 아이를 위하는 것만도 아니고 허진영과 아이와 자기 세 사람을 구원하기 위해서라는 말과 일이 이렇게 될 줄 모르고 한 것을 뉘우친 다음 사람의 감정이란 참 미묘한 것이어서 과학이라든지 법률이라든지 이론이라든지 그러한 것으로 어찌할 수 없는 것 그러니까 세 사람이 다 착하게 되기 위해선 떠나지 않을 수 없다는 것을 그에게 말했다.

"그럼 인제 앞으론 어쩔 작정인가요?"

허진영은 눈과 입과 수염에 아무런 변화도 없이 또 담배를 붙여 무는 일도 없이 이렇게 물었다. 성나는 것도 마음이 유순해진 것도 아닌가보다고 연이는 짐작되어 부아가 왈칵 떠올랐다. 그가 돌아오길 기다릴 때는 누가 뭐라든지 상수의 부모가 비웃든 말든 그 본마누라자리가 코웃음을 치든말든 그런 거야 어떻게 되든 간에 그저 그와 얼른 말을 하고 아이와 거기를 떠나기만 하면 그만이라고 알았는데 허진영이가 자기 떠날 것을 아무렇지도 않게 생각하는 듯한 표정엔 모욕을 당한 것 같아서 하는 수 없었다.

"나야 아무럼 상관있나요. 당신이야 나 같은 게 있으나 없으나 마찬가지 안애요. 세상엔 나 이외에 여자가 얼마든지 있는 거니까요. 난 당신 여펜네루서 필요한 게 아니라 당신 병원에 간호부루 필요한 거죠."

연이는 허진영이가 자기에게 병원 일을 보게 하는 것은 전연 그가 자기의 아내로 생각지 않는 데서 생긴 일이라 여겨졌기 때문이었다.

"글쎄 당신은 어떻게 생각하는지 모르지만 그래두 이래 넘어를 같이 살던 사람 사이에⋯⋯."

허진영은 파랗게 질린 연이의 땀 흐르는 얼굴을 말끝을 채 못 마치고 건너다보았다.

"⋯⋯."

연이는 말없이 얼굴을 돌려 창밖을 내다보았다. 매암이는 아직도 울었다.

"아무리 법 없이 만난 사람들이지만 앞으루 어떻게 하겠단 건 알려줘두 과이 나쁘잖음즉한데 어떻게 할 테요?"

연이는 갑자기 허진영이가 하는 이 말에 가슴이 꽉 찔리움을 깨달았다. 정말 자기가 아무런 주저도 고려도 없이 그를 떠나자고 마음먹은 것은 그의 말과 마찬가지로 '법' 없이 아무렇게나 만난 사람들이기 때문인 것 같았다. 그를 사랑하지 않고 또 아이 때문이라 하더라도 법 있게 만난 사람, 다시 말하면 연이와 상수라든가 또 허진영이와 그의 죽은 아내라든가 이러한 사이였다면 도저히 이렇게 못하리라 생각되었다.

"어쨌든 전 떠나야겠어요."

연이는 이것저것 생각지 말자고 마음먹었다.

자기의 한 지나간 일에 눈을 딱 감아버리는 수밖에 없다고 알았기 때문이다.

"당신 결심이 그렇다면 하는 수 없오만…… 그럼 앞으루 어떡하겠단 거나 알려주시오."

이렇게 말하는 허진영의 음성은 몹시 윤화하고 부드러웠다. 연이가 한 번 듣지 못하던 음성이었다.

이렇게 되자니까 연이 자기 마음까지 한껏 부드러워져서 연이는 며칠 전 신문에서 본 옥수정 보육원에 아이를 데리고 들어가서 거기서 자기 아이와 똑같이 불행한 아이들과 일생을 지내기로 결심했단 말을 했다. 그랬더니 허진영은 눈에 눈물이 글썽해질 뿐 말은 없이 담배를 붙여 물었다. 그렇게 하는 얼굴 표정도 연이가 그를 만난 뒤로 역시 처음 보는 것이었다. 슬픈 것인지 무서운 것인지 모르나 어쨌든 그의 본래 매끌매끌한 얼굴도 아니요 또 전혀 딴 얼굴도 아니었다.

연이는 그를 만난 뒤로 한 번도 느껴보지 못한 애정 비슷한 것을 잠깐 깨닫게 되었다. 그래서 그는 허진영이와 아주 밤늦게까지 정답게 이야기하고 그의 옷들을 차근차근 정리해서 장롱 속에 넣고 이튿날 아침 또한 전날 밤과 같은 마음으로 살림의 모든 것을 준비해놓고 자기가 없는 뒤에 허진영의 식사와 내복 등을 부디 잘 보살펴달라고 식모한테 부탁하고 허진영이가 봉투에 넣어주는 돈 삼백 원을 받아들고 아이와 함께 그 집을 떠났다.

4

　연이는 아이 학교에도 명륜정 노파 집에도 들르지 않기로 하고 아이의 손목을 꼭 잡은 채 파고다공원 정류장에서 동대문행 전차를 타버렸다. 정류장에 이르러서까지 어쩔까 어쩔까 하고 망설인 것이나 아이 학교나 명륜정 노파 집에 들르는 일은 꼭 불결한 혹은 무서운 것이 튀어나올 듯한 곳을 뒤지는 것과 같아서 싫었다.

　연이의 손에는 전차표 외에 신문에서 오려낸 조각이 돌돌 말린 것이 쥐어 있었다. 그것은 몇 달 전 ××신문에 옥수정 보육원이 소개된 기산데 연이는 그날 저녁 허진영이 잠든 틈을 타서 꼭 무엇을 도적질이라도 하듯 그것을 오려내고 그리고 오려낸 뒤의 신문은 살짝이 벽장문을 열고 집어넣었다. 이튿날 아침 허진영이 눈에 그 신문이 띄이지 않도록. 그런 것을 보면 연이는 허진영이를 떠나야 하겠다는 결심을 몇 달 전부터 가졌는지도 모른다. 구름이 잘 피어오르고 매암이 우는 날이라서. 죽은 남편이 여자는 행주치마 입은 맵시가 제일 예쁘다던 말소리가 들리므로 자기가 입은 간호복 맵시가 우스꽝스럽길래서. 지나간 일이 마구 떠오르고 허진영이가 괘씸스럽고 자기 자신이 하잘것없이 생각되고 아이가 더욱 가엾어지고 한데서 시작된 마음이 아닌 것 같다. 허진영이와 한상에서 밥을 먹고 한방에서 지내면서도 어쩐지 상수와 같은 마음이 아니고 어딘가 한 귀퉁이가 휑하니 뚫린 것 같고, 또 허진영이 역시 자기를 대해주는 것이 전에 죽은 아내에겐 도무지 그렇지 않았으리란 생각이 들도록 하는 데서 생긴 그러한 그 마음이 연이로 하여금 신문을 오리게 한 것이 아닌가 한다. 하긴 표

면에 나타난 행동으로 본다면 아이를 위하는 마음에서인 듯하고 또 연이
자기 자신도 허진영이와 헤어지는 것은 아이 때문이라고 이렇게 단정해
버린 일이지만 실상은 그가 허진영에게로 두 번째 시집을 가야 한다고 마
음먹던 밤 달빛 속에 입 한 귀퉁이로 쓴웃음을 웃는 남편의 사진을 보다가
이불을 마구 뒤집어쓰고 울던 때에 하던 생각―여자는 한 남편을 좇아야
한다―는 그 사상이 그 관념이 항상 이방異邦에 간 사람처럼 서글프게 했
던 것이 아닐까. 그렇지 않았다면 연이는 자기와 아이가 가까워지는 것을
허진영이가 싫어하더라도 죽음 이상으로 괴롭고 슬프지 않았을 것이다.
만약 죽은 남편 상수가 자기와 아이에게 허진영이와 똑같은 태도를 아니
그 이상으로 가혹하다 치더라도 그는 그때그때의 고통은 있을지언정 뒤
에 남는 슬픔 뒤에 남는 설움, 뒤에 남는 괴로움은 없었을 것이리라.

연이네 모자는 전차와 버스를 거쳐 무학대舞鶴臺에서 도보로 길이 괜―
하니 뚫린 고갯길을 넘어 언덕길에 이르렀다. 바로 이때였다. 한참 쳉쳉
잘 걷던 아이가

"엄마! 엄만 웨 밤낮 재미없는 일만 해?"
하며 엄마한테 잡혔던 손을 슬며시 빼내는 것이 아닌가. 연이는 잠깐 어
리벙벙해하다가

"뭐가 재미없어?"
하고 될처* 물었다.

진정 그는 아이가 무엇을 재미없다는 건지 몰랐던 것이다.

"거기두 선생님 있다구 안 그랬어. 엄마가 밤에 선생님하구 얘기하는
거 나 다 들은걸 뭐."

---

* 되짚어서 다시.

아이는 연이를 저만큼 떨어져 걸어가며 이맛살을 찌푸리고 입을 뿌죽이 내밀었다. 연이는 그제도 아이가 하는 말의 뜻을 알아차릴 수가 없었다.

"진호 뭐 말이야. 뭐가 재미없단 말이야? 응?"

"난 선생님 있는 덴 싫어. 더러워."

한번 발뿌리로 돌을 툭 차며 하는 아이 말을 연이는 그제사 깨닫고

"진호 이것 봐. 거긴 더러운 선생님이 안 계서요."

하며 달래었다.

아이는 그대로 뿌죽한 입과 찡그린 이맛살을 하고

"내 다 들은걸. 밤에 엄마가 선생님하구 말했지 뭐야. 난 싫어 선생님 있는 덴, 더러워……."

라 했다.

밤에 연이가 허진영이와 여러 가지 이야기를 하던 중 신문에서 본 데 의하면 옥수정 보육원 원장은 꼭 자기의 옛날 보통학교 김성우 선생 비슷하다는 이야기로부터 그 선생님이 전에 자기를 몹시 귀여워해주던 것, 언제나 꿈꾸는 듯한 눈과 궁근 음성이 좋았단 것, 자기는 그 학교를 졸업하고 경성 모 여고에 오고 성우 선생은 동경 모 대학에 입학하여 철학을 공부했다는 것, 공부할 적에 종종 연이에게 편지를 해준 일이 있었는데 편지가 퍽 재미있었기 때문에 그때 담임선생이 그 선생과 편지 내왕하는 것이 덜 좋다고 해서 자기는 담임선생 말씀대로 성우 선생한테 편지를 끊었다는 것, 그러므로 성우 선생으로부터도 다시 편지가 없었으며 자기가 상수와 결혼하기 바로 전 해에 동경서 대학을 마치고 공부를 더하고자 아메리카에 들어갔다는 것 등등을 이야기했더니 아마 아이는 그것을 들은 모양이었다. 그것도 밤에 허진영이가 연이더러 하도 보육원 내막을 알아보지 않고 불쑥 가면 어쩔 셈이냐고 하길래 나온 말인데 필요 이상

의 여러 가지 말을 늘어놓아서 아이를 불안케 한 것이 연이는 무척 뉘우쳐졌다.

하지만 그는 인제 앞으로 자기가 할 일은 지나간 일을 뉘우치는 데 있는 것이 아니고 뉘우쳐야 할 과거의 모든 일을 거울 삼아가며 굳세게 바르게 살려 하는 데 있는 것이라고 이렇게 다시 마음을 돌리곤 저만큼 달아난 아이를 쫓아가며

"이것 봐, 진호. 거기 선생님이 엄마 선생님인지 아닌지 엄마두 아직 몰라요. 가봐야 알지."

하고 달래었다. 그래두 아이는

"뭘 뭘."

하며 뒤퉁뒤퉁 달아나기만 했다.

연이는 자꾸 쫓아갔다. 아이는 자꾸 달아났다. 등허리와 이마에 땀이 물 퍼붓듯 흘러내렸다. 연이는 그만 통곡하고 싶어졌다. 아이가 언덕길을 다시 거슬러 올라와 옆쪽 길도 없는 산속으로 들어가는 것이 아닌가.

"글쎄 이리 못 올 테야."

연이는 발을 멈추고 소리를 질렀다. 아이도 발을 멈추고 헐떡거리며 서 있었다. 땀이 연이보다도 더 흘러내려서 눈조차 뜰 수 없어 했다. 연이는 가슴이 뭉클해지며 코허리가 찡―해왔다.

"진호 이럭함 어떡해? 엄마 속상해서……."

연이 소리는 금세로 낮아졌다. 목이 메고 눈물이 날려고 들고 코허리가 저려오는 때문에 낮어 안 질 수 없었다. 아이는 낮아진 엄마 소리에 안심한 셈인지 엄마의 울 듯한 낯색을 알아차린 셈인지

"그러니까 명륜정 할먼네 집 가문 되잖아……."

하고 불쑥 내뱉었다.

햇빛이 눈뿌리가 아프도록 뜨겁고 매암이가 우는 나무 위에선 구름이 오고 가고 했다.

"진호 거긴 나쁜 선생님 없어요. 가 봄 되잖어. 진호 동무들두 많구. 어떻게 좋을 텐데 그래."

"글쎄 그래두 싫어. 선생님은 더러워."

"웨 그럴까, 말 좀 해봐?"

"선생님은 마찬가지야. 엄마가 또 그 사람하구 웃구 얘기하구 그럴 걸 난 다 알어……."

연이는 전신의 피가 죄다 한 군데로 몰리는 듯하고 눈앞이 아찔해져서 햇살이 파랗고 빨갛게 왔다 갔다 했다. 어느 때 어느 책에서 읽은 듯한,─남편이 아내의 정조貞操 지키기를 요구하는 것보다 자식이 어머니의 정조 지킬 것을 더 요구한다는 구절이 문득 떠올라 햇살과 함께 눈앞에 가로놓였다. 연이는 자기의 아이도 말하자면 허진영이가 싫게 굴어서 "선생님은 싫어 더러워"라 하겠지만 보다도 어머니를 보존하려는 어떤 본능에서 다시 말하면 저 혼자 어머니의 사랑을 차지하려는 욕망에서 그러한 말을 하게 되는 것이라 짐작하고 연이는 한 번 더 과거를 뉘우치지 않을 수 없었다.

"진호 이것 봐. 엄마 좀 봐요."

"웨 이래. 난 안 가 안 가."

연이가 손을 붙잡으려 한즉 아이는 쏜살같이 뺏어가며 이렇게 소리를 지르는데 그 소리는 머리카락이 오싹해지도록 크고 또한 무서운 음색音色을 띤 것이었다. 그가 열 살을 먹도록 한 번도 없어본 소리였다. 얼굴은 핼쓱해서 땀은 더 흐르고 어깨와 복부腹部는 격렬한 파동을 일으키고 있었다. 그리고 눈은 금방 무엇을 떠받아 넘어트리려는 황소같이 지르뜨고.

연이는 아이가 자기의 아들 진호 같지 않고 금세로 자기와 싸움의 승부를
다투려 달려드는 한 장군같이 여겨지며 어떤 공포가 왈칵 솟아올랐다. 그
러나 무서운 것 앞에 비겁하지 않으려는 연이의 본래 가진 마음은 가만있
지 않고 아이 앞에 아니 자기의 가장 무서운 대상 앞에 딱 버티이고 서서
　"아―니 네가 이력할 테냐."
하고 기세를 올렸다. 아이는 엄마 기세에 눌리었음인지 연이가 소리를
빽 지르자 고개를 툭 떨어트리고 땅을 내려다보는 것이었다. 금세 지었
던 무서운 자세는 그만 어디로 가버렸다. 아이는 웬일인지 항상 연이가
큰 소리만 하면 이렇게 힘을 탁 잃는 것이었다. 그는 말없이 아이를 껴안
았다. 아이도 아무런 말과 동작 없이 안기었다. 연이는 다시 팔에 힘을
넣어 껴안으며, 뺨을 아이 뺨에 들여대고 부비였다. 뺨과 뺨은 눈물과 땀
에 미끄러웠다.

　"진호 엄마 말 들어봐요. 엄마 인제 거기 가서 얘기두 안 하구 웃지두
않구 그럴 테야. 어떤 선생님하구던 그럴 테야. 응 알겠어."

　아이의 숨결이 아직 순편치 못했으나 아이는 엄마의 울음 섞인 목멘 소
리에 고개를 끄덕끄덕하고 있었다.

　연이는 다시 더 말을 못하고 아이를 안은 채 오오래 가만히 있었다. 푸
른 산이 눈물 속에 가까웠다 멀어졌다 했다.

　"엄마 저기 애들이 와. 에에? 송아지두 온다……."

　연이와 한가지로 가만있던 아이가 연이 팔 안에서 일어서려는 자세를
취했다. 연이는 흐린 시야를 정리하며 아이가 말하는 방향을 살폈다. 과연
아이들이 송아지를 끌고 가늘게 꼬부라진 언덕길을 올라오고 있었다.

　"참 송아지야. 진호 우리 저리 가볼까."

　"응."

연이와 아이는 송아지 먹이는 데까지 갔다. 먹이던 아이들이 연이 모자의 모양을 유심하게 보는 것이었다. 모자의 표정이 아무래도 달랐던 까닭이리라.—눈이 붓고 아이는 시무룩하고—.

"아이 저게 보육원인가봐? 저것 좀 봐."

거기까지 이르니 언덕 아래 전체가 바로 발 앞에 전개되어 있었다. 무슨 동화 속에 나오는 집을 연상케 하는 재미있는 건물들이 쑤욱 입구口자형型으로 몰려 앉고 그 주위로 돌아가며 농원農園과 과수원果樹園과 화원花園이 있고 앞에는 큰 강이 흘러내리고 아이들이 거기서 물자맥질하는 것까지 보였다. 연이는 앞에 전개된 전경全景이 신문에 소개된 옥수정 보육원임을 당장 알았다.

"애 너희들 저 집에 사는 애들이지? 저 보육원에."

몹시 흥분한 소리에 송아지의 고삐 잡은 제일 큰 놈이 눈이 둥그래 연이네 쪽을 향하자 다른 아이놈도 아주 정면을 하고 서서 보는 것이었다. 송아지는 영문도 모르면서 입을 쳐들고 맴매애 맴매애 울고…….

"너희들 저 집 애들이냐 말이다."

연이의 소리가 좀 낮아진 탓인지 이번엔 세 놈이 죄다 "네" 하고 대답했다.

"저것 보지. 진호 쟤들두 저 보육원 애들이래. 저 예쁜 집 말야. 진호두 인제 엄마하구 둘이서 저 집에서 살믄 안 좋아. 진혼 엄마하구 사는 게 젤 좋다구 했지. 저긴 진홀 밉다구 할 선생님두 없어요. 저것 보지, 저 마당에서 애들이 노는 걸. 모두 진호 동무가 될 애들이야. 어서 가구 싶지? 우리 어서 내려가 볼까?"

아이를 이끌고 일어서려는데

"우리 가서 아부지 불러와요?"

하고 제일 큰 놈이 물었다.

연이가 아이에게 해 들리는 말에서 놈들은 그들 모자의 정체를 다 알았다는 표정이었다.

"참 아부지란다지. 그래 그래 아부지란댔어. 이봐 저긴 선생님이 아니구 아부지가 있어요. 진호 알겠어, 저긴 아부지가 계셔요."

연이는 신문에서 읽은 기억이 있는 원장을 아버지라 부른다는 미풍美風을 그 아이놈들 말에서 생각해내고 진호가 싫어하는 '선생님'이라는 대명사가 없고 '아버지'란 대명사를 쓴다는 것만 해도 그 세상이 반가워져서 외치듯 부르짖듯 하는 것이었다.

"불러요?"

대답을 기다리던 중 큰 놈이 목을 길게 빼내들고 부를 자세를 취했다.

"부를 것 없이 우리 내려감 되잖아."

모자는 송아지 데린 아이놈들 뒤를 따라 언덕길을 내려갔다. 놈들은, 문간에까지 가더니 마구 달려 들어가며 아버지를 불렀다. 그들이 달려 들어가자 다른 여러 동료들이 우르르 쓸어 나왔다. 인사하는 놈 그저 서서 보기만 하는 놈 히쭉 히쭉 웃는 놈 각양각색이었다. 그들은 연이네 모자의 내방來訪을 무척 기뻐하며 자기 집을 찾는 반가운 손님이거나 그렇지 않으면 어디 갔다 돌아오는 살뜰한 식솔을 맞아주는 그러한 태도였다.

"엄마 그 사람 나옴 웃구 얘기하구 그러지 말어 응?"

이것은 송아지 데렸던 아이들이 '아버지'란 사람을 부르러 들어가고 다른 아이들이 욱— 몰려나오자 연이의 치맛자락에 다가서는 진호가 한 말이었다. 연이는 산길을 오면서 하던 말의 계속임을 이내 알아듣고

"그럼 엄만 누구 보구든 인제 웃지두 않구 얘기두 안 할 테야. 꼭 진호 말대루 할 테야."

하고 또 이렇게 대답했다. 아이의 당부하는 말보다 연이가 아이에게 하는 이 말은 절박했다. 얼굴색으로 그것을 알 수 있었다. 정말 연이는 아이에게 이런 무서운 말을 하게 한 것이 자기 자신이라 깨달았을 때 한평생 웃지 않고 한평생 말을 안 하고 산다 하더라도 그 고행苦行으로써 아이에게 이런 말을 하게 한 죄과罪科의 갚음이 될 수만 있다면 그만일 것 같은 마음 외엔 다른 여념이 없었던 것이다. 그러길래 바로 그때 아이들께 포위되어 터지도록 웃으며 나오는 보육원 원장이 상상하던 대로의 옛선생 김성우임에도 불구하고 달려가서 붙잡을 것 같은 반가움을 숨기고 허리를 굽혀 인사만 했던 것이었다.

5

연이네 모자는 우선 응접실에 안내되었다. 응접실은 테이블 한 개 큰 것과 꼭 보육원 아이들의 하늘빛 셔츠와 같은 색깔의 쿠션이 놓인 네 개의 의자가 있고 그 외에 아이들의 작품인 듯한 그림과 목조와 세공과 인형들이 벽에 붙고 탁자에 놓이고 했다.

성우 선생은 연이가 찾아온 것이 의외요 또 반가워서 연이를 건너다보며 어떻게 왔느냐 어디서 사느냐 등을 물었다. 그는 그들 모자가 산길에서 와 문간에 이르러까지 그처럼 절박한 '당부'와 '언약'이 있은 줄은 조금도 알 리 없었다.

"쟤 아버진 뭐하는 사람인가?"

성우 선생은 인형과 목조와 그림에 재미가 나서 들여다보며 만져보며 하는 진호를 눈으로 가리키면서 이렇게 물었다. 하나 연이는 그저 아무것도 묻지 말아달라는 말과 앞으로 아이와 보육원에서 살게 해달라는 부탁을 했다. 연이의 말과 표정에서 성우 선생은 연이의 불우한 환경을 짐작한 듯이 그러나 그는 연이가 어떻게 불우한 것은 모르고 흔히 있음직한 본처가 있는 사람과 결혼했다가 재미없어서 갈라져 나온 것이나 아닐까하는 그 정도였다.

"연인 퍽 행복하게 살 줄 알었드니……."

이렇게 연이 얼굴을 물끄러미 건너다보며 혼자소리같이 하는 것이었다.

그 음성과 그 깊숙이 검은 시선이 옛날 보통학교 시절에 하던 것처럼 부드럽고 다정스러움에 연이는 풍랑에 휩쓸려 다니던 배가 포구에 들어온 듯 반가운 것인지 서러운 것인지 모르는 감정이 북받쳐 오름을 깨달았다. 그러나 그와 동시에 황홀에 가까운 환희를 느끼기도 했다. 그런데 이 환희 속엔 연이가 성우 선생에게 처음 가져보는 어떤 감정이 숨어 있는 것도 속일 수 없는 사실이었다. 무엇을 생각할 힘도 예상豫想할 힘도 전연 잊고 그는 오직 파랑새와 같은 마음으로 성우 선생을 갸웃이 바라보는 것이었다.

"연이가 행복한 여자일지 모르지. 이리 와 살두룩 맨들랴구 운명의 신이 그런 길을 걸린 게지……."

성우 선생도 연이 얼굴에서 옛일을 찾아냈음인지 점점 더 음성과 시선이 부드럽고 다정해져 갔다. 그렇게 되면 연이는 한층, 환희 속에 온갖 것을 다 잊을 수 있어야 할 것이로되 그는 금방 가졌던 그 마음조차 잊어버리고 무엇에 놀란 것처럼 성우 선생은 뒷전으로 밀고 응접실 안을 전광電光 같은 시선으로 한 바퀴 둘러보곤 쏜살 날아가듯 밖으로 달려 나갔다. 성우 선생은 기이했으나 영문을 모르니 보고 있는 수밖에 없었다. 밖으로 달려 나온 연이는 많은 아이들 속이었으나 복색이 다른 진호를 쉽게 찾아냈다. 아이는 말〔馬〕을 타고 있었다. 연이는 다짜고짜로 말 위에 앉은 아

이를 끌어내려 안으며 눈물까지 글썽해가지고

"엄마가 잘못했어. 엄마가 잘못했어."

했다. 아이는 엄마의 이 돌발적 행동에 눈이 둥그래 안 질 수 없었다. 그렇지 않을 수 없는 것이 연이와 성우 선생이 이야기를 시작하기 전부터 아이는 응접실 안에 있는 올망졸망한 목조 세공과 인형들이 재미나서 돌아다니며 만져보고 쳐다보고 하다가 문 밖에 와서 삐꿈 삐꿈 들여다보는 아이, 나오라 손짓하는 아이, 별눔이* 웃어주는 아이, 어쨌든 학교 동무들이나 쌈패애들과는 달라 보이므로 그는 방 안에 놓인 것들이 흥미가 채 없어지기도 전에 밖으로 나갔던 것이고 나가니까 자기를 허술히 대하는 아이는 하나 없고 수산이란 제일 큰 아이는 저를 데리고 다니며 커다란 향나무 아래 사장砂場에서 씨름을 시키고 그담엔 그네를 뛰게 하고 풋볼을 차게 하고 베이스볼을 치게 하고 염생이 송아지와 놀게 하고 그러고 나선 진호가 제일 좋아하는 말을 태워서 그 넓은 데를 몇 고패**든지 돌려줬음으로 진호는 엄마한테 '누구 보구 웃지두 말구 애기두 말라'고 '당부'하던 것은 그만 잊어버렸던 것이었다. 그러나 연이는 아이와는 정반대로 성우 선생 앞에 기쁘면서도 그 기쁨 속에 그이한테 처음 가져보는 어떤 감정이 숨어 있는 자기의 마음을 발견했을 때, 먼저 가졌던 환희가, 불안과 공포로 변하고, 자기와 아이가 문 앞에 이르렀을 때 한 대화가 귓가에 새로워지며 무슨 쇳덩어리에라도 부딪치운 듯 정신이 아찔해졌던 것이었다.

"엄마 웨 그래 저리 들어가."

* 소리 없이 웃는 모양.
** 두 지점 사이의 왕복 횟수를 세는 단위. 고팽이.

아이가 부끄러운 듯 연이를 약간 밀치며 이렇게 말했다. 아이들은 물론 성우 선생까지 나와 둘러섰기 때문이었다. 연이는 그제사 주위를 인식하고 계면쩍어서 성우 선생을 힐끗 쳐다보며 반쯤 웃었다.

"웨 말이 위험해서 그래? 말이 순해서 아무렇지두 않어. 애들한테 치워난 말인데…… 우리 저 선생들하구 농원에나 나가볼까?"

가르치는 데를 보니 문이 화안히 열린 교실에서 이쪽을 보고 서 있는 사람들이 있었다. 연이는 그 사람들한테까지 금방 자기가 한 행동을 뵈인 것이 멋쩍어서 말없이 고개를 숙여버렸다.

"괜찮대두 그래. 애들이 새루 들온 아이한텐 특별하니까 잘 봐줄 꺼야. 조금두 위험할 것 없어."

그는 아직도 연이의 마음을 몰랐다. 연이는 오히려 모르는 것이 다행하다고도 생각했다.

"자― 저 선생들한테 인사두 하구 그래야지."

성우 선생이 교실이라 짐작되는 쪽을 눈으로 가르치며, 하는 말에 연이는 고개를 다시 돌렸다. 다섯 얼굴이 죄다 이쪽을 향하여 똑같이 연이의 기이스런 행동을 이제껏 보고 있은 양이었다. 연이는 등허리에 물을 껴얹는 듯 선듯함을 깨달았다. 저 사람들은 내가 아이를 껴안고 그러는 걸 어떻게 해석했을까. 저기서도 내가 눈물이랑 글썽해진 게 보였을까 연이는 계면쩍기 짝이 없다.

"저분들이 죄다 여기 선생님인가요?"

아직도 그들의 시선이 자기에게 머물렀을 것을 잔등에 느끼며 연이는 물었다.

"그래. 가운데 남선생 두 분은 주루 농원 지돌 하구 이쪽 선생과 노인넨 애들을 봐주구 바른쪽 키 작은 분이 음악 선생인데 이 봄에 상야음악

학굘 졸업했지."

"신문엔 세 분밖에 소개 안 됐던데요."

"그 뒤루 두 분이 더 오셨서. 시간 선생님들두 여러 분이시구 저 노인네는 본래 전당포 하던 인데 화젤 당하구 아들 하나 있던 게 병으루 죽구 마누라마저 돌아가구 나니 세상이 허무해서, 예술 믿기 시작했대. 신문에서 우리 보육원 기살 읽구 찾아왔구만 꽤 열심이야. 연이가 여기 있겠단 줄 알았으면 벌써 달려 나왔을 텐데……."

"저 여선생은 누구애요?"

같은 여자여서 그런지 연이는 궁금했다.

"그분이 강대산 씨야. 글자는 크은 대 묏 산짠데 남편한테 버림받구 친정에 와 있다가 화가 나서 이리로 오신 분이구…… 자 그럼 인제 인사할까?"

성우 선생은 연이의 대답을 기다릴 것도 없다는 듯 손질해서 교실 안의 선생들을 불러냈다. 먼저 연이를 그들께 소개한 다음 나이 많은 전당포 하던 노인부터 여선생까지 짤막한 설명을 붙여 내려가며 인사를 시켰다. 알구 봐서 그런지, 모두 내력대루 짐작되는 얼굴들이었다. 특히 여선생은 이름과 같이 우람해보였다. 옥색 조젯* 치마 기슭으로 드러나는 굵은 다리, 기인 얼굴, 꺼실꺼실한 음성, 어느 것이나 남자에 가깝다는 인상을 주는 것 또 연이에게 덜 좋은 낯색을 하는 것이 연이는 좀 싫었으나 그외의 선생은 연이가 앞으로 자기들과 일해 나갈 동료라 알았을 때 똑같이 반가워하는 것이었다.

"애들과 인살 하구 농원에 나갈까? 농원부텀 구경할까?"

---

* 얇은 견직 또는 면직물.

"농원부텀 구경하시지. 애들은 작업作業 끝나는 대루 하시구……"

전당포 영감이던 노 선생이 성우 선생 말을 받았다. 연이는 노 선생 의견에 따라 농원부터 구경하게 되었다. 다른 선생들도 따라나섰다. 논에 벼는 눈이 모자라게 한창 푸르고 모밀은 익어서 밭 전체가 구름 같았다. 바람이 불면, 하얀 냄새가 마구 풍겨는 질 것 같았다.

그들은 연이에게 돼지 우리(굴)를 시작해서 닭 산양 토끼 소 말 이것들을 구경시켰다. 연이는 우선 그 설비와 수효에 놀라지 않을 수 없었다. 더구나 토끼장 속에 눈같이 하얀 토끼들이 한낮 뜨거운 볕이 싫은 듯 조골조골 맞대고 가만있는 것이 귀여워 견딜 수 없었다. 어릴 때 들은 토끼의 전설이 생각나고 토끼 노래가 부르고 싶어졌다.

"왜 저렇게 가만히들 있을까요?"

"더워서들 그립니다."

농원 관리한다는 이 선생의 대답이었다.

"저 많은 것들 다 어떻게 길르세요?"

"그러기에 곽 선생 이 선생 수고가 말씀 아니지."

"뭘요."

"아닌 게 아니라 인전 수의獸醫 노릇까지 넉넉하겠어요."

곽 이 양 선생은 똑같이 원장 선생 말씀에 만족해하는 눈치였다.

"조놈들이 죽드래두 본전은 찾게 하거던요."

"뭐가요?"

연이는 노 선생 하는 말의 뜻을 알 수가 없었다.

"가죽을 베껴 팔믄 제 본전이 너끈 되거든."

연이는 고렇게 귀여운 것들 앞에서 어떻게 그런 말이 나올 것인가 싶었다. 그렇지 않아도 인사할 때부터 그 거므테테한 얼굴에 낀 보랏빛 기미라든지 세련되지 못한 말씨라든지가 전신에 아직 전당포 영감쟁이 때가 조로로 배어 있는 것이 싫었던 것이다.

사이렌이 "뚜―" 하고 울렸다. 그러자 아이들이 농원 쪽을 향해 몰려나왔다. 점심 먹은 후 한 시간을 쉬고 다시 공부와 작업을 시작하는 시간이라 했다.

"우린 인제 들어가야겠습니다."

여선생이 이렇게 말하며 들어가자 노 선생과 음악 선생도 그 뒤를 따르고 곽, 이 양 농원 관리하는 선생도 연이에게 잘 구경하라라면서 저쪽 무와 감자들이 푸른 채마밭께로 가고 성우 선생 한 분만이 남아 있었다.

"우리 저 화원花園에 가볼까? 거기가 시원할게니……."

화원은 바로 강 연안으로 한 삼백 평 된다는 지대에 연이가 이름조차 모르는 화초花草들이 가뜩 심어 있고 그 한쪽엔 분수噴水가 올려 뿜었다. 벌과 나비들이 날고 꽃향기가 바람이 불지 않아도 취각嗅覺에 너무 진했다. 강에는 하늘이 푸르고 구름은 희게 흘렀다.

"선생님 제가 벌써 왔드면 좋을 걸 그랬어요."

연이는 저도 모르는 사이에 부르짖었다. 아까 응접실에서 느끼던 감정과는 아주 다른 아니 그것과 비슷하긴 한데 더 숭고崇高하고 아름다웁고 더 착하고 진실한 감정이 연이를 그처럼 흥분시켰던 것이다. 그래서 그는 아무에게도 하기 싫던 그저 눈을 꼭 감고 잊어버리려던 과거 이야기―남편이 죽은 일, 간호부로 다시 들어간 일, 허진영이와의 결혼, 허진영의 집에서 일어난 가지가지 일, 아이와의 산길에서 하던 행동, 보육원 문 앞에 이르러서 아이가 자기에게 하던 당부의 말, 거기에 대답한 자기의 맹세까지 모조리 이야기한 다음 허진영이와의 결혼은 아이를 위해서 한 노릇이 그만 아이를 버리게 되었다고 뉘우치기까지 했다.

연이의 기인 이야길 다 듣고 난 성우 선생은 한참 말없이 있다가

"우리 저리 가 좀 앉을까?"

잔디 깔린 언덕을 손질했다. 둘이는 나란히 그리로 가서 앉았다. 성우 선생은 앉아서도 한참 말없이 연이와 마찬가지로 강 속에 흐르는 구름만 들여다보고 있었다.

"묵시록默示錄 끝에, '눈물 없는 세상을 만들리라'는 구절이 있는데 우리 그 세상을 실현해보자구!"

이것은 참으로 오랜 뒤 강 속의 구름만 들여다보고 있던 성우 선생이 부드럽고 무거운 음성으로 띠엄띠엄 한 말이었다. 연이는 그 말을 듣는 사이에 아직 한 번도 가져보지 못했던 경건敬虔한 마음을 또한 깨달았다.

"선생님이 하시는 일이면 뭐든지 하겠어요. 하면 될 것만 같아요."

연이는 흥분을 누르며 이렇게 대답했다.

그랬더니 성우 선생도 연이의 마음을 알았다는 듯이 전보다는 약간 재게 자기는 동경서 공부할 때부터 지상의 낙원을 실현해보자던 것이나 아버지가 반대해서 못하곤 공부나 더한다고 미국 건너가 철학을 연구하다가 돌아왔는데 돌아오던 길에 서울 있는 친구를 잠깐 만나려고 경성역에 내린즉 거지아이들이 욱— 몰려와서 돈을 빌게 되는 때 문득 어떤 의분과 고통을 느끼게 되면서 아무래도 자기는 그 헐벗은 아이들, 배고픈 아이들, 그 학대받는 아이들, 사랑에 주린 그 아이들을 건져야 할 것 같은 생각을 하고 그 길로 그 아이들을 데리고 친구를 찾아가서 간곡한 청을 한즉 그 친구가 집을 빌려줘서 그 집에서 삼 년 동안 아이들과 복작복작 고생하다가 이 년 전 봄에 아버지가 서울 와서 직접 보시고 고향벌에 혼자 차지하다시피 놓였던 논을 팔아 이십만 원을 만들어준 것으로 옥수동 한강 연안 일대를 전부 사서 집을 짓고 과수원과 농원을 만들었다는 것, 앞

으로 아버지가 시골살림 전부를 보육원으로 옮기게까지 되는 때는 보육원 안에 유치원으로부터 대학까지 설치하고 그 속에 문학부 미술부 음악부까지 두어서 보육원에 한번 발을 들여놓은 아이는 어른이 되고 늙은이 되어 운명을 마치게 하겠는데 그들에겐 극히 자유롭게, 밭 갈고 싶은 자는 갈고 씨 뿌리고 싶은 자는 뿌리고 노래 부르고 싶은 자는 부르고 송아지 먹이고 싶은 자는 먹이고 글 짓고 싶은 자는 짓고 그림 그리고 싶은 자는 그리고 놀고 싶은 자는 놀게, 아무런 구속도 없이 하겠고 또 현재도 그것만은 그렇게 실현하고 있다는 것, 그렇게 자유로 내맡겨도 아이들은 들어와 얼마 안 되는 사이에 싸우지 않게 되고 힐끔힐끔 옆눈질하는 버릇이 없어지고 양미간이 순편해지고 질서와 규율을 지키게 되고 위생을 알게 되고 일을 해야 한다는 관념을 가지게 되고 나중엔 남한테 얻어서만—즉 남을 의뢰하고만 살아온 아이들이 자기 자신은 물론하고 남을 위해서 일하게 되고 남을 사랑하는 마음까지 가지게 된다는 것을 이야기해 들어준 다음 아까 마당에서 연이의 아이 진호에게 말을 태워주던 수산이란 애는 제일 처음 경성역에서 데려온 아이로 어떻게 성질이 고약했던지 일 년 가까이 도적질하는 버릇과 그 외에 여러 나쁜 버릇을 고치지 않고 밉상을 부렸으나 지금은 아주 훌륭한 아이가 되고 특히 신입아동이 오면 어떻게든 마음을 붙이도록 함으로 진호도 인제 곧 좋아질 것이고 얼마 안 되어 훌륭한 아이가 될 것이니 염려 말라는 당부까지 해서 연이를 위로시키는 것이었다.

　이야기가 끝났을 때는 전선주 그림자가 동쪽으로 기울고 감자밭에 아이들 손에 캐운 감자가 산더미만치 높아진 데서 아이들은 아직도 캐면서 노래를 불렀다. 그것이 무슨 곡인지 모르나 연이는 어떻게 좋은지 어깨가 으쓱으쓱해져왔다.

"선생님 저게 무슨 노랜가요? 참 존데요."

"그거 보육원 원간데 애들이 그걸 참 좋아하거든, 놀 땐 안 불르다가두 일을 하믄 저렇게 다른 노래보다두 저걸 많이 불른다니까."

둘이는 아주 위치를 돌려서 강을 등지고 감자밭 쪽을 향해 앉았다.

"애들한테 노랠 많이 불르게 하는 게 퍽 좋아. 저렇게 노래 불르는 새 다—들 좋아지니까. 그러게 처음 들온 애들은 얘기해주구 노래만 부르게 맨드러놓지. 배워주지 않어두 저렇게 먼저 애들이 자꾸 부르면 절루 따라 가거든."

듣고 보니 꼭 그럼직했다. 연이는 아주 얼굴을 성우 선생 쪽에 치켜들 고

"선생님 참 그래요, 우리 진호두 그래요. 그런데 전 개한테 얘기두 못 해주구 노래두 못 배줬어요."

치켜들었던 얼굴을 푹 수그렸다. 우는 것은 아니었으나 울기에까지 이른 마음이었다. 성우 선생은 연이의 마음을 짐작하고 말을 이었다.

"인제부터 배워줌 되잖어…… 참 연인 노랠 썩 잘 불렀지? 지금두 잘 부르나? 지금두 소리가 그렇게 예쁜가?……"

연이는 대답을 못했다. 아이로 해서 뉘우치는 마음과 한가지로 옛날 성 우 선생한테 크리스마스에 독창獨唱 부를 노래를 배우던 기억이 떠올라 가 슴이 꽉 막혀 말을 할 수가 없었던 것이다.

"노랜 연이가 배워주라구. 음악 선생은 기악을 가르치시게 하구…… 인제 아무 생각두 말구 옛날처럼 명랑해지구 귀여워지라구 응."

연이는 말없이 고개를 흔들어 대답했다.

"전에 버릇이 아직 남어 있긴 하군."

본래 고개를 까닥까닥해서 대답하는 버릇이 있던 것을 성우 선생은 아

직 기억하고 있었다.

"선생님 제가 영 달러진 것 같애요?"

"좀 우울해진 것 같아. 명랑하면서두 그 종종 새므룩해지는 버릇이 있더니 그게 그동안 불우한 생활 속에서 자란 게지……."

꼭 그런 것도 같았다. 우선 연이는 오랫동안 웃어본 일이 없었다. 웃어보지 못한 과거에 연이가 다시 시무룩해짐을 성우 선생은 다시 짐작하고 또 말을 이었다.

"인제 곧 명랑해질 거야. 연이두 명랑해지구 진호두 명랑해지구. 우리 눈물 없는 세상을 만들어보자구. 응 알겠지." 연이는 다시 고개를 끄떡끄떡해서 대답했다.

6

연이와 연이의 아이 진호가 원아들 앞에 소개되기는 저녁식사가 끝나서도 한참 지나서 어둠이 신의 날개처럼 땅 위에 살포시 펼쳐지고 파아란 저녁별이 한 개 두 개 불어가는 때였다. 여느 때라면 원아들의 하루 생활에서 얻은 체험담과 보고담, 감상담이 있을 시각이지만 성우 선생은 연이의 아이 진호에게 그 시간이 지리할 것을 알고 이 중요한 시간에 그들 모자를 위해서 음악회(?)를 열어주었다.

장방형長方形으로 된 커다란 집회실集會室에 백 명에서 두 명이 모자란다는 원아들과 선생님들이 쭈욱 앉은, 맨 앞에 놓인 의자에 연이네 모자는 앉기로 되었다. 제일 먼저 어느 한 아이의 지휘로 원가를 부른 다음 성우 선생이 아이들과 연이네 모자 사이에 나서며

"좋은 동무 한 분과 선생님 한 분을 맞이하게 되었습니다. 여기 서 계

신 두 분입니다. 이 동무의 이름은 이진호, 선생님은 송연이 선생, 송 선생이십니다. 여러 동무의 어머님이 되시겠다구 오서주었습니다. 우리 박술 쳐서 맞이하십시다.” 하고 말씀한즉 아이들은 미리 준비해뒀던 것처럼 돌각담 무너지는 소리를 내어 박수를 쳤다. 성우 선생은 박수소리가 끝나기를 기다려 다시 말을 이었다.

“참 기쁘지요. 우리 오늘 저녁 좋은 동무와 좋은 어머님을 위해서 노래두 불르구, 바요링두 하구 아코디온두 켜구 북두 치구 나팔두 색스폰두 합시다. 뭐나 할 줄 아는 건 다 합시다. 우리 하구 싶은 대루 놀구 싶은 대루 놉시다.”

그들은 성우 선생 말끝마다 “네”, “네” 하고 대답하고 중에는 손바닥까지 쳐가며 좋아라고 재껄거리는 놈도 있었다.

“아부지!”

아이들의 박수가 끝나고 재절거리는 소리가 아직 물 끓듯 하는데 손을 뼈언쩍 들며 성큼성큼 앞으로 나오는 아이가 있었다. 수산이었다. 낮에 진호에게 말을 태워주던 아이라, 연이는 이름까지 기억하고 있었다. 아이들도 숨을 죽이고 잠잠해졌다.

“동무들 앉읍시다.”

수산이가 두 팔을 펴서 이렇게 말을 하자 선생과 아이들은 그대로 따라 앉았다. 장내는 금방 바늘이 떨어져도 알릴 만하게 고요했다.

“전 할 말이 많습니다. 그런데 가슴이 꽉 맥힌 것 같아서 말할 수 없습니다.”

정말 숨이 막히는 듯 길게 숨을 내뿜었다.

“오늘 하루 종일 그랬어요.”

또 말을 못 잇고 이번엔 숨을 들여 그었다. 아이들은 눈이 둥그래서 수산이를 쳐다보며 침만 꿀떡꿀떡 삼켰다.

"그렇지만 전 기쁩니다. ……제가 누구한테든 제 어머니가 죽었다구 했지만…… 저이 아부진 정말 형무소에 가 지금 있어요…… 한평생 있을 거애요."

말마디가 끊어질 때마다 불쑥 나온 눈에선 방울만큼씩한 눈물이 굴러 내렸다. 그는 그러나 말을 또 계속했다. "저이 어머닌 돌아가지 않았어요. 제가 열 살쩍 절 재워놓구 밤중에 어딜 가버렸어요. 아침에 깨보니 어머니두 없구 두 살 먹은 제 동생두 없었어요. 제 머리맡엔 호떡 두 개와 양말 기운 것과 어머니 치마루 맨든 바지가 있었습니다. 처음엔 전 아무것두 몰르구 호떡을 먹구 양말을 신꾸 그리구 바지랑 입었댔어요. 어머니가 안 쥔댁 마루방 치러 들어간 줄만 알구…… 그런데 그 길루 어머닌 돌아오지 않았어요. 밤에두 그 이튿날두…… 안댁 마아님은 우리 어머니가 다른 서방을 얻어갔다구 그러구 아씬 물에 빠져 죽었을 게라구…… 그리구 서방님은 내 동생 옥분일 뉘 집 문깐에 버리구 어딜 갔을 게라구 그래요…… 어떻게 됐는지 전 몰라요. 그렇지만 전 어머니가 늘 보구 싶었어요. 동생이 보구 싶었어요. 제가 거지노릇하게 된 것두 젤 처음엔 어머닐 찾을까 해서 동생을 만날까 해서 한 거애요. 얻어먹으러 집집에 다니느라면 어머니가 찾아질 것 같았어요. 어머닌 꼭 뉘 집에 가서 밥 지여주구 계실 것만 같았어요. 그러나 어머닌 찾을 수 없구 전 그새 아주 못쓸 놈이 되구 말었어요. 어머닐 잊구 동생을 잊구 나쁜 짓 한 때가 많었어요."

여기까지 이야기가 계속되는 사이에 수산인 물론 아이들 전부가 흑흑 느끼고 성우 선생과 다른 선생들은 잠잠하고 연이는 수산이보다 더 굵은 눈물방울이 흘러내려서 수산의 씰룩거리는 얼굴 윤곽이 몹시 어지러웠고 진호도 가끔 눈물을 찔끔 짜며 수산의 얼굴만 쳐다보고 있었다. 수산인 또 계속했다.

"그렇지만 전 어머니와 동생을 생각하구 나쁜 말을 못한 때두 많었어요. 당인리 집에서 도망해 나갔을 때도 어머님 얼굴과 동생 얼굴이 보여서 그만 돌아왔어요. 어머님이 네가 웨 그런 데서 나오느냐 네가 웨 그 존델 도망하느냐 하며 제 앞을 두 팔 벌려 가루막으셨습니다. 그래서 전 돌아왔어요…… 아까 낮에 진호와 진호 어머닐 뵈었을 때 전 꼭 우리 어머닐 뵌 것 같었어요. 우리 어머니가 절 두구 떠나가던 때가 바루 그만하셨구 전 진호만 했어요. 울 어머니두 내 동생을 대리구 이리루 오셨으면 얼마나 좋을까요……."

"나두 그래. 나두 울 어머니가 보구 싶어요."

수산의 얘기가 끝나지 않을 때 어느 아이 하나가 목멘 소리로 이렇게 부르짖었다. 성우 선생은 그제사 아이들 슬프게 한 것을 안되게 여기는 양으로 당황히 일어나서 그러나 극히 낮은 소리로 천천히

"우리 인제 얘긴 고만하구 노랠 부릅시다. 자— 수산이, 눈물 딱자구응." 달래며 수건을 꺼내어 씻어주었다. 성우 선생의 표정을 살핀 음악 선생은 풍금 앞에 앉아 손으로 무슨 암시를 했다. 그러자 여섯 아이가 똑같이 젖었던 얼굴로 앞에 나와 의자 위에 놓인 악기樂器들을 하나씩 집어 들고 앉았다. 수산이는 맨 나중에 바이올린을 들었다. 성우 선생은 지휘봉을 들고 그들 앞에 섰다. 음악 선생의 반주와 성우 선생의 지휘에 그들은 일제히 북과 색스폰과 나팔과 아코디언과 바이올린을 시작하고 거기 따라 아이들은 노래를 불렀다. 연이가 한번 들어본 일이 없는 아주 명쾌한 노래였다. 그것이 끝난 다음 〈소년행진곡〉과 또 그 외에 여러 명랑한 곡이 계속되었다. 그러나 연이는 어쩐지 어느 소리나 소리마다 그들의 슬픈 이력履歷을 호소하는 것만 같어서 점점 밝아지는 향나무 위의 별들을 내

다보고 있었다.

"엄마 재 좀 봐, 저 별난 것 하는 애."

연이는 진호가 손가락질하는 쪽으로 시선을 돌렸다. 아코디언 켜는 아이가 천장을 응시하는데 그 얼굴은 그가 입은 하늘빛 셔츠보다 푸르러 처참할 정도로 창백하고 본래 옴팍 들어간 눈은 무슨 꿈을 꾸는 듯 그 모양이 꼭 석고와 같았다.

"쟤두 울려구 그러지?"

진호가 침을 삼키며 연이를 들여다보았다. 연이는 갑자기 뭐라 대답할지 몰랐다. 진호의 하는 대로 따라한 것은 아니나 그저 침만 삼켰다. 그랬더니 아이는

"쟤두 저 엄마 보구 싶은 게지?"

하고 다시 물었다. 그렇다고도 할 수 없고 또 안 그렇다고도 할 수 없어 연이는 머뭇머뭇할 뿐이었다. 악대와 원아들의 합창이 끝나고 성우 선생이 미리 말씀한 것같이 아이들이 제가끔 나와서 재주껏 노래를 부르고 춤을 추고 요술을 부리고 별별 짓을 다 부리기로 되었다. 그런데 그중에는 각색 짐승 소리와 타―잔의 흉내까지 내는 아이도 있고 활동사진 변사 노릇 하는 아이도 있었다. 그래서 장내는 웃음판으로 번지고 수산이도 웃고 아코디언 켜던 아이도 웃고 진호도 다시 연이에게 어떤 질문 없이 "흐훗 흐흐훗" 웃기만 했다.

음악(?)회는 (여흥餘興이라는 편이 낫겠다.) 밤 아홉 시가 되어 끝났다. 연이는 성우 선생이 정해준 방에 혼자 돌아왔다. 진호는 성우 선생 말씀이 되도록 처음부터 아이들과 거처를 같이하는 것이 좋겠다 했고 또 진호도 함께 있자고 간청하는 수산의 말을 쉽게 들어줘서 그와 함께 그 방으로 갔다. 연이 자신도 진호를 데리고 있는 것은 여러 가지로 재미없을 것

같았다. 첫째 진호가 얼른 아이들과 정을 못 붙일 염려가 있고, 둘째는 어머니와 함께 있는 진호를 부러워하는 마음이 아이들께 생길 염려가 있었다. 그것은 수산의 이야기를 듣더라도 넉넉히 짐작할 수 있는 일이었다. 성우 선생도 물론 이러한 이유에서 그리하라고 시켰던 것이리라. 극력 진호와 같이 있게 해달라는 수산이만은 진호로 해서 자기의 슬픈 과거를 잊어버리려 함에선지 그것은 모르는 일이나.

연이의 방은 여선생 강대산 씨와 어간문* 하나를 격해 있었다. 그 저쪽 남으로 연해선 집회실 응접실 남선생 방들이 연달아 있었다. 남선생이나 여선생 방은 아이들 방을 현재 임시로 사용하고 있으나 뒤뜰에 새로 짓는 선생 사택이 준공되는 날엔 선생님들 가족들과도 함께 거기서 살림을 한다 하며 또 새로 선생들을 초빙하리라는 것이었다. 남선생 방에서 동쪽 서쪽 남쪽 세 번을 꺾이우면 아이들 방과 교실이 쭉 연달아 입구 자로 되어 있었다.

연이가 자리 깔 생각도 없이 앉았으려니 여선생이 어간문을 열어제치며 연이더러 남편은 어찌됐느냐 왜 여기 왔느냐 어디서 살았느냐 몇 살이냐 성우 선생과는 정말 고향이 같으며 어릴 때 배운 선생이냐 등 까근까근 묻는데 원체 연이가 제일 입 떼기 싫은 질문이기도 하지만 연이 눈앞엔 집회실에 벌어졌던 광경—수산의 씰룩거리는 얼굴, 나두 울 어머니가 보고 싶다던 어느 목멘 소리, 아코디언 켜던 아이의 천장을 응시하던 눈, 악기의 멜로—디 노래소리들이 얼크러져서 한마디 대꾸조차 하기 싫었다. 그랬더니 여선생은 연이의 생각하는 바에 눈치챈 셈인지 혹은 본래부터 하려던 말인지는 모르나 왜 이런 데 왔겠느냐고 도무지 있을 테가 못

---

* 방과 방 사이에 달린 문.

된다는 것을 연이에게 말하는 것이었다. 벌써 오지 못한 것을 몇 번 후회한 연이로서는 이 말에 가만있을 수가 없었다.

"웨 그래요?"

"인제 지나보시유." 여선생은 연이의 말씨와 거동이 불유쾌했던 까닭에 긴 말은 그만두고 이렇게만 씰—죽해서 해 던지는데 연이도 유쾌한 것은 아니었으나 "지내보시유"라는 말 뒤에는 무슨 이야기가 많을 것 같아서 궁금하기도 했다. 말하자면 자기가 본 보육원이나 성우 선생이 이야기한 보육원보다 이 여자가 말하려는 보육원은 다를 것 같았다. 연이는 또한 그것도 알고 싶지 않을 수 없었다.

"웨 그래요?"

꼭 같은 왜 그래요지만 먼저 것과는 매우 다른 낮은 소리였다.

"나두 첨엔 모르구 왔어요. 사춘 오빠와 원장 선생과 친하거든요. 사춘 오빠가 하는 말이 여게 원장 선생이 신과 같은 사램이니 그 사업을 도우며 다시 시집 갈 생각 말구 한평생 예서 살라구 했지만 지긋지긋하다니께. 나두 그깟난 놈의 사나이들 뭐 다시 시집갈 생각이야 하지두 않지만……에 지긋지긋해!"

여선생은 연이의 말씨가 낮아진 것을 알자 이내 얼굴색을 고치며 이렇게 연이가 물은 말은 제쳐놓고 제 넋두리를 시작했다.

가끔 평안도 사투리가 섞여 있는 것을 보아 그쪽에서 얼마간 살았던지 혹은 거기서 나서 서울에 오래 살았던지 했을 것이라 짐작은 하나 어디서 살았건 연이가 궁금한 것은 그것이 아니었다.

"웨 지긋지긋하디요?"

"그럼 안 지긋지긋해요? 사나이들 개나 마찬가진데 새 계집만 봄 그저 얼씨구나 좋다구 궁뎅일 쫓아다니구 제 예펜낸 바윗돌 같다느니 장작개

비 같다느니 입이 크다느니 눈이 작다느니 뭐에, 어쨌다느니…… 안 지긋지긋하구 어째요."

또 자기푸념이었다.

"내 말은 여기가 웨 지긋지긋하냐 말애요."

"그럼 안 지긋지긋하구 어째요. 이놈의 아이새끼들이 말을 들어야 하잖아요. 거 참 말할 수 없어요."

대산은 큰 입을 쩍—쩍— 다시며 고개를 함부로 마구 흔들었다. 대단히 참 그야말로 지긋지긋한 표정이었다.

"아이 하나 길르기두 어련데 그 숱한 애들이 쉬울 리 있나요?"

연이는 아이들 역성을 들고 싶었던 것이다.

"요놈의 새끼들이 애길 해달래서 해줌 꼭 이러쿵저러쿵 말썽이란 말야…… 애기니 밤낮 하는 놈의 것 어디 늘 존 거 할 수야 있나요. 접땐 산드룡*의 유리구둘 얘기해주는데 어디가 어쨌다구 그러는지 산드룡이 의붓에미가 대리구 들온 딸년들은 나라님 잔치에 대리구 가고 산드룡인 혼자서 거지 같은 옷을 입구 있는 대목을 얘기하는데 아 아이새끼 하나가 책상 뚜껑을 메구 달려들어 날 치려 덤비는구려. 다짜고짜루. 나 원 웬일인디 까닭이 있어야지. 어쨌든 내 말은 안 들어요."

연이는 참 그 남편이란 자가 했다는 말과 같이 바윗돌이나 장작개비처럼 보드랍지 못한 강대산 선생의 편은 아무래도 될 수 없었다. 아이들이 그의 말을 더 안 듣는다는 원인도 그의 상스럽고 또 도무지 아이들께 살뜰해 보임직잖은 언어행동에 있지 않을까 했다.

"애들한테 정을 붙이셔야죠. 가엾은 것들 우리가 살뜰스레 안 굴면 어

---

* 신데렐라.

떡하겠어요."

연이의 눈앞엔 아직 집회실의 광경이 떠나지 않았던 것이다.

"글쎄 양철통 들구 대니든 새끼를 될 말이오. 암만 잘해야 쓸데없대니께. 밤낮 달아날 궁리지."

"그래두 다들 여기 와서 존 애들 된다구 하잖아요."

"원장 선생님 그리지요. 원장 선생은 나 들오든 때두 애들을 천사같이만 얘기하드만서두 정작 지내보니 어디 그럽습디까. 나 예 온 지 석 달 됐지만 에— 지긋지긋해. 이놈의 아이새끼들 그저 도망질 치는 건 또 좀 낫디. 요만 전 어떤 놈의 아이 하나는 애들 목욕하는 새 글쎄 벗어논 옷을 몇 벌 주서가지구 달아났군 그래. 그러다간 또 웨들 돌아오는지 모르지. 아주 가버리잖구……."

"돌아오는 게 얼마나 좋아요. 여게가 제 집만 못해서 도망갔다두 역시 존 데가 없으니 오는 거 아니겠어요."

아이들 흉보기에 거품까지 무는 대산 여선생의 이야기는 아직도 끝이 없을 것 같아서 말끝도 아닌데 연이는 이렇게 중간을 잘랐다.

"왔음 고시낙히 있쨚구 돌아와놓구두 또 갈 생각뿐이라니께. 그뿐이겠우, 말 마시유. 인제 지나보시유. 에 지긋지긋해…… 똥질한다 밤낮 똥을 질질 흘리는 새끼가 있다니께. 그놈의 똥구녕은 어떻게 된 셈인지 사시장철 똥이 질질 흘르구 있어요. 글쎄 밤임 오줌 싸는 건 보통이구. 지금 여름이라 괜찮아요. 봄에 이부자리 깔구 덮구 할 땐 아예 딱 질색이었다니께. 밥은 늘 많이 먹겠다구 눈이 아홉이 돼 지랄들이구. 밤낮 싸화 그래. 거저 척함 싸우지. 거 원 무슨 놈의 아이새끼들인지 또 도적질은 귀신 같으지 천하 못된 짓이란 차지해 하구들 있으니껜……."

"그게 부모 없이 자라난 때문이지요. 제 부모 밑에 편안히 자라는 애들

두 잘못되기 쉬운데…… 우리 그 부모 없이 불쌍히 자란 애들의 어머니가
돼줍시다. 살뜰히 굴어줍시다."

연이는 강대산 여선생이 이야기하는 아이들 버릇이란 온통 진호와 똑
같았음에 한층 더 뼛속까지 아팠던 것이다.

"안 돼요 안 돼. 그게 그리 쉽게 되는 줄 아슈. 나두 처음엔 그깐 놈의
것 시집이니 사나이니 생각만 해두 지긋지긋하길래 예서 한평생 보내자
구 했지만 다 구찮아 성가셔…… 원장 선생두 구찮아하는 때가 있는 걸
요. 겉으루 내짐을 안 내니 그렇지 그 밉쌀스레 굴 때 오즉하겠어요. 때려
죽여두 시원찮지……."

연이는 가엾은 것들에게 때려죽인다느니 하는 언사를 쓰는 여선생이
잔인해 보여서 아무 말 없이 앉았다가 "애길 나 보셨세요?" 하고 나직이
물었다.

"애가 다 무슨 애요, 여섯 달 만에 쫓긴 년이……."

대산은 말을 마치지도 않고 벌떡 일어나 전등 주위를 돌고 있는 불나비
를 잡느라고 큰 몸을 너펄거렸다. 연이는 그러는 그를 물끄러미 바라보며
그가 그처럼 아이들께 잔인하도록 정을 못 느끼는 것은 천성天性도 되려
니와 아이를 낳아보지 못한 데 있는 것이라고 단정한 다음, 자기는 어디
까지나 강대산 선생과 다름으로 얼마든지 가엾은 아이들의 어머니가 되
어줄 수 있으리라 자신했다. 대산 여선생은 불나비 하나를 잡아 발겨들고
꽁무니랑 다리샅이랑 샅샅이 뒤적뒤적 한참 내려다보더니

"요놈이 수컷이군." 하며 양쪽 날개를 단번에 잡아 뚝 떼어 그것을 손
바닥 위에 놓곤 또 한—참 기어다니게 하다가 이번엔 바깥에 집어 팽개
치면서

"날개 없으니 제 따위 인제 날지두 못하는 게 계집질해볼까 흥!"

혼잣소리로 이렇게 중얼거리며 제 방으로 사라졌다.

밤은 어둡고 별은 마음껏 반짝였다. 떠들고 나팔 불고 노래 부르고 하던 아이들은 벌써 잠 속에 든 모양으로 고요한 밤 마당을 거쳐 들려오는 잠꼬대 소리와 코 고는 소리가 손에 잡은 듯 가까웠다. 연이는 강 선생이 어간문을 닫고 잠이 든 뒤에도 진호가 엄마를 쉽게 떨어져 자는 것이 기특하다는 생각, 하룻밤만 데리고 잤으면 싶은 생각, 진호는 엄마를 찾지 않고 소리 없이 자고 있을까, 아이가 산길에서 하던 양 당부하던 말, 또 진호가 자는 그 방에는 아이들이 수산이 외에 몇이나 있을까 이런 생각도 하다가 내가 왜 이렇게 진호만 생각할까 모든 아이들을 진호와 똑같이 생각해야지 가엾은 아이들의 정말 어머니가 돼야지 이런 생각도 하고 나중엔 허진영이 집 바로 자기가 거처하던 안방 벽과 천장과 그 방에 놓인 세간 등물이 선해지고 집회실 광경이 보이고 허진영의 말소리가 들리고 날개 떨어진 불나비는 어디까지 기어갔을까 어떡하고 있을까 이런 것까지 궁금해지면서 잠을 통 못 이루었다.

이튿날 아침 나팔수의 요란한 나팔소리에 원아들과 함께 일어났을 때 연이는 골머리가 떵한 것이 어디 얻어맞은 것 같았다. 그러나 아이들 소리가 작자지글할 마당을 내다보았을 때 거기 벌써 아이들이 쭈욱 나와 열을 지어 섰고 첫줄 맨 앞엔 진호가 입을 벌름거리며 서고 있지 않은가. 골머리 떵— 하던 것도 얼른 사라졌다. 아이도 반가운 양으로 또 하룻밤 떨어진 것이 그리웠던 모양으로 줄달음을 쳐 연이 앞에 오며 "엄마"를 불렀다. 연이는 많은 아이들 앞에서 그러는 것이 덜 좋다 생각하므로 진호에게 타일러 그를 본래 섰던 자리에 가 서게 했다. 아이는 쉽게 말을 들으면서 입을 벌름거리고 좋아했다. 연이는 생각했다. 허진영이 집에서 처음 자던 날 밤은 그처럼 엄마를 떨어지지 않으려 했고 또 이튿날 아침에도 진호는 기운이 하나 없어했다. 똑바로 말한다면 그 아침부터 아이는 이마에 꼴을 짓기 시작하고 힐끔힐끔 옆눈질하기 시작했던 것이다. 그랬는데 연이가 그렇게 보아서 그런지 그 아침에 보던 아이와는 전연 다른 진호였다. 찌푸리던 이맛살이 쭉 펴지고 그중에 제일 환―해 보였다.

구름이 띄엄띄엄 낀 아침 하늘이 시원히 그늘 위에 푸르고 붉은 햇살이 포플러와 향나무 사이로 펴져들고 또 바람이 시원했다. 아이들은 모두 아침과 같이 싱싱해졌다. 수산이도 그렇고 아코디언 켜던 석고 같던 아이도 그러했다.

연이는 두 팔을 뺀―쩍 들어 마음껏 소리치고 싶은 충동을 받았다. 어디를 향하는 것인지 모르나 그저 감사하고 싶은 마음이 하늘을 뚫고도 남음이 있었다.

선생과 아이들은 한껏 자유롭고 은혜로운 마당에서 아침마다 하는 온갖 절차를 마친 다음 안팎 소제와 세수와 아침 식사를 치르고 그러고 나서 각각 그날 하루의 자기 일과日課를 시작하게 되었다.

아이들은 오전 오후 두 반班으로 나누어 오전에 농원 작업作業반은 오후엔 학과學課 공부한 반과 교대하기로 되어 있었다. 농원으로는 농장 관리한다는 곽 이 두 선생과 전당포 영감자리 노 선생이 나가고 공부반엔 시간 교수의 도화 선생, 지리 선생과 성우 선생, 강대산 여선생이 담당했다. 연이는 성우 선생 말씀대로 하루쯤은 견학하는 것이 좋겠다 생각하고 먼저 공부반인 오전반을 구경하기로 되고 진호는 원체로 신입 아동 축에 끼일 것이나 벌레잡이 나가는 수산이를 따라 도구道具랑 들고 과수원으로 나가는데 엄마는 참수도 하지 않는 눈치였다. 연이는 그 뒷맵시를 바라보다가 너무 신기하고 신통해서 뒤를 따르며

"진호 인젠 엄마 없어두 혼자 살겠네……"

하고 개웃이 그 얼굴을 들여다보았다. 진호는 옆에 섰는 수산이가 좀 계면쩍다는 듯이 힐끗 올려다보고 뻘쭉 웃었다. 연이는 기뻐서 뺨을 두 손새에 꼭 집어넣군

"진호 엄마가 따라 안 가두 괜찮어?" 하고 물었다.

"응." 아이는 고개를 끄떡거렸다.

"어째 그럴까?"

"다른 애들은 엄마가 아주 없쟎어. 모두 불쌍한 애들 않냐?"

어른다운 말을 진호는 얼른 내받고 엄마 손에서 빠지려 했다. 전날 저녁 수산의 눈물 흘리며 한 이야기와 아코디언 켜던 아이의 얼굴과 또 어느 아이의 나두 그래 나두 울 어머니가 보구 싶어라던 목멘 소리와 그리고 밤에 수산의 많은 이야기가 진호를 하룻밤 새에 어른을 만든 게라고 연이는 짐작하고 진호가 빠져 나가는 대로 놓아준 다음 그가 수산이와 나란히 걸어가는 뒷모양을 바라보면서 아침에 많은 아이들 중 진호의 얼굴이 제일 환— 하고 이맛살 눈초리가 순탄해졌다고 보여진 것은 진호가 벌써 그러한 마음씨를 가지고 있은 탓이라 깨닫고, 아침 그 마당에서보다 감사한 마음과 즐거움이 치밀어 올랐다.

연이는 첫 시간을 강대산 선생 교실에서 지냈다. 아이들의 종류는 대개 부모 없는 고아와 부모가 있어도 빈곤해서 버린 아이들 또 시골서 함부로 서울 올라왔던 아이들 이러한 종류며 교육방침은 연령을 표준해서 급級을 가른 것이 아니고 들어온 시일時日과 아이들의 지능智能을 보아서 나누게 되어 있는데 들어와서 얼마 안 되는 아이들은 크나 적으나 한데 몰고 대개 학과는 동화와 창가만 가르쳤다. 그중에는 그렇지 않은 아이도 없지 않으나 대부분 일 년 미만의 아이들은 공부나 일을 하지 않으려들고 또 머리도 저능低能하다는 것이었다.

이 선생 교실 아이들은 모두 열한 명. 며칠 전 부청사회사업과에서 보내온 아이들이라 했다. 아이들 축에 한데 끼었을 적에는 그런 줄 몰랐으나 똑같이 하늘빛 파랑 셔츠와 검정 팬츠를 입었건만 어딘지 모르게 그들은 거리거리에서 한푼 줍시오 하며 따라서던 때의 면모面貌를 아직 벗지 못하고 있었다.

강대산 선생은 복동이와 수길의 얘기를 했다. 연이는 자기가 보통학교 조선어 교과서에서 읽던 오래된 이야기임을 알고 대산 선생은 자기 말마따나 이야기가 인제 동이 났구나 했다. 아이들은 어느 때 이야긴지도 모르며 재미있게 들었다. 그러다가

"복동인 학교에 잘 다니구 공불 잘해서 잘 살았는데 수길인 공부두 안 하구 책볼 끼구 들루 산으루 자꾸 대니기만 했으니 거지가 될밖에." 이러한 선생의 해설이 나오고 그 해설이 채 끝나지 않았을 때

"뭐가 그래서 거지가 됐어 체." 하며 교실 바닥에 침을 탁 뱉는 놈이 있었다. 그중에서 제일 큰, 열칠팔 세쯤 되어 보이는 아이였다. 강 선생은 말을 딱 멈추고 눈이 둥그래졌다.

"이 자식이 왜 가만 못 있구 이래. 쥑여버릴라."

한 놈이 이야기가 중단된 것이 아까웁다는 듯 이렇게 내받았다. 침 뱉던 먼저 놈이 뒤의 놈을 벌써 어느새 덤벼 멱살을 잡았다.

강 선생은 말릴 양은 안 하고 그 자리에 선 채로 먼젓놈이 지기를 바라서 몸을 연상 그쪽에 기울이며 주춤거렸다. 나이는 비슷함직하나 먼젓놈은 유들유들 유독스럽고 뒤의 놈은 병골이 배긴 듯 약질이어서 죽여버린다고 벼르고 일어섰으나 도저히 먼젓놈에게 이겨낼 가망이 없었다. 남은 아이들의 대부분은 재미가 나서 웃어대고 몇 놈은 멍청해서 앉아 있고 연이는 어떻게 말려야 할지 정신이 얼떨떨했으나 육중스런 놈에게 약질이

맞아대는 것도 볼 수 없고 또 침을 뱉으며 "뭐가 그래서 거지가 됐어?" 하던 먼젓놈에게도 연이가 모르는 또 무슨 연유緣曲가 있을 것 같아서 하는 수 없었다.

"이것 봐요, 이렇게 때리구 맞구 하믄 어떡해. 내 말 좀 들어봐요."

먼젓놈은 약질의 놈을 한 손으로 멱살을 딱 틀어쥐고 흔들고 약질은 죽을힘을 다해서 앙상한 손을 딱 오그려 상대편의 면상을 괭이처럼 할퀴었다. 먼젓놈은 호된 할큄에 한번 후러들다가 다시 힘을 쓰며 연이가 모르는 연유의 원한의 분풀이까지 하려들었다. 그러나 연이가 다시 비명에 가까운 소리를 발하며 그들 사이에 팔을 벌려들자 그들은 약속한 듯이 일제히 동작을 딱 끊이고 서서 씨—근 씨—근 하기만 했다.

"자 우리 앉을까 자리에……."

하나씩 부축해서 제자리에 앉혔다. 그들은 말없이 앉았다. 연이는 두 아이를 앉힌 후 강 선생을 잠깐 쉬게 하고 "메추라기와 여우" 이야기를 시작했다. 별반 큰 교훈되는 동화는 아니지만 어릴 때 주일학교 선생이 들려줄 적에 아이들과 함께 몹시 웃던 일을 생각해내고 우선 그들을 웃겨 보려는 마음에 그것을 했던 것이다. 연이는 싸우던 두 아이놈을 번갈아 보아가며 메추라기가 여우에게 속아 다니며 모가지를 까닥까닥하고 조는 대목에 가선 메추라기처럼 목을 가늘게 길게 빼들고 까—딱 까—딱 조는 시늉도 했다. 아이들은 너무 우스워서 파르르 떨며 웃었다. 두 아이놈도 싱그레 웃기 시작하더니 나중엔 "흐흐" "후후후" 둘이 다 소리를 내어 웃었다. 연이는 그들이 웃기도 잘하고 싸우기도 잘하는 놈들이라 생각하고 속으로 웃었다.

이야기가 끝나고 쉬는 시간에 연이는 싸우던 두 아이 중 강 선생한테 대들던 놈을 운동장 한구석에 조용히 불렀다. 그 아이의 슬픈 내력을 알아내고 싶었던 것이다.

"할퀸 데가 아프잖어?"

아이놈은 면상을 쓸—쓸— 문대며 연이를 힐끔 쳐다보았다.

"다신 싸움 안 돼요. 응 알겠어……."

놈은 대답도 없이 가만있었다.

"아부지랑 어머니랑 어디 계시지?"

아픈 데를 다그치듯 묻기 어려웠으나 연이는 입을 열었다.

"……."

놈은 못마땅한 눈초리로 연이를 또 힐끔 보는 것이었다.

"그러지 말구 나한테 얘기해봐요 응. 인제부턴 무슨 얘기든 내게 해줌 좋겠어. 날 어머니루 생각하구……."

이번엔 쳐다보지도 않고 숙인 얼굴 그 자세로 디퉁디퉁 포플러가 쭈욱 늘어선 아래 돌 위에 가 앉는 것이었다. 연이도 따라갔다. 바람이 선들선들 불었다. 연이의 치맛자락이 바람에 부풀며 퍼덕였다. 놈은 얼굴과 머리에, 연이의 부풀어 퍼덕이는 치맛자락을 한참 그대로, 오히려 더 가까이 부딪치려는 심사로 가만히 앉아 있었다. 그러다가 "울 어머닌 죽었어." 하고 불쑥 내받았다. 놈이 치맛자락에서 어머니 냄새를 찾아냈음인지. 그러나 그는 아직 아까 교실에 침을 탁 뱉을 때와 꼭 같은 표정과 어조였다. 입가엔 몹시 아니꼬운 조소도 아니요 미소도 아닌 그것과는 머언 거리를 가진, 그러나 웃음 종류이긴 한 무엇을 띠우고 있었다.

"아부진?"

"아부지? 체."

침을 탁 뱉고 먼 산을 쳐다보았다. 본래의 표정이 더 농후해갔다.

"아부지두 돌아갔었나?"

그의 표정이 험악해지자 연이는 좀 공포에 가까운 것을 느끼면서도 다시 물었다.

"아부진 없어. 본대 없어. 울 어머니가 술집 갈보드랬대. 그랬는데 날 낳대. 아부지란 작잔 날 제 아들 아니라구 했대. 갈보하구 살았다는 게 부끄럽다구…… 체 그럴 걸 웨 살긴 살었어 체……." 또 침을 탁 뱉었다. 그러고 다시 말을 이었다.

"울 어머닌 날 고생하면서 혼자 길렀대. 내가 보통학교 삼 학년 때 어머니가 죽었어. 술집에서 죽었어. 난 학교 애들이 첨엔 술장수 갈보 아들이라구 놀리구 했지만. 그렇지만 공불 잘해서 급장이 되니 할 수 있나 체……."

놈은 체라는 말끝마다 침을 뱉었다. (불량한 아이들한테는 으레 이런 특유한 버릇이 한 가지씩 있는가보다고 연이는 알았다. 진호가 "더러워"라는 말을 잘 사용하듯이.)

연이는 그 뒤의 것은 더 묻지 않았다. 묻고 싶지 않았다. 그가 교실에서 "체" 소리와 함께 침을 뱉으며 선생한테 달려들던 연유가 그의 원한스런 과거過去에 있음을 알았기 때문이었다. 연이는 침을 꿀떡 삼켰다. 그러고 이렇게 말했다.

"이것 봐, 인제 내가 어머니가 돼줄 테니 날 어머니처럼 생각해요 응. 내 정말 어머니처럼 해줄 테야……."

아이놈은 고개를 끄떡끄떡해 보였다. 머리를 수그렸기 때문에 입가에 뜬 미소인지 조소인지 모르는 웃음은 보아낼 수가 없었다.

8

아이들은 강대산 선생의 이야기대로 정말 지긋지긋하리만큼 별스러웠다. 진호로 해서 버릇 사나운 아이들을 전혀 모르지 않는 연이로서도 도무지 상상도 이해도 할 수 없이 기가 딱 막히게 되는 때가 많았다.

신입 아동이 들어오는 족족 그것도 제 힘에 부치지 않을 만해 보이면 조용한 구석에 데리고 가서 어떻게든지 그 아이가 보육원에 있고 싶은 마음이 없도록—아버지란 자(성우 선생)가 저희들을 부려먹기만 한다는 둥 허기증이 나서 쓰러지도록 먹이지 않는다는 둥 어머니(연이더러)란 여자가 제 아이만 귀애하고 저희들에게는 몹시군다*는 둥 강대산 선생의 키가 전선주만큼 커서 숭한데 깍쟁이라는 둥 이런 말만 꾸며대어 악선전을 하면서도 도주를 계획해본 일이 없는 놈이 있는가 하면 성패 같은 놈은 언제나 동료들을 선동시켜 언뜩하면 선생들한테 접어들기**와 도망질치기와 또 물건이거나 옷가지거나 이런 것은 두말할 것 없이 때로는 염소 송아지 말 토끼를 끌고 떠나가는 일까지 있는데 그렇게 갔다가도 그것을 팔아먹는지 없애버리고 돌아와선 다시는 안 그런다고 빌기를 수십 차 했으나 일년이 넘도록 그 버릇을 고치지 못했다. 강대산 선생이 지긋지긋하다는 언사를 쓰게 된 것도 이 성패가 주동일지 모르고, 강 선생을 연이가 들어와서 한 달이 채 못 되어 끝끝내 나가게 한 것도 이 성패놈일지 모른다.

강 선생이 나가던 날 아침 일이었다. 그날은 강 선생이 아이들을 거느리고 뒤 언덕 아카시아잎—토끼 먹이 뜯으러 가게 되었는데 언덕길에 금방 올라서자 성패 놈이 강 선생을 발길로 탁 차 넘어트리면서,

---

* 학대하다.
** 대들다.

"이꺼짓 년이 뭐가 어머니야. 아니꼽게 네가 뭐가 어머니야. 갔지두 않은 게……." 하더란다.

어쨌든 놈은 할 수 없는 놈이라는 패가 붙어 있었다. 성우 선생도 이놈한테는 어떻게 손을 써야 좋을지 전혀 몰랐다. 엄해도 보고 유해도 보고 이리저리 특별한 교육방법을 써보았으나 효과가 없었다. 때로는 저만을 방에 불러다가 모든 좋은 소년의 이야기를 해주고 저만을 데리고 거리에 가서 맛있는 것을 먹여주고 감화感化를 줄 만한 영화를 보여주고 했으나 되려 영화 〈소년의 거리〉를 보고 나서는 더한층 도망질 치는 수단과 방법을 교묘히 해서 성우 선생을 아주 실망케 했던 것이다.

성패의 내력을 들으면 그는 어머니 죽은 뒤에 아버지가 재취를 했는데 아버지의 두 번째 데려온 자기를 낳지 않은 의붓어머니가 들어오던 날부터 저를 낳은 어머니 장사 지내던 날 제가 사여死輿 뒤에 따라갈 때 사여에 달린 방울이 딸랑딸랑하던 그 소리가 자꾸만 들리면서 새로 들어온 의붓어머니가 미워지기 때문에 의붓어머니를 때리고 욕하고 하다가 열다섯 살에 집을 튀어나왔다는 것이었다.

연이는 진정 이렇게 별스런 아이들의 어머니가 되고자 어느 아이든 다 똑같이 좋은 아이를 만들 노력과 마음의 준비를 게을리하지 않았다. 정말 그는 진호나 그들을 조금도 달리하지 않으려고 늘 긴장해 있었다. 오줌똥을 헤아리지 않고 뒤추배하는 일쯤은 보통이고 허진영이한테서 가진 돈 삼백 원으로는 새로 작은 의료설비醫療設備를 차려놓고 아이들이 앓는다든지 하면 중하지 않은 병은 자기 손수 치료 간호를 겸해서 밤을 새는 일이 많았고 동화책을 수없이 읽어서 이야기를 원하는 아이들이면 자기 방을 찾아오는 때도 좋고 과수원에서 농원에서 마당에서 어디서든지 들려주고 그들과 같이 김을 매고 노래를 부르고 체조를 하고 식목에 벌레를 잡고 물을 주고 양과 토끼와 말과 송아지와 돼지와 닭의 주선을 해주고 거리에 꽃을 팔러 가는 아이들을 따라갔다가 돌아오는 길이면 전설傳說에 나옴직한 진초록빛의 작은 수레에 아이들이 기뻐할 장난감이랑 과자랑 반찬감이랑을 싣고 오기도 했다. 연이는 아이들 앞에서, 짜증을 내는 일이 없었다. 그들이 이해할 수도 상상할 수도 없이 구는 때마다 기가 꽉 찔리기는 하면서도 그들을 그렇게 만든 것이 사회요 국가요 환경이요 아버지요 어머니라는 것을 날마다 그들과 접촉하는 사이에 더 절실히 깨닫게 되고 보니 짜증을 내려다가도 주춤해버리고 성가셔 하다가도 그들의 슬픔을 거둬줄 자는 성우 선생보다도 또 다른 선생보다도 자기뿐이라 반성하는 것이었다. 그 반성의 정도가 극히 심한 때에 이르면 그 아이들에게 슬픈 운명을 짊어지게 한 것이 자기 자신인 것같이도 생각되었다. 아마 이 심리는 자기가 잘못한 과거過去의 죄과 다시 말하면 진호를 그르친 자가 자기 자신이라는 것을 인식하는 데서 생긴 것인지도 모른다. 그러므로 연이는 진호만이 좋아지기를 바라는 마음은 없었다. 진호와 그들이 똑같이 좋아지기를 바라며 노력했다.

이러한 연이의 마음인 탓이었던지 정말 아이들은 연이가 들어온 지 일 년이 넘지 않아서 본래 있던 아이들이나 새로 오는 아이들이나 교화되는 도수가 빠르다고 성우 선생도 말씀하고, 다른 선생들도 그랬다. 성패가 나아지고 신입 아동이 들어오는 족족 들쑤시던 아이놈이 나아진 뒤부터는 성우 선생이 연이더러 종종 훌륭한 어머니라고 탄복했다.

그 위에 진호는 여전히 모든 아이들 중에 제가 제일 행복되다는 것을 알아채고 처음 한 서너 달 동안은 신입 아동이 들어올 때마다 "여긴 나쁜 선생이 없어. 아부지가 있단다. 얼마나 좋다구그래." 하며 아이들 마음을 붙이게 하던 것이 그 말조차 아주 잊어버리고 그담부터는 그런 말은 전연

없고 수산이가 처음 들어오던 날 자기에게 하듯 거느리고 다니며 온갖 장
난감으로 놀고 얘기하고 말을 태워주고 하는 것이었다. 신입 아동뿐 아니
라 저보다 오래된 아이들한테까지도 그랬다. 수산이나 그 외의 나이 많은
아이들한테까지도 그는 어른이 하듯이 연이나 성우 선생이나 다른 선생
들이 그들을 사랑하고 보호하는 태도와 같은 것을 취하는 때가 많았다.
저도 모르는 사이에 여러 아이들의 부러움의 대상이 되는 것을 깨닫기 때
문이고 또 그가 모든 아이들보다 쉽게 교화되는 것도 전혀 그것 때문인
듯했다. 어쨌든 연이는 유쾌했다. 만족했다. 성우 선생이 말씀한 눈물 없
는 세상이 쉬이 올 것만 같았다. 연이 생각엔 정말 진호와 아이들이 다 좋
아지는 날이면 눈물 없는 세상이 건설될 것이라고 알았다. 그는 그 세상
이 오는 날이면 자기는 사명을 다하는 것이라고 알았다.

9

  그랬는데 밤과 낮이 반복되어 계절이 바뀌는 사이에 두 해가 지나갔을
때 연이는 머리를 옆으로 흔드는 일이 생기게 되었다. 그것은 눈물 없는
세상이 진호와 아이들이 좋아지는 데서만 있을 수 있는 것이 아닌 것을
알았다. 그들이 다함께 천사가 되는 날이 오더라도 자기는 슬픈 것 같았
다. 그러면서 알 수 없는 버릇이 점점 불어오고 본래 가졌던 온갖 생각과
버릇을 잘 잊어버리는 일이 있었다. 그렇게 가엾이 생각되던 아이들이
종종 성가셔지는 때와 진호까지도 귀찮아지는 일은 물론이고 말하기도
움직이기도 싫은 버릇, 분명히 기쁜 것은 아닌데 괜스레 우쭐대고 싶은
가 하면 슬프지도 않은데 울고 싶고 때로는 하늘이 어디로 날아간 것처
럼 허전해서 무엇을 부서지게 터지게 부듯이* 껴안고도 싶었다. 그럴 때

면 진호를 껴안아봐야 쓸데없었다. 그래서 연이는 달빛이 향나무 구부러
진 가지에 미끄러운 밤이거나 부엉새 우는 그믐밤이거나 똑같이 외롭고
무서워져갔다.

그날 저녁은 더구나 성우 선생이 바이올린을 켰기 때문인지 모른다. 성
우 선생은 연이가 보통학교 때부터 읍내서 열리는 음악회나 혹은 예배당
에서 독주하는 일이 있었고 또 예배당 찬양대의 지휘자였다. 그만큼 성우
선생은 음악에 재질이 있었다. 동경 시대에도 그랬으려니와 아메리카에
까지도 바이올린을 가지고 갔다고 했다. 그러다가 보육원을 시작하면서
바이올린을 집어던지게 되었는데 당인리에서 옥수정으로 옮긴 후 아이들
한테 악기를 가르치게 되면서부터 아이들과 같이 다시 바이올린을 시작
했다. 진호가 바이올린을 배우게 된 동기도 여기 있었다.

저녁이면 진호는 바이올린 배우러 가는 수산이를 따라 성우 선생 방에
잘 갔다. 성우 선생은 진호의 어디를 보았던지 작은 바이올린 한 개를 사
주어서 진호에게도 가르쳐주었다. 성우 선생은 바이올린을 다시 시작했
다곤 하지만 늘 아이들 가르치기에만 열중해서 연이가 들어와서 두 해가
되도록 자기가 켜는 일은 별반 없었다.

연이는 생각했다. 이렇게.

성우 선생도 자기와 똑같은 마음이길래 저처럼 바이올린을 켜는 것인
가 보다고. 자기가 성우 선생을 생각하는 것처럼 성우 선생은 자기를 생
각하는 것인가 보다고…….

곡曲은 〈아베마리아〉였다. 멜로디―는 가늘게 굵게 낮게 높게 흐르고
그 여음餘音은 온 우주宇宙의 공간空間을 채우는 듯 아니 우주보다 더 광대

---

* 벅차게.

한 공간이 되어 우주 전체를 싸버리는 듯했다. 연이는 그 여음 속에 아주 잦아드는 것 같았다. 녹아버리는 것 같았다. 정말 연이는 귀耳만이 남은 것 같았다. 그 밖의 것은 다 그 소리 속에 잦아들고 녹아버린 것 같았다.

그러면서도 사념思念은 점점 더 맑아왔다. 성우 선생의 바이올린을 든 그 후리후리한 체격 깊숙한 꿈꾸는 듯한 검은 시선 부드럽고 궁그른 음성이 너무나 또렷이 보이고 들려왔다. 연이는 앉아 있는 방이 참 넓은 것 같았다. 그렇지 않아도 너무 허전함으로 온실溫室 '사키시풀러카'란 작은 화분 한 개를 책상 옆 탁자 위에 놓았는데 그것조차 더욱 작고 하얗게 떨고 있는 것이 처량했다. 그래서 그는 그것을 가져오지 말고 좀 크고 너불너불 색깔 화려한 것을 택했더라면 하는 생각도 났다. 성우 선생 방에 그만 막 달려가볼까 하는 생각도 났다. 마는 어느 날 저녁에도 부리나케 갔다가 아무 소리 못하고 그냥 돌아오던 일을 생각하고 그는 옴짝달싹 못하는 채 가만있었다. 모두들 잘 가는 성우 선생 방이건만 왜 그렇게 가기가 어려울까. 아이들이나 선생들이나 아무 주저 없이 쑥 들어가고 홀 나오고 하지 않는가. 그러긴 고사하고 연이는 보통학교 시절 성우 선생과 마구 이야기하고 그 앞에서 아무렇게나 한 온갖 행동까지 갑자기 부끄러워져서 쥐구멍이라도 있으면 들어가고 싶어졌다. 또 보육원에 오던 날 자기는 어떻게 성우 선생을 그처럼 수월히 그리고 그렇게 오오래 대할 수 있었던가 하는 생각도 났다. 그렇게 수월히 대할 수 있을 적에 자기는 왜 좀더 많은 이야길 못했던가 하는 생각도 났다.

"엄마 왜 그러구 있어?"

진호가 성우 선생 방에서 나오던 길에 들른 참이었다. 그가 문 여닫는 것도 연이는 몰랐다. 연이는 의아해 섰는 진호를 다짜고짜로 껴안았다.

"왜 그랬어? 엄마?"

진호는 여느 때와 달리 눈을 치켜뜨고 멍하니 앉았는 엄마가 궁금스렀던 것이나 연이는 별로 당황한 것은 아닌데 말이 없었다. 그저 더 꼭 진호를 껴안으며 아이 가슴에 머리를 파묻었다. 아이는 점점 더 이상했다. 하긴 종종 엄마가 까닭 없이 저를 껴안고 어쩌고 하는 일이 없지 않아서 한참씩 그러다간 그만두느니라고 이렇게 생각하고 있긴 하면서도 다른 때보다 아무래도 달라 보였다.

"엄마 엄마 눈이 말이야 봉길이가 왜? 그으 전 때 아코디온 켜잖었어? 그때 같애. 인제 나 들어올 때 말이야……."

연이는 그제야 자기가 어느 한 군데를 응시했던 것이라고 깨달았다. 자기들이 들어오던 날 저녁 아코디언을 켜던 봉길이 모양으로.

"그래? 그랬어! 엄마가 왜 그랬을까……."

하고 약간 웃었다. 하나 그 웃음은 몹시 쓸쓸했다. 쓸쓸했건만 진호는 엄마가 웃으니까 안심됐던지 엄마 팔에서 미끄러져 나가며 바이올린을 케이스에서 꺼내었다.

"바요린 집어넣요. 엄마하구 얘기해, 응 진호."

아이는 엄마 말에 신청을 않고 바이올린을 무릎에 얹어 줄을 튕겼다. 연이는 아이가 자기 말을 들은 척도 않는 것은 자기 말소리가 전과 다른 탓이라고 곧 깨달았다. 진호에게 늘 말하던 그런 음성과 어조가 아닌 것이 알려졌다. 그것은 성우 선생 앞에서만 지을 수 있는 음성과 어조가 아닐까 했다. 진호 손에 튕겨지는 멜로디는 뚱당 뚱당. 처마 끝 눈 녹아내리는 낙수소리는 포당 포당! 잘 조화되었다. 낮에까지도 낙수소리는 그렇게 포당 포당 않더니만, 떨어지고 떨어지는 물방울에 땅이 옴팍 패인 모양이었다.

"이봐 진호 아부지 곁에 앉었더랬지?"

연이는 역시 마찬가지로 성우 선생 앞에서만 지을 수 있는 음성과 태도로 진호를 다시 껴안았다. 그러곤 아이의 손과 팔과 또 전신을 골고루 주무르며 숨을 디레그었다. 성우 선생 앞에 앉았을 아이에게서 성우 선생을 느끼자는 것이고 냄새를 맡아보자는 것이었다.

진호는 그래도 대꾸가 없었다. 오히려 엄마한테 사로잡히어 바이올린을 맘대로 다루지 못하는 것이 싫었다.

"이것 좀 놔, 바요린 줄 끊어져……."

"글쎄 그러니까 바요린 있다 함 되쟎어. 아부지가 뭐라구 안 하셔?" 성우 선생은 꼭 자기 말을 했을 것 같았다.

"아부지가…… 응 아부지가 말이지……."

그놈의 바이올린 때문에 또 말이 끊어지고 똥땅 똥땅 똥땅 소리가 계속되었다.

"그래 아부지가 뭐라구 하셨어?"

연이는 아무래도 견딜 수 없었다.

"아부지가 나 훌륭한 사람 되라구 그랬어."

"뭐라구? 어떻게?"

진호는 엄마 말이 바이올린만큼 재미가 없었다.

"진호 아부지가 훌륭한 사람 되라구 그리셨어?"

"응."

"어떤 사람이 되래?"

"나 말이지 아부지 같은 사람 될 테야."

연이는 잠깐 섬찍해졌다. 아이가 "아부지같이 된다"고 말하는 아버지가 누구를 이르는 것인지 모르기 때문이었다. 죽은 아버지를 말함인지 성우 선생을 말함인지. 그렇지 않아도 보육원에 와서 한 번도 느껴보지 않은—그 저녁은 유별나게 아이가 성우 선생을 '아부지'라 하는 때마다 섬뜩섬뜩해올 뿐 아니라 또 자기가 아이에게 성우 선생을 일러 ‘아부지’라 하는 것이 어쩐지 가슴이 두근거려왔던 것이다. 그렇지만 연이는 그 가슴 두근거리는 속에 아이가 성우 선생을 ‘아부지’라 부를 수 있는 제도랄까 풍속이랄까, 어쨌든 다른 대명사가 아니고 ‘아부지’라 부를 수 있는 것을 은근히 다행해하는 심리가 숨어 있는 것도 숨길 수 없었다.

“어떻게 함 아부지같이 훌륭해질까?”

연이는 아픈 데를 어루만지듯 아이 입으로 얼른 ‘아부지’를 구별해놓을 수 있도록 물었다.

“불쌍한 사람 도아주구 그럴 테야. 커서……”

진호는 바이올린 줄 위에 손을 쉬이며 자기의 불쌍한 사람 도와줄 미래의 모양이라도 그려보는 듯 잠깐 멍해 있었다. 연이는 아이의 손을 꼭 잡았다. 아이가 ‘아부지’라 한 아버지가 분명히 성우 선생을 가리킴이라 알았기 때문이었다. 어쩐지 마음 서운한 것을 느끼면서도 또 한편으로는 자기가 죽은 남편을 점점 잊어버리듯 아이도 정말 아버지인 아버지를 기억하지 말았으면 하는 심사도 있었다.

“왜, 바요린 세계 일주 한대드니…… 후렛도처럼 된다구 그러드니……”

다그치기 싫은 말이었으나 연이는 진호가 어느 정도까지 지난 일을 잊어버렸는가 온갖 버릇을 고쳤는가를 알고자 허진영이 집에서 눈발이 유릿문에 히뜩히뜩 날리던 날 자기가 아이를 껴안고 오오래 이야기하던 때 아이가 이야기책에서 본 바이올린을 가지고 세계 일주 하는 푸렛트란 아이와 같은 아이가 되겠다던 기억記憶을 뒤져보았다. 마는 진호는 다 잊어버린 듯,

“후렛또? 그거 뭐야? 난 싫어. 아부지같이 될 테야.” 하며 흥미없어 했다.

"진호! 엄마가 말이야……."

연이는 차마 말이 나오지 않았다. 그것만은 꺼내기가 무서웠다. 진호는 아무것도 모르고 여전히 바이올린을 퉁겼다.

"이봐 진호 엄마가 말이야 아부지하구 웃구……."

또 말은 목 너머로 넘어갈 뿐이었다.

"……."

"진호! 괜찮어? 응."

이번엔 아이를 흔들었다.

"뭐 말이야?"

진호는 약간 짜증을 내었다.

"아부지하구 웃구 얘기해두 괜찮은냐 말이다?"

아이가 짜증내는 틈을 타서 얼른 말해버렸다. 벌〔蜂〕의 둥지를 헤치는 무서움과 주저러움이 있었으나 또 그것을 홀 헤쳐버리려는 심리도 있었다. 그러나 얼른 해버린 때문인지 짜증이 났기 때문인지 진호는 더구나 무슨 소린지 알려 하지 않았다. 연이는 다시 아이를 흔들었다.

"왜 이래. 말 좀 해."

"뭐 말이야……?"

"엄마가 아부지하구 웃구 얘기해두 괜찮으냐 말이야?"

한 번 한 말이라 이번엔 쉽게 나왔다.

"괜찮지 뭐어."

"너 왜 안 된다구 안 했어."

"언제 내가 그랬어?"

"왜 너 그러구서……. 아 참 안 그랬던가. 엄마가 잘못 들었나?……."

연이는 더 캐려다가 돌려대었다. 진호는 잊어버린 것이 분명했다.

진호는 무엇이나 다 잊었다. 그가 그처럼 신신당부하던 말까지 쉽게 잊을 수 있는 사이에 자기는 잊어버린 것은 하나 없이 온갖 버릇을 배우기만 한 것은 진호만큼 순수하지 못한 때문이라고 반성되나 그러나 진호가 자기에게 가장 고초스럽던 그 말조차 잊어버렸다는 것이 너무 반가워 아이를 마구 껴안으며 흔들었다. 그러는 바람에 아이 손에 쥐었던 바이올린 줄 하나가 '쨍그랑' 하고 끊어졌다.

"이게 뭐야. 난 몰라……."

아이가 찡얼댔다. 연이는 그 순간 정신이 홱 돌렸다. 그것은 꼭 영화관 영사막이 끝나고 불이 켜지는 때와 같았다. 그러자 뉘우침과 자책과 두려움과 죄스러움이 막았던 물처럼 가슴속에 디레밀렸다.

"엄마가 잘못했어."

이 엄마가 잘못했다는 연이의 말소리는 그가 지금까지 하던 음성과는 아주 달랐다. 성우 선생 앞에서 지을 수 있는 그것이 아니고 '어머니'의 음성이었다. 떨렸으나 엄숙했다. 정당했다. 낮았으나 힘이 있었다.

"괜찮어. 아부지보고 곤처달래지 뭐."

아이는 연이가 바이올린 줄 끊은 걸 잘못했다는 줄로만 알았음인지 주섬주섬 걷어가지고 일어섰다. 연이는 아이가 제 방에 돌아간 후 낙수 떨어지는 소리의 처량함도 '사키시풀러카'의 외로움도 잊어버리고 밤이 밝기를 기다렸다.

밤이 어서 밝으면 넓은 들과 푸른 하늘과 바람과 태양 속에서 자기의 슬픔을 씻어버리고 오직 진호와 아이들을 위해서 한껏 즐겁게 살리라. 그래서 자기가 잘못한 모든 죄를 대가(品)*하리라 마음먹었다.

---

* 대갚음.

10

그러던 어느 가을 일요일 오후에 연이는 또 슬픈 사실事實 하나를 더 발견하게 되었다. 그러니까 그것이 낙수소리 처량하던 봄도 가고 여름도 지나서 가을철에 들어가서 성우 선생 아버지와 부인과 아이들과 가족이 시골서 보육원 뒤뜰에 이사를 와서 한참 되던 때였다.

일요일이었으나 추수 때라 아이들과 선생들은 죄다 농원에 나가고 몇 아이만이 이부자리 널었던 것을 거두게 되어서 연이는 그 신측*을 하다가, 이부자리 터진 데가 있길래 마당에 자리를 깔아놓고 그것을 꿰어 매고 아이놈들은 이불 거두기보다 짱아**잡이에 더 열심이었다. 연이는 그들이 무엇을 하건 유쾌하기만 하면 그만이므로 터진 데만 부지런히 손질하고 있었다.

그러려니까 짱아잡이에 정신없던 봉길이가 쭉두루 달려와서 연이가 발을 편 이불 밑에 다리를 집어넣는 것이 아닌가.

연이는 이불 속으로 아이놈의 두 발을 발새에 꼭 끼면서

"이 바보가 왔네. 제가 난 곳두 모르는……."

바늘을 멈추고 건너다보며 놀려주었다. 연이가 들어오던 날 저녁에 '아코디언'을 켜며 천장을 응시하던 바로 그 아이였다. 연이는 석고와 같이 움직일 수 없던 그 아이의 내력도 무척 슬프리라 알고 그 뒤로 봉길에게 가는 관심과 주의가 적지 않았다. 그러자니까 봉길이도 또 몹시 연이를 따라서 진호보다도 오히려 연이 방에 드나들고 연이가 가는 곳이면 쫓아다녔다. 그런 까닭인지 천장을 응시하며 '아코디언' 켜는 일은 다시 없

---

* 신칙申飭, 타일러서 경계함.
** 잠자리.

고 명랑해져서 연이가 그에게 아버지 어머니와 고향을 물을 수 있었으며
또 그가 고향도 부모도 아무것도 모른다고 해서 연이는 그를 종종 바보라
고 놀려주는 일까지 있게 되었다. 나이는 열네 살, 성우 선생이 경성역에
서 처음 주운 아이 중의 하나로 성우 선생 말씀을 들으면 부모도 고향도
모르면서 늘 서글퍼하며 시무룩해서 먼 곳을 응시하는 버릇이 많았다고
했다. '아코디언'을 사게 된 원인도 그가 악기樂器 중에 '아코디언'이 제일
좋다면서 자기는 꼭 그것을 배우겠노라고 하기 때문이라 했다.

봉길이가 그렇게 하자 짱아잡이에 열중하던 놈들 전부가 이불 속으로
달려와서 다리와 발을 집어넣었다. 진호도 달려왔다. 다른 아이들과 같이
저도 이불 속에 발을 폈다. 그런데 연이는 웬일인지 바늘에라도 찔린 듯
옷돌했다. 아니 바늘에 찔린 것 같은 그러한 느낌은 아닐 것이다. 연이가
바늘을 손에 쥐고 있으니까 바늘에 찔린 듯 섬뜩했다고 표현하는데 이 표
현은 좀 적절하지 못할지 모른다. 어쨌든 연이는 진호 발이 자기 발과 부
닥치는 순간 옷돌거려 바늘을 딱 멈췄던 것만은 사실이다. 그 시간이 극
히 짧아서 아무런 의식을 갖출 새가 없는 정말 지극히 축소된 시간이었으
나 연이는 그렇지만 진호의 발이 자기 살에 부닥치는 그 순간에 진호의
온갖 것을 다 느꼈다. 보드라운 것, 따스한 것, 살뜰한 것, 자꾸 만져도 더
만지고 싶은 온갖 감촉 그 외에도 얼마든지 있는―진호의 저 깊고 깊은
숨결 속에 숨었을 그 무엇이라 이름할 수 없는 것까지 한꺼번에 모조리
느꼈다.

"요게 뭘까? 요 보들보들한 게……."

연이는 아이 발을 두 손에 꽁꽁 저도 모르는 사이에 주무르며 진호를
건너다보았다. 진호는 간지럽다고 깔깔깔 매삼치다시피 해 빠져나갔다.
연이의 손은 허전해왔다. 뿌듯하던 마음이 풀썩 주저앉았다.

"어머니 요건 내 발이야……."

연이가 서먹해 앉은 것이 안됐던지 또는 제 발도 좀 쥐어뵈고 싶었던지 아이놈 하나가 연이 다리에 제 발을 문지르며 이렇게 말했다. 연이는 그제사 진호만을 아는 체한 자기 행동을 깨닫고 다리에 닿은 발 하나를 잡아 쥐었다.

"오오라 요거야……."

그런데 연이는 진호 발을 잡던 때와 같지 않았다. 부듯한 것도 보드라운 것도 따스한 것도 또 그 외에 얼마든지 있는 무궁무진한―진호의 저― 깊고 깊은 숨결 속에 숨었을 무엇이라 이름할 수 없는 것까지 느끼던 것을 느낄 수 없고 그저 측은스럽기만 했다. 그러고도 오히려 진호 발과 똑같은 체온을 가진 아이놈의 발이 따스하지 못하고 뜨끈해지면서 그 발에 무엇이 묻었을 것 같은 께름칙한 것까지 느꼈다. 의식은 못했지만 봉길이 발을 발 사이에 넣을 때에도 그랬던 것을 그는 새삼스레 깨달았다.

"어머니 이건 내 발이야."

"이건 내 발."

"이거 안야 어머니."

"이것두야 어머니."

각기 제 발을 이불 속에 치켜들고 연이 손에 한 번씩 쥐어뵈이려 했다. 연이는 어느 발인지 모르면서

"오오라 오오라 요거야 요거야." 했다.

아이놈들은 아무것도 모르고 연상 제 다리를 치켜들고 "어머니"를 불렀다.

연이는 문득 한 번도 느껴본 일이 없는 '어머니'라 불러주는 그 아이들 소리가 자기에게 머물지 않고 마당 가득히 줄에 널린 이불들을 껑충껑충

넘어서 짱아가 나는 하늘보다 더 높은 하늘가 저편 머얼리 머얼리로 흩어져가는 것을 알았다.

"이불은 혼자 할 테니 너희들은 농원에 나가요 응. 어머니가 혼자두 넉넉해요."

아이들은 연이의 표정을 어떻게 해석했던지 아무 소리 없이 일제히 농원으로 나갔다.

혼자 남은 마당은 넓기만 했다. 하늘도 넓었다.

전에도 그랬지만 연이는 진호의 바이올린 줄 끊던 이래로 또 성우 선생 부인이 온 뒤로 더한층 자기는 아이들의 좋은 어머니가 된다고 했던 것이다. 되었다고 자신自信까지 가졌던 것이다. 그것은 연이가 성우 선생한테 가는 마음을 누르면 누를수록 점점 더해가는 것과 함께 아이들을 생각하는 마음도 거기 따라서 더해갔기 때문이었다. 즉 성우 선생을 생각하고 난 다음 시간은 반드시 그 뉘우침이 있기 때문이었다. 뉘우치는 순간엔 언제나 그는 넓은 들과 푸른 하늘과 바람과 태양 속에서 진호와 그 아이들의 참된 어머니가 될 것을 굳게굳게 맹세했으니까.

그랬는데 이제 와서 연이는 아무러한 자신도 힘도 위안도 다 없어졌다.

그래서 바늘을 집어던지고 일어섰다. 이름할 수 없는 공포와 적막이 조수처럼 몰려들었다.

"왜 그러구 있어?"

그러는 때 등 뒤에서 이런 소리가 들렸다. 연이는 놀란 듯 머리를 홱 돌렸다. 성우 선생이 와 서 있었다. 연이는 당황했다. 항상 그이 앞에서는 당황한 것이지만 그것과는 다른 죄스러움에서 오는 당황함이었다.

"선생님 아니…… 어떻게……."

말이 허둥지둥 빗나왔다.

"애들이 나가서 어머니가 아픈가 부드라구 하길래 들렀지. 어디가 아퍼? 저런 대단한 게군…… 땀까지 났네……."

"……." 연이는 말을 못했다.

"왜 그래? 얼굴이 파아래서…… 애들두 이상해 날더러 자꾸 가보라겠지……."

"선생님!"

성우 선생 말이 끊이자 성우 선생 먼지와 지푸라기 부서진 것이 얹힌 어깨 근방을 보며 연이는 이렇게 불렀다. 불러만 놓고 말이 얼른 나오지 않아서 머뭇거렸다.

"왜 말 못할 일이 생겼어?"

연이의 머뭇거림을 살핀 듯 성우 선생은 얼굴을 내려다보았다.

"전 여길 그만둬야겠어요…… 아무래두 선생님 뜻을 받들 수 없을 것 같습니다. 눈물 없는 세상은커녕 저 때문에 되려 눈물 많은 슬픈 세상이 되구 말 것 같아요. 전 오늘 또 한 가지 슬픈 사실을 발견하게 되었어요."

연이는 고개를 툭 떨어트리며 말을 끊었다. 목이 꽉 쟁겨오기도 하려니와 이야기를 어떻게 해야 할지 몰랐다.

"또 뭘 가지구 그래?…… 연인 암만해두 공연히 슬퍼하는 버릇이 있는 것 같아. 슬프거니 생각함 자꾸 슬퍼지는 거야. 내 보육원 들어오던 날두 말했지만 그 새므륵해지는 버릇이 그동안 불우한 환경 속에 버쩍 자라나서 자꾸 슬퍼하는 것 같아. 그런데…… 대체 슬픈 일이란 뭐야. 어디 한번 말해봐요."

침착하고 나직하니 타이르며 하는 말이나 연이는 성우 선생이 자기의 그처럼 크고 절박한 슬픔들을 몰라주는 것이 또한 슬펐다. 그러나 한편으로는 가장 절박하고 큰 자기의 슬픔이란 것이 자기가 불완전하기 때문에 생기는 것인가 보다고 성우 선생처럼 완전할 수 없어서 그러는 것인가 보다고 생각도 들었다.

정말 연이는 성우 선생이 몹시 생각되는 때면 밤이 밝으면 넓은 들과 푸른 하늘과 바람과 태양 속에서 이이들만을 사랑하겠다는 마음을 가지기도 하지만 밤이 밝으면 성우 선생 앞에 자기 마음을 모조리 하소하리라 이렇게 결심하는 때도 있었다. 그러나 말을 한번 못해본 것은 다른 무엇무엇 연이가 항상 성우 선생에게 가는 모든 자기 마음을 누르려는 그 여러 가지 '조건'보다도 성우 선생이 너무 거룩해 뵈고 신성해 뵈고 진정 아이들만을 살뜰히 생각해가는—자나 깨나 먹으나 일을 하나 언제나 아이들과 함께 살아나가는 그 침착하고 무거운 태도와 말없는 침묵이 두려웠기 때문이었다.

"제가 부족해서 그런 줄 잘 압니다. 그래서 아이들을 사랑하지 못했습니다. 그걸 오늘사 알았습니다."

연이는 말을 더 계속하려다가 머리를 숙였다. 한층 더 풀이 없어졌다. 눈에서는 금방 눈물이 주르르 흐를 것 같았다.

"뭐가 어째서 그래? 왜 자꾸 그러는 거야……."

성우 선생 말소리는 좀 커졌다. 연이는 성우 선생 음성이 높아지자 뭐가 어떻게 됐는지 모르게 어리벙벙하던 정신이 핵 돌리며 저도 모르게 말이 줄줄 나왔다. 그래서 조금 전에 발견한 슬픔의 전말을 그는 하나도 빼어놓지 않고 모조리 이야기할 수 있었다. 그러고 나선 또 한 번 "제가 부족하기 때문입니다. 그렇지 않으면 왜 진호와 똑같이 작고 귀하고 따스한 개들 발에서……." 하고 말을 끊었다. 연이의 말이 끝난 후 성우 선생은 한참 말없이 잠잠해만 있다가 다음과 같이 말했다.

"연이 잘 알았어. 그걸 개들을 사랑하지 않아서 그러는 거라구 생각해선 안 돼. 그게 아냐. 연이 말대루 연이가 진호 발에서 깊고 깊은 숨결 속에 숨었을 온갖 것까지 느끼면서 개들 발에선 측은하면서도 아무것도 못 느끼구 되려 께름칙한 것을 느낀 건 그건 하는 수 없는 일이야. 그게 당연한 일이야. 떳떳한 일일지도 몰라. 뭐랄까 해설이나 설명으로 연일 이해시켜낼 수 없을지 모르지만 어쨌든 태고太古 때부터 모든 여성들이 아니 인간人間들이란 편이 낫겠군…… 모든 인간들이 자기의 피를 가른 자식子息이 아니면 즉 혈육이 아닌 데선 연이와 똑같이 아무것두 못 느꼈을 거라고 나는 믿어. 한 생애를 가엾은 아이들을 위해서 자기를 완전히 희생한 페스탈로치까지두 그랬을지 몰라. 그랬으리라구 믿어…… 그러니까 평생을 부모의 사랑 그 혈통이 아니군 알 수 없는…… 느낄 수 없는 그러한 신비한 걸 도무지 모르구 살어갈 개들이 가엾다는 거지 불쌍하단 거지…… 그러니까 우리가 개들을 더 사랑하구 더 훌륭히 길러야 하잖아…… 내 보건댄 연이가 개들 사랑하는 거라든지 교육하는 방법이 조금두 부족하다구 생각잖어. 애들을 진정 사랑하는 태도가 옆에 사람까지 감화感化를 준다구 여러 선생들두 다 그러는데…… 곽 선생은 요만저두 말씀하셨지만, 강대산 선생을 애들이 어머니라구 부를 땐 부자연했는데 연인 도모지 안 그렇다구 하시면서 애들 교육하는 방법두 스스루 썩 잘 고안考案해낸다구 탄복했어. 내 보게두 그런데 그건 본래 연이 마음이 착하기두 하지만 진호루 해서 많이 생각하기 때문에 그렇다구 봐…… 정말이지 보모가 지금 몇 사람이든 필요하지만 애들이 강대산 선생한테 하듯 할까봐 초빙 못하는 거야. 꼭 연이와 같은 사람이 있으면 좋겠지만…… 인제 들오는 보모는 웬만치 잘해가지군 애들 마음을 만족케 못할 테니까…… 강 선생한테두 애들이 연이가 들온 댐부터 버썩 더 했으니까…… 연이가 만약 개들 버리구 간다구 해봐. 개들은 더 가엾고 더 슬플 거 안야. 연이두 개들 슬프게 하긴 싫겠지. 내 보기엔 연이가 전보다 더한층 개들을 사랑하리라 믿어져…… 연이가 지금 말한 그런 개들의 운명적인 슬픔을 발견하길래서 연이두 개들이 더 가엾구 더 슬프게 생각될 테니까……. 고마워. 정말 그건 연이가 개들을 진정 사랑했단 증거證據라구 난 보겠는데…… 그런 발견은 아무나 못하리라구 믿어져. 제 아이 귀한 줄 아는 건 보통 있는 누구나 가진 본능이지만 제가 안 낳은 남의 자식을 제 아이와 똑같이 느낄 수 없다구 해서 그처럼 비통해하는 사람은 연이 외에 몇 사람 있을까 의문이야. 연이 아무 말두 말구 우리 그 가엾은 것들을 더 사랑하구 더 훌륭히 기를 노력을 하자구…… 개들이 하루하루 즐겁게 살구 좋아짐 그게 눈물 없는 세상인 거야."

성우 선생의 기인 말씀이 이었다 끊었다 하며 계속되는 사이에 연인 이름 모를 공포와 적막이 더러 걷어지고 그와 함께 누구에겐지 모르게 죄스럽던 마음도 덜어져버렸다. 그것이 성우 선생이 아니었더라면 그렇지 않았을 것이다. 그 위에 또 성우 선생은 아이들이나 선생들 앞에서처럼 존칭어를 쓰지 않고 삼가는 일도 꺼리는 일도 없이 옛날과 같이 정다운 시선과 부드러운 음성으로 대해주기 때문이었다. 그러나 연이는 그것으로 완전히 가벼운 마음일 수는 없었다. 되려 그렇기 때문에 그것 외에 또 하나의 성우 선생 때문에 가지는 슬픔이 납덩어리처럼 가라앉았다.

"선생님!"

연이는 성우 선생을 또 무겁게 불렀다. 성우 선생도 무겁게, 그러나 눈으로 대답해주었다.

"아무래두 전 선생님이 말씀하시는 눈물 없는 세상이 아이들이 즐거워하는 데서만 있을 것 같잖어요. 전 들던 날은 아무것도 모르구 선생님의 말씀대루 그렇게 하겠느라구 했지만 그렇게 될 줄 알었지만 생각하는 대

루 노력하는 대루 될 줄 알았지만…… 힘으루두 이론으로두 어찌할 수 없
는 일이 얼마든 있는 걸 어떡합니까……."

"글쎄 지금까지 내 말하지 않았어. 그런 그 인간의 힘으루 어찌할 수
없는 슬픔은 운명이니까 그대루 버려두구…… 그 호흡呼吸 속에 밴 슬픔
이야 하는 수 없잖아. 운명이라기보다 그건 하느님의 법규法規랄까, 그건
언제나 남어 있을 슬픔이거니만 알구 전대루 전보다 더 개들을 즐겁게 해
줌 되잖아. 생각해야 끝나지 않을 건 거저 덮어두라구……."

성우 선생은 연이의 말을 못 알아들었다. 연이는 자기 마음을 모르기
때문이라 깨달았다. 아직도 아이들의 슬픔을 이야기하는 줄만 알았다. 연
이는 다시 "선생님"을 불렀다. 소리가 떨렸다.

"선생님은 제 말을 못 알아들으십니다. 지금 제 하는 말씀은 애들 슬픔
을 말하는 게 안애요. 애들은 선생님 말씀과 같이 운명적이거니 하느님의
법규거니 하고 전보다 더 사랑하겠어요. 그런 자신두 지금 생기구 신념두
생겼어요. 그렇지만 그 외에두 세상엔 슬픈 일이 한두 가지가 아니란 말씀
이에요. 힘으루두 어찌할 수 없구 이론으루두 어찌할 수 없는…… 전 여기
올 때까진 선생님 말씀을 좇겠느라구 약속할 때까진 아무것두 몰랐어요.
진호만이 나아짐 아무 고통두 슬픔두 없을 줄 알았어요. 그랬는데……."

말을 채 마치지 못했다.

그 뒤에 남은 말은 해낼 용기가 없었다. 침묵이 계속되었다. 그래도 하
늘은 여전히 높으고 구름이 흐르고 짱아는 날랐다.

"연이!"

본래 남의 말을 듣고 얼른 대답하는 성질이 아니지만, 그사이는 참으로
오래였다. 연이는 고개를 조용히 들었다. '연이' 하고 부르는 그 소리가
전신에 전광처럼 퍼졌으나 가슴과 다리가 떨렸으나……

"그걸 신의 시련이라구 알밖에 없지. 신이 인간을 착하게 진실하게 아름답게 만들기 위해서 보내준 시련이라구 알라구. 사람에겐 병과 가난과 죽음 외에두 슬픔과 괴롬이 얼마든지 있는 거야. 연이가 말한 여기 애들과 같은 운명적인 것두 있을 게구. 또 뭐랄까 거저 슬픈 것…… 이런 건 아무나 알기 어려운 슬픔인데…… 그렇지만 모든 슬픔 중에서 가장 더한 것인지두 모르지. 애들의 슬픔이 영원히 가지 않는―사람의 호흡과 같이 깊은 데 숨어 있는 것과 마찬가지루 우리 인간에게서 영원히 떠나지 않는 슬픔…… 또 그 밖에두 여러 가지 슬픔이 있겠지…… 어쨌든 어떤 슬픔에 지는 사람은 아무것두 모르는 사람이야. 가슴이 터지두룩 아프고 목이 메는 그런 슬픔 속에서 괴롬 속에서 환희歡喜를 발견할 줄 아는 사람이래야 착한 것두 아름다운 것두 진실한 것두 아는 사람이야."

여기까지 이야기가 왔을 때 '아부지'를 부르며 들어온 아이가 있었다.

성우 선생은 연이보다 더 빨리 돌아다보았다. 침착하고 좀 느린 편이었으나, 아이들 앞에선 언제나 민활하고 또 명랑했다.

"아부지 나오시래. 애들이 일 안 하구 싸우기만 한다구……."

성우 선생은 이야기하던 것 같잖게 연이에겐 다시 한마디 말없이 아이들을 따라 훌훌히 나갔다.

연이는 자세를 조금도 못 변한 채 멍멍해 있었다. 입은 약간 벌리고 눈은 멍―하고 다리와 팔은 도무지 제자리에 들어맞지 않게 엉벌리고. 곁에서 보는 사람이 있다면 꼭 얼이 빠졌다고 할 것이리라.

포플러 나무 잎사귀가 와시시 떨어져 머리와 어깨를 스치고 내려졌다. 그제사 연이는 자기가 아무 분간도 없이 혼자 서 있는 것을 알았다. 그는 머리를 마구 좌우로 흔들며 다음과 같이 중얼거렸다. 성우 선생은 내 말을 못 알아들었다. 내 맘을 모른다. 날 조금치두 사랑하지 않는다. 그러길래 그렇게 아이들 손을 붙잡구 내달리다시피 훌훌히 나간 것이 아니냐.
나 같으면 애들 먼저 내보내구 오래오래 온갖 얘길 할 건데…… 얘길 안
하구 그냥 그저 바라만 봐두…… 아무 말도 없이. 성우 선생은 내가 자길
생각하듯 생각하지 않는다. 반만도 못하다. 반은커녕 십분지 오도, 아니
십분지 이도…… 아니 조금도 사랑하지 않는다.

농원에서 들려오는 아이들 노래소리가 높아지지 않았더라면 연이는 언
제까지 이런 생각에 사로잡혀 있었을 것이다. 그는 노래가 크게 요란하게
들려오자 성우 선생이 나갔기 때문이라 곧 알았다. 그러곤 성우 선생은
역시 그 아이들의 '아버지'가 되는 것밖엔 도리가 없는 것이라 깨달았다.
그저 아무 말 없이 빨리 나간 것도 그 아이들 때문이고 자기의 슬픔을 몰
라도 그것이면 그만이라 깨달았다.

하지만 그렇다고 연이 자기의 슬픔이 가버리는 것은 아니었다. 오히려
그는 아까 아이들이 나간 뒤보다 더한 공포와 적막이 몰려드는 것을 알았
다. 크게 한번 소리를 쳐보고 싶었으나 자기의 외치는 소리가 그 아이들
의 '어머니' 소리보다 더 머언 데 하늘로 흩어질까 봐서 아무 소리도 없이
정말 숨결까지 죽여가며 가만히 앉아버렸다. 앉아서 조용히 이렇게 괴롭
더라도 자기는 두견새와 같이 착해질 수 있다면, 말[馬]과 같이 진실해질
수 있다면, 동류冬柳와 같이 아름다울 수 있다면, 그래서 눈물 없는 세상
을 건설할 수 있다면 하고 생각했다.

연이가 무릎을 꿇고 손을 마주 잡고 머리를 숙이고 눈을 감고 한참씩
앉아 그의 신이 무엇인지도 모르면서 비는 버릇은 이날부터 시작되었던
것이다.

―『천맥』, 수선사, 1948.

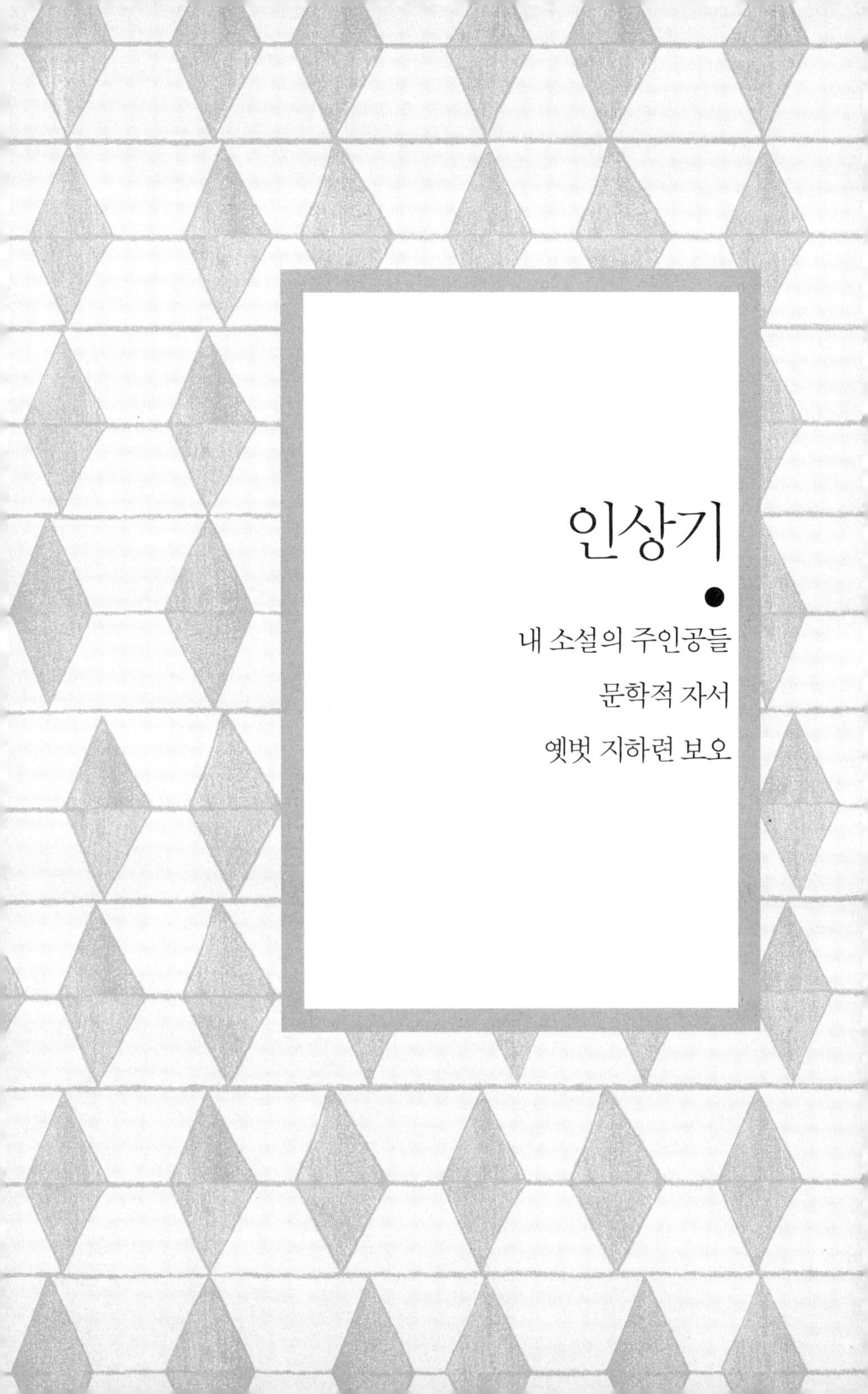

인상기

내 소설의 주인공들
문학적 자서
옛벗 지하련 보오

내 소설의 주인공들

―어머니일지도 모르고 나 자신일지도 모른다

최정희

모델이 꼭 있는 것도 아니다. 그렇다고 전혀 없는 것도 아니다. 울타리 밑을 지나는 사람의 대화 한마디에서 어떤 인물이 훌쩍 떠오르는 일도 있어서 이 인물이 소설의 주인공이 되는 수도 있다. 가장 최근작인 「정적일순靜寂一瞬」의 주인공은 내 어머니일지도 모른다. 혹은 나일지도 모른다. 마지막 노파가 아들딸들을 생각하고 굳은 땅을 찍어 헤치며, 강낭콩을 심는 장면에 이르러선 꼭 내가 호미를 쥐고 땅을 파는 듯한 착각을 느꼈던 것이다. 나는 분명히 내 손에 호미를 쥐고 있는 내 모습을 보았던 것이고, 땅을 찍어 헤치는 호미 소리를 들었던 것이다.

「지맥」, 「인맥」, 「천맥」의 주인공이 작가 자신인 줄 아는 사람들이 많다. 「지맥」이 발표되던 당시에도 그렇게 생각하고, 어떤 이는 평필評筆에서까지 그것을 밝힌 일이 있었다. 요새도 그렇게 무식한 평론가와 작가들이 있음을 보게 된다. 또 어떤 독자 한 사람은 소설의 주인공처럼 내가 가정교사로 있는 줄 알고 어느 날 우리 집으로 나를 데리러 온 일도 있다.

"여기서 고생하지 말고 나와 같이 이 집을 나가십시다. 인제부터의 선생님의 생활과 아이들은 저 자신이 맡겠습니다."

그는 이렇게 말하며 나를 이끌고 나가려고 하는 것이었다. 아무리 아니라고 타일러도 듣지 않아서 남동생이 완력腕力으로 쫓아내었다.

그는 「지맥」의 주인공에게 무척 동정했던 것이다. 실상 「지맥」의 주인공은 실재인물이 있긴 있었다.

내 아는 이의 한 분이 남편이 세상 떠난 뒤에 사생아인 어린 것들을 데리고 고생하는 모습에서 힌트를 얻은 것이다. 「인맥」은 북으로 넘어간 M씨를 무척 사모하던 마산 여인에게서 힌트를 얻은 것이다.

때로는 자연의 움직임 속에서 소설의 주인공을 찾게 되는 일도 있는 것이다. 짙은 녹음이 바람에 고갯짓을 마구 하며 출렁거리는 것을 목격했을 때, 몹시 즐거운 인물을 생각할 수도 있고 또는 몹시 슬퍼서 몸부림을 마구 치는 인물도 생각할 수 있는 것이다.

「바람 속에서」와 「아기별」 등은 고갯짓하는 나무를 쳐다보던 날부터 상을 다듬은 것이다.

「천맥」의 주인공들도 실재인물이 아니다. 내가 여기자로 있을 때 옥수동에 있는 고아원을 방문한 일이 있었다. 그것이 한여름이었다. 고개를 넘고 내를 건너고 골짜구니를 뚫어 산길에 올라섰더니, 누연히 터진 터전 위에 고아원 건물이 내려다보이고 그 근방에서 원아들이 염소를 먹이고 있는 것이 보였다. 그때 나는 소설이 어떤 것인지 잘 모르면서 소설을 만들어보았으면 하는 충동을 느꼈다. 이것도 나 자신의 이야기인 것같이 알고 있는 사람들이 있으나 나는 굳이 변명을 하지 않는다. 왜냐하면 내가 쓴 모든 소설의 주인공이 '나'일 수도 있고 '나' 아닐 수도 있기 때문이다.

1958. 2.

―『젊은 날의 증언』, 육민사, 1962.

문학적 자서自叙

최정희

남들은 내가 기자 노릇을 시작하면서 문학을 한 것같이 알지만 실상 내가 문학을 하게 된 것은 그 뒤 썩 지나서 전주 감옥에 가 있을 무렵부터 싹트기 시작한 것이다.

이른 봄날이었다. 아침마다 하는 운동시간에 그날도 나는 십오 분간의 운동을 하기 위하여 여간수의 어쩔 수 없는 감시하에 마당으로 나왔었다.

벽돌 담장이 몹시 높게 둘리운 울안에 시멘트 바닥이 매우 굳게 다져진 마당이었다.

이런 마당을 나는 어느 날이나 혼자서 돌곤 했다. 다른 잡범들은 한데 다 같이 운동을 시키면서 나만은 따로 시켰던 것이다. 내가 대단한 사상범이나 되는 것처럼 알고 있기 때문이었다.

한 칠 분가량 돌았을까. 시멘트 굳은 바닥이 가늘게 갈라진 틈새로 지극히 작은 풀 한 포기가 싹을 올려밀고 있음을 발견했다.

가슴의 피가 딱 멈추는 것 같았다. 정신이 아뜩해지는 것을 깨달았다. 그 자리에 쓰러질 것 같아 나를 주체할 수가 없었다.

"어쩌나."

앓음소리를 내쉬면서 발을 멈췄다. 들창으로 들이미는 꼭 하나의 별을 발견하던 날 밤에도 이런 앓음소리를 쳤던 것이다.

쓰악싹 쓰악싹 내가 신고 있는 '조오리' 소리마저 딱 끊기니까 마당 안은 그저 잠잠하다. 높은 울타리 안이어서 더 했다.

여간수가 어디 아프냐고 물었다.

아프다고 대답했다. 아픈 것 이상으로 나는 더 어쩔 도리가 없었던 것이다.

십오 분간의 이 운동시간이 짧다고 좀 더 연장해달라고 하던 내가, 그날은 내 쪽에서 그만두고 들어가자고 여간수에게 말했다.

들어가면 햇볕도 없이 춥고 을씨년스런 아무도 없는 감방에 꿇어 앉아 있을 뿐인 것이다.

그렇더라도 들어가는 것이 나을 것 같았다. 내가 신은 '조오리' 소리와 시멘트 바닥이 약간 갈라진 데로 올려미는 작은 풀과 그리고 날마다 더 부드럽게 부는 바람과 또 밤이면 들창으로 들이미는 꼭 하나의 별과 그리고 나, 오래전부터 한집안 식구처럼 연결되어 있는 것이 아니던가고 깨달았다.

그 뒤로는 줄곧 가슴이 답답하기만 했다. 가슴이 답답한 증세 때문에 그렇게 기다려지던 밥까지도 잊어버리고 지낼 수 있었다. 밤에도 이 증세는 낫지 않았다. 들창으로 들이미는 꼭 하나의 별 때문에 더 심할 정도였다.

며칠 밤과 낮을 앓는 사람처럼 지나다가 누가 일러주었는지 모를 어떤 소리를 들었다.

……너는 문학을 해야 할 여자다. 너를 구원할 길은 문학밖에 없다.

누구의 소린지도 모르는 이 소리는 내게 해열제와 같은 것이었다.

몹시 나던 열이 해열제로 해서 나을 때처럼 가슴 답답하던 증세가 차차 나아버렸다.

한 장의 원고도 쓰지는 않았으나 내 문학의 출발은 이날부터 시작되었다.

옥에서 나온 뒤에도 거진 일 년 동안을 아무것도 못 쓰고 그냥 있었다. 쓰기가 겁이 났다. 전에 썼던 것들을 찢어버리고 태워버리고 하면서 새 것을 기다리고 있었다. 그러다가 처음으로 「흉가凶家」를 썼다. 전에도 소설 몇 편을 쓴 일이 있지만 나는 이것을 나의 처녀작으로 한다. 문학이 즐겁고 또 괴로운 것을 이때에사 비로소 알았다.

「흉가」와 같이 쓰인 것이 「정적기靜寂記」다. 「정적기」는 소설로서 쓴 것이 아니다. 그때의 괴롭고 아픈 나의 생활을 일기로서 쓴 것이다. 이것이 《삼천리》 문학지에서 소설 대접을 받게 되었기 때문에 나의 첫 작품이라고 아는 분들이 있다.

이 두 편의 글을 나는 자하문 밖 집에 살 때 썼다. 감나무 밭이 뒤에 있었다. 뒤에 있었다기보다 집이 감나무 밭 속에 들어앉았다는 편이 옳을 것이다. 감나무 밭 속엔 배나무도 몇 주 있었다. 배꽃이 그처럼 희다는 것을 거기서 알았다. 앞산에서 뻐꾸기가 성악스레 우는 날이면 배꽃의 하얀 냄새가 한층 가슴에 와 부딪치는 것이었다.

「흉가」가 《조광朝光》 지에 발표되자 우리는 이 집에서 쫓겨났다. 집주인의 형과 형수와 그들의 아들이 줄곧 와서 떠나라는 것이었다. 집주인의 형수는 날더러 '젊은 여자가 무슨 할 짓이 없어서 남의 집을 흉가를 만들어놓느냐?'는 것이었다. 산에서 옮겨다 심은 초화들을 마구 뽑아버리면서 이런 욕설을 퍼부었다. K씨가 어느 산에서 짊어지고 와서 심어준 진달래나무까지도 함께 뽑아버렸다.

이 집에서 옮기게 되자 내수동으로 옮아갔다. 새 한 마리 앉을 데 없는 초라한 집, 방 한 칸을 빌려 들었다. 도배나 장판도 하지 않고 남 살던 데서 그냥 살았다. 나는 이 집에 와서도 몸과 마음이 고달파 누워 있기만 했다. 누워서 보이는 꼬불꼬불한 산길만이 나에게 위안을 주었다.

마당에 꽃 한 포기 심지 않았다. 심을 데도 없었다. 이 집에서 쓴 글로서 기억되는 것은 「길」이란 콩트뿐이다. 꼬불꼬불한 산길을 걸어서 그리운 이가 와줄 것 같은 마음을 줄곧 가지고 있는 소녀를 이야기한 것이었다.

여기서 반년도 못 살고 또 이사를 하게 되었다. 신당동에 고향 분이 지어서 파는 집에 연부*로 들었다. 이 집에서 「지맥地脈」, 「인맥人脈」, 「천맥天脈」을 썼다. 「지맥」, 「인맥」은 《문장》에 실리고 「천맥」은 《삼천리》 지에 연재되었다.

이 소설들을 쓸 무렵엔 문학이 어려운 줄을 몰랐다. 소설을 어떻게 써야 한다는 것도 몰랐다. 가슴에 가득 차 있는 것을 쏟아놓아야만 시원할 것 같아서 쓴 것이다. 이 가슴에 가득 차 있는 증세는 새벽에 잠이 훌쩍 깨기만 하면 생기는 것이었다. 「지맥」을 시작하던 날 새벽에도 그래서 붓을 들었다.

새벽에 눈을 훌쩍 뜨니까 무엇인가 모를 감정이 가슴에 가득 차 있었다. 답답했다.

원고지와 펜을 갖추어 들고 쓰기 시작했다. 아침도 먹지 않고, 점심도 먹지 않고, 저녁도 먹지 않았다. 그것이 다 끝나기까지 아무것도 먹지 않았다. 먹지 않아도 배가 고프지 않았다.

지금 생각하면 신기하기까지 하다. 사백 자 원고지로 백 장이 넘는 원고를 어떻게 하루에 끝냈는지 모를 일이다. 그때의 나는 쓰기 시작하면

---

* 물건 값이나 빚을 일정 금액으로 나누어 해마다 나누어 내는 일.

끝을 맺어야 일어서는 줄 알았다.「인맥」도 그렇게 썼다.「천맥」은 다르다. 삼천리 사에 있을 때 같이 있던 박계주朴啓周 씨가 일은 안 하고 줄곧 돌아다니는 내가 미웠던지,

“그렇게 놀지만 마시구 연재소설이나 하나 쓰시지.”

했다.

“그럼 쓰지요.”

나는 박계주 씨에게 쉽게 대답하고 그날인지 그 뒤 며칠 있다였는지 분명치는 않으나, 편집실 책상 위에서 소설을 쓰기 시작했다.

몇 회를 계속했던지는 모르겠으나 언제나 편집 마감날이 다 되어서 쓰곤 했다.

이렇게 나는 소설이 어렵다는 생각을 하지 않고 소설을 썼다. 신당동, 이 집에서도 오래 살지 못하고 떠난 관계로 여기서 쓴 소설로서 기억되는 것은 이상 세 편, 신문 연재의 장편소설을 두 번 써보았다.「녹색의 문」과 「그와 그들의 연인」이었다. 어느 것이나 실려주는 편에서 재미가 없다고 말해서 끝날 무렵 해선 늘 후닥닥 마치곤 했다. 그러한 불쾌한 일을 두 번 씩이나 당하고 나니 이젠 신문에 장편 연재할 생각이 없다. 즐겁지 않은 일을 할 필요가 없는 것이다. 어떤 이들은 좀 어떻게 해서 좀 어떻게 잘 살 도리를 해보라고 하지마는, 좀 어떻게 해서 좀 어떻게 잘 살 도리를 하기보다 이대로 사는 것이 즐겁다면 이대로 살 밖에 없는 것이다.

가난하고 평탄치 못한 길을 걸어오면서…… 나를 구원할 자는 하느님도, 부처님도, 마리아도 아니고 나 자신임을 안 것뿐이다.

1959. 3.

—『젊은 날의 증언』, 육민사, 1962.

옛벗 지하련 보오

최정희

현욱現郁, 예전과 같이 현욱이라 부르겠소, 지하련으로 불러본 적이 없으니 말이오. 보고 싶소. 당신이 창신동에 살고 내가 신당동에 살 때 우리는 하루도 거르지 않고 서로 오고 가고 했지? 나는 밭두렁 지름길이 좋아서 늘 그 길을 걸어 당신 집을 찾아갔었지? 그 밭두렁 길에 내려 퍼붓던 햇빛, 치맛자락, 머리카락을 마구 흩날려주던 상쾌한 바람.

모두 그립구료.

내가 당신 집 문을 두드리면 당신은 서늘한 눈에 빛을 반짝 보이고선 '희가 왔어' 해서 나의 내방을 번번이 부군에게도 알려주며 반가워했지?

부군이 숙청 당했다는 소식도 듣고 그의 친구요, 또는 나의 친구이던 여러분도 없어졌다는 소식을 들었소. 그래 그이가 없어진 뒤에도 거기서 살맛이 나요?

당신이 나를 무릎에 눕히고 눈썹을 밀어주던 일, 눈썹을 가늘게 밀어주고 무녀巫女와 같이 요염하다고 좋아하면서 이제 앞으로도 늘 밀어줘야 하겠노라고 그래서 희의 본연의 자태를 보여줘야 하겠노라고 제법 어른인 체 뽐내던 일도 생각나는구료. 무릎을 통해 오는 체온이 따사롭던 일은 더 잊을 수가 없구료.

육·이오사변 때 서울에 오신 부군을 문학가동맹 정문 앞에서 만나 뵙고 당신의 안부를 물었죠. 그러나 '부인 안녕하세요?', '부인이 글이랑 쓰십니까?' 겨우 이 두 마디를 물었을 뿐이오. 참으로 오래간만에 또 간절히 알고 싶던 당신의 안부를 이것밖에 묻지 못했던 내 마음은 서글프고 허전하기 짝이 없었소…….

사사로운 것을 물어도 괜찮을까?

더 물었다가 대꾸나 해주지 않으면 어쩔까?

이런 주저로운 생각이 앞을 막아서 그만 그래 버렸던 것이오. 마음을 탁 터놓고 무슨 말이건 다 할 수 있던 우리들 사이를 누가 이렇게 가로막아 놓았단 말이요? 하루를 안 보아도 궁금증이 나서 못 견디어 하던 우리들을 왜 이렇게 앞뒤에 갈라놓고 애타게 한단 말이요?

누구를 탓하거나 원망할 것도 없이 누구를 내세울 필요도 없이 오직 우리 서로의 힘을 모아서 우리 사이에 가로놓인 이 장벽을 물리쳐보고 싶구나. 그래서 북에서 남으로, 남에서 북으로 옷자락 흩날리며 춤추듯 서로 오고 가고 하자꾸나. 탁 트인 이 땅 위 어디서나 마음 놓고 우리 서로 얼싸안고 하하하 크게 웃으며 살자꾸나.

우리뿐이겠소? 남북에 갈라져 있는 어버이와 아들, 남편과 아내, 형과 아우, 연인과 연인, 무수한 비극의 주인공들이 있다는 사실을 현욱이도 똑똑히 알고 있겠지?

북에 간 아들과 딸을 기다리며 해마다 그들이 잘 먹던 강낭콩을 심는 늙은 어머니가 이 남쪽 땅에 있다는 사실을 알고 있겠지? 강낭콩은 해마다 꽃을 피우며 자라서 열매를 맺건만 아들과 딸은 돌아오지 않는구료.

북에 끌려 간 아버지의 낡은 옷자락에 얼굴을 파묻고 아버지를 부르며 흐느끼는 어린 자식이 이 남쪽 땅 위에 무수히 있다는 사실을 알고 있겠지? 어린 자식은 아버지의 낡은 옷을 빨게도 못하고 거기서 아버지를 느끼며 만지며 아버지를 기다리고 있다오.

북에 끌려 간 남편이 돌아오기를 기다리며 자유시장에 나가 조그만 장사를 해서 목숨을 이어가는 비참한 아내가 있다는 사실도 알고 있겠지?

또 북에서 넘어온 사람들은 얼마나 많기에? 삼팔선을 넘어오다가 총에 맞아 쓰러진 어린 딸의 주검을 그대로 동댕이치고 와서 미쳐버린 어머니도 있다오. 아내와 자식들을 수두룩히 남겨두고 혼자 넘어온 아버지도 있다오. 북에 간 남자의* 아내와 결합해 살건만 고향에 두고 온 아내와 아들딸만 같지 못해서 술만 퍼 먹는 남편도 있다오.

……네까짓 게 다 뭐야? 고향엔 달덩이 같은 아내와 떡판 같은 아들딸이 수두룩하다. 네까짓 게 다 뭐야?

줄곧 이렇게 호통을 치며 불만을 뿜는 남편 말이오.

북에서 넘어온 사람들은 대부분이 근방 산 위에다 판잣집을 짓고 살아요. 산 위에 수도나 우물이 있을 리 없지 않아요? 물은 천생 산 아래 내려와서 길어 올려 가야 해요. 발톱을 박고 겨우겨우 오르내려야 하는 산길에 물을 이고 혹은 짊어지고 올라가야 되는 이 사람들의 정상을 생각해보시오. 그들의 대부분이 끼니를 이어갈 수 없는 형편이라면 더욱 기가 차는 일이 아닐 수 없소. 비단 그들뿐이리오마는 모두 못살겠노라고 아우성치는 판국이지마는 북에서 못 살아서 넘어온 그들이 이래서야 될 말이요?

현욱! 무슨 요정**을 내야 하지 않겠소? 이대로 가다간 다 죽을 판이요. 당신과 나만이라도 아니 당신과 같은 생각을 가진 사람들과 나와 같

---

* '남편이 북에 간'의 뜻으로 보인다.
** 了定, 결판을 내어 끝마침.

은 생각을 가진 사람들끼리라도 한데 뭉쳐서 우리 사이에 가로놓인 장벽
을 뚫어보잔 말이요. 그래서 북에서 남으로, 남에서 북으로 옷자락 흩날
리며 춤추듯 오고 가고 하잔 말이요. 탁 트인 이 땅 위 어디서나 마음 놓
고 우리 서로 얼싸안은 채 '하하하하' 크게 웃으며 살아보잔 말이요.

1961. 4.

―『젊은 날의 증언』, 육민사, 1962.

작가 연보

1906. 12. 3. 함북 성진군 예동에서 한의사 최재연과 기독교도 조덕선 사이의 4남매 중 장녀로 출생. 아버지 최재연은 풍류적이고 감정의 굴곡이 심하며 몰입 정도가 심한 성격이었다. 아버지의 첩살림은 이후 최정희에게 큰 영향을 끼친 듯하다.

1920. 함남 단천으로 이사. 친척집 골방에서 보통학교에 다니며 애국지사 김준성에게서 조선의 역사를 배웠다.

1924. 보통학교 5학년 1학기를 마치고 친구를 따라 상경하여 동덕여학교에 편입학한다.

1925. 숙명여자고등보통학교에 2학년으로 다시 편입학. 가수, 무용가로서의 천품을 보였다.

1928. 숙명여자고등보통학교 19회 졸업. 노래와 춤을 배우겠다는 일념으로 서울중앙보육학교에 입학한다.

1929. 서울중앙보육학교 졸업. 경남 함안의 함안 유치원 보모로 근무. 3개월 만에 서울로 돌아온 뒤 중앙보육학교 교장 박희도의 주선으로 도쿄 유학을 떠난다.

1930. 도쿄 미카와시마三河島 유치원에서 보모로 일한다. 극작가 김진수를 만나 유치진, 김동원 등이 주도한 '학생극예술좌'에 참가한다.

1931. 생활고에 지쳐 1년 반 만에 서울로 돌아온다. 배우가 되려고 연출가 김유영을 찾아갔다가 동거생활 시작. 결혼식을 올리지 못한 채 아기를 갖게 된 최정희는 생활고에 시달리던 중 박희도의 주선으로 삼천리 사에 입사한다.

1932. 장남 홍조 출생. 김유영과 헤어진다.

1934. 전주사건(카프 제2차 검거사건)에 연루되어 전주 형무소에 투옥되어 8개월간 옥고를 치른다.

1935. 조선일보 출판부 입사.

1937. 「흉가」를 《조광》에 발표하여 등단한다. 이미 1931년부터 몇 편의 글을 발표했으나 최정희 자신이 인정한 등단작은 「흉가」이다.

1939. 김동환이 창간한 《삼천리문학》에서 박계주, 모윤숙 등과 편집 일을 한다. 김동환과 결혼한다.

1942. 장녀 지원 출생.

1946. 차녀 채원 출생.

1948. 단편집 『천맥』을 수선사에서 간행.

1950. 6·25 전쟁 중 1·4후퇴 시 대구로 피난을 가나 남편 김동환이 납북된다.

1951. 종군작가단 종군기자로 활약. 대구에서 공연된 문인극 참여.

1954. 서울시 문화위원.

1960. 《현대문학》 추천 심사위원.

1964.   장편소설 『인간사』로 제1회 여류문학상 수상.

1965.   자유중국 부인사진작가협회 초청으로 자유중국 방문, 문화계 시찰. 국세청 자문위원.

1967.   파월 장병을 위문하기 위해 종군작가단장으로 베트남 방문.

1969.   한국 여류문학인협회장.

1970.   예술원 회원.

1972.   한국예술원 본상 수상.

1980.   마지막 소설 「화투기」를 《현대문학》에 발표.

1982.   3·1문화상 수상.

1990.   정릉 자택에서 노환으로 별세.

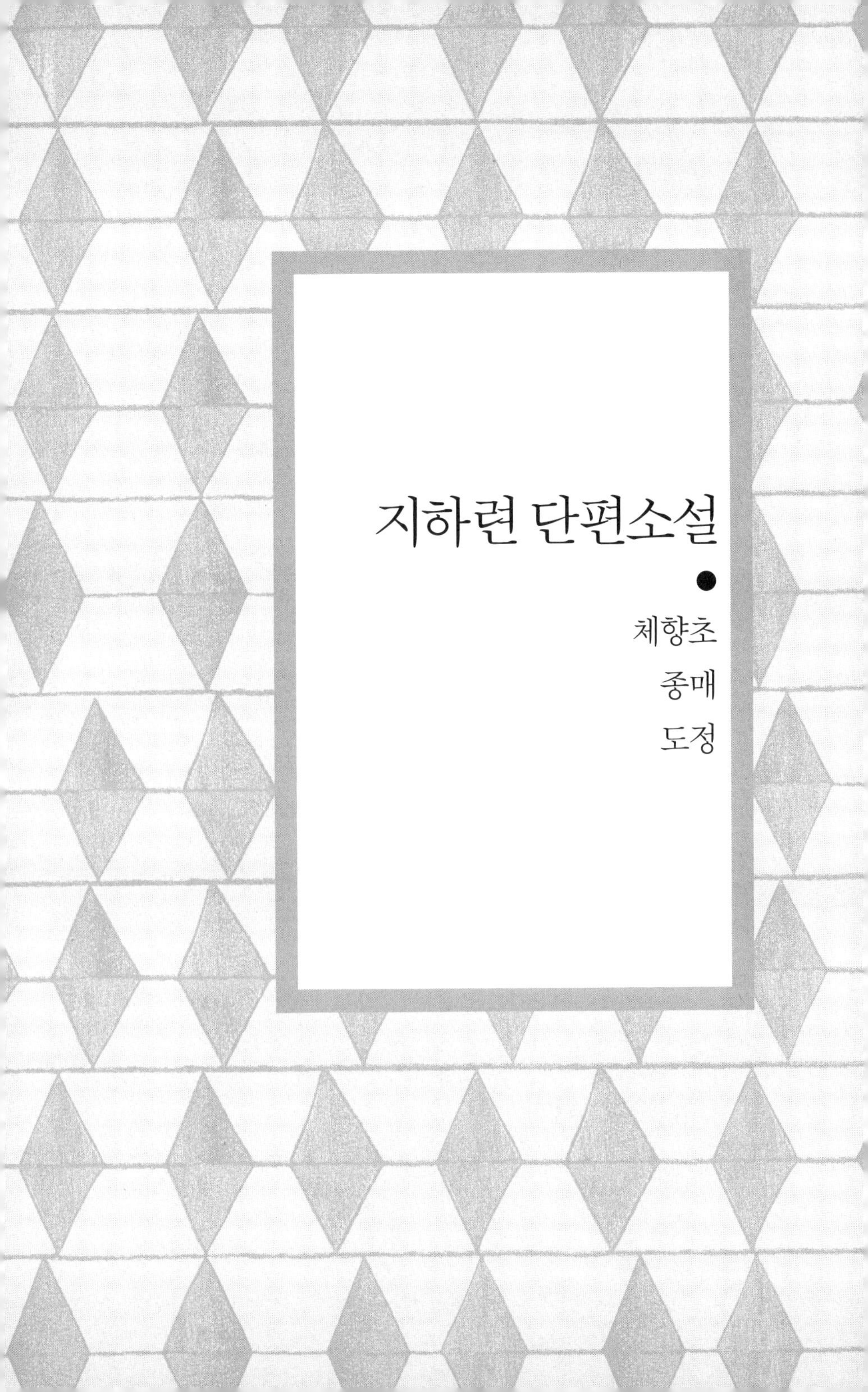

지하련 단편소설

체향초
종매
도정

체향초滯鄕抄

삼희三熙*가 친가엘 갈 때면 심지어 이웃사람들까지 더할 수 없이 반가이 맞아주었다. 물론 여기엔, 아직 어머니가 살아 계시는 외딸이란 것도 있을지 모르고, 또 그의 시집이 그리 초라하지 않다는 이유도 있겠지만, 아무튼 이러한 대우가, 그의 모든 어렸을 적 기억과 더불어, 고향에 대한 다사로움을 언제까지나 그에게서 가시지 않게 하는 것인지도 몰랐다.

그랬는데 이번엔 어머니를 비롯해서, 어린 조카들까지,

"아지머니―."

하고는 그냥 말이 없을 정도다.

이럴 때마다, 삼희는 거의 무의식적으로 그 홀쭉해진 뺨에나 턱에 손을 가져가지 않으면, 빠지지하고 진땀이 솟는 이마를 쓰담고 애매한 웃음을 지어보거나, 또 공연히 무색해하는 것이 버릇처럼 되었다.

이래서 그가 친가로 온 후 수일 동안은 그를 너무 앓는 사람으로 극진히 해주는 고마운 마음들이, 도리어 그를 중병자로 만든 셈이다.

"이게 웬일이냐 글쎄―."

---

* 원문에는 '삼히'라고 되어 있으나, 현대어 표기를 고려하여 '삼희'로 고쳤다.

하고는 미기* 울음을 참는 시늉으로 손을 잡는 숙모叔母들이라든가,

"어 그 젊은애들이 무슨 병이람—."

하고, 연상 한약을 권하는 숙부叔父들이라든가, 이 밖에 연일 문병차로 드나드는 친척 지지들, 또 조석으로 곁에 와서 울멍울멍 간호하려드는 어머니의 얼굴, 이러한 것에 삼희는 거반 지친 바 되어, 사흘째 되던 날 아침, 끝내 산호리山湖里로 옮기게 했던 것이다.

어머니께는 결코 이처럼 중병이 아니라는 것, 너무 앓는 사람 대접하는 것이 도리어 나쁘다는 것, 산호리는 조용해서 거처하기 가장 적당하다는, 이러한 것을 말씀드린 후, 곧 산호리 오라버니께 의논하려 했던 것인데, 오라버니께서는 삼희가 말하기 전, 자기가 먼저 권하려 했다고 하면서, 대단히 기뻐하였다.

산호리에 있는 오라버니는 삼희가 어렸을 적 유난히 따르던 오라버니일 뿐 아니라, 형제들 중 제일 몸이 약한 분인데다가 한때 불행不幸한 일로 해서, 등을 상우고,** 그래서 지금은 이렇게 시가지市街地와 떨어진 산 밑에서 나무와 짐승들을 기르고 날을 보내는 셈이다. 이러고 보니 어쩐지 이 오라버니에게 대해서는 상구***도 그의 감상벽感傷癖이 가시지를 않고, 그 어딘지 차고 잠잠한 것 같은 생활표정生活表情이 이상하게 그의 마음에 언짢음을 가져다줄 뿐 아니라, 그 언짢은 마음은 또한 어렸을 적 그가 따르던 것과는 달리, 별다른 의미의 관심을 가지게 해서, 이래서 이제는 그의 다정한 고향 바다와, 산과 들을 생각할 때마다, 먼저 나무와 꽃이 우거지고, 양羊과 돼지와 닭들이 살고 있는 양지바른 산호리, 그 축사

---

* 未幾, 얼마 오래지 아니함.
** 상하게 하다.
*** 아직.

畜舍와 같은 작은 집에 살고 있는 얼굴 흰 오라버니를 잊을 수는 없게 되었다.

아무튼 그의 마음이 이러했기에 그랬던지, 그가 이리로 옮겨왔을 때 오라버니뿐 아니라, 올케까지도 그를 즐겁게 할 것이면 무엇이든지 하려고 하였다. 가던 날로 도배를 말짱히 했고, 뜰에 놓인 나무토막이라든가, 철사 나부랭이도 죄다 치우게 하고, 또 삼희를 위해서 광선光線의 드나듦이 가장 알맞고 바다가 잘 보이고 하는 이러한 좋은 조건을 가진 방을 그에게 주었었다.

처음 이 방에서 삼희는 정말 즐거웠다. 어쩌면 오월五月이 이처럼 오월다울 수가 있고, 어쩌면 구름이 이처럼 한가할 수가 있단 말인가?

그런데 하나 이상한 것은, 이리로 온 후 날이 갈수록 그는 웬일인지, 점점 오라버니의 마음이 알 수 없어졌다. 전에 그렇게 상냥하던 오라버니가, 어쩐 일로 몹시 까다롭고 서먹서먹해갔다.

생각하면 두 남매는 퍽 어렸을 때 나누인 셈이다. 그때 오라버니가 스물넷 나던 해였으니까, 삼희가 사뭇 소녀 시절이다.

그 후 오라버니가 없는 동안 삼희는 자라서 시집을 온 폭이고, 오라버니가 다시 돌아왔을 때 그는 애기를 가진 셈이다. 물론 그동안 친가에를 온 적이 한두 번이 아니지만 유코* 아버지 제사 때라든가, 동생이 장가갈 때라든가, 하는 이러한 때 왔었기 때문에, 말하자면 그동안 수년을 격隔한 세월歲月을, 서로 말하고 알려줄 기회는 없었던 것이다. 그래서 보지 못한 그동안의 오라버니와 누이가 서로 알려지는 형태가 이러한 것인지도, 특히 두 사람에게 있어서는 이렇게 까다롭게 나타나는 것인지도 모르나—

---

* '오직'의 의미로 보인다.

아무튼 삼희로 앉아 생각하면 몹시 유감되고 섭섭할 일이었다. 오라버니는 지금도 어렸을 때 오라버니여서 좋았기 때문이다. 그래서 이따금 역부러* 가벼운 마음을 가지고, 오라버니에게 말을 건네볼 때도 있었지만 암만해도 전날 오라버니 같지는 않았다.

어느 날 오후였다.

삼희는 뒤꼍 층층대를 올라, 축사에를 들러서, 멋모르고 돼지 물 주는 바가지를 들었다가, 별안간 꽥꽥 소리를 치고 덤비려는 돼지들에게 혼을 떼우고 쫓겨 내려오니까 오라버니가 온실溫室 옆에서 배차닢** 같은 선인장仙人掌을 모래판에 심고 있다가,

"너 돼지헌테 혼난 게로구나—."
하고, 여전 모래판을 본 채 말을 했다.

삼희는 겁을 먹은 그대로

"오라버니는 그 웨 그래요? 왜 돼지가 나보구 야단이래요?"
하고 물었다.

그랬더니

"돼진 본대 하이칼라를 보면 그렇게 덤비는 거란다—."
하고는 역시 모래판을 본 채 말을 했다.

마침 그 옆 샘가에서 물을 긷고 있던 올케가 듣다가 웃으면서, 돼지는 사람이 옆에 가면 먹을 것을 달라고 그렇게 야단이란 것과,

"그 박아지를 건드렸다니 여북했을라구—."

* 일부러.
** 배춧잎.

하는 말을 듣고,

"응— 그래?"

하고 일방 신기해하면서도, 삼희는 어쩐지 조금 전 저를 하이칼라라고 하던 말이 께름칙하니 불쾌한 감정을 일으켰다.

그는 오라버니 바로 옆, 온실 유리창에 기대어선 채, 제법 눈을 간조롬히* 하고는, 무수한 상록수와 백일홍과, 또 그 위를 날아 다니는 새들과, 바다와 산과 들을 바라보면서,

"오라버니 자랑스러하네—."

하고 말을 해봤다.

"뭘루?"

"이렇게 사는 걸루요—."

"그런 걸까?"

"내 보니께 그렇데요. 괜히 남이 해도 될 걸 손수 허고, 힐 땐 지나치게 열중해뵈구……."

"그게 자랑이란 말이지?"

"그러믄요—."

오라버니는 모래판으로부터 손을 떼고 삼희를 보았다.

삼희는 전부터 곧잘 말을 하다가도 남이 저를 바라보면은 괜히 귀가 먹먹한 것이, 무슨 말을 하는 것인지 죄다 잊어버리기가 십상이었다. 이래서 그는 모르는 결에 얼굴을 돌리고 머뭇거렸으나, 그러나 또 한편 속으로, 이제는 나도 나이를 먹을 만치 먹은 어른이라는 생각이 용기를 주기도 해서,

* 가지런히.

"자기가 하는 일에 열중한다는 것은, 남의 간섭干涉이나 침범侵犯을 거절하는 것이고, 또 이것이 생활태도라면, 거기엔 반다시 어떤 긍지가 있을 것 같애서요—."

하고는 무슨 연설이나 하듯 딱딱한 태도로 된 둥 만 둥 말을 했다.

그랬더니 오라버니는 웬일인지 제법 소리를 내고 웃었다.

이래서 삼희는, 제가 한 말이 오라버니의 웃음거리가 되었다는 불쾌감보다도, 오히려 제가 한 말이, 오라버니가 평소에 자긍하던 그 무엇의 급소를 찌른 것이라고, 즉 방금 오라버니가 웃은 것은 말하자면 뭐라고 할 말이 없어 웃은 것이라고, 이렇게 생각이 들고 보니,·오라버니가 웃은 것이라던지, 또 저를 보고 하이칼라라고 하던 그 태도라던지가 새삼스럽게 비위를 상해주었다.

그래서

"그건 일종의 '태'라는 거예요, 오라버니든 누구든, 아무리 훌륭한 분이래도 그 생활에서 태를 부리기 시작하면, 보는 사람이 얼굴을 찡기는 법예요—."

하고는 발칵했다.

"그래 네가 말하는 그 태라는 게 나도 싫어서 이렇게 일을 허는데도, 말썽이니 그럼 어떻게야 헌담—."

오라버니는 혼잣말처럼 중얼거리며 여전 일을 계속했다.

"그것도 별게 아니거든요— 불쾌하다니께요—."

하고, 삼희도 여전 대거리를 했다. 그랬더니 이번엔 사뭇 후—둑해서* 한참 누이를 보고 있었다. 그러더니 거반 싱거우리만치 쉽사리

---

* '후두둑하다'의 준말. 심장이 몹시 빠르게 뛰거나 마음이 매우 떨리다.

"그래 맞었다, 네 말이—."

하고, 말하는 것이었다.

삼희는 제가 꺼낸 말이면서도, 오라버니가 정말 불쾌한 생활을 한다고는 어느 모로 보든지, 우선 제 마음이 허락하기 어려운 일이었다.

그래서

"왜요?"

하고는, 아니라는 말이 나오기를 바라는 것처럼, 오라버니를 보았다. 그러나 오라버니는 다시 모래판으로 손을 가져가며,

"나는 네가 보는 것처럼 내 생활에 자랑을 느낄 수도 없고, 또 태일泰日군처럼 내 생활을 완전히 무시할 수도 없기 때문이다—."

물론 삼희는 지금 오라버니가 말하는 태일 군이 누구인지, 왜 이 사람이 오라버니 생활을 무시하는 것인지 알 수가 없었다.

이것을 오라버니도 알았던지

"태일 군? 내가 요즘 아는 사람 중에선 제일 똑똑한 친구지—."

하고, 혼잣말처럼 말을 했다.

삼희가 처음 말을 시작하기는, 오라버니의 이러한 생활태도에 오히려 존경이 가는 것을 전제로 한 후, 이를테면 저를 하이칼라라고 한, 오라버니에게 저도 한 번 성미를 부려보자는 심산에 불과했던 것이다. 그러나 의외에도 오라버니의 말이 그에게 뜻하지 않은 쓸쓸한 정을 가져다주어서 한동안 말을 잃고 그대로 서 있으려니까,

"태일 군 같은 사람은 너허군 다르지만, 아무튼 나를 거짓으로 산다고 한다. 하지만 내가 큰집 사랑에서 단지 나 혼자 누워만 있던 때와는 달러서, 이리로 와서부터는 첫째 나와 상관되는 내가 간섭하지 않으면 안 될 내 소유물所有物, 즉 내게 따른 것들이 있으니, 내게도 생활生活이라는 게

있을 것 아닌가? 그래서 이 나의 '살림'의 모습이 이제 네게 '태'라는 것으로 느껴진 모양인데, 이러한 '태' 즉 '자세'라는 것이 보는 사람에게 불쾌를 줄 정도라면, 아무튼 나로서는 네가 말하는 그대로를 듣고 있을 수밖에 어데 다른 도리가 있니?"

오라버니는 이것도 저것도 아닌, 무심한 얼굴로 삼희를 보았다.

그러고는 다시

"내가 태일 군 말을 옳게 여기는 것은 첫째, 내게 아이가 없고, 또 흙에 소문所聞이 없고, 인간人間이 있지를 않으니까, 말하자면 이건 생활이라기보다도, 단지 내가 살어 있다는 것뿐이겠는데 본시 이러한 곳엔 아까 네가 말한 그런 '자랑'이란 건 있지 않을게고, 또 자랑이 없는 사람이란, 흔히 마음이 헛불* 수도 있어서, 가령 뭘 헛부게 생각하면서도, 죽지 못해 않는 격으로 그런 '태'를 부리고 산다는 건 그리 유쾌할 일이 못될 거니까, 결국 네가 한 말이 꼭 맞었지 뭐냐—."

하고 말을 마친 후 오라버니는 모래판을 들고 일어섰다.

온실 안으로 들어가려는 오라버니를 발견하자, 삼희는 당황히

"애기를 가지면은요?"

하고 말을 건넸다.

"거기엔, 사람에 의한 사람의 생활이 하나 시작될 수 있기 때문에……. 사람에겐 그러한 길도 있을 테니 말이다."

오라버니는 곧 온실 안으로 들어갔다.

그 후 사오 일 동안 삼희는 오라버니와 이야기할 기회를 갖지 못하였다.

삼희가 식후, 모종밭에 서 있을 때라던가, 또 종일 방에 누워 있을 때라

---

* 헛될.

던가, 이러한 때에 오라버니가 삼희의 거취를 모를 리 없을 것인데도, 오라버니는 대체로 무심하였다.

기껏 해서

"열이 있니?"

라든가,

"거기서 뭘 허니?"

가, 고작이었다.

물론 삼희도 이러한 물음으로 해서 쉬 이야기가 이루어질 수 없으리만치, 차차 오라버니에게 무심하려 하였지만, 그러나 마음속으로는 오라버니의 일거일동을 놓치지 않고 바라보았다기보다도, 점점 이상한 흥미를 가지게끔 되었다.

볼라치면 오라버니는 종일 일을 하는 때도 있었다. 진흙이 말라서 다시 먼지가 되어, 누른 빛깔을 한층 더 짙게 한, 염천炎天에서는 보기만 하여도 숨이 막힐 것 같은, 노동복을 입고는, 김매고, 모종하고, 또 식목을 분으로 옮기고, 순 자르고, 돼지의 물 닭의 모이까지 챙긴 후, 물통을 들고 온실 식물에 물을 줄 때면은, 거반 하루 해가 다 가는 때이다.

이렇게 일을 몹시 하는 날이면 오라버니는 더욱 말이 적었다.

쉴 새 없이 손등으로 떨어지는 땀을 수건으로 한번 씻는 법도 없고, 애를 써 그늘을 찾으려고도 않았다. 또 이러한 때는, 삼희가 일찍이 보지 못했던 이마 복판에 일자로 내리뻗은 어디든 혈맥이 서 있어, 이것이 무서운 인내忍耐나 아집我執을 말할 때처럼 일종 이상하게 섬뜩한 인상까지 주었다.

삼희가 이상한 적의敵意를 느끼고 제 방으로 돌아올 때가 흔히 이러한 때이기도 하지만, 아무튼 이러한 때의 오라버니는 어딘지 횡폭한 데가 있었다. —이상한 자기주장이 반드시 남을 해치거나 남을 간섭하는 것이 었다.

어느 날 삼희는 흔히 하는 버릇으로 저녁을 마치자, 곧 모기를 내어 쫓고는 얼른 철망을 친 창문을 닫았다. 그러고는 팔을 벤 채 그냥 누워 있었다.

그랬는데,

"뭘 허니?"

하고, 의외에 오라버니가 문을 열었다. 삼희는 이날 낮부터 또 하나 이상한 감정을 오라버니에게 가지고 있었을 뿐 아니라, 전에라도 이렇게 자리에 든 후 오라버니가 온 적은 통 없었기에, 그는 좀 당황해서 일어났다.

삼희가 일어나는 것을 보자, 오라버니는

"누웠었구나—."

하고는 별로 말도 없이, 그냥 가버리었다.

인해 오라버니 방에서는 낯선 음성의 이야기 소리가 들려오고, 오라버니의 낮은 웃음소리도 들려오고 하였다.

삼희는 다시 자리에 누우며

"손님이 온 모양인데…… 무슨 일로 왔을까?"

하고, 생각해보면서도, 한편 머리 속에는 문득 낮의 일이 떠올랐다.

이날도 오라버니는 종일 일을 하였다. 일이 거반 끝날 무렵, 오라버니는 사무실 옆에 의자를 놓고 앉아서 담배를 피우고 있었다. 몹시 파아란 얼굴을 하고는, 전신에 맥이 확 풀렸을 때처럼, 아무 표정 없는 얼굴인데, 일찍이 삼희가 잘 보지 못하던 얼굴의 하나였다.

이때 웬 청년 둘이, 젊은 여자들을 데리고, 맞은편 백일홍 나무께서, 머뭇머뭇하며 이리로 왔다.

삼희는 그중에 한 청년이, 그년*에 죽은 동무의 동생이요, 이 시가지에서는 제일 큰 지주地主의 아들인 것을 곧 알았다. 그리고 젊은 여자들도 여염집 여자들인 것을 곧 알았을 뿐 아니라, 또 그는 속으로

'저 여잔, 저 사람의 부인인 게고, 또 저 여자는 고대** 혼인한 사촌이거나, 일갓집 동생일 게고, 저 흰 저고리 입은 여자는 그 여자의 동생일 게고, 그리고 저 남자는 새신랑인 게다—.'
하고, 객쩍은 생각을 해보고 있는데, 그러자, 오라버니도 담배를 문 채, 별로 이렇다 할 아무것도 없이, 그저 인사를 받았다.

그런데 이 청년이 왜 그리도 못나게 수줍어하는 것인지, 오기는 무슨 화초를 사러온 모양인데, 무엇을 사러왔다는 말도 잘 못할 정도로 주변이 없었다.

오라버니는 한참동안 멀—건이 앉아서, 흡사 청년의 거동에 미기 실소失笑라도 할 듯한 얼굴이더니, 또 무슨 마음에서인지, 곧 몹시 상냥한 얼굴을 하고 일어서는 것이었다.

그러고는 연상 무슨 설명을 하고, 또 함께 온실 안으로 들어가고 하였다.

얼마 후에 청년은 분에 심은 화초를 꽤 여러 개 산 모양인데, 어째, 그것을 또, 손수 들고라도 가겠다는 것인지, 오라버니가 뭘 굳이 만류를 했고, 그리고는, 또 오라는 말, 고맙다는 인사까지 하는 것이었다. —오라버니는 일찍이 어떠한 훌륭한 사람이 왔을 때에도 이러한 전례가 없었다.

오라버니가 다시 의자에 와 앉았을 때는 역시 아까와 같은 지친 표정으로 돌아갔으나 어쩐지 삼희 눈에는 그것이 우스운 피에로의 모습 같았다

---

* '거년去年'의 경상도식 표기. 거년은 지난 해, 작년을 말한다.
** 이제 막.

기보다도, 한낱 음침한 인간에게서 받는 일종 흉물스런 인상을 어찌할 수가 없었다.

'오라버니는 자기가 완전히 주장될 때 비로소 양보讓步하는 거다—.'

삼희의 이러한 것은 꽤 노골적露骨的인 적의敵意로 나타났기 때문에, 그는 곧 자기 방으로 돌아오고 말았다.—

삼희가 이러한 생각을 되씹고 있을 동안 심부름하는 아이가, 등잔에 석유를 넣어왔다. 불을 켜지 않은 것을 아이는 석유가 없는 것으로 알고 들어온 모양이었다.

그는 물론 아이가 드나드는 것을 아득히 몰랐다.

"불을 켜요?"

하고 물었을 때 비로소 그만두라고 한 후, 무슨 마음에서인지 그는 곧 올케 방으로 건너갔다.

올케는 무슨 책인지 들고 누워 있었다. 그러나 어쩐지 그에겐 시방 올케도 책을 보고 있는 것이 아니라, 그냥 뒤적이고만 있는 것처럼 생각이 되는 것을, 역부러

"성 공부허우?"

하고, 물어봤다.

둘이는 한참 동안 나란히 누워 있었으나 별반 말은 없었다. 만일 이때 삼희로서 말을 건넸다면

"성 쓸쓸하지 않우?"

하고, 묻고 싶은, 꽤 주책없는 말이었을지도 모르나, 삼희가 이런 말을 하면 올케가 몹시 불쾌히 여길 것 같아서, 그는 그저 잠자코 있었다.

올케도 이러한 침묵이 거북했든지,

"저이 누군 줄 알우?"

하고, 오라버니 방에 있는 이를 가리켜 말을 했다.

이래서 삼희는 그 사람이 바로 전일 오라버니가 말하던 태일泰日이란 분인 것을 알았고, 삼희는 새로이 이분에 대한 궁금한 생각이 더해가는 것을 느꼈다.

그래서

"그 사람 뭘 허는 사람이우?"

하고, 물어도 보고, 또

"아직 젊은이래지?"

하고, 말을 건네도 보았으나, 올케가 전하는 바, 촌村에서 이사 온 부잣집 아들이라는 것, 또는 학교를 나온 후 별반 하는 일이 없다는 것, 보기에 예사로운 사람이 아니겠더라는―이러한 이야기로서는 삼희의 방금 죽순처럼 뻗어나가는 맹랑한 호기심을 만족시킬 수는 없었다.

"그분 얘기 오라버니헌테서도 들었다우?"

"뭐라구?"

"분명한 사람이라구…… 그리면서 이댐 오거든 한번 보라나―."

삼희는 말을 마치자 어쩐지 제 풀에 얼굴이 붉어지려고 해서, 힐끗 올케를 보았다.

다행히 올케는 별로 아무런 표정도 없이,

"보라구 했지만 어떻게 봐? 문구멍을 찢고 보나?"

하고 웃었다.

삼희도 따라 웃으며, 속으로― 아까 오라버니가 온 것이 혹 이분과 인사를 시키려고 왔던 것인지도 모른다는, 이렇게 생각이 드니까, 또 영락없이 이래서 온 것 같기도 하였다. 이래서 그는 이상 더 무엇을 헤아릴 것 없이, 곧 오라버니 방으로 갔다.

문밖에 서서는 서문 없이

"오라버니 무슨 일로 왔댔서요?"

하고, 시치미를 떼고 물어보았다.

"무슨 일로 오셨나, 해서……."

한 번 더, 그 온 이유를 밝히려니까,

그제사

"응― 별것 아니다―."

하고 대답을 했다.

삼희가 갑자기 몹시 억울한 정이 들어 뒤도 돌아보지 않고 돌아서려고
했을 때다. 별안간 문이 열리며,

"놀다 가렴―."

하고 오라버니가 말을 했다.

삼희는 웬일인지 더 뭐라고 말도 하기 싫어져서,

"일없어요―."

하고는 그냥 돌아섰다. 그랬는데 또 모를 일은,

"놀다 가래도―."

하고 오라버니가 거듭 잡는 것이었다.

삼희는 덥쳐서* 난처하기까지 하였으나, 또 한편, 이러한 때 이런 얄궂
은 제 기분만 쫓는 것이 더 쑥스러울 것도 같아서, 그는 끝내 오라버니가
하라는 대로 조금 후에 올케와 같이 오라버니 방으로 건너갔다.

삼희가 태일이라는 사람에게서 처음 느낀 것이 있다면, 그것은 이분에

* 겹쳐서.

비하여, 오라버니는 훨씬 편협偏狹하다는 것이었고, 또 이것은 삼희의, 그리 사람 좋지 못한 눈으로 본다면, 이분에 비하여 오라버니는 훨씬 선량善良하다는 것도 되는 것이었다.

처음 삼희는 저보다 나이 적을지도 모르고, 또 남편과도 면식이 있다기에, 제법 애기 어머니연 의젓하게 대했었다. 그랬는데, 무슨 자기보다는 나이 사뭇 어린 여학생을 대하듯, 외람히 구는 폭이란 도무지 가당치도 않았다. 굳이 바라다볼 바도, 말을 건널 바도 없이, 오라버니와의 이야기를 계속하는 모양인데, 이따금 오라버니보다도 훨씬 나이 들어보였다.

조금 후에 청년은 삼희에게 온 지 얼마나 되었느냐고 물었다. 그래서 삼희가 잘 모르겠다고 대답을 했더니, 청년은 웃었다.

오라버니와의 이야기는 다시 청년의 친구 되는 김 군이란 사람에게로 옮겨갔다.

이 사람의 이야기가 나오자, 오라버니는

"당신 그 김 군이란 사람과 친한 것은 난 암만 생각해봐두 모르겠습디다—."

하고, 거반 신경질적으로, 말을 가로채었다.

청년이 웃으며,

"왜요?"

하고, 도로 물으니까,

"어떻게 친해지냐 말요. 아무튼 불쾌하게 된 사람인 것이, 한낱 부량자거든 파렴치했으면 그뿐이지, 그렇게 비굴할 건 또 뭐겠소?"

하고, 오라버니는 청년을 보았다.

이야기를 듣고 있던 청년은 여전 별루 이렇다 할 표정도 없이

"그 비굴이란 것이 대체 어떤 것이요?"

하고 물었다.

오라버니는 잠깐 피우던 담배토막을 부빈 후

"글쎄, 그렇게 말하면 또 별거겠지만 아무튼 옳은 건 옳고, 글른 건 글른 것 아니겠소—."

하고, 말을 받았다.

잠깐 침묵이 있은 후, 청년은 다시 말을 이었다.

"비굴한 사람보다도, 사람을 비굴하게 만드는 사람들이 더 비굴할 것이요—."

하고, 비교적 '사람'이란 말에 억양을 넣어 말을 하면서, 이번엔 훨씬 농조로,

"형이 그 사람을 몰라 그렇지, 그 사람 참 좋은 사람이요. 제일 본받기 쉬운 어린애의 마음이 제일 아름답다는 그리스도의 말에 비춰본다면, 그 사람 천사 같은 사람일 거요."

하고 웃었다.

오라버니도 끝내 따라 웃고 말았으나, 대체로 청년의 말이 마땅찮은 모양이었다. 그래서 청년도 이것을 알았던지,

"형이 어느 의미로선 고인古人일지 모르나, 그러나 형 같은 좀 이상한 고인보다는 우리 김 군이 솔직하기로나, 선량한 폭으로나 훨씬 위일 것이오."

하고, 여전 웃으며 말을 하였다.

마침내 오라버니도 손을 젓고 웃으며,

"그만둡시다. 당신 험구險口 아니요? ……우리 그만둡시다—."

하고, 말은 하면서도, 일종 불쾌한 감정을 없애진 않았다. 그러나 이번에 청년이 제법 낚아채는 형식으로

"날 험구란 것은 편벽된 말인 것이, 형이 이 군을 좋은 사람이라고 하기나, 내가 김 군과 친하기나 일반인 것 아니겠소?"

하고, 오라버니를 건너다보았다.

이 군이란 바로 오늘 꽃을 사간 청년인 것을 삼희는 곧 알았다.

오라버니가 약간 후둑해서

"내가 이 군을 좋은 사람이라고 하는 것 말이지?"

하고 말을 했을 때,

"이 군이 못났기 때문이요?"

하고, 청년이 물었다. ―청년은 이마가 드높은 꽤 이쁜 얼굴을 한 사람이라고 삼희는 생각했다. 웃지 않으면 꽤 엄숙한 얼굴이면서도, 웃으면 퍽 순결해 보이는 것이 거반 얼굴의 특징이었다.

청년이 돌아간 후, 야심해서까지, 삼희는 청년을 두고 여러 가지로 생각을 해보았다. 그런데 생각을 해볼수록 청년이 꼭 겹으로 된 사람 같았다. 한 겹을 벗기면 또 속이 있고, 또 벗기면 속이 있어 어떠한 사람이고, 사태事態이고 간에 그 겹겹에서, 능히 허용許容될 수 있고 받아들일 수 있는―또 달리는 어떠한 사람과도 어떠한 사태와도 그 스스로가 허하지 않는 한, 결코 타협妥協할 수 없는―가장 독립獨立한 인간人間으로 생각되었다. 그래서 이것이 이중성격이니, 표리부동이니, 하는 상식적인 어의語意의 한계限界를 넘어서, 진정한 사람의 '깊이'를 말하는 것이라면, 이 청년은 장차 제법 걸물傑物일 거라고까지 생각을 해보았으나, 그러나 다른 한편으로 이러한 제 모양이 어째 수다한 것 같은 인상을 주기도 해서, 삼희는 곧 벽을 향하여 돌아눕고 말았다.

어느덧 오월도 지나, 유월이 제격으로 들어섰다. 산호리엔 이로부터 비교적 일이 적어졌다. 아침에 밭에 심었던 화초를 끊고, 청대콩 오이 이런 것들을 따서 저자로 내어 보내는 것, 봄에 이식해둔 식목에 조석으로 물을 주는 것, 또 온실에 있는 식물을 태양에 조절시켜 주는 것, 봄에 꽃을 본 초화의 구근球根을 말리는 것, 이 밖에 가축家畜을 살피는, 그리 힘들지 않는 일뿐이었다.

그런데 삼희가 이리로 온 후부터는, 그리고 삼희의 병이 그리 중하지 않다는 것을 안 후부터는, 이 산호리엔 비교적 젊은 여자들의 출입이 잦았다. 그의 사촌이라든가, 이해 정월에 결혼한 동생의 댁 같은 사람은 거의 격일로 오다시피 하였고, 또 이러한 그의 동무들이 올 때만은 어쩐지 오라버니는 별로 좋아하지 않았다.

오라버니가 밭에서 일을 하는 것을 여자들은 자못 이상하게, 또는 신기하게 바라다보았고, 또 오라버니는 이렇게 보아주는 것이 더 싫은지, 이따금 몹시 까다로운 얼굴을 하였다. 그러던 것이 요즈음에 와서는 물론 일이 적어지기도 하였지만, 설사 일이 있는 때라도, 여자들이 와 있을 때만, 밖에 잘 나오지 않았다.

오라버니 방에는 숱한 책이 있었지만,—또 오라버니는 이러한 때가 아니라도 종일 방에만 있는 때가 흔히 있었지만, 삼희는 오라버니가 특별히 무슨 '공부'를 하는 것을 보지 못하였을 뿐 아니라, 혹 이런 말이 나오면은
"공부는 무슨 공부를……."
하고, 그냥 말을 끊어버리었기 때문에, 그는 이따금 속으로,
'공부도 않으면서 종일 무엇을 할까?'
하고 기맥을 살핀 때도 있었지만 아무튼 이렇다 할 무슨 '공부'를 하지 않는 것만은 사실이었다.

이래서

"오라버니가 얼마나 지독히 공부허기에 되우? 지난겨울에도 전집全集
한 질을 옥편 놓구 밤새어가면서 다 떼었다우—."
하는, 올케 말을 잘 믿을 수가 없었다.

이날도 낮에 끝에올케랑 사촌이랑 찾아왔었다. 또 이날은 순재順宰 문
주文珠까지 합쳐서, 그러니 육칠 인의 젊은 여자들이 한곳에 모인 셈이었
다. 그래서 이 여자들도 처음 삼희가 이리로 왔을 때처럼, 공연히 흥분하
고, 괜히 모두 신기해하였다. —더러는 잣나무에 기대어 서도 보고, 더러
는 맥없이 선인장에 손을 찔리고 아파하기도 하였다. 또 삼희처럼 돼지에
게 혼을 떼우고 쫓아 내려오기도 하였다.

삼희는 돼지에게 혼이 난 순재가, 제가 오라버니한테 물어본 말과 꼭
같은 말을 저한테 묻는 것이 하도 우스워서,

"돼진 본시 하이칼라를 보문 그런단다."
하고, 오라버니가 말하던 그대로 순재에게 옮겨봤다.

그랬더니,

"나보다 돼지가 하이칼라든데—."
하고, 말을 받아서 둘이는 웃었다.

해가 떨어질 무렵해서 더러는 가고, 더러는 밤까지 남았었다. 문주는
아직 시집가지 않은 '선생님'이니, 말할 것 없고, 순재는 벌써 아이가 커
다란 부인네라, 저물면 돌아가야 할 법도 했지만, 밥 짓는 아이도 있었고,
또 단살림이라, 삼희에게 왔다가 하루저녁 늦었다기로 그리 야단할 것 같
은 남편도 아닐 상 싶어서 삼희가 굳이 잡은 셈이다.

여자들은 달이 하늘 복판에 올 때까지 바깥문께서 놀았다. 밤에 찬 이
슬을 맞으면 몸에 해롭다고 해서, 그는, 한 번도 밤늦게는 밖을 나오지 않
았었다. —얼마나 고운 밤인가? 산은 아련하고, 바다는 호수처럼 다정하

였다.

삼희는 거반 변으로 황홀해하였다.

"순재야, 너 오래 살구 싶니?"

삼희는 순재에게 말을 건넸다.

고, 강감우레하니 이쁜 눈을 아래로 내리뜨고는, 풀잎으로다 무엇인지 손
장난을 치고 있는, 순재가 삼희는 무척 아름다워 보였다. 그래서 오래 살
면서 이러한 밤을 맞아주어야 할 사람 같은, 우스운 생각이 들기도 해서,
물어본 말이었는데,

"오래 살구 싶지 않어—."

하고, 정갈하게 웃으며 순재는 삼희를 보았다.

삼희는 어쩐지 쓸쓸하였다.

"넌 오래 살구 싶니?"

조금 후 순재가 도로 물었다.

"난? 그래 오래 살았으면 싶다—."

하고 삼희가 대답을 하려니까,

"나두 오래 살았으면 해, 뭐니뭐니해도 살고 볼일이지, 죽으면 그 뭐야!"

하고, 짜장* 문주가 삼희 말을 옳다고 하는 것이다. 삼희는 이 만년을 명
랑하기만 한 귀여운 '선생님'의 말에 어쩐지, 웃음이 나서,

"그래 네 말이 맞었다 맞었어—."

하고, 웃었다.

"넌 네가 오래 살지 못할 것을 꼭 아니?"

하고, 순재가 제 말을 계속하였다.

---

* 과연, 정말로.

"웨 묻니?"

"오래 살어봤으면 싶다니 말이다—."

삼희는 얼굴에 남은 웃음을 지우고 잠깐 순재를 건너다보았으나, 어쩐지 이러한 말이 가져오는 분위기가 그는 싫었다. 그래서,

"네가 오래 살기 싫다니 헌 말이지 뭐—."

하고, 말하면서도

'사람이 누구에게나, 무엇에나, 가장 성실해보구 싶은 순간이 있다면, 그건 가장 성실할 수 없는 것을 안 순간이 아닐까.'

하는 생각이 들어서, 어쩐지 외로웠다.

"문주 노래 하나 하렴. 있지 웨, 네가 잘하는 거—."

삼희는 짐짓 웃으며, 말끝을 돌렸다.

이래서 문주가 노래를 하고, 또 같이들 따라하기도 하면서, 여자들은 이슬에 축축해진 얼굴을 샘가에서 씻고, 훨씬 이슥해서야 헤어진 셈이다.

동무들을 보낸 후, 삼희가 자기 방으로 들어오니까, 뜻밖에 오라버니가, 마치 삼희를 기다리고나 있은 것처럼, 대뜸,

"내일 월영으로 가거라—."

하고, 말을 했다.

월영이란 어머니가 계시는 월영동 큰집을 말함이다.

삼희는 오라버니의 너무 돌연한 말에 머—쓱해서, 더욱 서먹서먹 자리에 앉았다.

"넌 앓는 사람이 아니니까, 놀템 월영동 집이 훨씬 좋을 거다—."

하고, 오라버니가 다시 말을 했다.

삼희는 조금 전 샘가에서부터, 코밑이 확확하고, 몸이 오슬오슬하던 것이, 방 안에 들어오자 갑자기 떨려오기도 하였지만, 사실은 이것보다도,

이러한 오라버니의 말이 몹시 섧고, 또 한편, 야속하기도 해서, 뭐라고 말을 하려고 했으나 도무지 잘 생각이 나지를 않고, 별로 얼굴에 찬 기운이 쏴—하고 오는 것 같아서, 벽에 기대어 앉은 채, 그는 잠깐 머리를 뒤로 떨어트렸다.

이때 오라버니가 좀 당황해하면서 가까이 오는 것을 그는 알았으나, 역시 뭐라고 말을 할 수는 없었다.

삼희는 이상 더 정신을 잃지는 않았으나, 자리에 누워서도 오래도록 그는 영문 없이 울었다.

이래서 그 후 오륙 일 동안 그는 감기로 누웠었고, 이러는 통에 두 남매는 이상하게도 비교적 정다워진 셈이다.

어느 날 삼희가 안마당 등나무께다 의자를 놓고 앉아 있으려니까, 오라버니가 사무실 바로 앞에서, 바깥문께다가 백묵으로 동그라미를 그리고는 새총으로다 그걸 맞추느라고, 아주 정신이 없었다. 수없이 되풀이하는 총알이 위로 아래로 또 옆으로 흩어져서 좀체 동그라미를 맞힐 성 싶지 않았으나, 오라버니는 그저 겨누기에 정신이 없었다. 대낮이 납덩이처럼 내려앉아, 바람 한 점 새 한 마리 얼씬하지 않았다. 이상한 정적靜寂이 마치 준령峻嶺을 넘을 때처럼 괴로웠다.

삼희는 끝내 오라버니에게로 달려가며,

"오라버니 그 뭐예요?"

하고 물어봤다.

오라버니는 부자연할 정도로 얼굴에 긴장을 풀며

"응— 심심해서……."

하고 말을 했다.

심심해서 하는 노릇이라는 바에야, 삼희로서도, 더 뭘 물어볼 말도 없

고 해서, 그냥 잠자코 뒤로 가 서려니까,

"너두 한번 놔봐라. 재미있을 테니—."

하고, 알을 재운 채, 총을 삼희 앞으로 내밀었다.

삼희는 얼결에 총을 받으면서도, 오라버니의 기색을 살피었으나, 역시 이날도 전과 달리 몹시 단순한 그저 유쾌한 얼굴이었기에, 삼희도 지극 가벼운 마음으로, 오라버니가 시키는 대로, 겨냥을 조심해서 쇠를 당겼다.

이 모양으로 몇 번을 거듭했으나, 물론 맞쳐질 리가 없었다. 나중에는 의자를 가져다놓고 그 위에다 총대를 걸친 후 놔봤다. 그랬더니 훨씬 힘이 들지 않았다. 그랬는데 참 희한한 일은, 어쩐 일로, 그 동그라미를 삼희가 맞춘 것이다.

이래서 오라버니도 용타고 칭찬했거니와, 삼희는 그만 신기해서, 당장 날포수가 된 것처럼, 이번에는 정말 새를 잡아보겠다고, 식목밭으로 갔다. 오라버니도 웃으며 곁으로 와서 그가 하는 양을 보고 있었다. 그러나 의자를 놓치 않고는 도저히 새를 잡을 가망이 없음을 곧 알았으므로, 뒤곁 감나무에 까치가 앉은 것을 보고도 그는 종내 오라버니께 총대를 돌리고 말았다.

파아란 매실梅實이 올망졸망한 매화나무 밑에 서서, 까치와 총끝을 번갈아 보며 이마에 듣는 땀을 씻으려니까, 그제사 숨이 막힐 것 같은 더위와, 팔이 후둘후둘하는 피곤을 깨달았다.

조금 후 하도 더워서 잣나무께로 나와볼까 하고, 돌아섰을 때다. 마침 그 뒤에 태일이라는 오라버니 친구가, 언제 왔는지, 멍—하니 서 있었다. 삼희는 가슴이 철석하도록 깜짝 놀랐으나, 지나칠 정도로 공손히 절을 한 후 태연히 앞을 지나려고 하였다. 그랬는데 청년은 거반 삼희가 면목 없을 정도로 그의 인사를 받는지 마는지, 그저 번—히 보고만 있었다. 또한 그 태도가 한 가닥으로만 보여지지가 않아서, 이편을 힘껏 무시한 것도 같은—또는 한껏 신뢰信賴한 것도 같은—또 달리는, 무엇에 몹시 항거抗拒하는 것도 같은—이상한 것이었기 때문에 아무튼 어느 것이든 삼희로서는 당황하지 않을 수 없었고 좌우간 거슬렸다.

삼희가 잣나무께로 나와, 숨을 내쉴 때쯤 해서, 퍼뜩 머리 속에 청년의 얼굴이 지나갔다. 그의 자존심은 또 한 번 발끈하지 않을 수가 없었다.

그래서

'도모지 되지 않았다—.'

고, 거듭 마음에 이르는 것이었다.

인해 오라버니가 청년과 이야기를 주고받으며, 이리로 왔다.

삼희는 한 번도 그편을 보지 않았으니

"뭐든 적중適中한다는 것은—맞춘다는 것은—분명히 유쾌하리다—."

하는, 청년의 말을, 조금 전,

"좋은 장난입니다—."

하던 말과 함께, 한마디도 놓치질 않았다.

오라버니는 삼희와 가까워지자,

"네가 저걸 맞췄다니까, 이분이 거짓말이랜다—."

하고, 웃었다.

삼희는 잠자코 오라버니 편을 향하여 돌아섰으나, 좀 당돌하리만큼 정면으로 잠깐 청년을 바라다보았다.

청년은 조금 전 삼희가 가졌던 총을 집고 서서, 역시 무표정한 얼굴로 시선을 받으며

"다시 한 번 놔 보십시오—."

하고, 가만히 총을 내밀었다.

조금 후 오라버니가 낚시질을 좋아하느냐고 물으니까 청년은 좋아하지 않는다고 하였다. 다시, 장기나 바둑을 좋아하느냐고 물으니까, 청년은 좋아한다고 하였다.

"그럼 낚시질도 좋아할 거요."

하고, 오라버니가 말을 하니까,

"그 온 갑갑해서……."

하고, 청년이 말을 받았다.

"재미를 몰라 그렇지, 아무튼 일등가는, 도박입넨다. ─아─주 홀린다니까."

"그럼 강태공이 노름꾼이 된 셈이게?"

둘이는 제법 소리를 내고 웃었다.

삼희는 저도 모르게 얼굴을 찡겼다.

무슨 '징'이 울릴 때처럼 소란하고, 이상하게 일종 송구한 정이 들어서, 흐지부지 인사를 한 후 곧 제 방으로 돌아오고 말았다.

이날 저녁 삼희는 오라버니와 오래도록 이야기를 하고 놀았다. 아까도 말했지만 두 남매는 삼희가 수일을 앓은 동안 훨씬 의가 좋아진 셈이어서, 아무튼 요즈음 오라버니는 조금도 까다롭지 않았다. 언젠가 삼희가 이것을 오라버니께 물어보았더니,

"가사 '너'라는 '여자'를 '내'가 이제 처음 만나는 거라고 한대도, 너는 역시 내 동생일 게고, 또 이제 너는 단지 병을 앓는 재주밖에는 없으니까 말이다─."

하고 웃었다.

이날 저녁에도 오라버니는 삼희의 묻는 말이 자기의 내면內面과 상관되지 않는 한 다 받아주었을 뿐 아니라, 조만간 지금의 생활을 그만둘지도

모른다고 하면서,

　"역시 태일 군 같은 사람이 살어 있는 사람일지두 몰라─."

하고, 말하였다.

　삼희는 이분의 말이 나오자 거반 까닭없이 역해오는 감정을 경험하면서도,

　"살어 있는 사람이라니요?"

하고, 제법 무심하게 물어보았다.

　"'자랑'을 가졌으니까 생명과, 육체와, 또 훌륭한 '사나이'란 자랑을 가졌으니까─."

하고, 오라버니는 혼잣말처럼 말하는 것이었다.

　삼희는 오라버니의 이러한 말에 진작 대척이 없이, 속으로 '사나이' '생명' '육체' 하고, 되풀이해보았으나, 그렇다고 이것이 그에게 별다른 감동을 주지는 않았다.

　오라버니는 다시

　"그는 저와 상관되는 일체의 것을 자기 의지意志 아래 두고 싶은 야심을 가졌으면서도, 그것을 위해 조금도 비열하지 않고, 아무것과도 배타排他하지 않는, 이를테면 풍족豊足한 성격일 뿐 아니라, 이러한 성격이란 본시 '남성'의 세계世界이니까─."

하고, 말하면서,

　"그러기에 이러한 사나이의 세계란, 가령 어떠한 사정事情이나 환경에서 패敗하는 경우라도 결코 '비참'한 형태는 아닐 거다─."

하였다.

　삼희는 오라버니의 이러한 말이 전부 마땅하게도, 그렇다고 전연 마땅찮게도 들리지 않았으나, 또 한편, 그분을 두고 오라버니가 너무 두둔하

는 것도 같고, 또 이것은 오라버니로서, 자기 약점에 대한 일종의 반발 같기도 해서,

"내 생각엔 너무 과장해서 생각하는 것 같은데…… 아무튼 난 잘 모르겠서요—."

하고 말을 끊었다.

그랬더니, 오라버니는

"잘 몰라?"

하고 되짚으면서,

"모르겠으면, 알구 싶지 않니?"

하고, 이번에는 제법 놀리듯 바라보는 것이었다.

물론 삼희로선 이러한 오라버니의 말이나 태도가 저로서 조금도 당황해할 것이 못된다는 것을 모르는 바가 아니지만 이것을 알면 알수록 거반 성미가 나도록 얼굴이 확확했다.

그래서,

"과장이란 본시 유치한 감정일 것 같애요—."

하고는, 정말 성미를 부리고 만 셈이다.

어느 날 오라버니는 낚시질을 간다고 했다. 삼희도 올케도 그의 동무들도 다 좋아하는 낚시질이다. 섬에 나가 조개를 잡고 멱*을 뜯고 고기를 낚는 것은, 바닷가 사람들의 고향처럼 그리운 놀이다. 달마다 보름이 되면, 바닷물은 만조가 되고 이곳을 '한시'라고 해서, 한시가 되면 조개도 고기도 잘 잡힌다.

----

* 미역.

　이날 삼희도 동무들과 함께 포구 앞 방파제로 낚시질을 갔다. 고기가 더 잘 잡히고 더 신명이 나는 섬을 버리고 이곳을 정하기는, 물론 삼희를 위해서이지만, 고기 낚기에는 본시 '날물'과 '들물'이 있어, 이들 일행도 오정이 지나자 곧 달려온 셈이다.

　삼희는 물을 대하자 괜히 숭얼대고, 바다처럼 활짝 자유로우려는 마음을 간신히 걷어잡은 채, 낚싯대를 던졌다. 바닷물이 사뭇 줄어, 길길이 뻗은 미역풀 사이로 고기들이 놀고, 그것이 거울 속처럼 들여다보이고 하면, 사람들은 그만 애들처럼 즐겁기만 하고, 한껏 천진해진다. 그러기에 아무리 모르는 사이라도, 크고 묘한 고기를 낚으면 마치 형제간이나 된 것처럼, 머리를 맞대이고 즐기는 것이 낚시터의 풍속이다.

　오라버니도 삼희 편에서 고기를 낚아올리면, 쫓아와서, 낚시도 빼어주고,

"얼마나 큰가?"

고, 물어도 주고 하였다. 또 오라버니 친구 되는 분도 이러하였고, 삼희 편에서도 이러해서, 큰 고기일 때에는, 물에 담가도 보고 하였다.

　일행은 날이 거반 저물고 또 비도 올 것 같은 날씨였지만, 끝내 돌아가지 않고, 선창가에 있는 조그마한 음식점에서 생선국을 먹고는 다시 물가로 나왔다. 하늘이 흐려서 충충하고, 시꺼면 바다가 기선이 지날 때마다, 비늘이 돋쳐서, 괴물처럼 꿈틀거렸으나, 사람들은 조금도 무서운 줄을 몰랐다.

　밤이 점점 제격으로 들어설수록 고기는 자꾸 물렸다. 주위는 낮에 말이 많은 것과는 달리, 점점 말이 없어지고 이상하게 긴장해갔다. 밤에는 떠들면 고기가 오지 않는다는 이유도 있었겠지만, 또한 사람들이 제풀로 말이 없어지기도 하였다.

　삼희는 진작부터, 오라버니가 준 윗옷을 입고 앉았는데도, 차차 바람이

싫고, 자꾸 피곤해지려고 해서, 한 번도 자리를 갈지 않은 때문인지, 그의 가까이는 아무도 사람이 있지 않았다. 그는 끝내 낚시질을 그만두고, 방파제가 무너진 움텍이를 찾아가 앉았다.

삼희가 이렇게 얼마를 앉아 있는데 누가 뒤에서

"차지 않아요?"

하고, 말을 건네는 사람이 있었다. ―태일이라는 청년이었다.

그가 추운 것이 아니라는 듯이, 조금 풍성히 앉으면서 괜찮다고 말을 했더니, 청년은 삼희의 이러한 말에는 별로 대답도 없이, 그와 조금 떨어진 축대로 와 앉았다. 그러더니

"바다를 좋아합니까?"

하고, 불쑥 물어보는 것이었다. 그래서 삼희가 좋아한다고 했더니, 자기는 별로 좋아하지 않는다고 하면서

"난 산을 더 좋아합니다."

하고, 말을 했다.

조금 후에 청년은 역시 서문 없는 태도로,

"내가 어떻게 뵈요?"

하고, 다시 말을 건넸다. 대단히 난처한 질문이었다. 이때 삼희는 정말 비위를 상해도 좋을 법했다. 그러나 그는 웬일인지, 제법 친숙한 사람에게 말하듯 약간 농조로,

"좋은 분이라고 생각합니다―."

하고, 대답했다. 그랬더니 청년은 그저 멀뚱히 앉은 채 가만히 웃을 뿐이었다.

얼마 후에 청년은 다시 생각난 듯이

"날 어떻게 보십니까?"

하고, 굳이 물었다. 이리 되면 난처한 일인 게 아니라, 세상에 염치없고 무례한 질문도 분수가 있다. 삼희는 뭐가 노엽다기보다도 어쩐지 웃음이 나려고 해서, 그러니까 반 장난삼아, 외인부대外人部隊 같다고, 했더니,

"오라버니는요?"

하고 다시 물었다.

삼희는 더욱 뭘 따져볼 배 없이,

"오라버니두요……."

하고 대답했다. 그랬더니 청년은 의외로 삼희의 이러한 말을 꽤 심각하게 듣는 모양이어서, 한동안 잠자코 앉아 있기만 하더니, 별안간 머리를 들며,

"싫은 일이올시다! 어째서 그런 생각을 했습니까?"

하고 삼희를 보았다.

삼희는 웬일인지, 저를 보는 청년의 시선이 거창하게 느껴졌다. 그래서 모르는 결에 얼굴을 피하며, 또 한편 이러한 곳에서 남의 사람 보고 '외인부대'니 뭐니 하고는 힛득픽득 번거롭게 구는 제 모양에 스스로 싫은 생각을 일으키며 가만히 일어섰다. 청년도 따라 일어났다.

이때, 맞은편 등대의 불빛이 청년의 흰 이마에 싸늘히 쏟아졌다. ―청년은 곧 바다를 향해 돌아섰다. 약간 머리를 숙인 채, 언제까지나 다시 돌아서지는 않았다. 순간 삼희는 그가 몹시 훌륭해 보였다. 불현듯 한껏 보드라운 마음으로 그 돌아선 얼굴이 보고 싶어졌으나, 그는 끝내 오라버니가 있음직한 왼편쪽 길을 걷기 시작하였다. 문득 바다가 설레고 바람이 거칠어진 것처럼 가슴에 오는 야릇한 위압을 느끼며, 삼희는 역부러 소리를 내어

"그만 돌아갔으면 좋겠다―."

고 중얼거렸다.

　어느 날 아침이었다.

　삼희가 채 일어나기도 전에, 오라버니 방에는 진작부터 태일이라는 청년이 와 있었다.

　두 사람은 아침을 먹은 후, 오정이 되도록 오라버니 방에서 이야기를 하고 놀았고 점심을 치른 후에도 뒷산 잔디밭에서, 해가 떨어질 무렵까지 있었으나, 청년도 삼희도 오라버니도 아무도 아는 척하지는 않았다.

　청년이 돌아간 후 저녁을 먹은 후에도 오라버니는 이날 따라 자기 방에만 있었다.

　삼희는 끝내 오라버니 방에를 가보았다. 오라버니는 책상에 턱을 고이고 앉은 채 연필로다 뭘 정신없이 끼적대고 있었다. 그 앉은 모양이라든가, 얼굴 표정으로 보아, 시방 오라버니가 뭘 마음 들여 하고 있지 않다는 것을 곧 알았다.

　미닫이를 닫고 들어서면서 삼희는 한 번 더

　"오라버니 뭐 허우?"

하고, 짐짓 속삭이듯 물어보았다.

　오라버니는 연신

　"응? 어—."

하고, 그저 입으로만 대답했을 뿐, 통이 이리로는 정신이 없었다. 삼희는 고개를 길다랗게 하고 책상 위에 있는 종이쪽과, 오라버니가 끼적이고 있는 것을 번갈아 살펴보았다. 종이쪽은 연필로 그린 누구의 초상인 듯해서, 자세히 보니까, 어느 강물을 빗겨 비옥한 평야를 배경으로 아무렇게나 앉아 있는 거창한 청년이, 바로 태일이었다. 청년은 머리칼이 거칠고 수염이 짙어 눈이 더욱 빛나 있었다. 그러나 힘없이 거두어져 있는 얼마나 징한 조화를 잃은 큰 손인가?

삼희는 얼굴을 찡기며, 다시 오라버니 앞에 놓인 종이쪽을 보았다. 이번에는 아무 배경도 없이 그냥 백판에다가 지독히 안정安定을 잃은, 초라한 남자를 앉혀놓았다. 그는 볼수록 초라한 이 청년을 꼭 어디서이고 본 것만 같아서 찬찬히 바라다보노라니까, 과연 이 머릿박이 유난히 크고 수족이 병신처럼 말라빠진 우스운 사나이가 영락없는 오라버니가 아닌가?

삼희는 한편 놀라면서도, 웬일인지 터져나오는 웃음을 참을 수가 없었다. 이래서 삼희가 소리를 내고 웃었을 때, 놀라 돌아다보는 오라버니도 그만 소리를 내고 따라 웃은 셈이다.

얼마를 이렇게 웃고 났는데도

"오라버니 그 나 온 참……."

하고, 삼희는 자꾸 웃었다.

조금 후에 두 그림을 나란히 하여 일부러 멀찌감치 들고는

"그래, 어떠냐? 잘 그렸지?"

하고, 오라버니는 물었다.

"잘 그리고 뭐구 무슨 사람들이 그렇대요?"

하고, 삼희가 여전 웃고 있으려니까

"내 것은 내가 그린 거고, 이것은 태일 군이 그린 건데, 태일 군 다시 동경東京 가겠다구 그래서, 말하자면 그 자화상自畵像을 내게 준 셈이다."

오라버니는 그림을 든 채 약간 장난조로 설명을 했다.

삼희가 오라버니를 잠깐 흘겨보면서

"이따금 오라버니들은 꼭 어린애 같어—."

하고 말을 했더니, 오라버니는 그림을 놓고, 삼희 편을 보고 돌아앉으며

"어린애? 그래 어린애지. 허지만 그 어린애인 곳이, 혹은 어리석다는 곳이, 이를테면 지극히 넓은 것, 완전히 풍족한 것과 통하는 것이라면?"

하고, 말하면서

"이런 건 다—너희들 '작은 창조물'들이 알 수는 없을 거다—."

하고, 여전 농조로 웃었다.

삼희는 어쩐지 싫은 생각이 들었다. 무슨 모욕을 당했을 때처럼 불쾌하였다기보다도 오라버니에 대한 이상한 의심이 일종 야릇한 불쾌를 가져왔다. 그러려니 해서 그런지는 몰라도 어째 얼굴이 희고 몸이 가냘픈 거라든지, 손발이 이쁜 것까지 모두가 의심쩍었다.

그래서

"지극히 어진 이가 그 어진 바를 모르듯 오라버니도 응당 몰라야 할 것을 이미 안다는 것은 어찌된 일예요?"

하고, 그도 짐짓 농조로 말을 해보았다. 그랬더니 오라버니는 거반 싱거울 정도로 쉽사리

"그럼 나도 그 '작은 창조물'의 하나란 말이지?"

하면서

"그럴지도 몰라—."

하고, 말하는 것이었다.

조금 후에 삼희가 자기 방으로 돌아오려니까 머리 속에 퍼뜩, 오라버니의 이상한 모습이 떠올랐다.—이른바, 거인巨人도 죽고 천사天使도 가고 없는 소란한 시장市場의 아들로 태어나 한 올에도 능히 인색한—그러면서도 상기 고향故鄕을 딴 데 두어 더욱 몰골이 사나운 형상으로 나타났다.

어느 날 오후였다.

그동안 태일이라는 청년은 일절 오지 않았기 때문에, 오라버니도 이따금

"떠나기 전, 한 번은 들를 텐데……."

하고, 기다리었고, 삼희도 어쩐지 궁금했었다. 그랬는데 이날 조카아이를 통해서 태일이란 청년이 어느 싸움을 말리다가 머리에 중상을 내고 방금 입원해 있다는 것을 알았다.

조카는 오라버니가 묻는 말에

"총순집 아들이 술이 취해서 권투선수하고 싸우는 것을 말리다가 얻어 맞았대요—."

하고 대답했다. 총순집 아들이란 일전에 말하던 그 '김 군'이란 사람인 것을 삼희는 곧 알았다.

오라버니가 다시

"태일이란 사람도 같이 먹다 그랬다듸?"

하고, 물으니까, 조카는

"녜—."

하고, 대답을 했다.

마침 그 옆에서 올케가 듣다가

"되잖은 군들하고 몰려다니다가 예사지—."

하면서

"그 챙피하게, 피하지 못하구, 모양이 뭐람—."

하고는

"당신도 그 사람 쫓아 다니다간 큰 코 다치리다—."

하는 것처럼, 이번엔 오라버니를 건너다보았다. 이 얌전하고 초졸*한 부

인네가 적잖이 불쾌를 느끼는 모양이었다.

오라버니는 잠자코 곧 밖으로 나갔다. 오라버니가 병원으로 가는 게라고, 생각을 하면서 삼희는, 또 한편으로

'오라버니는 올케에게 무심하다—'

는, 이런 것을 생각하고 서 있노라니까

"그저께 동무집에 들렀더니, 그 사람 보구들, 그만한 학식과 그만한 인물 가지고 웨 일찌감치 자리잡어 앉지 못하고 괜히 흥청벙청 다니느냐고 말들입되다—"

하고, 올케가 다시 말을 이었다.

삼희는 잠자코 들으면서도

'어저께까지, 예사로운 사람이 아니겠드라고 칭찬하던 올케 마음과, 지금의 것을 어떻게 얽어봐야 하누?'

하는, 우스운 생각이 들어서, 짐짓

"옛날부터 남의 싸흠 가로채면 의리 있는 사람이라는데—"

하고, 말을 해보았다. 그랬더니

"그따위 의린지 뭔지 나 같음 돈 주고 허래도 안 하겠네—"

하고, 여전 윈고개를 치는 것이었다.

오라버니가 돌아오기는 훨씬 저물어서였지만 의외에도 오라버니와 함께 태일이란 청년도 왔었다. 어저께 퇴원했다는 것이었다.

청년은 머리에 붕대를 동인 채, 얼굴이 조금 수척했을 뿐, 여전한 모양이었다. 삼희도 전에와 달리 좀 어리둥절해서 바라다보았고, 올케도 얄궂이 맨숭맨숭 쳐다보았으나 청년은 비교적 예사였다.

오라버니가

"그 아무튼 일수 사나웠서……"

하고, 말을 하니까, 청년은 좀 어색한 웃음을 지으며, 천천히 말을 시작했다.

"그만 돌아왔을 건대, 뒤에서 김 군이 자꾸 부르니, 그 혼자 죽어라고 그냥 두고 올 수도 없고, 그래서……"

"그래서 한판 쳤단 말이지?"

"판이나 쳤음 좋게―."

두 사람은 소리를 내어 웃었다.

삼희 역시 웃음을 참고 돌아서면서

'어리석은 사람이 저분이라면, 그럼 약은 사람은 올케 같은 사람인가?'

하는 생각에 다시금 실소하려는 마음을 걷어잡은 채 얼른 자기 방 미닫이를 닫았다.

그 후 삼희는 오라버니를 통하여, 청년이 떠났다는 소식을 들었다.

어느 날 삼희가 제 방에 놓았던 종여죽 대신 다른 것을 가져올 양으로, 온실 앞으로 갔을 때다. 오라버니가 사무실에 앉아서 꽤 길다란 편지를 읽고 있다가

"태일 군이 너헌테 안부하랬다―."

하고 말하는 것이었다. 삼희는 맥없어 무안을 탔다기보다도, 정말 턱없이 가슴이 철석해서, 그대로 온실 안으로 들어가고 말았으나, 그러나 곧 그는 이러한 제가 도무지 되잖은 것 같은 생각이 들기도 하고, 또 다른 한편 뭐보다도 역력한 것은 궁금한 생각이어서, 결국

"그분 뭘 헌대요?"

하고, 물어보지 않을 수가 없었다.

오라버니는 삼희의 묻는 말에, 별로 싱글 싱글 웃으며

"그분? 아직은 놀고 있지—."

하였다.

"그럼 장차는요?"

"장차는? 연구실로 들어가든지, 그게 마땅찮으면 사관학교士官學校를 다니겠대—."

"그렇게 잘 들어갈 수 있어요?"

"들어갈 수야 있겠지. 허지만 웨 그렇게 곧추 묻니?"

이번에 정말 놀리듯 건너다보는 것이었다.

"사관학교는 좀 걸작인데요—."

삼희는 짐짓 피식이 말하면서, 되도록 무심한 낯빛을 하였다.

그랬더니 오라버니는 까닭 없이 벌컥해서

"너 그런 태도가 하이칼라라는 거다. 모든 데 어떻게 그렇게 조소적嘲笑的이고, 방관적傍觀的일 수가 있니?"

하고 나무라는 것이었다. 삼희는 첫째 억울하기도 하였지만 너무도 의외 꾸지람이라 한동안 말을 않고 서 있었으나

'자기의 약점을 남에게서 발견하고, 노한다는 것은, 너무 부도덕不道德하지 않은가?'

싶어져서, 삼희야말로 노여웠다. 그래서 그는 오라버니가 뒤에서 부르는 것을 못 들은 척 곧 자기 방으로 돌아오고 말았다.

조금 후에 오라버니가 와서

"노했니?"

하고, 묻는 것을 삼희가 별 대척을 않으니까

"너 이렇게 노하기를 잘하는 것도 하이칼라라는 거다—."

하고, 농을 하면서

"그래 내 잘못했으니 관두자—."

하였다. 삼희가 다시 빨큰해져서

"오라버니만 조소적이요, 방관적일 수 있고 남은 그렇거면 못쓴단 거
지요?"

하고, 말을 하니까, 오라버니는 잠자코 있더니, 한참 만에서야

"그게 좋은 거면 모르지만 나뿌니 말이다. 난 내게 있는 약점을 남에게
서 발견하면 아주 우울허다—."

하고, 말하는 것이었다.

삼희는 오라버니의 심정이 잘 알 수 있는 것 같았다. 그래서 어쩐지 마
음이 언짢았다. 역시 오라버니는 몰골이 사나웠다. 그러나 그는 이렇게
방황彷徨하는 오라버니의 모습에 오히려 동정이 가는 것을 어찌할 수 없
었다.

칠월 접어들면서부터, 조석으로 서늘한 기운이 돌기 시작한 것이, 요즈
음은 제법 나뭇잎이 바시락거렸다.

삼희는 진작부터 가을이 오면 돌아갈 것을 생각하고 있은 때문이기도
하지만, 아무튼 그는 날로 아이가 보고 싶고, 집이 그리웠다. 이따금 아침
에 일찍이 일어나 얼굴을 정갈이 씻고는 크림을 바르고, 연지도 찍어보고
하였다. 생각하면 어머니가 있고, 오라버니가 있고, 그가 자라난 하늘과
바다와 산과 들이 저와 함께 있는데도, 삼희는 대체 무엇을 그려, 어느 고
향을 따르려는 것인지 알 수가 없었다.

어느 날 삼희가 샘물가에 그저 망연히 앉아 있으려니까, 오라버니가 옆
으로 오면서

"너 언제 가니?"

하고, 물었다.

"쉬 가거라―."

"왜요?"

"이제 가을이 왔으니 가야지―."

두 남매는 웃었다.

삼희는 끝내 추석 전에 떠나기로 하였다. 마중을 가도 좋다고 하는, 남편의 호의를, 가서 만나면 더 반가울 거라고, 그만두게 한 후 그 대신, 삼포령까지 오라버니가 배웅해주기로 하였다. 떠나기 전 며칠 동안을 어머니가 계시는 월영동 집에 와 있었기 때문에, 이날은 가족을 한데 모은 단란한 오찬이 있은 후 삼희는 오후 네 시 차로 고향을 떠났다.

차가 서면을 지나, 진포를 접어들 때까지 두 남매는 별로 말이 없었다.

이때 마침 오라버니와 삼희가 앉아 있는 맞은편에 젊은 여자 한 사람과, 한 육십 남짓해 보이는 노인 한 사람이 와서 앉았다. 두 사람은 무슨 송사엘 갔다오는 것인지, 앉기가 바쁘게 젊은 여자가 노인을 몰아세웠다. 그 말하는 거취를 보아서 분명히 여자는 노인의 딸인 모양인데, 아무리 보아도 딸 치고는 참 기가 차게 망난이였다.

"그리 축구 노릇 하믄 사람값만 못 가지지, 글씨 웃지한다꼬 오늘도 돈을 못 받았노?"

"그렇기 말이다, 참 무서운 놈의 세상도 있제―."

"와 세상이 무섭노? 이녁이 축구지―."

하고 딸이 골을 내어도, 노인은 그저

"그렇기 말이다―."

라고만 하였다.

삼희는 속으로

‘이 노인이 ‘그렇기 말이다’라는 말밖에는 할 줄 모르는 게 아닌가?’

하면서, 보고 있으려니까, 과연 딸은 똑똑하게 생겼다. 그 얼굴하고 옷 입은 맵시랑, 아주 조약돌처럼 달아서 반드랍기 한량이 없었다.

‘저렇게 똑똑하게 되자면, 그 ‘마음’이 얼마 해침을 입었을까?’

하고 생각을 하니, 어쩐지 그 일거일동, 그 말하는 내용까지가 모두 폐해弊害 받은 상처 같기도 해서, 그는 모르는 결에 얼굴을 숙였다.

노인은 다음 역에서

“어서 오라캉께!”

하고, 주정질*을 치는 딸의 뒤를 따라 내려갔다.

두 남매는 뭐라고 말을 건너려고 했으나, 여전 잠자코 있었다.

어느덧 어둠이 짙어왔다. 마침 차가 지나는 서쪽으로 멀—리 낙동강洛東江이 흐르고 있었다. —강물이라기에는 너무 망망한 물결이었다.

“너 강물을 좋아하니?”

오라버니는 누이의 대답을 기다릴 것 없이

“나는 참 좋다—.”

하고 말을 했다.

강물은 점점 가까이 와 드디어 안전에서 넘실거렸다.

강물은 징하고 끔직했다. 그러나 질펀한 평야를 뚫고 잠잠히 흐르는 강물은 또한 얼마나 장한 풍족豐足한 모습인가?

두 남매는 차가 삼포령을 지날 때까지 아득히 멀어지는 강물을 보고 있었다.

—『도정』, 백양당, 1948.

---

* 술이 취해서 정신없이 하는 말이나 행동.

종매從妹
—지리한 날의 이야기

석희瑮熙*가 집으로 돌아온 지 한 반 달쯤 되었을까, 어느 날 그는 숙모叔母가 전하는 종매從妹** 정원貞媛의 편지를 받았다. 더욱 의외인 것은 방금 병을 몹시 앓은 어떤 화가畫家와 함께 운각사雲閣寺라는 절에 나와 있다는 사연이었다.

그가 편지를 읽는 동안

"애야, 어떻게 된 일이냐? 종희가 겉봉을 보구 어느 절간에서 낸 편지라구 하니 그 무슨 일이냐?"

하고, 참다못해 숙모가 말을 건넸다.

"운각사라는 절에 나와 있는 모양인데, 무슨 일로 어떻게 나와 있단 말은 통이 없고, 절 보구 곧 좀 와달라는, 오면은 뭐구 다 알 거라는 말 뿐예요—."

그는 편지를 접으며 우정 천천히 조용조용 대답을 했는데도 숙모는 펄쩍하였다.

---

* 원문에는 '석히'로 되어 있으나, 현대어 표기를 고려하여 '석희'로 고쳤다.
** 손아래 사촌누이.

"온 별 일두, 그래 몇 년 만에 만나는 오라범인데, 당장 뛰어 못 오구 앉어서 오라범 보구 오라니 그런 버르쟁이가 어딧단 말이냐—."

그는 딸의 허물을 이렇게 말하는 숙모 마음이 어쩐지 정다웠다. 여기엔 어려서 어머니를 여읜 그로서 원의 어머니인 숙모의 따뜻한 마음을 받고 자라온 소치도 있겠지만 아무튼 시방 숙모의 말이 의미하듯, 석희는 속으로 은근이 자기가 나오기 전 먼저 원이 귀국하여 기다려주리라 믿었었고, 또 이러한 기대가 어그러졌을 때, 몹시 섭섭했던 것도 사실이나 그러나 이제 이렇게 편지를 읽고 보니, 이런저런 논의할 것 없이 대뜸 그리 유쾌한 일이 아니었다. 첫째 사정이야 어떻게 되었든 간, 과년한 처녀가 방학하면 곧 집으로 올 일이지, 더군다나 절간 같은 데서 이런 종류의 편지를 내고달코 하는 것이 도대체 신통치가 못하였다. 그러나 신통치가 못하든 어쨌든, 이를테면 신통치가 못하기 때문에 더욱 그로서는 이대로 앉아 누이의 소행을 가만히 보고 있을 수는 없는 것 같은, 이상하게 갈래진 심사를 겪으면서, 그는 끝내

"제가 일간 가보기로 하겠습니다. 그 대신 작은어머니는 누구보구도 암 말씀 마십시오."

이렇게 잘라서 말을 하였던 것이다.

석희는

"글쎄 말을 허긴 어데다 대구 헌단 말이냐. ……너희 삼촌께서 아시는 날엔 큰 거조가 날 거다—."

하고, 무얼 먼저 나서 쉬쉬하는 숙모에게, 우선 집안에서들 이상하게 생각지 않도록 이번 방학엔 시험 때문에 나오지 않는다고 이르라는—이런 종류의 몇 가지 부탁을 더 드린 후 돌려보낸 셈이다.

집안에서는 진작부터, 큰형서껀* 어느 조용한 절로 가 몸을 쉬라는 부

탁도 있었고 해서 그가 운각사로 간댔자 아무도 의심할 사람은 없을 것이었다. 이래서 숙모가 돌아간 후 그는 곧 형수에게 내일 길 떠날 채비를 부탁한 후 그대로 번—듯이 누운 채, 어디 가 닿는 아무런 관련도 없이, 그저 막연하게 '연애戀愛'란 것에 대하여, 찌금찌금 생각을 굴리고 있는 참인데

"되련님 옷, 녀름 것만 챙겨요?"

하고, 둘째형수가 들어왔다.

"아무렇게나 하슈—."

그러나 형수는 바로 나가는 게 아니라, 옆으로 와 앉으며

"안의댁 처녀 되련님 보셨소?"

하고, 은근히 물었다.

그가 약간 어리둥절해서 바라다보려니까

"신식 처녀래두 참 얌전하대요. 미인인데도 요즘 색시들과는 다르대요—."

하고, 건너다보는 것이었다.

석희는 형수가 꼭 원의 일을 눈치 챈 것만 같아서 싫었을 뿐 아니라, 필경 이런 말을 나오게 한 것이, 방금 자기가 무료히 누워 있은 때문일 거라고 생각이 되자, 이러한 형태로 나타나는 가족들의 호의가 어쩐지 거반 느끼할 정도로 싫었다.

"그러니 그 색시가 어쨌단 말이오?"

이렇게 무뚝뚝한 대답을 하는데도 이 사람 좋은 형수는

"또 괜히 이러시지. 삼십을 바라보는 총각이 그럼 색시 이야기가 싫단

---

* '〜서껀' 은 '〜이랑 함께' 의 뜻이다.

말요?"

하고, 이번엔 제법 농조로 말을 받는 것이었다.

그는 더 참을 수가 없었다. 물론 색시 이야기가 싫지 않을지도 모른다. 허나 문제는 시방 말을 하는 사람과, 그 말을 받아들여야 할 사람과의 극히 미묘한 심리적인 어떤 거리距離에서 오는 야릇한 불쾌감 때문에, 마침내 그는 눈을 감은 채 자는 척해버릴 수밖에 도리가 없었다. 형수가 나간 후 그는 정말 자고 싶어져서 자리를 펴고 드러누웠으나. 그러나 정작 자려니까 또 잠이 오지 않았다. 머리 속엔 두서없는 생각이 함부로 떠올랐다. 생각하면 석희가 집을 떠나 있는 동안 현실과 차단된 그 어두운 생활에서 이따금 마음속으로 제일 다정하게 만난 사람이 있었다면 그건 누이 원이였고, 누이와 자라난 고향의 기억들이었다.

어느 여름이었다. 내년에 서울 학교를 가야 할 시험 준비를 게을리한다고, 중형에게 종아리를 맞은 후 화나는 판에, 또 무슨 마음이 내켰던지 작은댁엘 가서 원이를 데리고 강가로 나온 적이 있었다. 그때 원이는 얼굴도 이뻤고 또 무남독녀이고 해서, 참 귀염을 받았다.

석희는 아무리 화가 날 때라도 강가로 나와 천어川魚 새끼를 쫓고 모래성을 쌓고 하면 그만이었다.

원이를 강변에 앉힌 후 죄고만식한 돌을 주어다가 앞에 놓아주면서

"오빠가 올 때꺼정 이것 가지고 놀믄 착하지—."

하고, 제법 의젓한 수작을 하다가 제바람에 열적었던지, 다시 선머슴이 된 채 물속으로 뛰어 들어갔다. 얼마동안 곤두박이도 하고, 뒤집어뜨기도 하면서, 한참 재주를 부리는 판인데, 퍼뜩 원이 생각이 나서 그편을 보았을 때다, 웬일일까? 원이가 있지 않았다. 단걸음에 뛰어나와, 고의춤을 여미는 듯 만 듯, 사면을 둘러보았으나 보이지 않았다. 별안간—원

이가 물에 빠졌다―는 생각과 함께, 그는 그만 으악 소리를 치고 울었다. 뒤미처 방금 물속에서 죽으려고 하는 모양이 보이고, ……아무래도 그냥 둘 수는 없었다. 석희는 옷을 입은 채 물속으로 들어가면서, 자꾸 넘어졌다.

"게 누구 없어!" 하고, 구원을 청하여 한 번 더 사면을 둘러봤을 때다. 아찔아찔 어지러워서 잘 분간할 수는 없었으나, 까마득한 모래밭 저편, 바로 뚝 밑에서 새카만 머릿박이 아른거리는 것 같았다. ―원이였다.

원이는 제대로 괸물에서 장난을 치느라고, 생쥐처럼 젖어 있었다.

"너―너― 여긔 있었니? ……여게 있었구나!"

그는 영문을 몰라 쳐다보는 원이를 잡고, 자꾸 흔들며 안아주었다.

돌아올 때, 오라범은 원이가 벌써 업혀 다닐 나이도 아닌데, 죄고만한 도랑이 있어도 업고 건넜고, 또 도랑이 아니래도, 자꾸 업고 갔으면 싶었다. 또 이날 저녁에는 제가 가졌던 좋다는 것이란 죄다 원이를 주고 하였다.

그 후, 자라갈수록 두 남매는 의가 좋았을 뿐 아니라 원이 동경으로 오던 해, 불행히 석희가 동경을 떠나야 하던 해였고 보니, 지난 삼 년 동안 석희로서는 원이를 두고 염려한 것이 하나둘이 아니었던 것이다.

×

차가 은주銀州에 닿기는 오정이 훨씬 넘어서였다. 여기서 원이 있는 운각사까지 가려면 다시 자동차로 세 시간가량이나 가야 했다.

그는 별로 시장하지는 않았으나 다소 갈증이 나는 것도 같았고 또 이왕 점심을 먹으려면 이곳에서 치르는 것이 좋을 것 같아서, 역전 큰길 옆으로 화양요리라고 쓴 누르께하게 생긴 이층집으로 들렀다.

그랬는데 내부는 바깥과도 사뭇 달라 식사를 하는 곳이라기보다는 훨씬 더 술을 마시는 곳 같았다.

그가 되도록 구석지로 가 앉으려니까, 맞은편 테이블에서 술을 마시고 있는, 눈이 변*으로 툭 나온 남자의 시중을 들고 있던 여자가

"게—짱 오갸꾸 사마—."** 하고, 손님이 온 것을 알리었다. 인해 이층으로부터 인기척이 나더니 콧노래와 함께 게—짱이란 여자가 나타났다.

그는 여자에게 맥주를 청한 후 담배를 붙이고 앉아 있는데, 조금 후 여자가 술을 가져와 따라놓고는 옆으로 와 앉았다. 그런데 여자가 무척 철따구니가 없어 보였다기보다도 입을 호— 벌린 채 앉아 있는 모양서껀, 꼭 제정신 빼어 매달아놓고 사는 사람 같았다. 그는 거듭 잔을 비우며 너무 말이 없는 것에 쑥스러운 생각이 들어, 그러니까 쉬운 말로다, 술을 먹을 줄 알거든 먹으라는 격으로, 병과 잔을 여자 앞으로 밀어주었다. 그랬는데 여자가 지금 취했노라고 대답을 해서, 이래서 그는 여자가 역시 취했던 것이라고 생각하면서 식전부터 무슨 술이냐는 것처럼 싱겁게 웃었다. 그랬더니 여자는 속알치도 없이 해죽해죽 웃으면서

"모르겠어요, 그저 먹어버렸어요—." 하고는 때글때글 웃었다. 이것은 그의 웃음에 대한 비상히 적절한 대답이었다.

석희는 여자의 놀랄 만큼 민감한 것을 느끼며, 일방 이렇게 식전부터 술을 먹는 여자가 보매에 결코 흉악한 느낌을 주지 않는 것이 오히려 이상하여 여자의 헤일빠즌 말에 연해 실소를 머금은 채 그대로 앉아 있었다.

조금 후에 그는 별다른 의미도 없이, 그러니까 지나가는 말로다 고향이 어딘가고 물어보았다. 그랬더니 그저 먼데라고만 할 뿐 잘 말하려들지 않

---

* 가장자리.
** '오갸꾸 사마'는 손님을 높여 부르는 말.

았다.

　그는 마음속으로 싱거운 수작이라고 생각하면서

　"먼 고향에서 뭘 허러 여기까지 왔소?"

하고, 다시 물어봤다. 그랬더니

　"그렇게 되고 이렇게 돼서, 그만 여기까지 왔어요―." 하고는, 그것도 어느 유행가의 곡조 같은 그대로를 함부로 재잘대면서, 이번엔 변덕쟁이처럼 호― 한숨을 내쉬었다.

　석희가 점심 대신 맥주를 마시고 돈을 치를 무렵해서

　"고향이 어디세요?"

하고, 여자가 도로 물었다.

　석희는 순간 이상하게 귀찮은 생각이 들기도 해서

　"나도 고향을 잘 몰루―."

하고, 대답한 후 곧 밖으로 나왔다.

×

　신작로의 손님은 늘 부편* 모양인지, 자동차는 잠뿍** 만원이었다. 뒤 칸에는 옆으로 학생복에 파나마를 쓴 젊은이가 앉고, 그 옆으로 역시 학생 같은 여자가 앉고, 또 그 옆으로는 삼십오륙 세쯤 나 보이는 여자가 앉고, 이렇게 한 칸에 네 사람씩, 차 안은 용납할 틈이 없었다. 그런데 석희는 차가 은주를 떠날 때부터

　'저 젊은 여자가 나이 먹은 여자와 동행이 아니었으면…….'

하고는, 공연히 초조해하였다. 스스로 참 오지랖이 넓다고 퇴박을 주었으

---

* 붐비다.
** 꽉 차도록 가득.

나, 그러나 이러할수록 마음은 자꾸 그리로 다가가, 모르는 결에 고개를 기다랗게 하고, 연상 나이 먹은 여자 편을 살피곤 하였다. 아무리 보아도 이 여자는 천상 뚜쟁이가 아니면 그런 종류의 무엇이다. 그 능청맞고 헤 변득스런 얼굴 표정이라든가, 짙게 화장한 솜씨라든가, 또 살빛이 푸르고 기골이 장대한 것까지 모두가 하나같이 빈틈이 없었다. 더욱 이상한 것 은, 비단 이 여자 앞에 내려진 이 여자의 생애를, 이 여자의 방식으로 살 아온, 어느 '욕된 세월'이 끼치고 간 흉한 흔적뿐만이 아니라 이 여자에게 는 어떤 천래의 망측한 혈류가 있는 것만 같았다. 그러나 십 분 이십 분 한 시간, 이렇게 올 때까지, 뒤칸에 앉은 네 사람은 또 변으로 아무와도 말을 나누지는 않았다.

차가 질령재라는 고개를 타고 쏜살같이 내달았을 때, 비로소 청년이 젊 은 여자에게 말을 건넸다.

석희는 모르는 결에 숨을 내쉬며, 차창으로 얼굴을 돌렸다.

차는 어느새 고개를 넘어, 이젠 아득한 평야를 헤치고 달아났다. 들로 가득한 자운영을 바라보며 그는 한 번 더 입가에 싱거운 웃음을 지었다.

"서울 가 닿으면 먼저 어듸로 가야 해?"

이번엔 젊은 여자가 말을 건넸다.

"내 하숙으로 가야지—."

여자는 더욱 작은 목소리로 다시 뭐라고 말을 건넸으나

"그래도 먼저 그렇게 할 수밖에……."

하는 청년의 목소리 이외는 알아들을 수가 없었다.

석희는 여전히 들을 내다보며

'서울을 가자면 어듸로 이리를 해 가나?' 하고, 객쩍은 생각을 해보는 것이었다.

두 젊은이는 뭔지, 저희들이 저지른 일이 아직 힘에 너무 크고 벅차다는 것처럼, 기를 펴지 못한 채 자꾸 딱딱해져서 뉘가 보아도 모르는 사이 같았다.

거반 운각사로 가는 길목이 얼마 남지 않았을 때쯤 해서 두 사람은 다시 말을 건넸다. 무얼 여자가 언짢아하는 기색이라도 있었든지

"자꾸 그러믄 난 어쩌라구?……"

하면서

"이제 가면 동무도 있고, 뭐구 다 일없어—."

하고, 청년이 말을 했다. 순간 청년의 얼굴엔 몹시 순되고* 간절한 데가 있었으나 두 사람은 다시 아까와 같이 말이 없어졌다.

어느새 해도 지고…… 소를 몬 마을 애들의 걸음이 빠를 때다. 마을도 산 그림자도 한껏 적막하고, 어설프기만 해서, 바로 나들이 갔던 애들이 불현듯 집이 그리울 때다. 석희는 청년에게 뭐라구 말을 건네보구 싶어졌으나, 결국 잠자코 말았다.

×

책이 든 작은 가방은 손수 들고 간다 치고도, 큰 것은 부득이 사람을 시켜야 했으나, 원체가 외딴곳이어서 적당한 사람이 없었다. 좌우간 짐은 주막에 부탁하는 한이라도, 먼저 길을 떠나기로 하였다.

오리목이라는 데서 운각사까지는 다행히 그리 멀지 않았으나, 길을 가르쳐주던 주막집 노인이

"원 길이 험해서…… 어데 혼자 가겠는가요?"

하고, 염려해주었다. 그가

---

* 사람의 성품이 온순하고 진실하다.

"뭘요— 괜찮습니다—." 하고, 말을 하니까

"어데요, 안입네다. 잘못하다간 초행에 욕볼 겝네다—." 하고, 노인이 거듭 만류했다. 또 그로서도 길이 헷갈려 괜한 욕이라도 본다면 부질없는 고집일 것 같은 생각이 없지도 않아서 그대로 우물쭈물하려니까

"내라도 가지요—." 하고, 선뜻 노인이 따라나섰다.

석희는 연상 막걸리 냄새를 풍기는 맘씨 좋아 보이는 이 노인이 처음부터 싫치 않았을 뿐 아니라 더욱 이렇게 동행을 해주는 데는 어쨌든 고맙지 않을 수가 없었다. 그가 미안하다는 뜻으로 말을 하니까 노인은, 절 아래 여관집 주인도 아는 터전이고 또 중들 가운데도 친지가 있어서, 자고 내일 아침에 와도 된다는 것과, 전에라도 심심하면 곧잘 절로 올라가 놀다 올 때도 있다고 하면서

"어데 몸이 불편해서 가십니까, 공부를 하려 가십네까?" 하고 물었다. 그래서 몸도 좀 쉴 겸 구경도 할 겸 왔다고 했더니

"그 좋습니다, 각처에서 해마다 많이 옵네다. 한 여름만 예서 나시면 가실 땐 딴사람이 될 겝네다—." 하고, 연상 자랑을 했다.

두 사람이 꼬불꼬불한 논길과 언덕길을 돌아서 큰 느티나무가 서 있는 데서부터 별안간 물소리가 들리고, 좌우로 산을 낀 으늑한* 골짝으로 길이 뚫어졌다. 초행이라 그런지 고작 오 리 남짓하다던 길이 십 리가 실히 되고도 남는 것 같았다.

석희는 바른편에 시내를 낀 등산길을 바위벽에 새겨진 부처들의 이름과 염불을 지켜보며, 잠자코 걸었다. 차차 골이 깊고 물이 맑아 그런지, 이상하게 생각이 외고길로 쏠리는 것 같았다. 문득 누이의 일을 생각한

---

* 조용하고 깊숙하다.

다. 뒤미처 저 시커먼 산고비만 돌아가면 원이가 있다는 것과, 자기는 오래지 않아 누이를 만난다는 사실이 똑똑히 알아진다. 그러나 산모롱이를 돌아가면 또 산이 가려 있고, 이 모양으로 절은 좀체 잘 나오지 않았다.

"금년에도 손님이 많이 왔습니까?"

"녜— 금년엔 아직 별루 없습네다—."

노인은 이편을 보지 않은 채, 깨진 담배통에 성냥을 그었다.

'그래 한 사람도 없어요?' 하고, 그가 물어볼 판인데, 그제사 노인은

"일전에 웬 학생이 앓는 사람을 데리고 올러갔지요— …… 남매간인 모양인데, 그 원 부모나 있는지……."

하고, 혼잣말처럼 중얼거렸다.

그는 '왔구나—' 하고, 생각하면서 한편 남매간이란 말이 어쩐지 유쾌하지 못하였다. 그러나 이것을 노인 앞에 내색할 수도 없고 해서

"병인이 아직 젊은 사람입듸까?" 하고 예사로이 말을 건넸다.

"아 젊고말고요. 새파랗게 젊우신 네가 인물도 준수하고 아주 얌전하든데요—."

노인은 묻지 않는 말까지 전해주면서, 들입다 왜 그렇게 자세히 묻느냐는 것처럼 바라다보았다. 그는 우정 건너편으로 시선을 옮기며, 잠자코 걸었다.

점점 어두어져서, 근처를 잘 분별할 수 없었으나 차츰 길이 넓어지고, 수목이 짙은 것을 보아, 절이 얼마 남지 않은 것을 알 수 있었다.

과연 몇 발걸음 가지 않아서 불빛이 보이고 인기척이 나고 하였다.

석희는 먼저 절 아래 있는 음식점에 들러, 술이랑 저녁을 노인에게 대접한 후 얼마간 노자를 주고 큰 절로 올라왔다.

그는 누이와 만난 후 방을 정하고, 짐을 헤치고 하여, 부피게 굴 것을

피하려고 먼저 중을 찾아 거처할 방부터 정하기로 하였다.

어린 중이 방을 쓸고 훔치고 할 동안 '원이가 혹 뜰에 나와 있지나 않나?' 싶어서 그는 몇 번 주위를 살피고 하였다.

중이 다소곳한 합장으로 편안히 쉬라는 인사를 하고 나간 후, 여구*를 풀어 제자리에 놓고 그는 잠깐 그대로 앉아 있었다. 고대 막 황혼이었건만 주위는 야심한 듯 적요하였다. 석희는 웬일인지, 이 밤으로 누이를 찾아볼 흥이 나지 않았다.

그는 곧 일어나 요를 펴고 다시 베개를 바로한 후 역부러 손을 가슴 위에 단정히 얹고는 눈을 감았다.

×

아직 창살이 뿌연 새벽인데도 절간으로선 그렇지도 않은지, 오래전부터 늙은 중의 염불 소리가 법당에서 지쳐 나왔다.

뭘 질정한** 것도 없이, 석희는 밖으로 나왔다.

정면으로 대웅전을 끼고 사방 입구자로 된, 절간이 어젯밤 볼 때처럼 그리 웅장하지도 않았고 또 마당도 그리 넓은 폭은 아니었으나, 바른편 담장 너머로 대밭이 장관이었다. 그는 절문을 나서 기역자로 꺾어진 정갈한 축대를 밟고 있었다. 상긋한 약초 내음새를 풍기는 일은 아침 공기가 콧날이 찌릿하도록 맑았다.

차차 안개가 걷히고 바른편으로 작은 길이 보였다.

그는 풀섶을 좇아 조그마한 석탑에 기대어 잠깐 걸음을 멈췄다. 맞은편 하늘이 연자홍으로 밝고, 머리 위에 파르르 작은 새들이 날 때마다 자꾸

---

* 여행할 때 쓰는 여러 가지 물건.
** 묻거나 따져서 바로잡음.

손등으로 이슬이 굴러 떨어졌다.—이때였다—맞은편 언덕 밑으로, 바로 길녘에 있는 우물가에 원이 세수를 하고 있는 것이 보였다. 이번엔 수건으로 얼굴을 훔치고, 다시 머리를 풀어 매만지고 하였다.

원이는 삼 년 전에 볼 때나 별로 다를 게 없었다. 여전 목이 가느다랗게 여위어 뵈고 서먹서먹 사람을 보는 그 눈이 어디론지 지향 없는 것 같았으나, 아직 짙은 색 봄옷을 입고 있어 그런지 얼굴이 몹시 희게 보였다.

석희는 여전 움직이지 않은 채, 극히 가라앉은 목소리로 누이를 불러보았다. 그러나 원이 이 얕은 음성을 가려내지 못한 채, 마지막 축대를 올라섰을 때다.

"원아—."

그는 커다랗게 누이를 불렀다.

사흘째 되던 날 아침, 석희는 누이가 만류하는 것을 물리치다시피, 도로 자기 방에서 식사를 했다. 철재라는 화가 방에서 원이와 함께 먹는댔자 다 같은 절밥이지만, 그저 한자리에서 먹자는 것이 두 사람의 희망이었고 또 자기로서도 굳이 이것을 거절할 아무것도 없어서, 그저 되는 대로 버려둔 것이었으나, 그러나 누이와 철재라는 사람의 사이가 어떠한 관계이든, 이 두 사람이 지금껏 가지고 온 그 분위기를 자기로서 건드리기가 어쩐지 께름칙했다. 이래서 결국,

"번번이 가고 오고, 그 귀찮아서 어듸……." 하고, 말을 끊었던 것이다.

청년과 원의 사이는 지난 사흘 동안 보고 느낀 바로는 좀체 요량하기가 어려웠고, 요량하기 어렵기 때문에 더 난처해지는 자기 처신인지는 모르겠으나, 아무튼 아이중이 밥상을 내어간 후, 가방 속에 그냥 들어 있는 책들을 꺼내어 여기저기 놓으면서, 이를테면 얼마를 이곳에 있게 되든지 있

을 동안은, 자기 생활의 질서를 세워야 하겠다고 마음먹는 것이었다.

바로 원이 들어왔다.

그는 여전 책을 들추면서

"어—ㅇ—." 그저 애매한 대답을 하는데,

"오빠—." 하고, 원이 다시 불렀다. 그런데 이번엔 그 부르는 소리가 어째 간절한 데가 있는 것 같아서 그는 책을 놓으며 누이를 보았다.

원이는 그와 가까이 하느라고 굽혔던 자세를 약간 바르게 하며, 오라버니를 바라보았다. 이것은 전부터 원이 항용 사람을 대하는 눈이었다. 이상하게 인정에 부닥치면서도, 몹시 서어한* 듯 서먹서먹 보는 것이 원의 눈이었다. 그러나 이 전일과 조금도 다르지 않은 눈자욱에서 그는 무턱대고—원이 나를 의심하는 것이라고, 즉 제가 한 바 그 행위를 내가 비난한다고 생각는 눈이라고—이렇게 대뜸 넘겨짚으면서,

"너 언제부터 날 의심하니?"

하고, 툭 잘라 묻고 말았다.

사실은 이제 누가 의심하는 것인지 모를 일이나, 지금까지 그는 아무리 마음을 짚어본대도, 참 한 번도 누이의 소행을 비난한 적은 없다고 생각는다. 이건, 자기가 삼촌이 아닌 이상 뭘 도덕적으로 비난할 건덕지도 있지 않았던 것이고, 또 누이란 으레 자라서 제 갈 대로 가는 법인 바에야 가사, 어머니나, 오라버니가 제일이던 그때 누이가 아니라고 해서, 굳이 불평을 품을 모책**도 없는 것이었다.

그러나 이제 이렇게 연덕 없는 말을 별미쩍게*** 쑥— 내놓고 보니, 흡

사, 지금껏 애매하였던 어느 마음 귀퉁이에 불만이 한꺼번에 쏟아진 것처럼 그는 다시,

"네가 무슨 짓을 하든, 나를 의심하란 법은 없지 않어?" 하고, 자기도 모를 말을 중얼거렸다.

원이는 눈이 퀭― 해서 오빠를 보고 있더니, 이번엔 그 서먹서먹한 눈에 눈물이 글썽해서 얼굴을 떨어트렸다.

그는,

'대체 얘가 웨 이렇게 잘 우느냐?'는, 지금까지와는 다른 갈래로 생각을 짚어보면서,

"웨 우니?" 하고, 물었다.

"……."

"말을 해야지 않어?"

그가 한 번 더 채쳤을* 때, 원이는 이 말에 대답 대신,

"그분 좋은 이애요―."

하고, 말하는 것이었다.

"좋은 이라니? 그래서 운단 말이냐?"

"아무튼 그분 보면 맘이 언짢어요―."

"왜?"

"가엾서요―."

석희는 잠자코 물러앉아 담배를 붙였다.

원이에게 이른바 그 정신적인 데가 있었다기보다도 말하자면 그리 건전치 못한 감상感傷이 있는 것을 그는 전부터 잘 알고 있다. 이래서 이것

---

* 일을 재촉하여 다그치다.

이 이제 한 사람의 불우한 청년 위에 전적으로 표현된 것뿐이라고 한다면, 이러한 감상이 주관적으로는 어느 만한 높이의 것이든, 말든, 아무튼 어느 모로 보나 원이보다는 어른이어야 할 철재로서, 이것을 아무 고통 없이 받아들일 수 있은 점에 대하여 그는 내렴內念 가벼운 비난의 감정을 가져보는 것이었다.

잠깐 그대로 앉아 있노라니, 이번엔 맹랑하게도 퍼뜩, 뇌리를 스치는―내가 선량善良하지 못한 사람이라는, 생각이 꽤 매됨저 모질게 부딪는 것이었다. 이제 만일 누이와 청년의 사이가, 그 소위 연애 관계가 아닌, 단순한 동정에서나 혹은 한 소녀의 '감상'이 얽어놓은 사이라면, 이러한 동정이나 감상이, 반드시 '소녀의 세계'에만 있으란 법도 없는 것이며, 또한 제가 누이를 사랑할 바에야 누이가 동정하는 사람을 저도 동정해서 못쓰란 법도 없다. 뿐만 아니라 만일 이제 철재라는 사람이, 누이로 인연해서가 아니라도 능히 그와 친해질 수 있는 사람이라면, 굳이 누이와 친하다고 해서 그와 못 친하란 법도 없다.

석희는 여태껏 옆에 가까이 가, 말 한마디 다정히 건네본 적이 없는, 철재라는 화가의 여윈 얼굴을 눈앞에 그려보았다.

그러고는,

'이렇게 몹시 않는 사람 앞에, 이렇게 냉정할 수가 있단 말인가―.'
하고, 생각해보는 것이었다.

좌우간 다 그만두고, 방금 원이 가엾다 생각하면 제일 간단했다. 만일 이러한 것을 '이해'라고 한다면, 이제 집안에선 자기 이외 아무도 원이를 이해하고 도와줄 사람은 없지 않은가 싶었다. 이래서 결국 그는,

"아무튼 지금 집에선 야단들 났다. 허니까 넌 기회보아 집에 다녀오기로 하고 그리고 병인은 내가 간호해보마―."

하고, 잘라 말을 해보았다.

그랬더니, 원이는 아주 날 것처럼 좋아하면서, 병인도 대단히 기뻐할 것이라고 했다

"남의 총각하고 산속에 와서 울고 하는 색시, 무슨 색시가 그런 색시가 있어?" 이리 되면 그는 우정 웃어 보일밖에 별 도리가 없었다.

×

석희가 철재 방으로 옮아온 지도 벌써 여러 날 되었다. 밤에 물을 떠오고 우유를 끓여 먹이고 하면서, 그는 몇 번인지,

'이게 위선이라는 게 아닌가?'

하고, 생각해보는 것이었다. 아닌 게 아니라 어찌 생각하면 위선인 것도 같았다. 첫째 그가 이리로 온 후 제일 처음 느낀 것이 있다면, 그건, 거반 역정이 나도록 거추장스러 보이는 철재의 인생살이었다. ─가족도 없고 돈도 없고, 병만 죽어라고 앓고, 세상 이렇게 폐로운 생애가 있을 수 없었다. 이리 되면 결국 이 사람이 살아가기 위해서는, 사람 상호간의 지어지는 일정한 부담의 정도를 지나서, 반드시 어떤 타他의 희생이 필요할 것이며 또 이건 결코 그리 용이한 일이 아니었다.

그러나 이제 석희는 모든 것을 이렇게 따져보려는 자기에게 어쩐지 싫은 생각이 들었다. 이렇게 까다로운 자기가 역시 좋지 못한 사람 같은 일종의 강박관념이 앞을 서기도 해서다. 이래서, 그저 쉬운 생각으로 병자란 보아주는 사람이 없으면 곤란한 법이고, 또 자기의 이러한 것이 남의 곤란한 때를 살펴주는 마음이 될지도, 또 이러한 마음이란 사람에게 있어 그저 조건 없이 좋은 마음에 속하는 것이라면, 이제 저라고 세상에 났다가 좋은 일 한 번 해서 못쓰란 법도 없었다. 그리고 또 하나 용기를 주는 것은 철재가 싫은 사람이 아닌 것, 석희 자신 당금에 별로 할 일이 없는

사람이라는 것이었다.

어느 날 밤이었다. 석희는 벽을 향하고 누운 채, 이번엔 철재의 마음을 더듬어보기 시작하였다. 자기가 이 방으로 왔을 때, 철재는 물론 좋아하였다. 그러나 암만해도 이것만으로 그의 마음이 무사하지는 않았다. 그래서 이런저런 생각을 들추고 있는 참인데, 이때 철재도 자지 않는 모양인지 여러 번 몸을 뒤척이고 하는 것이었다.

그는 잠을 자지 않는 상대방이 암만해도 께름칙해서, 끝내 왜 자지 않느냐는 것처럼 돌아다보았다. 철재도 그가 깨어 있는 것이 반가운 것처럼 마주 보았다. 그런데 그 웃는 얼굴이 극히 단순하고, 선량하였다기보다도 완전히 희게 느껴지는 어떤 순수한 고독의 그림자가, 순간 이상하게 심정에 와 부딪는 것이었다. 이래서, 그도 따라 시무룩이 웃으며 왜 자지 않느냐고 물어보았다. 그랬더니 병인은 늘 이렇다는 것을 말하면서, 지금까지는 잠이 아니올 때라도 자는 척해야 했기 때문에, 이 잠 아니올 때 자는 척이란 여간 곤란한 일이 아니더라고, 말을 하는 것이었다.

석희가 잠자코, 그저 그렇겠노라는 얼굴을 하고 있으니까,

"이젠 형도 옆에 계시고, 또 열도 차차 좋아지고 하니까, 어떻게든 꼭 낫게 하겠습니다―."

하고, 다시 말을 하는 것이었으나 석희가 생각할 때, 이런 종류의 말이란 혼잣말이 아니라면, 완전히 저편을 신뢰할 때 있는 말이었다.

그는 역시 조금 전 철재의 웃는 얼굴에서와 같은, 이상한 것을 마음으로 느끼며,

"그래, 얼른 낫게 합시다―."

하고 말을 받으면서, 일변 좀 더 다정한 말이 있을 것도 같아서, 잠깐 머뭇거리고 있는 참인데, 별안간 어색하였다. 이래서, 별 생각도 없이, 그저

얼결에 옆에 놓인 손을 잡아보았다. 그러나 다음 순간 그는 난처하였다. 물론 처음부터 이렇다는 격조로 잡은 것은 아니지만, 막상 잡고 보니, 철재와의 이러한 교섭은 지금이 처음일 뿐 아니라, 그는 본시 누구와도 이러한 경우에 이런 행동이 잘 있을 수 없는 위인이었다.

다음 순간 이것을 철재도 알았든지, 그의 손을 들어 제 손과 비교해보면서,

"내 손보다 더 여윕니다—."

하고 웃었다.

두 사람은 이상 더 말을 건네지는 않았으나, 석희는 철재가 좋게 생각되었다. 자기 병에 대해서 절대로 무관심한 그 태도도 좋았거니와, 또 하나, 이렇게 마음이 거래될 때 볼라치면 전연 앓는 사람 같지가 않았다. 자기보다도 오히려 침착하고 초연한 데가 있어 보였다.

마침내 그는 사람이 병을 앓는다는 게 참 재미있을 것 같았다. 눈 감고 가슴에 손 얹고 무작정 누워서, 귀찮아지면 죽을 것을 궁리하고, 그 반대일 경우엔 또한 살 것을 궁리해보고…… 얼마나 인생에 대한 유한 배포이냐 싶었다.

이래서 그는 어디 가닿는 말인지도 모를 말을,

"사람이 병을 앓는다는 건 분명히 편하고 유쾌하지 않소?"

하고 툭 잘라 물어보았다. 그러고는 제바람에 흠칫했다. 무슨 생각에서 이런 말이 나왔든지 간에, 방금 앓는 사람에게 들리는 말로는 좀 가혹한 말이었기 때문이다.

그러나 철재는 극히 평범한 얼굴로,

"허지만 사람이 건강하다는 건 훌륭한 자연을 몸소 느끼고 만져보듯 즐거운 일일 겁니다—."

하면서,

"역시 사람은 앓지 말어야지요—."
하고, 웃었다.

×

어느 날 세 사람이 점심상을 받고 앉았는데, 늙은 중이 목기에다 산딸기를 치면이 가지고 와서,

"이게 우리 절에선 한철 유명한 겁네다. 병인에게도 썩 좋지요. 체할 염녀가 없게스리 수건에 짜서 물을 먹으면 음식이 아주 잘 내림네다."
하고 말을 했다.

중이 돌아간 후 딸기를 먹고 앉았는데, 원이 버쩍 뒷산으로 딸기를 따러 가자는 것이었다. 산에는 독사가 있고 길이 험해서 도무지 갈 데가 아니라고 타일렀으나 끝내 고집을 부렸다.

마침내 원이를 주저앉힐 도리가 없어서, 석희는 누이를 따라 뒷산으로 올라갔다. 산은 별로 높지 않았으나 수목이 짙고 질번—해서 배후에 태산을 낀 풍모였다.

딸기는 나무가 많고, 칡넝쿨 다래넝쿨 이런 것들이 무성하게 많이 있는 게 아니라 돌녀도랑 쪽으로, 혹은 잔디밭 쪽으로 많이 있었다.

딸기가 많아질수록 원이는 정신이 없었다.

석희는 돌녀도랑에 걸터앉은 채 누이의 하는 양을 보고 있었다. 그러노라니 퍼뜩, 지금껏 한 번도 똑똑히 물어본 일이 없는, 또 원이로서도 구태여 설명하려고 않은 '원이 같은, 이를테면, 못난 성질로서 어떻게 처음 철재와 알게 됐을까? 혹은 어째서 이리로 같이 오게꺼정 되었을까?' 하는, 말하자면 그 마음의 자초지종에 대한 궁금한 생각이, 머리를 드는 것이었다.

“원아—.”

그는 먼저 누이를 불렀다.

누이가 볕에 얼굴이 빨개서 돌아다 봤을 때,

“유쾌허냐?”

하고, 물었다. 원이는 대답 대신 고갯짓으로 웃어 보였다.

“저번엔 울기만 하드니—.”

“저번엔? 오빠꺼정 오헬 하니까 그랬지—.”

“오해라니?”

“사람들이 생각는 것처럼 그렇게만 알거든……..”

“웨 그렇지 않단 말 못했어?”

“그런 걸 말해서 되나. 말하게꺼정 되면 벌써 오해한 건데—.”

“뭘루 그렇게 잘 알었니?”

“오빠가 묻지 않는 걸루—.”

말을 마치자 원이는 잠깐 오라버니를 건너다보았다.

“철재 언제부터 알게 됐었니?”

그는 끝내 묻고 말았다.

원이는 한 번 더 오라버니의 기색을 살피면서,

“동경서 지난겨울에 첨 알었어요—.”

하고, 대답했다.

석희는 누이의 말투가 약간 존칭으로 변하는 것을 보아, 긴장하는 것을 곧 알았을 뿐 아니라 전부터도 이렇게 태도가 딱딱해지기 시작하면 원이는 말을 잘 못했다. 이래서 그는 되도록 정면으로 보기를 피하며, 짐짓 농조로,

“그래, 내라도 뭐헐 텐데 네게 그런 좋은 교우가 있었다니……..”

하고 웃으면서,

"이를 게 아니라 우리 딸기 따면서 이야기 좀 하잣구나—."
하고, 일어섰다.

이 모양으로 시작된 원의 이야기는 그리 간단치가 않아서, 정희라는 학교 동무를 통하여 알게 되었다는 것으로부터, 처음엔 유망한 화가라는 데 호기심이 갔고 다음엔 중한 병을 앓는다는 데 놀랐고, 이래서 가보기꺼정 되었다는 것인데, 그런데 한번 가본 후로는 도저히 그냥 모른 척하고 있을 수가 없었노라고 하면서,

"아무튼 의사도 그대로는 살지 못한다구 했으니까— 그리고 옆에 누구 한 사람 있어야 말이지—." 하고, 말하는 것이었다.

"친구도 없듸?"

"있었는데 오빠 같은 일로 다들 가고 없었어요—."

"여긴 어떻게 해서 오게 됐니?"

"여긴? 의사도 귀국하라고 했고 또 병인도 이 절로 오구 싶어해서. 그래서 생각해보니까 마침 하기휴가고, 집에 나가는 길에 여기 들렀다 가면 될 것 같아서 나왔지—."

"철재가 이 절을 어떻게 알고?"

"중학 때 지리산엘 가면서 들렀었대—."

"그럼 그는 그렇다 하고, 웨 집엔 오지 않았니?"

"오느라고 병이 더해져서 갈 수 있어야지. 꼭 죽는 것만 같은데. 그래서 오빠 와달라고 집에다 편질 했지—."

석희는 누이의 이야기를 들으면서 몇 번인지 실소를 했다. 세상 철을 몰라도 푼수가 있었다.

"집에서 알면 큰 야단이 날 걸 몰랐니?"

"알긴 알았어— 하지만 아니면 그뿐 안냐?"

"아니면 그뿐이라? 그래 맞었다, 네 말이……."

석희는 끝내 웃고 말었다.

×

원이 '아무것도 아니면 그뿐 아니냐'고 큰소리 하는 것과는 달리, 철재와 원의 감정은 그 시초부터 결코 아무것도 아닌 것은 아니었다. 단지 죽는다는, 혹은 죽을 사람이라는, 이 커다란 사태 앞에, 두 사람은 조금도 옆을 돌아볼 여유가 없었던 것뿐이고, 결국 '아무것도 아닌 것'으로밖에 표현되지 못한 것뿐이었다.

이것은 앓는 사람의 병이 점점 차도가 있어감을 따라, 반대로 차차 멀어지는 두 사람의 관계를 보아 잘 알 수가 있었다. 요컨대 이것은 '산다'는 데서, 비로소 '죽는다'는 사실 앞에 양보한 '자기'들을 각기 찾으려는, 어떤 잠재한 의식의 표현 같기도 했다.

날이 점점 더워져 성한 사람도 나릿할* 때가 많았으나, 신기할 정도로 철재는 날로 차도가 있었다. 무엇보다도 열의 상태와 수면의 시간이 월등히 좋아져서, 아침이면 제법 자기 손으로 세수를 할 수도 있었고, 또 유독 기분이 좋은 날은 아침이 아니라도 곧잘 일어나, 이따금 우스운 얼굴들을 그려서는 사람들을 유쾌하게 만들어주기도 하였다. 또 원이는 원이대로 마음이 내키면 곧잘 공부도 하고, 이따금 얼굴이나 몸치장을 할 때도 있어서, 제법 오라버니를 따라 산간에 와 있는 '누이'의 모양을 갖출 때도 있었다.

어느 날 석희는 주막집 노인이 은주에 가서 사흘이나 묵고 사온, 등의

---

* 동작이 재지 못하고 좀 느린 듯하다.

자를 제일 전망이 좋고 통풍이 잘되는 절문 밖 은향나무 밑에다 갖다놓은 후, 철재를 데려다가 앉히고는 아주 만족해하였다. 정말, 병인이 오래간 만에 '자연'을 대하고 신기해하는 거라든지, 만족해하는 것은 또 유별난 것이어서, 그도 덩달아 괜히 웃고 떠들고 하였다. 이때 누가 뒤에 섰는 것 같은 인기척이 있었음으로 두 사람은 모르는 결에 뒤를 돌아다보았다. 그랬더니 그곳엔 원이가 별로 싱글해서 꺼―뚝 서 있는 것이었다. 그 서 있는 모양이 하도 우스워서,

"웨 그렇거구 있니?"

하고, 오빠가 물어보았다. 그랬는데도 원이는 이 말엔 별 대척도 없이, 이상하게 쭈볏쭈볏 두 사람을 번갈아 보고 하더니, 그대로 들어가 버리고 말았다.

이날 저녁에도 원이는 별로 말이 없었을 뿐 아니라 전 같으면 방도 치워주고, 수건에 물도 축여 왔을 게고, 또 직접 철재에게도, 뭐구 제게 시킬 일이 없느냐고, 물어도 보고 했을 텐데, 일절 이런 일 없이 그냥 제 방으로 가버렸다.

원이 나간 후 석희는 문장을 치면서,

"곤할 테니 오늘은 일찍 잡시다―."

하고, 자기도 누웠다.

조금 후 철재가 불쑥,

"육친이란 어떤 거요?"

하고 물었다.

"글쎄―."

석희는 우선 애매한 대답을 하면서, 철재의 기색을 살폈다. 그러고는

"원이 처음엔 육친 같았는데, 이젠 좀 달러졌단 말 아니요?"

하고, 도로 물어보았다. 그랬더니 철재는 이 말에 대답 대신 그저 시무룩이 웃을 뿐이었다.

석희는 요즈음 '나보담도 오빠가 더 동무지 뭐—.' 하고, 곧잘 말하는 원이를 생각하면서,

"남성끼리는 친하면 혹 당신 말대로 육친이란 걸 느낄 수 있을지 모르나 이것이 이성일 땐 좀 다르리다—."

하고, 짐짓 피식이 웃으며 건너다보았다.

철재도 여기엔 별반 말없이, 그저 그렇겠노라는 듯이 듣고 있더니 조금 후에

"아무튼 당신 말대로 하면 이성과의 사귐이란 너무 편협해서 그 어디……."

하고, 말하는 것이었다.

"허나 사나이들의 사귐이 편협해지지 않기 때문에, 편협한 이성과의 사귐보단 훨씬 평범한 것이 아니겠소? …… 아무튼 당신은 그림쟁이니까, 나보다 더 잘 아리다—."

석희가 짐짓 농조로 말을 받아서, 두 사람은 제법 소리를 내고 웃었다.

×

어느 날 절에는 재*가 든다고 벅작건하였다. 그곳에서 한 사십 리가량 되는 연성 사람의 재라는데, 이 근처에선 제일가는 지주일 뿐 아니라, 금년 스물일곱에 난 아들이 죽은 제사라고 해서, 아무튼 이 절로선 드물게 맞는, 대사였으므로 며칠 전부터 절엔 중들이 득실거렸다.

물론 석희로서도, 앓는 벗을 위하여 염려하지 않은 바가 아니었으나,

---

* 齋. 성대한 불공이나 죽은 이를 천도하는 법회.

마침내 철재가 도저히 이 소란통을 큰 절에 앉아서 겪어낼 수는 없다고 야단을 해서, 더욱 난처하였다.

이렇다고 갑자기 딴 데로 갈 수도 없는 판이고, 또 이것을 철재로서도 응당 알고 있음직도 한데, 이처럼 심한 불평으로 옆에 있는 사람을 불안하게 하는 것이 한편 미흡한 생각이 들기도 하고, 또 사실 성가신 일일지도 몰랐으나, 또 달리 생각해보면, 철재로서 이만한 체면쯤 지키려면 훌륭히 지킬 수 있을 것임에도 불구하고, 정말 '육친'인 것처럼 믿고, 조그마한 마음의 불평도 숨겨두지 않는, 그 버릇이라고 할까, 병인다운 고집이라고 할까—아무튼 자기로서 이런 것을 좋게 받으려면 얼마든지 좋게 받을 수 있는 일일 것도 같아서, 이래서 생각한 나머지 평소 비교적 친숙히 군, 우담이란 대사를 찾아 상의해보았던 것이다.

그랬더니 대사는 그 뒤 암자에 빈방이 있을 것이라고, 다행히 주선을 해주었다.

이래서 석희는 내일 구경을 보겠다고 벌써부터 몰려와 웅성대는 사람들 틈으로 철재를 데리고 암자로 옮아왔다. 암자는 큰 절 왼편으로 죽림竹林을 끼고 더 산속에 있어, 한적한 폭으로는 큰 절에 비길 바가 아니었다. 더욱 늙은 보살이 암자를 지키고 있었으므로, 오히려 편리로운 점이 많았다.

저녁상을 받고 앉아서 두 사람은 약속이나 한 것처럼 옆에 원이 없는 것을 느꼈다.

"큰 절보다 저녁이 이르지?"

철재가 먼저 아는 척을 하니까,

"원인 저녁을 먹나?"

하고, 오빠가 말을 받아서, 두 사람은 멋없이 웃었다.

이때 간둥간둥 층계를 밟으며, 원이 들어섰다.

"호랭이도 제 말 하면 온다드니……."

오빠가 제법 반가이 맞으려니까, 원이는 이 말엔 별 대척도 없이, 방금 큰 절에는 사람이 어떻게 많이 왔는지 물 끓듯 설레인다고 하면서,

"사흘 동안이나 계속한대—."

하고, 말을 했다.

과연 원의 말마따나, 그 후 큰 절의 재는 굉장한 것이었다.

재가 끝나는 날밤 원이는 일찍부터 오빠를 찾아와 구경을 가자고 졸랐다. 밤중에 바라를 치고, 늙은 중이 염불을 외고, 또 옆에 죽은 이의 아름다운 아내가 죽은 이로 더불어 슬피 우는 모양은 어째 신비하기까지 하다고 하면서, 자꾸 떼를 쓰는 통에 석희는

"그래 영혼이 뵈이듸?"

하고, 누이를 따라 일어섰다.

두 남매가 죽림을 끼고 좁은 길로 지나려고 했을 때다.

어린 중이 웬 청년을 데리고 이리로 오다가,

"손님 오셨삽내다—."

하고, 앞으로 달려왔다.

그는 얼른 생각해서 자기를 찾아올 사람이 없었을 뿐 아니라, 벌써 어둠이 짙고 또 오래 보지 못한 벗이라, 종내 태식인 것을 알아보지 못한 채, 오는 사람을 보고 있었다. 이때, 청년은 그의 앞을 다가서며

"날세— 얼마나 고생을 했었나?"

하고, 손을 잡았다. 석희는 그제사

"아— 자네든가? 난 누구라구—."

하면서, 거듭 반가워하였다.

태식이는 그가 동경에서 사귄 친구다. 얼핏 보아 그 성격이나 취미가

정반대인 편이었으나, 어쩐지 두 사람은 친한 폭이었다. 석희가 주변이 없고 비교적 내성적이어서 좀 침울한 성격이라면 태식이는 이따금 웅변이요 개방적이어서, 화려한 데 속하였고, 강한 자기주장이 있으면서도 표현에 있어 그리 강경하지 못한 데 비해서도 반대일 뿐 아니라, 심지어 말소리가 번화하고 취하면 놀기를 좋아하는 것까지 서로 맞지 않았으나, 석희에게 침울한 일면 어딘지 화려한 곳이 있었고 또 태식이에게도 어디이고 석희의 일면이 있은 것처럼 두 사람은 이를테면 서로 반대되는 곳에 이상한 애착이 있었는지도 모른다.

아무튼 오래간만에 만난 그리던 친구라, 이야기가 그리 간단할 수 없었다. 석희는 처음, 도로 암자로 갈까 생각하였으나, 태식이와 철재는 면식이 없을 뿐 아니라 모르는 사람 앞에서 수작을 하고 또 모르는 사람의 수작을 보고 할, 어색한 분위기를 두 벗을 위해 피하고 싶었든지, 그냥 큰절을 향하고 걸었다.

태식이는 일방 길을 걸으면서, 그가 나온 소식을 듣고 곧 집으로 찾아갔더란 이야기를 하면서,

"역시 동경 시절이 제일 좋았어…… 그때 기억이 젤 남는 것을 보면—."

하고 웃었다.

절문 가까이 이르자 등촉이 낮과 같이 밝았다. 석희도 따라 웃으며, 자주 벗의 얼굴을 보았다. 오래간만이라, 처음은 잠깐 눈설어 보였으나, 얼굴이 홀—죽해 보이고 꺼—칠한 것이— 어딘지 장년 티가 나 보였다.

석희는 이 빛깔이 희고 깨끗하게 생긴 벗의 얼굴이 지금도 보메 흡족한지,

"자네도 좀 여위었나? …… 역시 그때가 좋았지?"

하고, 새빠진* 소리를 하면서, 마악 절문을 들어서려고 했을 때다.

뒤에서 원이 오빠를 불렀다.

그는 비로소 원이와 약속하고 나온 길임을 생각해낸 듯이,

"어—ㅇ 너?"

하고, 돌아다보았다. 그러더니 이번엔 청년을 향하여,

"내 누일세—."

하면서,

"나와 친한 분이다—."

하고, 말을 했다.

이날 밤 석희는 태식이와 큰 절 원이 방에서 자고, 원이는 암자로 가 보살 노인과 함께 잤다.

문득 요란한 바라 소리가 뚝 그친 법당으로부터, 외질로 찬찬한 염불소리가 호젓이 들려왔다. 석희는 밤이 이슥해진 것을 깨달으며, 지금쯤 아무 영문 모르고 자기를 기다리고 있을 철재를 생각하며, 일어섰다.

"자네 곤하지? 나 이 뒤 암자에 잠깐 다녀옴세—."

석희가 말을 하니까, 암자에 누가 있느냐고, 태식이 물었다. 그래서 어떤 앓는 친구와 같이 있노라고 대답을 했더니, 태식이는 별로 고개를 꺼떡이며,

"아— 그런가? 어—ㅇ, 그래?"

하고, 그 말의 억양과는 달리, 아주 무심한 얼굴로 대답을 했다.

조금 후 석희는 죽림을 끼고 암자로 향해 걸으면서,

'그만 아까 이리로 올 것을……'

* 경우나 기대에 어긋나는.

하는, 막연한 후회를 하였다.

석희가 암자로 들어서니까, 이번엔 철재가 제법 어리둥절해서 이편을 보았다. 그 얼굴이 꼭 '대체 누가 왔길래 웨 이렇게 왔다 갔다 부산하냐?'는 것 같아서, 그는 모르는 결에 어색하게 웃음을 띤 채,

"나허구 친한 사람인데…… 원이에게 얘기 들었지? 하도 오래간만이라 그동안 얘기도 좀 하고, 그럴라니까, 이리로 오면 당신헌테 언짢을지도 모르고 해서……."

하고, 기다랗게 말을 늘어놓았다.

얼마 후에, 그는 별 표정 없이 그저 좋도록 하라는 철재를 두고, 다시 큰 절로 오면서, 한 번 더

'그만 처음부터 저리로 갔으면 좋았을걸—.' 하는, 아까와 같은 막연한 후회를 하였다.

그랬는데 이번엔 그가 방엘 들어서자 대뜸,

"앓는 사람이란 누군가?"

하고, 태식이 말을 건넸다. 이래서 그는 되도록 간단하게, 그리고는 좋게스리 이야기를 하면서, 거기다 또 군덕지까지 붙여서,

"자네도 보면 곧 친해질 걸세—."

하고, 건너다보았다.

그러나 이 말에는 별 대답이 없이,

"자네 매 씨와 친한 분인가?"

하고, 태식이는 제 말을 계속하는 것이었다.

×

어디로 어떻게 옮든지, 아무튼 석희는 철재와 같이 있어야 한다고 생각을 했으나, 그 후 큰 절에 재도 끝나고, 방도 있고 했지만 어찌된 셈인지,

철재와 원이는 암자에 있게 되었고, 석희는 태식이와 큰 절에 있게 되었다. 하긴 철재가 암자를 좋아했기 때문에, 굳이 그가 철재와 같이 있으려면, 태식이도 암자로 오든지, 혹은 원이와 태식이가 큰 절에 가 있어야 할 판이었다. 하지만 그는 태식이를 데리고 암자로 오길 꺼릴 것보다도 더 원이를 큰 절로 보내기 주저했기 때문에 그냥 그대로 눌러 있은 셈이었으나 그러나, 사정이야 어떻게 되었든, 그는 철재에게 때로 미안한 생각이 없지 않아서, 이래서 큰 절에서는 잠만 잤을 뿐이지, 낮의 대부분은 암자에서 지내는 셈이었다.

물론 태식이도 석희를 따라 곧잘 암자에 왔고, 또 철재로서도 뭘 까다롭게 대하려고는 않았으나, 어쩐지 두 사람의 교우交友는 웬일인지 이곳에서 한 걸음 더 들어서지는 않았다.

이날도 그는 암자에 갔다가 오정이 넘어서야 큰 절로 돌아왔다.

마침 태식이가 있지 않으므로 방 한가운데 퇴침을 베고 누운 채 낮잠을 자볼까 생각을 하다가 방 안이 이상하게 답답하고 무더운 것 같아서, 도로 밖으로 나와 은향나무께 앉아 바람을 쏘이고 있었다. 이때 저 아래서 태식이가 싱글벙글 웃으며 올라왔다. 이즈음 태식이는 그가 암자에 가 있는 동안 이렇게 절 근방을 곧잘 돌아다니는 모양으로, 윗도리는 그냥 샤쓰 바람인데다 지팡이까지 짚어서 젊고 건강한 모습이 더한층 눈에 띄었다. 태식이는,

"뭘 그렇게 정신을 놓고 앉아 있나?"

하고, 가까이 오면서,

"혼자 어데를 다니나?"

하는 그의 말엔 별 대답이 없이, 저─편 냇가에 원이와 철재가 있더란 말을 전하면서

"지팡이가 아니면 연상 쓰러질 것 같어서 옆에 서 있는 정원 씨가 다소 가여웠지만, 먼 데서 보기엔 제법 성한 사람 같으데." 하고, 말을 하면서 웃었다.

석희는 이 약간 조소적인 벗의 말과 태도가 뭔지 몹시 싫었으나 이것보다도 이젠 철재가 걸어다닐 수 있다는 것이 반가웠을 뿐 아니라,—연상 쓰러질 것 같다—는 말에 어쩐지 고소가 나기도 해서 그대로 따라 웃으며 두 사람은 큰 절로 돌아왔다.

얼마 후, 마악 점심 상을 물리려는데,

"오빠 좀 오래—."

하고, 원이 들어왔다.

그는 철재가 물가에서 자기를 부르는 것을 짐작하면서, 일어나 밖으로 나오니까,

"나도 곧 감세—."

하고, 태식이가 말을 했다.

그러나 절문 밖 우물께를 돌아나오면서 여러 번 뒤를 돌아다보았으나, 태식이는 그만두고라도, 웬일로 원이까지 나오는 기척이 좀체 보이지 않았다.

석희가 나온 지 한참 만에서야, 원이와 태식이 냇가로 나왔다. 그런데 하나 이상한 것은, 가령 태식이와 철재 이 두 사람의 사이는 이렇게 직접 서로를 만나면 제법 좋은 얼굴들이어서 태식이도 비교적 무관하게 이야 길 하고 또 이따금 노래도 부르고 했거니와, 철재도 그저 하는 대로 보고 있어, 웃고 즐기고 하는데, 그런데 원이와 태식이 사이는 이것과는 훨씬 달랐다. 석희가 볼 때 두 사람은 결코 싫은 사이가 아닌 것 같음에도 불구 하고 기실 서로를 대할라치면 이상하게 태식이는 태식이대로 뻣뻣하고,

원이는 원이대로 팩팩했다.

지금도 이 두 사람은 뭘 다투기나 한 사람들처럼, 태식이는 별나게—
홍! 하는 얼굴이고, 또 원이는 원이대로 뭔지— 되잖다!는 표정이다.

두 사람이 가까이 오자 석희는 짐짓 환한 목소리로,

"이리 와 자네 그 '먼— 싼따루치아'나 좀 듣세그려—."

하고 웃어 보였다.

"노래는 무슨 노래를—."

이렇게 태식이도 따라 웃으며, 뭐가 열적은* 것처럼 우물쭈물 옆으로
와 앉았으나, 그렇다고 뭘 구태여 사양하려는 눈치도 아니었다.

본시 노래란 장소에 따라선 웬만치만 불러도 즐거워지는 모양인지, 노
래가 끝났을 땐 석희도 철재도 다만 격찬했을 뿐인데, 따로 원이만이 배
식이 앉은 채 잠자코 있었다.

석희는 남의 앞에 이처럼 반짓바른 누이의 태도를 이제 처음 보는 것처
럼 잠깐 아연하였으나, 그러나 태식이는 짐짓 피식이 웃을 뿐,

"얼마 안 가 내 생일인데—."

하고, 화제를 돌렸다. 그러고는 그날 단단한 턱을 받아야 하겠다는 석희
말에,

"암 턱이 있어야지—."

하고 대답하면서, 다시 농조로 웃었다.

×

태식이는 큰 절로 가고, 석희는 철재를 데리고 원이와 함께 암자로 왔다.

먼저 철재를 눕게 한 후 한동안 방 가운데 우두커니 앉아 있었으나, 냇

---

* 열없다, 좀 겸연쩍고 부끄럽다.

가에서 서늘하게 있다 온 까닭인지 방 안이 더 무더울 뿐 아니라, 아직 저녁때도 엇빠르고 해서 원이를 데리고 다시 물가로 나왔다. 그러나 따지고 보면 일부러 나온 셈이기도 해서, 그는 아래로 제법 큰 여울물이 돌아 내려가는 널따란 반석 위에 가 앉기가 바쁘게,

"너 웨 태식이 앞에서 그런 태도 취하니?"

하고 누이를 바라보았다.

원이는 뭔지—난 모른다는—태도로

"그럼 어떻거라고?"

하면서 들입다 건너다보았다.

"어떻거다니?"

"—그 사람 이상한 사람이에요—."

"이상한 사람이라니?"

"……."

"뭐가?"

"아무튼 싫은 사람이에요—."

그는 기가 막혔다.

조금 후 오빠는 되도록 느릿느릿 말을 시작하였다.

"가사 그 사람이 이상한 사람이건 싫은 사람이건, 네가 그 사람으로 해서 이상한 사람이 될 필요는 없지 않니?"

원이는 여전 같은 태도로, 그러나 약간—내가 뭐가?—라는 듯이, 오빠를 보았다.

"보니까 요지음 너 이상하든데. 있지 웨, 네가 싫어하는 여자. 난 이따금 네게서 이런 여자가 발견될 때 참 섭섭하더라—."

그는 여전 속삭이듯 가만 가만이 말을 했다.

원이는 역시 잠자코 있었다.

"너 집에 가고 싶니?"

원이는 가고 싶다고 대답했다.

"웨 가고 싶니?"

"……."

"그럼 내일이라도 가게 할까?"

"싫어요—."

두 남매는 다시 말이 없었다. 그러나 석희는 이 가기 싫다는 이유 속에는 자기도 철재도 들어 있지 않다는 것을 잘 알았다. 분명히 태식이라는 횡폭한 청년(원이는 이렇게 느끼는 것이었다) 앞에 도망하기 싫다는, 지기 싫다는, 꽤 강경한 고집인 것을 그는 곧 알았다.

—쟁평한 여울물 위로 알록알록한 산새 한 마리가 나지막이 날아갔다.

"어떠한 경우에라도 '내' 마음에 무리가 있어서는 좋지 못하다고 생각는데…… 가령 무리란 원체가 어떤 약점 우에 서는 것이기 때문에 말이다—."

그는—네가 태식이라는 청년을 싫어하는 게 아니라 오히려 좋아하지 않느냐?—는 물음을 이렇게 원방으로 돌려 구구한 형태로 물어보면서, 누이의 기색을 살피었다.

원이는 여전 잠자코 있었으나 인차 제법 의젓한 태도로 말을 받았다.

"오빠 말대로 그러한 마음의 무리가 있어 좋다는 게 아니라, 내 말은 단지 옳지는 않으나 있을 수 있단 것뿐예요—."

그러나 그는 이 순간 누이의 얼굴에서 이상하게 노한 표정을 보았기에 얼른 말을 계속하지 않았다.

조금 후 두 남매는 산기슭에 미끄러지듯 쩨레렁— 하고, 멀어지는 저녁 종소리를 들으며, 물가에서 절로 들어오려면, 도토리나무가 성히 서 있는 작은 길을 걷고 있었다.

"이제 막 네가 옳지는 않으나, 있을 수는 있단 말을 했는데, 가령 그렇게 된다면 그 마음의 곤욕을 어떻게 겪나? 그리고 또 몹시 곤란하다는 것은 몹시 괴롭다는 말도 될 수 있어서, 이 괴로움이란 정도를 넘으면 되돌쳐 반항으로 변하기도 쉬운데, 그러나 이러한 종류의 반항이란 항시 밝은 사람의 것은 아닐 거다—."

그는 여전히—네가 무엇이고 실수할까 무섭다—는 말을 이렇게 장황한 말로다 조심조심 건네는데도 누이는 그의 말이 떨어지자, 거반 신경질적으로,

"밝음으로 해서 사람의 어려운 경우를 완전히 피할 수가 있다면, 세상엔 '불행'이나 '고통'이란 말들이 소용없게……?"
하고 역정을 내었다. 그는 속으로— 앗차! 하였다. 분명히 이 말은 어떤 반항의 태세임에 틀림이 없었다.

"네 말대로 한다면, 돌뿌리를 밟은 사람은 다 넘어서야 한다는 격인데, 이렇구서야 어데 세상에 장한 것이나, 귀한 것이 있겠니? 그리고 '인생'이란 네 말과는 반대되는 의미에서 좀 더 엄숙한 것일지도 모른다—."

오라버니도 여기엔 잠깐 언성을 높였다.

다음 순간 잠자코 있는 누이를 발견하자 그는 이상하게 언짢은 생각이 들었다. 지금까지의 그 천진하던 원이는 어디를 가고, 극히 침울한, 어디까지 무표정한 얼굴 전체가 무슨 커다란 질곡을 겪는 것처럼 차가웠다.

'역시 원이는 '현대現代'에 살고 있는 거다!'

그는 드디어 마음속으로 중얼거렸다. 거진 길이 암자와 큰 절로 나누일 무렵해서, 원이 말을 건넸다.

"내가 말한 것은 단지 그렇게 말할 수도 있다는 것뿐이고, 또 나보구 요즘 이상해졌다지만, 난 어쩐지 그분이 좋지가 않아서, 그렇게 뵜는지도 모른다우—." 하면서

"퍽 좋은 분이래도 사람에 따러선 흔히 싫어하는 수도 있잖우, 웨—." 하고는 우정 웃어 보이기까지 하였다.

그는 누이가 지금 자기 앞에서 조금도 정직하지 못한 것을 알았으나 잠자코 누이를 따라 그저 웃어주었다.

×

더위의 한고비를 넘어들면서부터 산간에는 비가 잦았다.

석희는 근자에 들어 비교적 혼자인 시간을 갖고 싶어하였다. 물론 이렇다고 해서 갑자기 철재에게 대한 성의가 줄어진 것도, 또 뭘 태식이에게 떠비한 정을 느낀 것도 아니었으나, 말하자면 철재가 점점 나아감을 따라, '남'을 위해 열중해보려는 마음의 긴장이 풀어진 소치인지도, 혹은 철재의 병으로 하여 이루워졌던 어떤 공동한 생활 분위기로부터 이젠 각기 자기 처소로 돌아가야 할 때가 왔기 때문인지도 몰랐다. 그러나 불행히도 이 두 사람의 '자기 처소'란 햇빛 하나 드리우지 않는 몹시 어둡고 서글픈 곳이었든지, 이렇게 혼자인 시간을 갖고 싶어한 이후부터, 두 사람의 얼굴은 날로 우울해갔다.

단지 태식이만은, 좀 더 보람 있는 인생살이를 해보려는 심산이었으나, 어쩐지 그의 눈엔 다 하나같이 너절하게만 보였다.

석희는 종일 책에 몰두할 때도 있었다. 그러나 결국 허무하기 짝이 없었다. 이러할 때마다, 그는 무엇이고 '산 문제'에 한 번 부딪쳐보구 싶은—이렇게 하기 위해선 살인이라도 감당할 것 같은—고약한, 그러나 이상한 저력으로 육박해오는 야릇한 '의욕' 때문에 머리 속은 다시금 설레

기 시작하였다.

이날 밤도 그는 혼자이고 싶었다. 옆에 태식이가 귀치 않다기보다도 무어라고 말이 있을 것이 주체스러워서 눈을 감고 돌아누운 채, 아침나절 철재와의 얘기를 들쳐보고 있었다. ―별로 마음이 내키지도 않는 것을, 어제저녁 들르지 않은 것이 께름칙해서, 그는 일찌감치 암자로 갔었다. 식전까지도 보슬비가 나리는 날씨라 여전 골짝엔 뽀얀 구름이 아득히 서려 있었지만, 오랫동안 비에 갇혔던 마음이 울적하다는 것처럼, 철재는 혼자 뜰에 나와 축대에 심어진 초화들을 무심히 보고 있었다.

"뭘 그렇게 보고 있소?"

철재는 대답 대신 웃었다.

자리를 나란히 한 후 한참 만에,

"가을엔 우리 마구 돌아다닙시다―."

석희가 건넨 말이다.

철재는 그저 시무룩이 웃을 뿐 잠자코 있더니

"바깥엔 다녀 뭘하겠소."

하고, 여전 시무룩이 웃으며 건너다봤다.

"하긴 그래―."

그도 우정 농조로 따라 웃었으나 결코 농이 아닌 것은 두 사람의 맥없이 어두워지는 마음이었다.

이야기는 단지 이것뿐이었으나 돌아올 때 그는 철재도 자기처럼 가슴속 어느 한 곳에 무엇으로도 메울 수 없는 커다란 구멍이 하나 뚫어져 있는 것이라고 생각하였다.

―얼마를 이러구 있는데, 건너편에 앉아서 제법 머리를 동이고 뭘 쓰고 있던 태식이가

"자나?"

하고, 별안간 말을 건넸다.

석희는 대답 대신 이편으로 몸을 돌렸다.

"자네 언제까지 여게 있으려나?"

"글쎄 가을까지나 있어볼까—."

석희는 왜 묻느냐는 듯이 건너다보며,

"웬만하면 한 십 년 있어도 좋고……."

이러한 실없는 대답을 하며 옆에 있는 담배를 집어 불을 뎅겼다.

"자네 몸이 약해진 까닭도 있겠지만 아무튼 전보다는 많이 달러졌어—."

"뭘 보니까?"

"아무렇기로 자네가 산속에서 십 년을 살어서야 어데 쓰겠나—."

"쓰다니 어데다 써?"

"그럼 못쓰야 허나?"

그도 태식이를 따라 웃고 말았으나, 태식이는 곧 다시 말을 이었다.

"아무튼 나는 곧 서울로 가기 작정했네. 그래서 한번 세상과 싸홈을 해볼 작정일세—."

"돈을 한번 모아보겠단 말이지?"

"맞었네. 위선 내가 먼저 살어야 한다고 생각했네."

"타락할걸세. 관두게나—."

"아니야, 자신이 있어—."

"자네 어리석어이."

"내가 우물이란 말이지?—"

태식이는 담배를 집어 불을 뎅구면서,

"그럼 자네는 뭐겠는가?"

하고, 건너다보았다.

"나? 난 '악한'이구……."

태식이는 거진 폭발적으로 웃음을 터트렸다.

조금 후 석희는, 결국 자유를 위한 용기가 아니거든 치우치지 말 것을 역설하였으나, 태식이는 좀체 수그러지지 않았다. 심해서는 석희의 이야기를 허영이요, 도피요, 자기 못난 것에 대한 합리화라고까지 말을 했다.

야심한 후에도 석희는 쉽사리 잠을 이루지 못하였다. 자기의 이러한 마음의 상태가 태식이 말대로 단순한 건강의 소치라면 또 모르겠는데, 만일 그렇지 않은 것이라면 두 사람의 생각은 너무도 거리가 먼 것이었다. 가령 옳든 그르든, 한 사람은 정열과 희망을 가지려는 대신, 같은 시간과 같은 하늘 아래 살면서 오히려 따로 절망하는 마음이 있다면, 이것은 어찌할 수 없는 하나의 두려운 사실이었다.

×

지루하던 장마도 그치고, 어느덧 칠석도 지나갔다.

석희는 태식이 생일날 몇 잔 마신 술의 여독으로 이튿날 온종일 누워 있었다. 하긴 몇 잔이라고 하지만 기실 톡톡히 취했던 것이, 처음 생일턱을 시작기는 암자에서였는데, 또 이날따라 맥주가 왜 그리 독했던지, 채 서너 병도 못 가서 그는 부산을 피웠다. 결국 자기 손으로 철재를 눕게 한 후,

"당신은 자야지. 자야 허니까……."

하고는, 자라고 주지박질을 한 후 술병을 처안고 큰 절로 와, 자정이 넘도록 남은 술을 다 치운 폭이 되고 보니, 몇 잔이란 도무지 당치 않은 말인지도 모른다.

그날 밤 물론 철재도 석희의 주정을 즐겨 받았을 뿐 아니라, 취한 사람

들을 염려하여 원이를 보내기까지 하였다. 그러나 석희는 웬일인지 종일 암자가 궁금했다. 공연히—철재가 뭘 불쾌하지나 않았나—하는, 이러한 생각으로 해서

'저녁엔 가보리라—' 했던 것인데, 막상 저녁을 먹고 보니 다시 몸이 풀어지고 자꾸 눈이 감기려고 해서, 그는 끝내 자리에 눕고 말았다.

얼마 후에 그는 심한 갈증으로 해 눈을 떴다. 마침 태식이가 있지 않으므로 아이중을 불러 냉수를 떠오라고, 마신 후 멍뚱이 천장을 향한 채, 조금 전 잠결엔지 꿈결엔지 원이 온 것도 같아서, 그것을 더듬고 있는데, 문득 어제 술을 먹던 장면이 기억났다. —정말 눈앞이 아리송송할 무렵, 원이 들어오던 일, 무슨 생각으로인지 원이 보고 가라고 별미쩍게 소리를 질렀을 때 태식이가 원이를 잡아 앉히던 일, 태식이가 원에게 술을 권하던 일, 원이 노하던 일, 두서없이 나타났다. 그런데 이제 석희로서 두 사람의 말의 내용을 가려낼 수는 없다 치더라도, 아무튼 태식이의 그 한껏 순조롭지 못한, 무례한 거동만은 역력히 알 수가 있었다—.

석희는 다시 눈을 감았으나, 잠이 올 것 같지도 또 그냥 누워 있기도 거반 싫증이 나서 끝내 일어나 밖으로 나왔다.

아직 초저녁인지 바깥엔 두런두런 사람들이 서성대고 있었다.

그는 대밭을 끼고 올라가면서 퍼뜩

'태식이가 암자에 있나?'

하는 생각과 함께, 이상한 불안을 느끼며, 걸음을 빨리했다.

그러나 역시 태식이는 암자에 있지 않았다.

석희가 방으로 들어가니 죄꼬만한 가위로다 뭘 저미고* 있던 철재가 아

---

* 여러 개의 작은 조각으로 얇게 베어내다.

주 반가워하였다.

"그양 누워 있이우―."

했더니,

"난 괜찮소. 당신 누우―."

해서, 둘이는 웃었다.

조금 후 철재가,―원이는 뭘 하느냐―고 물어서―큰 절에 있노라―대답한 후,

"그런데 태식이 여기 오지 않았소?"

하고, 도로 물으면서 다음 순간 그는 이 희한한 거짓말에 스스로 실소하지 않을 수가 없었다.

"꽤 오래전에 혼자 나간 모양인데 어델 갔을까? 또 전 모주가 되어 넘어지지나 않았나?"

―이리 되면, 거짓말은 여반장이었다.

"나 저 아래 주막에 가보고 오리다―."

석희는 곧 밖으로 나왔다.

초여드레 달이 제법 달밤의 모습을 갖추고 근처를 비추었다.

그는 가르마 살 같은 도토리밭 길로 무턱대고 두 사람을 찾아 나온 셈이나, 문득 자기의 이 착하지도 악하지도 않은― 단지 어릿광대 같은 모양을 누가 옆에서 본다면 얼마나 우스울까 하는 생각과 함께, 가사 이제 두 사람이 자기의 예감한 바 그대로라 한대도

'대체 뭘 하려 누구를 찾어가느냐?'

는, 생각에 부딪자, 그는 끝내 가던 걸음을 멈추고 고개를 들었다.

바로 이때였다―일전 자기와 누이가 앉아 있던 반석 위에 역시 두 사람이 앉아 있었다. 비교적 가까이 앉아 있었으나, 별로 무슨 이야기를 하

는 것 같지는 않았다.

그는 도토리나무에 기대어선 채, 종시 자기 태도를 망설이고 있었다. 하긴 그냥 털고 들어서서—무슨 이야기들이냐?—고 한다면, 또 그것으로 그뿐일지도 모르고, 혹은 두 사람의 자유로운 의사로서의 처결을 꼭 바라고 싶은 욕심이라면, 그대로 버려두고 돌아와도 좋을 것을, 그가 여전 뭘 결단하지 못하고 주저했을 때, 잠자코 앉아 있던 태식이가 말을 건넸다.

"그건 결국 내가 정원 씨 앞에서 무례하게 굴었다는 말인데, 글쎄올시다. 어떻게 예의를 지켜야 하는 것인지, 나는 잘 알 수가 없었던 모양입니다—."

다분히 조소적인 말이었으나, 극히 얕은 침착한 음성이었다.

"아무튼 나로서도 말을 헐라면 할 말이 있는 게, 정원 씨는 처음부터 나를 싫어했을 뿐 아니라, 나도 아예 좋게 생각하리라고 믿지 않았기에, 가령 내게 대한 당신의 친절한 태도에서도 나는 우롱을 느껴왔던 것입니다—."

말을 마치자 태식이는 정면으로 원이를 보았다. 그러나 이 말엔 원이도 가만있지 않았다.

"우롱을 당한 사람은 나예요—."

역시 낮은 음성이었으나 싸늘했다.

"혹 내 성격에 약점이 그렇게 보였는지는 모르겠으나, 난 꿈에도 정원 씨를 농락했다고는 생각지 않습니다."

두 사람은 잠깐 말이 없었으나, 원이는 끝내,

"……제가 태식 씨 앞에 겁을 먹고 도망을 가든지, 혹은 전연 분별을 않게 되었드라면 통쾌하실 것을, 결국 그렇지 않은 것이 괘씸하단 말씀이겠는데, 허지만 저는 조금도 무섭지가 않았습니다—."

하고, 꽤 차근차근 말하면서 일어났다.

청년은 뭘 더 말하려고 들지는 않았다. 그러나 다음 순간, 극히 맹렬한 형세로 원의 어깨를 안았다. 결코 애정의 표시가 아닌 더 많이 미움에 가까운, 심히 조폭한 그 고집을 원이 폐밭듯 뿌리쳤을 때, 석희는 방금 청년이 여자에게 따귀를 맞은 것이라고 착각하며 망연히 서 있었다.

곧 원이는 이편으로 오고, 조금 후엔 청년도 윗길로 해서 큰 절을 향하고 천천히 걸어갔다.

석희는 원이 암자로 가자면 자기가 서 있는 길목을 지나갈 것을 알았으나, 여전 도토리나무에 기대선 채 움직이지 않았다. 또한 원이 역시 그가 서 있는 것을 모를 리 없을 것인데 굳이 옆을 돌아볼 배도 걸음을 멈출 배도 없었다.

석희는 누이의 뒤를 따라 서서히 발길을 옮겼다.

문득 눈앞에 원의 얼굴이 떠올랐다. 역시 가냘프고 맑은, 서먹서먹 사람을 대하는 눈을 가진 얼굴이다. 그러나 다음 순간, 얼마나 고약한 또 하나의 모습인가? ―인색하다기보다는 훨씬 탐욕적인 그 용모는 아무리 보아도 숭없었다.

그는 끝내 얼굴을 찡기고 돌아섰다.

×

그 후 사오 일 동안 석희는 누이와 별로 말이 없이 지났다.

뭐라고 굳이 건넬 말도 없었거니와, 또 원이, 방에만 꼭 들어 있어 잘 나오지 않았기에, 더욱 말이 있을 수 없었는지도 모른다.

이 밖에 철재는 철재대로 통이 이런 데는 둔해 보였고, 태식이도 뭘 내색하지 않았으므로, 네 사람의 절간 생활은 겉으로 보기엔 전과 그리 다를 게 없었다.

어느 날 오후였다. 태식이도 낮잠을 자고, 또 별로 암자엘 가고 싶은 생각도 없어서, 그는 혼자 샘가엘 나와 세수를 한 후, 뭘 질정한 것도 없이 아래를 향하고 걷고 있었다. 이때 문득 바른편으로 잡초를 가르고 빤—히 뚫어진 작은 길이 보였다.

길이 뚫어져 딴 곳으로 연한 데가 없는 것을 보아서도, 이 으젓한 반석이 놓여 있는 늙은 홰나무 밑이 이 절에서는 꽤 한몫을 보는 모양이었으나, 석희는 이 절로 왔던 첫날 아침 우연히 이곳을 들어와 보았을 뿐, 그 후 한 번도 이 길을 걸어보지는 않았다.

그는 홰나무 밑까지 와서 걸음을 멈추었다. 그러고는 좌우에 밀집한 나무들과 무성한 잡초들을 언제까지나 보고 있었다. 얼마를 이러고 있었던지, 뒤에서 누군지 이리로 오는 기척에 그는 비로소 머리를 돌렸다. —오는 사람은 원이였다. 언제 그의 옆으로 왔든지 바로 뒤에서 서먹서먹 오라버니를 건너다보고 있었다.

"오빠!"

석희는 반석 위에 걸터앉으며 여전 잠자코 있었으나, 그가 대단히 좋아한 누이의 이러한 눈을 이제 그로서 어떻게 대해야 할지, 딱히 엄두가 나지 않았다기보다도, 한편 이상하게 폐로운 나머지 그는 얄궂은 역정이 나기도 해서,

"왜? 웨 그래?"

하고, 약간 거칠은 대답을 했다.

"나 집에 갈래요—."

"왜?"

"……."

"안 가겠다드니 웨?"

그는 다소 어성을 높였다.

"이젠 갈래요—."

"……이젠?"

그는 누이를 한순간 정면으로 바라보았으나 그러나 드디어 잠자코 말았다. 원이 수일래로 드러나게 파리해진 얼굴이라든가, 더 상글하니 까풀이 진 눈이라든가, 까시시 마른 입술이 이상하게 언짢은 마음을 가져왔다기보다도 그는 갑자기, 뭐가 몹시 귀찮아져서, 끝내 더 말할 흥미를 잃고 일어났다.

—바로 이때였다—별안간 건너 숲에서 요란한 쟁투가 일어났다.

수풀 속이라 잘 분간할 수는 없었으나, 무엇인지 쫓고 쫓기우는 기세만은 분명했음으로 두 사람은 모르는 사이에 그곳을 향하고 긴장했다.

이윽고 한 놈이 오색 빛깔로 찬란히 깃을 치며 쫓기던 놈을 박차고 호기 있게 날았다— 장끼였다.

그러나 남은 한 놈은 아무리 기다려도 다시 수풀에서 나오지는 않았다. —정말 어데가 그대로 죽은 것처럼 영 기척이 없었다…….

"언제 가니?"

"……."

"내일 가거라—."

조금 후에 두 남매는 각각 헤어졌다.

석희가 우물 앞까지 왔을 때, 문득 절종이 울려왔다. 늘 들어오던 종소리에서 그는 새삼스럽게 싫은 음향을 가려내며 잠자코 걸었으나 그러나 점점 멀어질수록 그것은 기막히게 싫은 소리였다.

웅얼웅얼, 허공에서 몸부림치다가, 어느 먼 산기슭에 멈춰지는 육중한 음향은 마치 대맹大蟒이 신음하듯, 어둡고 초조한 그런 것이었다.

순간 그는 마음속으로 당황히 손을 저어 철재를, 혹은 태식이를, 그 외 누구누구 황망히 찾아보았으나, 그러나 아무도—내로라! 대답하는 힘찬 손길은 있지 않았다.

점점 눈앞엔 어둠이 몰리고, 산이 첩첩하여 오로지 절벽이 천지를 닫은 것만 같았다.

—『도정』, 백양당, 1948.

도정道程

숨이 노닷게 정거장엘 들어서 대뜸 시계부터 바라다보니 오정이 되기에도 아직 삼십 분이나 남았다. 두 시 오십 분에 떠나는 기차라면 앞으로 늘어지게 두 시간은 일찍 온 셈이다.

밤을 새워 기다려야만 차를 탈 수 있는 요즘 형편으로 본다면 그닥 빨리 온 폭도 아니나, 미리 차표를 부탁해놨을 뿐 아니라, 대단히 늦은 줄로만 알고 오 분 십 분 이렇게 달음질쳐 왔기 때문에, 그에겐 어처구니없이 일찍 온 편이 되고 말았다.

쏠려지는 시선을 땀띠와 함께 측면으로 느끼며, 석재碩宰는 제풀에 멀—숙해서 밖으로 나왔다.

아카시아나무 밑에 있는, 낡은 벤치에 가 털버덕 자리를 잡고 앉으니까 그제사 화끈하고 더위가 치처오르기 시작하는데, 땀이 퍼붓는 듯, 뚝뚝 떨어진다.

수건으로 훔쳤댔자 소용도 없겠고, 이보다도 가만히 앉아 있으니까, 더 숨이 막혀서 무턱대고 일어나 서성거려보기라도 해야 할 것 같았으나, 그는 어디가 몹시 유린되어, 이도 흐지부지 결단하지 못한 채 무섭게 느껴지는 더위와 한바탕 지그—시 씨름을 하는 수밖에 도리가 없다. 목덜미가 욱신거리고 손바닥 발바닥이 모두 얼얼하고 야단이다.

이윽고 그는 숨을 돌이키며 한 시간도 뭐할 텐데, 어쩐다고 거진 세 시간이나 헷짚어 이 지경이냐,고 생각을 하니 거반 딱하기도 하고 우습기도 하다.

하긴 여기에 이유를 들려면 근사한 이유가 하나둘이 아니다. 첫째 그가 이 지방으로 '소개'하여 온 것이 최근이었으므로 길이 초행일 뿐 아니라, 본시 시골길엔 곧잘 지음이 헷갈리는 모양인지, 실히 오십 리라는 사람도 있었고, 혹은 칠십 리는 톡톡이 된다는 사람, 심지어는 거진 백릿길은 되리라는 사람까지 있고 보니 가까우면 놀다 갈 셈치고라도 우선 일찌감치 떠나오지 않을 수가 없었다.

어디만치 왔을까, 문득 그는 지금 가방을 들고 길을 걷는 제 차림 차림에서 영락없는 군청 고원을 발견하고, 또 그곳에 방금 퇴직 군수로 있는 장인이 연관되어 생각하자 더욱 억울한 판인데다, 기왕 고원 같으라거든 얌전한 고원으로나 보였으면 차라리 좋을 것을, 고원치고는 이건 또 어째 건달 같아 뵈는 고원이다. 가방도 이젠 낡았는지 빠작빠작 가죽이 맞닿는 소리도 없이, 흡사 무슨 보퉁이를 내두르는 느낌이다. 역부러 가슴을 내밀고 팔을 저어 걸으면서, 이래 봬두 이 가방으로 대학을 나왔고 바로 이 속에 비밀한 출판물을 넣고는 서울을 문턱같이 다닌 적도 있지 않았더냐고, 우정* 농조로 은근히 기운을 돋우어보았으나 그러나, 생각이 이런 데로 미치자, 그는 이날도 유쾌하지가 못하였다. 돌아다보면, 지난 육 년 동안을, 아무리 '보석'으로 나왔다 치더라도, 어쩌면 산 사람으로 그렇게도 죽은 듯 잠잠할 수가 있었던가 싶고, 또 이리 되면 그 자신에 대하여 어떤

---

* 일부러.

알 수 없는 염증을 느낀다기보다도 참 용케도 흉물을 피우고 긴 동안을 살아왔다 싶어, 먼저 고소가 날 지경이다.

이어 머리 속엔 강❀이 나타나고 기철基哲이 나타나고, 뒤를 이어 기철과 술을 먹던 날 밤이 떠오르고 한다. 술이 거나하게 취했을 무렵이었다. 석재는 오래 혼자서 울적하던 판이라, 전날 친구를 만나니 좌우간 반가웠다. 그날은 정말이지 광산을 한다고 돈을 두룸박*처럼 차고 내려온 기철에게 무슨 심사가 틀려 그런 것도 아니었고, 광산을 하든 뭘 하든, 만나니 그저 반갑고 흡족해서, 난생처음 주정이라도 한번 부려보고 싶도록, 마음이 허순해졌던 것이다. 이리하여 남같이 정을 표하는 데 묘한 재주도 없으면서, 그래도 제 깐엔 좋다고 무어라 데숭**을 피었던지 기철이도 그저 만족해서

"자네가 나 같은 불량자를 이렇게 반가이 맞아줄 적도 있었던가? ……아마 퍽은 적적했던가보이─."
하고 웃으며, 술을 권하였다. 그런데 이 '적적했던가보이'─라는 말을, 그가 어쩐다구 '외로웠던가보이'─로 들었는지는 모르겠으나 아무튼 그에겐 이렇게 들렸기에 느껴졌던 것이고 또 이것은 그에게 꼭 맞는 말이기도 하였던 것이다. 사실 그때 강❀을 만나, 헤어진 후로 날이 갈수록 그는 커다란 후회와 더불어 어떻다 말할 수도 없는 외로움이, 이젠 폐부에 사무치던 것이었다.

"그래 외로웠네. 무척……."
기철의 말에 그는 무슨 급소를 찔리운 듯, 먼저 이렇게 대거리를 해놓

---

* 두레박.
** '잘못된 행동이나 일처리' 등으로 표현되는 경상도 사투리.

고는 다시 마주 바라다보려는 참인데, 웬일인지, 기분은 묘하게 엇나가기
시작하여, 마침내 그는 만만하니 제 자신을 잡고 힐난하기 시작하였다.

친구가 듣다 못하여,

"자네 나한테 투정인가?"

하고, 웃으며,

"글쎄 들어보게나. 자네가 어느 놈의 벼슬을 해먹어 배반자란 말인가?
나처럼 투기장에 놀았단 말인가? 노변에서 술을 팔았으니 파렴치한이란
말인가? 아무튼 어느 모로 보나 자네면은 과히 추하게 살어온 편은 아니
니 안심허게나—."

하고, 말을 가로채는 것이었다. 그런데 또 말이 이렇게 나오고 보면 그로
선 투정인지 뭔지, 먼저 당황하지 않을 수가 없었다.

"아냐, 내 말은 그런 말이 아냐. 아무튼 자넨 날 잘 몰라. 자넨 나보다
착허니까,— 그렇지 나보다 착하지— 그러니까 날 잘 모르거든. 누구보
다도 나를 잘 보는 눈이 내 마음 어느 구석에 하나 들어 있거든. 특히 '악
덕'한 나를 보는 눈이……."

그는 겁결에 저도 얼른 요령부득인 말로다 먼저 방패막이를 하며, 눈을
크게 떴다. 그러나 친구는 큰 소리로 웃으며,

"관두게나. 자네 이야긴 들으면 들을수록 무슨 삼림 속을 헤매는 것처
럼 아득허이—."

하고, 손을 저었다.

둘이는 다시 잔을 들었다. 그러나 이로부터 그는 웬일인지 점점 마음이
처량해갔다. 아물아물 피어나는 회한의 정이, 그대로 잔 위에 갸울거리는*

---

* 작은 물체가 이리저리 조금씩 기울어지다.

것 같았다. 어디라 지향 없이 미안하고 죄스러워, 그는 소년처럼 자꾸 마음이 슬퍼졌다.

"……난 너무 오랜 동안을 나만을 위해 살아왔어. 숨어 다니고 감옥엘 가고 그것 다 꼭 바로 말하면 날 위해서였거든. ……이십대엔 스스로 절어떤 비범한 특수인간으로 설정하고 싶어서였고, 삼십대에 와서는 모든 신망을 한 몸에 모은 가장 양심적인 인간으로 자처하고 싶어서였고…… 그러다가 그만 이젠 제 구멍에 빠져 헤어나질 못허는 시늉이거든—."

그는 취하였다. 친구도 취하여, 이미 색시와 희롱을 하는 터이었으므로 아무도 이야기를 들어주는 사람은 없었으나 그는 중얼대듯 여전 말을 계속하는 것이었다.

"……거년 정월에 강羌이 왔을 때, 상기도 사오부의 열이 계속된다고 거짓말을 했것다! 일천 원 생긴다구 마늘 사러는 가면서……. 결국 강의 손을 잡고 다시 일을 시작는 게 무서웠거든. 그렇지! 전처럼 어느 신문이 있어 영웅처럼 기사를 취급할 리도 없었고 이젠 한 번만 걸리게 되면 귀신도 모르게 죽는 판이었거든. ……부박한 허영을 가진 자에게 이러한 죽음은 개죽음과 마찬가질 테니까…… 이 사람!"

그는 소리를 버럭 질렀다. 그의 거짓말을 홈빡 곧이듣고는 앓는 친구에게 세상 걱정까지 끼쳐 실로 미안하다는 듯이 바라다보던 그때 강의 얼굴이 떠올랐던 것이다.

친구가 이리로 왔다. 그는 말을 계속하였다.

"나는 말일세, 난 누구에게라도 좋아, 또 무엇에라도 좋고. 아무튼 '나'를 떠난 정성과 정열을 한번 바쳐보고 죽고 싶으이…… 웨! 웨—나라고 세상에 났다가 남 위해 좋은 일 한번 못 허란 법이 있나?"

이리 되면 주정이 아니라, 원정이었다.

"이 사람 취했군. 웨 자네가 남을 위해 일을 안 했어야 말이지……."

친구는 취한 벗을 만류하려 하였으나, 그는 줄곧 외고집을 세웠다.

"아니 난 한 번도 남 위한 적 없어. 인색하기 난 구두쇠거든. 이를테면 난 장바닥에서 났단 말야. 땟국에 찌들은 이 읍내기 장사치의 후레자식이거든. ……그래두 자네 같은 사람은 한번 목욕만 잘 허구 나면 과거에서도 살 수 있고 미래에서도 살 수 있을지 몰라. 허지만 나는 말야, 이 못난 것이 말이지, 쓰레기란 쓰레기는 흠빡 다 뒤집어쓰고는 도시* 현재에서 옴치고 뛰질 못허는 시늉이거든……."

"글쎄 이 사람아 정신적으로 '기성사회'의 폐해를 입긴 너나 할 것이 있겠나. ……아무튼 자네 신경쇠약일세. ……그게 바로 결벽증이란 병일세."

친구는 한 번 더 소리를 내어 웃었다. 석재는 그 후로도 간혹 이날 밤에 주고받은 이야기가 생각되곤 하였다. 역시 취담이다. 돌이켜 생각하면 쑥스러웠으나 그러나 취하여 속말을 다 못했을지언정 결코 거짓말은 아니었다.

이와 같이 노상 그가 곤욕을 당하는 곳이 밖에 있는 것이 아니라, 이를테면 안으로 그 암실暗室에 트집을 잡은 것이었기에, 그예 문제는 '인간성'에 가 부딪치고 마는 것이었다. 결국—네가 나쁜 사람이라—는, 애매한 자책 아래 서게 되면, 그것이 형태도 죄목도 분명치 않은, 일종의 '윤리적'인 것이기 때문에 더한층 그로선 용납할 도리가 없었다. 이번 처가 쪽으로 피난해 오는데도 무턱— '얌치 없는 놈! 제 목숨, 계집 자식 죽을까 기급이지—' 이러한 심리적 난관을 적잖이 겪었기에 우선 '우리 집에

---

* 都是, (주로 부정을 나타내는 말과 함께 쓰여) 도무지.

내 갈라는데 무슨 참견이냐'고, 대바질*을 하는 아내나 처가로 옮겨준 후, 그는 어차피 서울도 가까워진 판이라, 양동楊洞서 도기공장을 한다는 김金을 찾아갈 심산이었던 것이므로 이리로 온 지 스무 날 만에 이제 그는 서울을 향하고 떠나는 길이었다―.

아름드리 소나무가 좌우로 갈라선 산모롱이 길을 걸으려니 생각은 다시 그때 학생사건으로 들어와 감옥에서 처음 알게 된, 그 눈이 어글어글하고 몹시 순결한 인상을 주는 김이란 소년이 눈앞에 떠오르곤 한다.

문득 길이 협곡을 끼고 뻗어 올랐다. '영'이라고 할 것까지는 못 되나 앞으로 퍽 깔프막진 고개를 연상케 하였다. 이따금 다람쥐들이, 소군소군 장송을 타고, 오르내리락 장난을 치기에 보니, 곳곳에 나무를 찍어 송유松油를 받는 깡통이 달려 있다. 워낙 나무들이 장대한 체구요 싱싱한 잎들이라 무슨 크게 살아 있는 것이 불의한 고문에나 걸린 것처럼 야릇하게 안타까운 감정을 가져오기도 한다.

'저게 피라면 아프렸다―.'

근자에 와, 한층 더 마음이 여위어 어디라 닿기만 하면 생채기가 나려는지, 그는 침묵한 이 유곡**을 향하여 일말의 측은한 감정을 금할 수가 없었다.

고개를 넘어 노변에 자리를 잡고 그는 잠깐 쉬기로 하였다. 얼마를 걸어왔는지 다리도 아프고 몹시 숨이 차고 하다.

담배를 붙여 제법 한가로운 자세로 길게 허공을 향하여 뿜어보다 말고 그는 문득 당황하였다. 아무리 보아도 해가 서편으로 두 자는 더 기운 것

---

* '대바'는 그물이 힘을 많이 받는 곳에 단 밧줄로 그물을 끌어올릴 때 힘을 많이 받게 하여 그물을 유지하고 보호한다.
** 깊은 산골짜기.

같다. 모를 일인 게 그는 지금껏 무슨 생각을 하고 얼마를 걸어왔는지 도무지 아득하다. 고대 막 떠나온 것도 같고, 까마득히 먼 길을 숱하게 한눈을 팔고, 노닥거리며 온 듯도 싶다. 이리 되면 장인이 역전 운송부에 부탁하여 차표를 미리 사놓게 한 것쯤 문제가 아니다. 앞으로 길이 얼마가 남았든지 간, 우선 뛰는 게 상책이었다.

그는 허둥지둥 담배를 문 채 일어섰던 것이다.

아카시아나무 밑 벤치 위에 얼마를 이러고 앉아 있노라니 별안간 고막이 울리도록 크게 라디오 소리가 들려온다.

저—켠 운송부에서 정오 뉴—스를 트는 것이었다.

거진 한 달 동안을 라디오는커녕 신문 한 장 똑똑히 읽어보지 못하던 참이라, 그는 '소문'을 들어보고 싶은 유혹이 적잖이 일어났으나, 그러나 몸이 여전 신음하는 자세로 쉽사리 일어서지질 않는다.

뉴—스가 끝날 즈음 해서야 그는 겨우 자리를 떴다. 무엇보다도 차표를 알아봐야 할 필요에서였다.

마악 운송부 앞으로 가, 장인이 일러준 사람을 삐꿈—이, 안으로 향해 찾으려는 판인데 어째 이상하다. 지나치게 사람이 많았다. 많아도 그냥 많은 게 아니라, 서고 앉은 사람들의 이상하게 흥분된 표정은 묻지 않더라도, 그중 적어도 두어 사람은 머리를 싸고 테이블에 엎드린 채 그냥 말이 없다. 이리 되면 차표고 뭐고 물어볼 판국이 아닌 성싶다.

그는 잠깐 진퇴가 양란하였다.

이때 웬 소년 하나가 눈물을 뚝뚝 떨어트리며 밖으로 나온다. 그는 한 걸음 뒤로 물러서며 얼결에 소년을 잡았다.

소년은 옷깃을 잡힌 채, 힐끗 한번 쳐다볼 뿐, 휙 돌아서 저편으로 갔다. 그는 소년이 다만 흥분해 있을 뿐, 별반 적의가 없음을 알았기에 뒤를 따랐다.

소년은 이제 막 그가 앉아 있던 벤치에 가 앉아서도 순식간 슬퍼하였다.

"웨 그래 응, 왜?"

보구 있는 동안 이 눈이 몹시 영롱하고, 빛깔이 흰, 소년이 이상하게 정을 끌기도 하였지만, 그는 우정 더 다정한 목소리로 말을 건넸다.

소년은 구태여 그의 말에 대답할 의무에서라기보다도 이젠 웬만큼 그만 울 때가 되었다는 듯이

"덴노우 헤이까가 고—상을 했어요."*

하고는 쉽사리 머리를 들었다.

"⋯⋯?"

그는 가슴이 철썩하며 눈앞이 아찔하였다. 일본의 패망, 이것은 간절한 기다림이었기에 노상 목전에 선연했던 것인지도 모른다. '그러나 이렇게도 빨리 올 수가 있었던가?' 순간 생각이라기보다는 그림자와 같은 수천 수백 매듭의 상념想念이 미칠 듯 급한 속도로 팽잽이를 돌리다가 이어 파문처럼 퍼져 침몰하는 상태였다. 그런데 이상한 것은 이것은 극히 순간이었을 뿐, 다음엔 신기할 정도로 평정한 마음이었다. 막연하게 이럴 리가 없다고, 의아해하면 할수록 더욱 아무렇지도 않다. 그러나 이상 더, 이것을 캐어물을 여유가 그에게 없었던 것을 보면 그는 역시 어떤 싸늘한, 거반 질곡桎梏에 가까운, 맹랑한 흥분에 사로잡혀 있었던 것인지도 몰랐다.

"우리 조선도 독닙이 된대요. 이제 막 아베 소—도꾸**가 말했대요."

---

* '천황폐하가 항복을 했어요'라는 뜻.
** 총독.

소년은 부자연할 정도로 눈가에 웃음까지 띄우며 이번엔 말하는 것이었으나, 그러나 벌써 별다른 새로운 감동이 오지는 않는다.

'역시 조선 아이였구나—.'

하는, 사뭇 객쩍은 것을 느끼며 잠깐 그대로 멍청히 앉아 있노라니, 이번엔 괴이하게도 방금 목도한 소년의 슬픈 심정에 자꾸 궁금증이 가는 것이다. 그러나 막연하나마 이제 소년의 말에, 무슨 형태로든 먼저 대답이 없이, 이것을 물어볼 염치는 잠깐 없었던지 그대로 여전 덤덤히 앉아 있노라니, 이번엔 차츰 소년 자신이 싱거워지는 모양이었다. 그도 그럴 것이, 얼마나 벽력 같은 소식을 전했기에, 이처럼 심심할 수가 있단 말인가?

소년은 좀 이상한 눈으로 그를 바라보며 말을 건넸다.

"기쁘잖어요?"

그는, 이, 약간 짓궂은 웃음까지 띄며 말을 묻는 소년이, 금시로 나이 다섯 살쯤 더 먹어 뵈는 것 같은, 이러한 것을 느끼며 당황하게 말을 받았다.

"왜? 왜— 기쁘지! ……기쁘잖구!"

"……"

"너두 기쁘냐?"

"그러믄요—."

"그럼 웨 울었어?"

그는 기어이 묻고 말았다.

소년은 좀 열적은 듯이 머리를 숙이며 대답하였다.

"징 와가 신민 또 도모니,* 하는데 그만 눈물이 나서 울었어요. ……덴

---

* 짐이 우리 신민과 함께.

노우 헤이까가 참 불쌍해요—."

"덴노우 헤이까는 우리나라를 뺏어갔고, 약한 민족을 사십 년 동안이나 괴롭혔는데, 불쌍허긴 뭐가 불쌍허지?"

"그래도 고—상*을 허니까 불쌍해요—."

"……."

"……목소리가 아주 가엾서요—."

그는 무어라 얼른 대답할 말이 생각나지 않았다. 설사 소년의 보드라운 가슴이 지나치게 '인도적'이라고 해서 이상 더 '미운 자를 미워하라'고 '어른의 진리'를 역설할 수는 없었다. 그는 내가 약한 탓일까, 반성해보는 것이었으나, 역시 '복수'란 어른의 것인 듯싶었다. 착한 소년은 그 스스로가 너무 순수하기 때문에 미처 '미운 것'을 가리지 못한다, 느껴졌다.

"……넌 덴노우 헤이까보다도 더 훌륭허다!"

그는 소년의 머리를 쓰다듬고 일어섰다.

소년은 칭찬을 해주니까 좋은지,

"그렇지만 우리 회사에 사이상허구 긴상허고, 기무라상 가와지마상 이런 사람들은 주먹을 쥐고 야—야—, 하면서, 막 내놓구 좋아했어요—."

하고, 따라 일어서며,

"야— 긴상 저기 있다—."

하고는 이내 정거장 쪽으로 달아났다.

"……그 사람들은 너보다 더 훌륭하고……."

그는 소년이 이미 있지 않은 곳에 소년의 말의 대답을 혼자 중얼거리며 자기도 정거장을 향하고 걸음을 옮겼다.

---

* 항복.

역시 아무렇지도 않은데, 다리가 약간 후들하는 게 좀 이상하다.

긴상이란 키가 작달막하니 퍽 단단하게 생긴 청년이었다. 방금 무슨 이야기를 하였는지, 많은 사람들은 입속에 기이한 외마디소리를 웅얼거릴 뿐, 얼이 빠진 듯 입을 다물지 못한다. 너무 긴장한 나머지의 얼굴이라기보다는 기막히게 어처구니없는 얼굴들이다.

"이제부터는 모두가 우리의 것이고, 모두가 자유이니 여러분 기뻐하십시오!"

이렇게 거듭 외쳐주었으나 장내는 이상하게 잠잠할 뿐이었다.

시간이 되어 차표를 팔고, 석재가 운송부에서 표를 찾아오고 할 때에도 사람들은 별반 말이 없었다. 꼭 바보 같았다―.

석재가 김이란 청년을 찾아온 지 사흘째 되는 날이었다.

아침에 잠을 깨니, 여느 때와 달리 먼저 머리에 떠오르는 건 '공산당共産黨'의 소문이었다.

눈을 크게 떠 그놈들 붙잡고는 다시 한 번 느근거려 가슴 위에 던져보나, 그러나 그저 어안이 벙벙할 뿐, 알 수 없는 피곤으로 하여 다시금 눈이 감길 따름이다.

그는 허위대듯 기겁을 하고, 벌떡 일어앉았다.

조금 후 그는 몸이 허공에 둥둥 떠 있는 것 같은, 어떤 내부로부터의 심한 '허탈증'을 느끼며,

'나는 타락한 것이 아닌가?'

하고 스스로 물어보는 것이었다.

사실 그는 팔월 십오일 후에 생긴 병이 하나둘이 아니다. 이제 생각하면 병은 그날 그 아카시아나무 밑에서부터 시초였는지도 모르겠으나 아

무튼 그가 깨닫기론 김이란 청년을 만나서부터다.

　—그날 차가 서울 가까이 오자 차츰 바깥 공기만이 아니라 기차 속 공기부터 달라지기 시작한 것이, 그가 역에 내렸을 때는 완연히 춤추는 거리의 모습이었다. 세 사람 다섯 사람 스무 사람, 이렇게 둘레를 지어 수군거리는가 하면, 웃통을 풀어헤친 또 한 패의 군중이 동떨어진 목소리로 만세를 외쳤다. 그도 덩달아 가슴이 두근거리고 마음이 솟구쳐 얼결에 만세도 한번 불러볼 뻔하였다. 사뭇 곧은 줄로 뻗친, 김포로 가는 군용도로를, 마냥 걸으며, 그는 해방, 자유, 독립, 이런 것을 아무 묘책 없이 천 번도 더 되풀이하면서, 또 일방으론, 열차에서 본 일본·전재민의 참담한 모양을 눈앞에 그리기도 하였다. 그것은 정말 끔찍한 것이었다. 뚜껑 없는 화물차에다 여자와 아이들을 칸마다 가득히 실었는데 폭양에 며칠을 굶고 왔는지, 석탄 연기로 환을 그린 얼굴들이 영락없는 아귀였다. 석박귀우는 열차에 병대들이 빵이랑 과자를 던졌다. 손을 벌리고 넘어지고, 젖먹이 애를 떨어뜨리고…… 그는 과연 군국주의 '전쟁'이란 비참한 것이라고 느껴졌다기보다도, 그때에서야 비로소 일본이 졌다는 것을 깨닫는 것이었다.

　석재가 청년의 집에 당도하기는 밤이 꽤 늦어서였다. 두 달 전에 왕래한 서신도 서신이려니와, 전날 친분으로 보아 그동안 아무리 거친 세월이 흘렀기로 설마 폐로워야 하랴 싶어, 총총히 들어서는데, 과연 청년은 반색을 하고 그를 맞아주었다.

　"장성했구려— 어룬이 됐구려—."

　아귀가 버는* 손에 다시금 힘을 주며, 그는 대뜸 감개가 무량하였다.

---

* 손아귀의 부피가 커져 사이가 뜨는.

이때, 그의 가냘픈 손을 청년이 두 손으로 움켜 몇 번인지 흔들기만 하다가 끝내 말을 이루지 못하고 그대로 어린애처럼 느껴 우는 것이었다.

—아뿔싸! 그는 일변 당황하면서, 자기도 눈시울이 뜨끈함을 느끼었으나, 그러나 다음 순간, 그것은 어디까지 그의 눈물이 아니요, 시방 청년이 경험하는 바, 커다란 감동에서 오는, 청년의 눈물인 것을 그는 알았다.

이날 밤 그는 잠을 이루지 못하였다. 무엇인지 초조하여 견딜 수가 없었다. 반드시 울어야만 하는 것은 물론 아니었다. 그러나 아무튼 무슨 감동이든 한번 감동이 와야만 할 판이었다. 어찌하여 나에겐 이것이 오지 않을까? 언제까지나 오지 않을 것인가? 온다면 언제 무슨 형태로 올 것인가?

이튿날 그는 김을 따라, 마을 청년들의 외침에도 섞여보고, 태극기를 단 수백 대의 자동차가 끊임없이 왕래하는 서울 거리로 만세를 부르며 군중을 따라보기도 하였다. 그러나 돌아올 땐 또 하나 벽력 같은 소식에 아연하지 않을 수 없었다. '공산당'이 생겼다는 소문이었다.

'최고 간부의 한 사람이 기철이라 한다! ……이런 일도 있는가?'

그는 내부의 문제 외부적인 문제 일시에 엉켜 헤어날 길이 없었다—.

그러나 언제까지 이러고 앉아서 '나는 타락한 것이 아닌가?'—고, 주지박질을 해본댔자, 무슨 솟아날 구멍이 생길 리도 없어, 석재가 마악 자리를 개키려는데, 이때 청년이 들어왔다.

"서울 안 나가시렵니까?"

청년이 그의 상태를 알 리가 없었다. 그저 예나 지금이나 침착한 '동지'로만 믿는 모양인지, 앞으로의 계획 같은 것을 부단히 의논하였다. 이럴 때마다 그는

"암 그래야지. 혼란한 시기라고 해서 수수방관하는 기회주의는 금물이니까. 허다가 힘이 모자라 잘못을 범할 때 범하드래도 위선 일을 해야

지—."

이렇게 말은 하면서도,

"하루 집에 있어 쉬려오."

하고, 누워버렸다.

아침을 치르고 청년이 서울로 떠난 후 혼자 누워 있으려니, 또 잠이 오기 시작한다. 이 잠 오는 건 어제 들어 새로 생긴 병이다. 무얼 생각하면 할수록 점점 혼란하여, 갈피를 못 잡게 되면, 차츰 머리가 몽롱하여지고, 그만 졸음이 오기 시작하는 것이다.

'바보가 되려나보다—.'

그는 걷어차고 밖으로 나왔다.

거기는 옆으로 한강을 낀 펑퍼짐한 마을이었다. 섬같이 생긴 나지막씩한 산들이 여기저기 놓여 있다.

그는 모르는 결에 나무가 많고, 강물이 가까운 곳으로 가 자리를 잡았다. —멀—리 안개 속으로 서울이 신기루와 같이 어른거리고, 철교가 보이고, '외인 묘지'의 푸른 나무들이 보이고, 그리고 한강물이 지척에서 흘러가는 곳이었다.

잠깐 시선이 어디 가 머물러야 할지, 눈앞이 아리송송한 게, 골치가 지끈지끈 아프다. 눈을 감았다. 순간, 머리 속에 도깨비처럼 불끈 솟는 '괴물'이 있다. — '공산당'이었다. —그는 눈을 번쩍 떴다.

다음 순간 이 괴물은, 하늘에, 땅에, 강물에, 그대로 맴을 도는가 하니, 원간* 찰거머리처럼 뇌리에 엉겨붙어 도시 떨어지질 않는 것이었다. —생각하면 긴— 동안을 그는 이 괴물로 하여 괴로웠고, 노여웠는지도 모른

* 워낙.

다. 괴물은 무서운 것이었다. 때로 억척같고 잔인하여, 어느 곳에 따뜻한 피가 흘러 숨을 쉬고 사는 것인지 알 수가 없었다. 그러나 귀 막고 눈 감고 그대로 절망하면 그뿐이라고, 결심할 때에도 결코 이 괴물로부터 해방될 수는 없었다. 괴물은 칠흑같이 어두운 밤에서도 환히 밝은 단 하나의 '옳은 것'을 지니고 있다 그는 믿었다. ―옳다는―이 어디까지 정확한 보편적 '진리'는 나쁘다는―어디까지 애매한 윤리적인 가책과 더불어 오랜 동안 그에겐 커다란 한 개 고민이었던 것이다.

차츰 흐려지는 시선을 다시 강물로 던지며 그는 생각하는 것이었다.― 김 리 박 서 그 외 또 누구누구…… 질서 없이 머리에 떠오른다. 모두 지하에 있거나 해외로 갔을 투사들이다. 그리고 지금 자기로선 보지도 못하고 이름도 모르는 새로운 용사들의 환영이 눈앞에 떠오르기도 하였다.

그는 불현듯 쓸쓸하였다.

'다들 모였단 말인가?'

그러나 이제 기철이 최고 간부의 한 사람이라면, 이보다도 우수한 지난날의 당원들이 몇이라도 서울엔 있을 것이다.

'그럼 이 사람들이 '당'을 맨드렀단 말인가?'

그는 다시금 알 수가 없어진다. 문득 기철이 눈앞에 나타난다. 장대한 체구에 패기만만한 얼굴이다. 돈이 제일일 땐 돈을 모으려 정열을 쏟고, 권력이 제일일 땐 권력을 잡으려 수단을 가리지 않을 사람이다. 어느 사회에 던져두어도 이런 사람이 불행할 리는 없다.

그러나 여기 한 개의 비밀이 있었다. 이런 사람이 영예로워지면 질수록 흉악해지는 비밀이었다. 대체로 '겉'이 그렇게 충실허구야 '속[良心]'이 있을 리가 없고, 속이 없는, 사람이란 외곽이 화려하면 할수록 내부가 부패하는 법이었다.

'목욕을 헌대도 비누허고, 물쯤은 준비해야 허지 않는가?'

다시 눈앞엔 다른 한 패의 사람이 나타났다. 어디까지 옹종한* 주제에, 그래도 소위 그 '양심'이란 어김길**에서 제 깐엔 스스로 고민하는 척 몸짓하며 살아온 사람들이다. 이를테면 석재 자신 비젓한*** 축들이었다. 이건 더욱 보기 민망하다. 추졸하기**** 짝이 없다기보다도, 온통 비리비리하고, 메식메식해서, 더 바라다볼 수가 없다. 아무튼 통틀어 대매*****에 종아리를 맞고도 남을 사람들이다.

'그래 이 사람들이 모여 '당'을 맨드렀단 말인가?'

물론 그럴 리는 없다 하였다.

그러나 다음 순간, 그는 얼굴이 후끈 달아옴을 깨달았다. 조금 전 기철이 최고 간부라는 데 앙앙하던****** 마음속엔 '그럼 내라도 될 수 있다'—는 엄폐된 자기 감정이 숨어 있지 않았던가? —그는 벌컥 팔을 베고, 앙천仰天하여 드러눕고 말았다.

얼마가 지났는지, 아이들 떠드는 소리에 눈을 떴다. 그런데 웬일일까? 하늘이 이마에 와닿아 있다. 실로 청옥같이 푸르고 넓은, 그것은 무한한 것이었다. 그러나 곧 그것은 하늘이 아니라 강물의 착각이었다. 순간 그는 이상한 흥분으로 하여, 소리를 버럭 지르고 일어앉았다.

비로소 조금 전 산비탈에 누워 잠이 든 것을 깨닫는다. 어느 결에 석양이 되었는지 가을 같다.

그는 다시 한 번 커다랗게 소리를 질러본다. 그러나 아무 의미도 없고 또한 아무것도 의미하지 않은 비상히 큰 목소리는, 그대로 웅얼웅얼 허공을 돌다가, 다시 귓전에 와 떨어진다. ―저―아래 기를 든 아이들이 만세를 부르며 놀고 있다.

외로웠다. 사지를 쭉― 뻗어 땅을 안고, 잔디를 한 움큼 쥐어보니, 가슴이 메이는 듯 눈물이 쑥 나온다.

'나는 아직 젊다…… 나는 아직 젊다!'

조금 후 그는 연상 무엇인지를 정신없이, 헤둥대둥 중얼거리고 있었다.

이튿날 석재는 청년을 따라 일찌감치 집을 나섰다.

어제 그는 꽤 어둑어둑해서야 산에서 내려왔던 것이고, 내려와 보니 어느새 청년이 돌아와, 마치 기다리고나 있은 것처럼,

"어델 갔다 오세요?"

하면서, 그가

'벌써 돌아왔드랬소.'

하고, 대답할 나위도 없이 대뜸 큰일이 났다는 것이었다.

그는 이제까지의 자기 세계를 떠나, 이 씩씩한 후진에게 성의를 다할 임무가 있음을 깨달으며, 옷깃을 바로하고 정색하여 마주 앉았다. 이야기는 대략, 방금 일본인 공장주의 부도덕한 의도로 말미암아 모든 생산물이 홍수와 같이 가두로 쏟아졌다는 것, 이에 흥분한 종업원 내지 일반 시민들은 가장 파괴적인 방법으로 사리만을 도모하여, 영등포 등지, 공장지대가 일대 수라장이 되었다는―이러한 것들인데, 아닌 게 아니라 이야기를 듣고 보니 난처하였다. 한때의 피치 못할 현상일지는 모르나, 이대로 방임해두었다가는 이른바, 그들의 '개량주의화'의 위기를 초래하여올지도

모르는 적잖은 사태였다. 이리 되면 그로서도 피안 화재시*하고만 있을
수는 없었다.

"중앙에서 대책이 없습디까?"

"책상물림의 젊은이들이 몇 개인의 정열로, 활동하는 모양인데, 너나
없이 노동자라면 그대로 우상화하는 경향이 있어와서, 일의 두서를 잡지
못허두군요ㅡ."

"그래, 김은 어델 관계하고 있는 중이오?"

"조일직물과 123철공장인데 뭣보다도 기계를 뜯어 없애는 데는 참 딱
해요. 대뜸ㅡ 우리는 제국주의 치하에서 착취를 받았으니 얼마든지 먹어
좋다는 거거든요ㅡ."

"…… '자계급'이 승리를 헌 때라야 말이지. 또 승리를 헌 때라두 그렇
게 먹는 게 아니고……. 아무튼 큰일 났구려. ……그러다간 노동자 출신
의 뿌르조아 나리다ㅡ."

두 사람은 어이없이 웃었으나, 사실은 웃을 일이 아니었다. 뭘로 보나
노동자의 진지한 투쟁은 실로 이제부터라 할 것이었다. 지도자가 맥없이
노동자를 우상화한다거나 그 경제적 이익을 옹호해야 된다고 해서, 그들
의 원시적 요구의 비위만을 맞추어준다는 것은, 노동자 자신의 투쟁력을
상실케 하는 것 이외 아무것도 아니었다.

"자칫하면 앞으로 일하기 무척 힘드리다ㅡ."

물론 이야기는 이 이상 더 계속되지 않았으나 석재는 청년의 부탁이 아
니라도 날이 밝으면 영등포로 나가볼 작정이었던 것이다ㅡ.

곧장 신길정으로 가는 삼가람 길에서, 먼저 서울엘 들러 오겠다는 청년

---

* 피안에서 난 화재 보듯.

과 그는 나뉘었다.

혼자 123철공장을 향하고 걸으려니, 또 뭐가 마음 한 귀퉁이에서 티각태각을 한다. '네가 이젠 공장엘 다 가는구나? 노동자를 운운허구…… 그렇지! 이젠 잡힐 염려가 없으니까…….' 이렇게 고개를 들고 일어나는 것을, 그대로 윽박질러 처넣기도 하고 또 때로는 '암 가야지. 반성이란 앞날을 위해서만 소용되는 것이니까. 과도한 자책이란 용기를 저상케 하는 것이고, 용기를 잃게 되면 제이 제삼의 잘못을 또다시 범하게 되는 거니까…….' 이렇게 누구나 다 할 수 있는 말로다 배짱을 부려보기도 하는 것이었으나 '용기'란 대목에 와서는 끝내 마음 한 귀퉁이에서 '뭐? 용기?' 하고는, 방정맞게 깔깔거리는 바람에 그만 그도 따라 허― 웃고 만 셈이다. 인차* 길 가던 사람이 저를 보는 것 같아서 우정 시치밀 떼고 걸으며, 그는 여전 지지 않을 자세로― '그래, 난 겁쟁이다. 그러나 본시 용기라는 말은 무서운 것이 있기 때문에, 즉 그 무서운 것을 이기는 데로부터 생긴 말이라면, 또 달리는 가장 무서움을 잘 타는 사람이, 가장 용기 있는 사람이 될 수도 있다는, 역설이 나올 수도 있지 않은가…… 나도 이제부터 이기면 되잖나? ……앞으로도 무서운 것은 얼마든지 있을 것이고, 나는 이겨나갈 자신이 있다―.' 이렇게 콩칠팔새삼륙**으로 우겨대며 123철공장으로 들어섰다.

마악 정문으로 들어서려는데, 누가,

"김 군 아닌가?"

하고, 손을 잡는다.

---

* 이내.
** 콩팔칠팔. 갈피를 잡을 수 없도록 마구 지껄이는 모양.

깜짝 놀라 쳐다보니 천만 뜻밖에도 그 사람은 민택이었다. 그와 같은 사건으로 들어갔을 뿐 아니라, 단지 친구로서도 퍽 신실한 데가 있는 사람이다.

"……이 사람아!"

그는 이 '이 사람아'를 되풀이할 뿐, 손을 쥔 채 잠깐 어쩔 줄을 몰랐다. 이런 순간에 민택이를 만나는 것이, 어쩐지 눈물이 나도록 그는 반가웠다.

두 사람은 옆으로 둔대 위에 자리를 잡고 앉았다.

인차 그는 '당'의 구성이 역시 한 국내 있던, 합법 인물 중심이란 것으로부터 방금 석재 자신에게도 전보로 연락을 취하고 있다는 소식까지 듣게 되었다.

지금까지 그럴 리는 없다고 부정은 해오면서도 열에 아홉은 그러려니 했던 것이고, 또 이러함으로 이제 와서 뭘 새로이 놀랄 것까지는 없었으나, 그래도 그는 무엇인지 연상 어이가 없다.

"그래 이 사람아— '당'을— 허, 그 참……."

이렇게 갈팡질팡하는 모양이 딱한지,

"허긴 그래. 허지만 당이 둘 될 리 없고, 당이 됐단 바에야 어떡허나—."

하고, 민택이가 말을 하는 것이었다.

조금 후 두 사람은 신길정서 서울로 나가는 전차에 올랐다. — '공산당'으로 가는 길이었다.

철교를 지나고 경성역을 돌아, 차츰 목적한 지점이 가까워올수록 그는 모르는 결에 가슴이 두근거렸다. 생각하면 일찍이 그 청춘과 더불어 '당'의 이름을 배울 때, 그것은 실로 엄숙한 두려운 것이었다.

그가 전차에서 내려, 군데군데 목검을 집고 경계하는 '공산당' 층계를 오르기 시작하였을 제는, 오정이 훨씬 지난 때였다. ―별안간 좌우에 사람이 물 끓듯 하는데, 이따금 '김 동무!'― 하고, 잡는 더운 손길이 있다. ―모두 등골에 땀이 사뭇 차 얼굴이 붉고 호흡이 가쁘다.

그는 온몸이 화끈하며, 가슴이 뻐근하였다. ―얼마나 윽박질리고, 밟히던, 지난날이었던가? '당'이라니 어느 한 장사가 있어 입 밖엔들 냄직한 말이었던가?

그는 소년처럼 부푸는 가슴 위에 일찍이 '당'의 이름 아래 넘어진 몇 사람의 친구를 안은 채, 이런 일도 있는가고 이렇게 백주 장안 네거리에서 '당'을 들고, 외우* 뛰고 모로 뛰어도 아무도 잡아가지 않고, 아무도 죽이지 않는, 이런 세상도 있는가고, 사람이든 기생이든 나무토막이든, 무엇이든 잡고, 팔이 널치가 나도록 흔들며, 큰 소리로 외쳐, 묻고 싶은 충동을, 순간 그는 어찌할 수가 없었다.

그는 뭐가 무엇인지, 어느 것이 옳고 그른 것인지, 한동안 전연 판단을 잃은 상태였다. 그저 웃는 얼굴들이 반가웠고, 손길들이 따뜻할 뿐이었다.

복도를 지나 왼편으로 꺾여진 넓은 방에서, 기철의 손을 잡았을 때에도 그는 전신이 얼얼한 것이 생각이 그저 띵―할 뿐이었다. 그러나

'왜 이렇게 늦었나?'

'어찌 이리 늦소?'―하는, 똑같은 인사를 한 대여섯 번 받은 후, 그가 열 번이나 스무 번쯤 받았다고 느껴질 때쯤 해서, 그제사 조금 정신이 자리 잡히는 성부른데, 그런데 이 새로운 정신이 나면서부터, 이와 동시에, 마음 어느 구석에선지, 퍼뜩

---

* 멀리.

'내가 무슨 뻐스를 타려다 '참'이 늦었더랬나?'

하고, 딴청을 부리려드는 맹랑한 심사였다.

이건 도무지 객쩍은 수작이라고, 허겁지겁 여겨 퇴박을 주었는데도 웬일인지 이후부터는 찬물을 끼얹은 듯 점점 냉랭해지는 생각이었다. ―그는 난처하였다.

잠깐 싱―글해서 앉아 있는, 석재를 기철이는 아무도 없는 옆방으로 데리고 갔다.

그를 잘 알고 있는 기철은 먼저 '당'을 조직하게 된 이유부터 자상히 설명을 하면서,

"자넨 어찌 생각할지 모르나, 정치란 다르이. ……지하에나 해외에 있는 동무들을 제쳐두고, 어떻게 함부로 당을 맨드느냐고 할지 모르나, 그러나 이 동무들은 아직 나타나지 않고, 일은 해야 되겠고, 어떡헌담, 조직을 해야지. 이리하여 일할 토대를 닦고 지반을 맨들어놓은 것이, 그 동무들을 위해서도 우리들의 떳떳한 도리가 아니겠느냐 말일세." 하고, 말을 끊었다.

기철은 조금도 꿀릴 데가 없는 얼굴이었다.

그는 뭔지 그저 켕해서, 이야기를 듣고 있노라니, 야릇하게도 이 '동무'란 말이 새삼스럽게 비위에 와 부딪친다. 참 희한한 말이었다. 어제까지 고루거각에서 별별 짓을 다 하던 사람도 오늘 이 말 한마디만 쓰고, 손을 잡고 보면, 그만 피차간 '일등 공산주의자'가 되고 마는 판이니, 대체 이 말의 조홧속을 알 길이 없다기보다도 십 년, 이십 년, 몽땅 팽개쳤던 이 말을, 이제 신주처럼 들고 나와, 꼭 무슨 흠집에 고약이나 붙이듯, 철썩 올려붙이고는, 용케도 냉큼냉큼 불러대는 그 염치나 뱃심을 도통 칭양할 길이 없었다. 물론 그는 십 년 전에 만나나 십 년 후에 만나나, 비록 말

로 표현하지 못할 경우라도, 눈이 먼저, 만나면 꼭 '동무'라고 부르는 몇 사람의 선배와 친구를 알고 있다. 그러나 이들이 부르는 '동무'는 조금도 이렇지가 않았다. 그러기에 열 번 대하면 열 번, 그는 뭔지 가슴이 철썩하곤 하였던 것이다.

그는 차츰 긴 말을 지껄이기가 싫어졌다.

"잘 알겠네—."

끝내 이렇게 대답하고 말았으나, 사실 기철의 이야기는 옳은 말 같으면서 또한 하나도 옳지 않은 말이기도 하였다. 어딘지 대단히 요긴한 대목에 대단히 불순한 것이 들어 있는 것만 같았다. 그러나 어떻게 된 '당'이든 당은 당인 거다. 그는 일찍이 이 당의 이름 아래, 충성되기를 맹세하였던 것이고…… 또 당이 어리면, 힘을 다하여 키워야 하고, 가사 당이 잘못을 범할 때라도 당과 함께 싸우다 죽을지언정, 당을 버리진 못하는 것이라 알고 있다. 이러하기에, 이것을 꼬집어 이제 그로서 '당'을 비난할 수는 도저히 없는 것이었다.

잠깐 그대로 앉아 있노라니 별안간, 기철이란 '인간'에 대한 어떤 불신과 염증이 훅— 끼쳐온다.

그는 모르는 결에 시선을 돌리고 말았다.

좌우간 이상 더 이야기가 있을 것이 그는 괴로웠다.

"자네 바쁘지? ……나 내일 또 들름세—."

그는 끝내 자리를 일어서려 하였다.

그러나 기철은 황망히 그를 잡았다.

"무슨 말인가? 안 되네! 자네 같은 사람이 이력허면 '당'이 누구와 잡고 일을 헌단 말인가?"

순간, 그는 가슴이 찌르르하였다. 생각하면 그동안 부끄러운 세월을 보냈기는 제나 내나 매한가지였다. 가사 살인 도모를 하고, 야간도주를 한대도, 같이하고 같이 죽을 일이었다. 뿐만 아니라, 이제 기철이 당의 중요 인물일진대, 기철을 비난하는 것은 곧 당의 비난이 되는 것이었다.

"앞에도 적敵이요, 뒤에도 적인 오늘, 이것이 허용된단 말인가?……"

그는 제 자신에 미운 정이 들었다. 이제 와서 홀로 착한 척 까다로움을 피우는 제 자신이 아니꼬웠다.

그러나 결국 그는 사람 못 좋은 사람이었다. 조직부에 자리를 비워두었다고, 거듭 붙잡는 것을, 갖은 말로다 물리친 후 우선 '입당'의 수속만을 밟아놓기로 하였다.

그는 기철이 주는 붓을 받아, 먼저 주소와 씨명을 쓴 후, 직업을 썼다. 이젠 '계급'을 쓸 차례였다. 그러나 그는 붓을 멈추고 잠깐 망설이지 않을 수가 없다.

투사도 아니요, 혁명가는 더욱 아니었고…… 공산주의자 사회주의자 운동자─ 모두 맞지 않는 이름들이다.

마침내 그는 '소小뿌르조아'라고 쓰고 붓을 놓았다. 그리고는 기철이 뭐라고 하든 말든 급히 밖으로 나왔다.

거리에 나서니 서늘한 바람이 후끈거리는 얼굴을 식혀준다.

그는 급히 정류장 쪽으로 걸음을 옮겼다.

노량진행 전차를 타고 섰노라니, 무엇인지 입속에서 뱅뱅 도는, 맴쟁이가 있다. 자세히 알아보니 별것이 아니라, 고대 막 종이 위에 쓰고 나온 '소小뿌르조아'라는 말이다.

'……흠……?'

그는 육 년 징역懲役을 받은 적이 있는 과거의 당원인 자신에 대하여 무슨 보복이나 하듯, 일종의 잔인한 심사로 무심코 피식이 고소를 하는 참인데, 대체나 신기한 말이다. 과시 탄복할 정도로 적절한 말이었다. —지금까지 그는 그 자신을 들어, 뭐니뭐니 해왔어도, 이렇게 몰아, 단두대에 올려놓고, 댓바람에 목을 뎅겅 칠 용기는 없었던 것이다. 그러나 이제 막 피식이 고소할 순간까지도, 차마 믿지 못할 이 ‘심판’ 아래, 이제 그는 고스란히 항복하는 것이었다.

다음 순간 그는 몸이 허전하도록 마음의 후련함을 깨닫는다—통쾌하였다.

그러나 이와 동시에 무엇인지 하나 가슴 위에 외쳐, 소생하는 것이었다.

드디어 그는 전후를 잃고, 저도 모를 소리를 정신없이 중얼거렸다.

“나는 나의 방식으로 나의 ‘소시민小市民’과 싸호자! 싸홈이 끝나는 날 나는 죽고, 나는 다시 탄생할 것이다. …… 나는 지금 영등포로 간다, 그렇다! 나의 묘지가 이곳이라면 나의 고향도 이곳이 될 것이다…….”

별안간 홧홧증이 나도록 전차가 느리다.

그는 환—히 뚫어진 영등포로 가는 대한길을 두 활개를 치고 뛰고 싶은 충동에 가만히 눈을 감으며, 쥠대에 기대어 섰다.

—『도정』, 백양당, 1948.

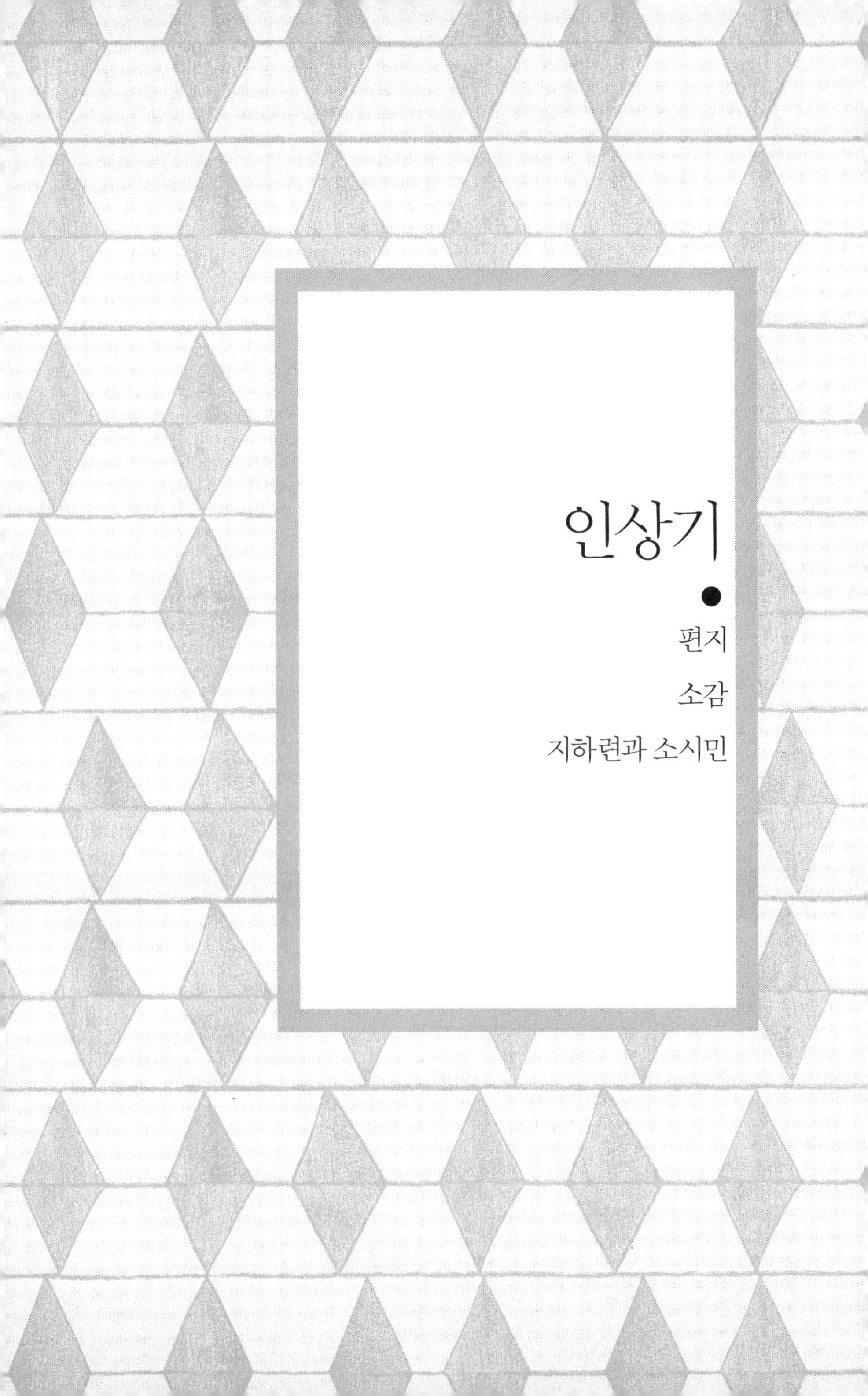

인상기

편지

소감

지하련과 소시민

편지片紙*

지하련

어제 희야가 보내준 편지 읽고, 나는 참 다행하고 기뻤소. 그날 내 돌아오는 마음이 꼭 당신은 혼자일 것만 같았고, 희야 수척한 몸으로선 감당하기 어려우리만큼 호된 추월 것만 같아서 부디 일찍 잠들기만 바랐던 것인데, 다행히 희야는 일찍 잤다고 이제 말하고 또 이렇게 밝고, 다정한 편지 주어 나는 참 즐겁소.

나는? 나도 희야처럼 행복합니다.

정말 희야가 말한 것처럼 눈이 온 까닭이 아닐까, 하고 생각하면 아무리 우리 어린애 같은 맘들이라도 새새거리고 웃을지 모르지만 아무튼 우리는 그 숱한 날을 두고 '눈'이 오면 꼭 행복할 것이라고 믿고 있었고 또 무척이나 그것을 기다리지 않았소. 하기에 이제 옆에 놓인 희야 편지가 달리는 더할 수 없이 쓸쓸하고 외로운 정을 주는 것인지도 모르겠소.

오늘 나는 어쩐지 희야에게 긴— 편지 쓰고 싶소. 생각하면 아직 나는 한 번도 희야에게 긴— 편지 쓴 일이 없지 않소. 이건 물론 긴— 편지를

---

* 이 글은 등단 전 시인 임화 부인의 자격으로 발표된 것이다. 필자명이 이현욱李現郁으로 되어 있고, 동경 소화고녀를 거처 동경 여자경제전문학교 수업이라 해서 학력이 밝혀져 있다.

쓰기보다는 만나 긴— 이야길 할 수 있었던 관계도 있겠지만 다시금 이상한 느낌도 없지 않소. 그런데 왜 내가 이런 객쩍은 소리를 여기 하느냐고 희야가 의심할지도 모르고 또 이제 내가 하는 말을 조금도 올곧이 들어주지 않을는지도 모르나 아무튼 나는 희야가 생각하는 것처럼 그런 좋은 사람이 아닌 것만 같아서 하는 말입니다.

진정 이 말이 비록 두렵다치더라도 이제 희야 앞에 조금도 주저하고 싶지는 않소. 희야도 알다시피 나는 희야 말고라도 숱한 동무를 가졌고 그 수만 동무가 다 나를 조금씩이라도 즐겁게 해줄 수 있었다는 것은 대체 무슨 까닭인지 나는 알 수가 없어지오. 이제까지도 나는 내가 동무를 많이 가진 것을 한 번도 그르다 않았고 차라리 완전히 '남'인 '벗'이 나를 능히 즐겁게 할 수 있단 것을 스스로 자랑해왔는지도 모르오. 그러나 생각하면 이따금 코전을 치고 냄새를 풍기는 그 '어진 아내' 가운데 역시 우리들의 평범한 진리가 있지 않았던가 싶소. 어디 착한 부인이 '동무'를 장만합디까. 이건 자기네들의 즐거운 즉 '낙'을 구하는 데 전혀 타인이 소원所願되지 않기 때문이 아니겠소. 정말이지 '여자'의 모든 것이 이곳에 있지 않다면 곤란한 법인가보오. —교문을 나서는 마음이 '별'을 안으려던 때처럼 항상 구름을 따르려 잔디 위에 뒹굴고 싶어하는 사람이 있다면 우리 신은 확실히 노할 것이고 이 딱한 사람 위에 꼭 벌이 있을 것만 같아서 나는 어지간 무서워지오. 사실 요새 들어 모두들 나보고 야단하는 것만 같아서 당황합니다—비누질도 않고 여편네가 '동무'는 다 뭐냐고 어머니께서 노여워하시고 내가 제일 따르는 분도 나를 주책없는 사람으로 나무라는 것 같고 내가 평소 존경하는 분들까지 다들 나보고 조금도 현명치 못하고 헷찰군기만한 사람이라고 꾸중하는 것만 같소. 내가 별로 아니 조금도 나쁜 게 없다고 생각할 때 이리 되면 나는 몹시 억울하고 괴롭고 슬프지요.

　나로 하여금 내가 제일 좋아하고 또 제일 가까운 좋은 분들에게 야단을 맞고 아픈 억울함을 가지게 하는 것이 이것이 내게 오는 벌이 아닌가 하오. 희야보고도 언젠가 말했지만 나는 어지간 야릇한 신을 느끼오. 희야가 웃을지도 모르고 또 혹 말이 안 될지는 모르나 아무튼 나의 신은 말하자면 '속신俗神'이오―(웃지 마소)―앞으로 나는 그를 좇고 진심으로 노怒엽기를 두려워한다면 혹시 나도 착한 사람이 될지 모르겠소. 정말이지 신이 나를 사랑해준다면 얼마나 다행하고 행복할 일이겠소. 그러나 나는 끝내 그가 미워할 사람인지도 그의 은혜를 간수할 고흠이 없는 사람인지도 모르겠소. 너무 갈팡질팡 말이 길어졌습니다. 참 바깥이 찬가 보외다. 붓을 든 손이 아리오. 이렇게 차고 긴― 여러 밤을 나의 신과 더불어 희야를 생각하고, 새긴다면 혹 내게도 좋은 도리道理가 있을지 모르겠소. 그럼 내 또 쉬 편지하리다, 잘 있오.

―《삼천리》, 1940. 4.

소감所感

지하련

월月 전前에 순재順在라는 시골 동무와 본정통本町通을 걸은 일이 있다. 지금도 나와 제일 가깝다고 생각되는 동무일 뿐 아니라 나를 찾아와 주기까지 한 그 호의가 무척 반가운 것처럼 나는 길을 걸으면서도 뭐가 몹시 즐거운 듯이 그저 지껄이고 했다. 그때 마침 내가 어떤 분과 인사를 나눴더니 동무는 내게 "그, 누구야?" 하고 물었다. 이래서—소설을 쓰는 분이라더라—고 내가 대답을 했더니 별안간 "참 당신도 소설을 썼댔지?" 하고는 나를 쳐다보는 것이었다. 어쩐지 나는 당황했다. 당황했다기보다도 무슨 무안을 당했을 때처럼 얼굴이 후끈거려서 우정 눈을 피하며 "그러니 어쨌다는 거요?" 하는 식으로 그저 우물쭈물할 수밖엔 없었다.

좀 우스운 소리 같지만, 이런 말이 있은 다음부터 나는 어쩐지 마음이, 무사無事하질 못했다. 하긴 내 속 언건히* 이런 말을 기다리고 있었던 것인지도 모르고, 또 이런 말이 있으려면 차라리 좀 늦어진 감이 있는, 저와 나 사이라면 언제 있어도 있고야 말 이야기였으나—어쩐지 나는 명치정明治町 골목을 다 빠져나올 때까지 그저 잠자코 걷기만 했다. 내가 잠자코 있는

---

* 거드름을 피우며 거만하게.

김피를 그도 알았던지 조금 후에 그는 훨씬 급쪼로 "그 온 소설을 쓰면 사람이 무식해지는지 당신네들 소설 그 웨 그래?" 하면서 웃었다. 이리 되면 아까보다도 몇 배 더한 무안이다. 하려면 나로서도 할 말이 있었을지 모르나 아무튼 이때 나는 몹시 불쾌했다기보다도 뭔지 창피하고 부끄러운 생각이 앞을 서서 여전 어름어름 잠자코만 있었다. "그래 기끗 하고 싶은 말들이 고것뿐이람?"—그가 이렇게, 여전 장난투로 중얼거리는 소리를 듣고서야 나는 겨우—하고 싶은 말을 그리 쉽게 다할 수가 있다면 뭐가 어려울 게냐—고, 제법 침착하게 대답을 했는데도, 그는 그저, 흔히 하는 말들이라는 것처럼 내 말을 조금도 그대로 믿어주는 것 같지가 않았다. 나는 끝내—통이 소설을 모르는 소리라—고 입을 다물고 말았다.

물론 이것은 내 한때의 단정斷定이겠거니와 지금도 나는 이따금 우리들이 실없이 주고받은 말을 문득 생각할 때가 있다. 그야 '무식하다'는 말에 상구도 내가 노염을 띤 대답을 하려면—소설에 있어 천하 더러운 병이 그 너무 유식하고 싶은 병일게라—고, 말할 수 있을게고, 또—아무리 유식한 사람이라도 그 유식한 것이 그대로 나와, 소설이 제대로 되는 것을 보지 못했다고 말할 수도 있을지 모른다. 그리고 본시 소설이란 그 하고 싶은 말을 다 해버리는 게 소설이 아니라, 어떻게 해서 내 하고 싶은 말들이 나와서 능히 살 수 있도록 '집'을 짓겠느냐,는 것이 소설일 게라고 말할 수도—또는 이렇기에 한 단편短篇에서 자기의 하고 싶은 한마디의 말이 아무것에도 거리낌 없이 완전히 살 수가 있었다면 그건 본망本望을 달한 소설일 게라고 말할 수도 있을 거다. 그러나 유식한 것이 그대로 나와 못 쓰듯, 아무리 무식한 사람이라도 무식한 그대로가 소설에 나와, 가령 남이 봐서 무식하다고 말할 정도라면 이건 좀 딱한 일이 아닐 수 없을 거다.

그리고 만일 그 하고 싶은 말을 많이 하되 다 충실히 살릴 수가 있는 재간이라면 얼마나 다행한 고마운 일일지 모를 거다.

이렇게 생각한다면 내 벗의 내게 대한 불만이 당연하고도 남을 것이, 가령 기왕 목수일 바에야 무엇으로 어떻게든 그저 넘어지지 않을 정도로 집을 세우는 것이 결코 그리 장壯한 게 없다. 이보다도—어느 터전에 무슨 체목*으로다 어떤 솜씨로 지어진 얼마나 훌륭한 집이냐—고 사람들은 먼저 물을 것이고, 이건 집에 대한 좋은 안목일지도 모른다. 물론 개중에는, 저렇게 삐뚤어진 터전에 저처럼 굽은 나무로다 그래도 용케 집을 세웠다는 식으로 먼저 목수의 경우를 살피려는 사람이 있을지도 모르나, 그러나 목수는 한 사람도 이것을 바랄 염치는 없을 거다.

—《춘추》, 1941. 6.

---

* 體木, 집을 지을 때 기둥 도리에 쓰는 재목.

지하련과 소시민

—신간평을 대신하여

정태용鄭泰鎔*

해방 직후다. 한 사에 다니는 W양(지금은 가정부인)의 삼 형제가 사는 방에 나는 종종 드나들었다. 삼 형제가 전부 노래거나 춤이거나 그림이거나 소설이거나 시거나 못하는 게 없어 무척 유쾌한 방이었다. 동시에 너무나 휴—머니즘에 충만한 소녀들의 감정이 있는 분위기였다. 당시 나는 내가 간 그날 W양의 동생인 중학 소녀의 일기장에 '정 선생은 너무 쓸쓸하고 우울해 보였다. 어떻게 위무하고 유쾌하게 해줄 수 없을까 하고 나는 궁리했다'고 쓰여 있는 정도의 동정을 받을 만큼 쓸쓸하고 우울한 인간이었다. 지금도 별반 다를 것 없는 생활이지만. 그런데 내가 그 방엘 아무도 없는데 혼자 앉았을 양이면 곁방에서 유쾌한 여인의 고성이 일본말 서양말 조선말 할 것 없이 열변 달변 속변이 나의 고막을 치는 것이었다. 여인의 웅변은 사나이를 포로로 하고 결국은 꼼짝달싹 못하게시리 해버려, 대개의 사나이들은 항변이 없이 그저 유쾌하게 웃을 뿐이었다. 가만히 듣고 앉았으면 사랑스러운 소녀들의 돌아옴을 기다리는 시간도 그닥

<hr>

* 정태용(1919~1971.), 해방 후 조연현 등과 '예술부락' 동인으로 활약. 비평가로서 1950년대에 최일수와 함께 진보적 민족문학론의 입장을 취했음. 정태용의 민족문학론은 해방 직후의 민족문학론과 1970~80년대 민족문학론을 연결하는 가교로서의 역할을 수행함.

지루하지 않았다. 옆방의 여자는 우리들이 잘 아는 지하련 씨란 것은 뒤에서 알았다. W의 삼 형제는 지하련 씨의 사랑하는 제자요 후신이었다.

실제로 대한 지하련 씨는 어디에서 그런 수다스런 정열이 나오는가 싶게 연약한 몸이었다. 생리적으로 벌써 예술가적 섬세 그것이었다. 깊은 사색에 지친 듯한 두 눈은 멀리곰 바라보고 힘이 없었다. 일제시대 회기동에서 본 지하련 씨의 생기발랄한 표정은 찾을 길 없었다. 아마 앓았는지도 모르리라.

이러한 지하련 씨가 소시민의 세계를 그린다는 것은 아주 적절한 일이라고, 《문학》지에 실린 「도정道程」을 서울서 읽으면서 혼자 생각했다. 지하련 씨가 심리를 생리적인 데까지 끌어가면서 감성을 묘사한 문장은 마음의 선율의 한 가닥도 놓치지 않으려고 서두는 어휘가 극히 풍부하고 적절했다. 씨의 예민한 감성은 심리의 지나친 동요를 잘 포착하면서 그 표현이 또한 정확하다. 여기에 과장이 있다면 표현의 과장이 아니라 심리 자체의 유추의 오류일 뿐일 것이다. 소시민인 작중인물의 순간적인 심리의 동요는 지하련 씨가 아니면 꾸며낼 수 없는 저음계低音階적 감동의 착란일 것이다. 그러나 석재가 공산당 입당서에 '소부르좌'라 써놓고서 쾌재를 부르는 것은 지하련 씨 자신의 어느 부분의 희망이기는 해도 석재 자신의 용기의 상징은 안 될 것이다. 왜냐하면 석재 자신은 그러한 용기도 영등포로 갈 용기도 사실은 갖지 못한 위인이기 때문이다. 석재 자신의 '소부르좌'적 자기극복은 내부적 양심의 가책의 과정에서 수행될 것이 아니다. 보다도 더 많이 역사의 흐름에 대한 망아적忘我的인 정시正視와 이에 대한 자신의 의무감 정의감 등의 교착된 감정이 자신을 감격시키면서 현장으로 끌어가야 할 것이다. 그렇다. 이제 생각하니 「도정」 끄트머리에 그러한 대목이 있었던 듯도 싶다. 어쨌든 그러한 과정과 자기비판 없이는 석재는 자기극복을 못할 것이다. 소시민은 소시민의 심리를 반추하는 한 소시민일 뿐이요 그걸 극복하지는 못하기 때문이다. 소시민의 심리적 자책은 끝끝내 소시민의 심리일 뿐이요, 그것으로서 소시민의 심리가 극복되지 않는다는 것이 소시민 심리의 특징이다. 새로운 어떤 적극적인 외부에의 행동만이 소시민성을 극복할 수 있게 한다. 이것은 우리 자신이 똑똑히 경험한 바다. 그러나 석재가, 소시민성을 극복하든 안 하든, 소시민의 전형적 타입이 되어 있다는 것은 부인할 수 없는 일이다. 우선은, 이 작품이 어떠한 해결을 가져왔다는 것은 별 문제로 하고, 전형적 사건 속에서 전형적인 인물을 골라보았다는 데 이 작품이 이태준李泰俊 씨의 「해방전후解放前後」와 함께 높은 의의를 갖는다. 동시에 이 작가가 인물을 다루는 각도라든지 태도라든지, 그것을 묘사해가는 문장 등이 갖는 바 디테일의 리얼리즘은, 요즘 내가 볼 수 있는 어떠한 작품도 따를 수 없다고 생각된다. 작품의 구상과 이것을 풀이하는 데 이처럼 침착한 지하련 씨는 내가 아는 인간 지하련 씨와는 다른 것 같다.

어쨌든 소심하고 약한, 그래서 투철한 신념을 상실한 소시민의 양심은, 제 스스로를 모멸하고 회의하고 학대하면서 무능력자가 된다. 이렇게 못난 인간들이 일제시 우리들 소부르좌 인간성의 본질이요, 이것이 해방 직후 닥쳐온 현실 앞에 당황하고 주저하면서 자신을 주체하지 못하고 질책하는 동시에, 능동적이요 행동적인 사람에게 시기와 질투를 가지며 비진실하다고 비꼬는 인간성의 본질이었고, 우리들이 허다한 생활에서 느껴온 심적 과정이매 투르게―네프가 말하는 두 개의 인간 타입 중의 하물레트*적 존재가 아닐 수 없다. 정치뿐 아니다. 연애나 우정이나 사교나 사업

---

* 햄릿.

이나 모든 것에 대하여 이러했고, 현재도 아직 온전히는 극복되지 못한 이 심적 특징은 사람을 무능력자로 만드는 장본*이다. 그러므로 해서 우리는 이러한 부분을 얼마나 증오하고 모멸하는지 모른다. 때문에 행동해야겠다 생각하면서도 이 청산하지 못한 부분을 붙들고 무척 쓸쓸하고 우울하고 주저하는 것이다. 능동적인 인간 앞에 무척 당황해버리는 것이다.

지하련 씨가 『도정』을 썼다는 것을 먼저 알려주던 W양은 현재 어디 있는지 모르거니와, 그들 삼 형제야말로 이 단편집의 간행**을 누구보다도 기뻐할 것이요, 먼저 읽고 싶을 것이다. 더욱이 타고난 천분과 재질에 있어 미래에 대한 촉망과 기대가 두렵던 W의 동생은 가정형편으로 애석하게도 학업을 도중에 그만두고 서울을 떠나버렸다. 이제 어디쯤에서 미래의 훌륭한 자신을 만들고 있는지 궁금한 생각에 이 밤이 기울어간다. 「도정」을 대하니 읽기보다 이런 생각이 앞서니 부득이 이 글을 적어 신간평에 대신하고 지하련 씨와 떠날 수 없는 삼형제에게 지상을 통하여 알려드린다.

―《부인》, 1949. 2, 3호

---

* 張本, 어떤 일이 크게 벌어지게 되는 근원.
** 1948년 첫 창작집 『도정』이 간행되었다.

작가 연보

본명은 이현욱으로 알려져 있으나, 호적에 기록된 본명은 이숙희*이다.

1912. 7. 11.　경남 거창에서 부 이진우와 모 박옥련의 장녀로 출생. 마산에서 성장.
중학 과정은 도쿄 소화고녀, 도쿄 여자경제전문학교 중퇴.**

1929~1930.　임화를 일본에서 만남.

1934.　평양 실비병원에 폐결핵으로 입원한 임화 병문안.

1935~　서울 탑골 승방으로 옮겨 병을 요양하던 임화가 마산으로 내려오게 되어, 지하련과
의 인연이 이어짐.

1936. 7. 8.　임화와 혼인 신고. 1937년 말까지 마산에서 생활.

1936. 7. 11.　아들 원배 마산부 상남동 199번지에서 출산.

1938. 2.　임화와 함께 상경. 동대문 밖 전농동에서 신혼생활.

1938.　이 무렵부터 폐결핵에 걸림. 귀향. 창작에 몰두.

1940. 4.　수필 「편지」를 《삼천리》에 발표.

1940. 12.　백철의 추천으로 단편소설 「결별」을 《문장》에 발표하며 등단.

1946. 8.　단편소설 「도정」을 《문학》에 발표.

1946. 12.　조선문학가동맹 주최 1946년 해방기념문학상 후보작으로 단편소설 「도정」이 이태
준의 「해방전후」와 함께 추천됨.

1947. 11. 20.　임화 월북. 지하련의 월북 시기는 정확하지 않으나 1947~1948년 사이인 듯.

1948. 12. 15.　첫 창작집 『도정』 간행.

1953. 8. 6.　임화의 사형 소식을 만주에서 들은 지하련이 실성한 채 평양을 헤매 다녔다는 것을
봤다는 목격자의 글이 있음.

1960. 초　평북의 산간 오지 한 교화소 시설에 격리 수용되었다가 병사했다는 설이 있음.

---

* 서정자, 『지하련 전집』, 푸른사상, 2004.
** 지하련, 「편지」, 《문장》, 1940. 1.

한국현대문학전집 18 - 최정희 · 지하련 단편선

도정

지은이 ㅣ 최정희, 지하련
엮은이 ㅣ 박진숙
펴낸이 ㅣ 양숙진

초판 1쇄 펴낸 날 ㅣ 2011년 11월 30일

펴낸곳 ㅣ (주)현대문학
등록번호 ㅣ 제1-452호
주소 ㅣ 137-905 서울시 서초구 잠원동 41-10
전화 ㅣ 02-2017-0280
팩스 ㅣ 02-516-5433
홈페이지 www.hdmh.co.kr

© 2011, 최정희, 지하련

ISBN 978-89-7275-576-0 04810
ISBN 978-89-7275-470-1 (세트)